A névoa escarlate

CB016400

Desconhecido
Desconhecido
Geadas Pré-Históricas
Estados Papais
Novo Ocidente
Terras Baldias
Faraós Remotos
Índias Unidas
Patagônia Tardia
MAPA DO MUNDO
Desconhecido

Império
Fechado
Desconhecido
Rússias
Estradas
Médias
Reino
Central
Índia
40ª Era
N
Desconhecido
Austrália
NOVO E DESCONHECIDO
POR
Shadrack Elli
MESTRE CARTÓGRAFO

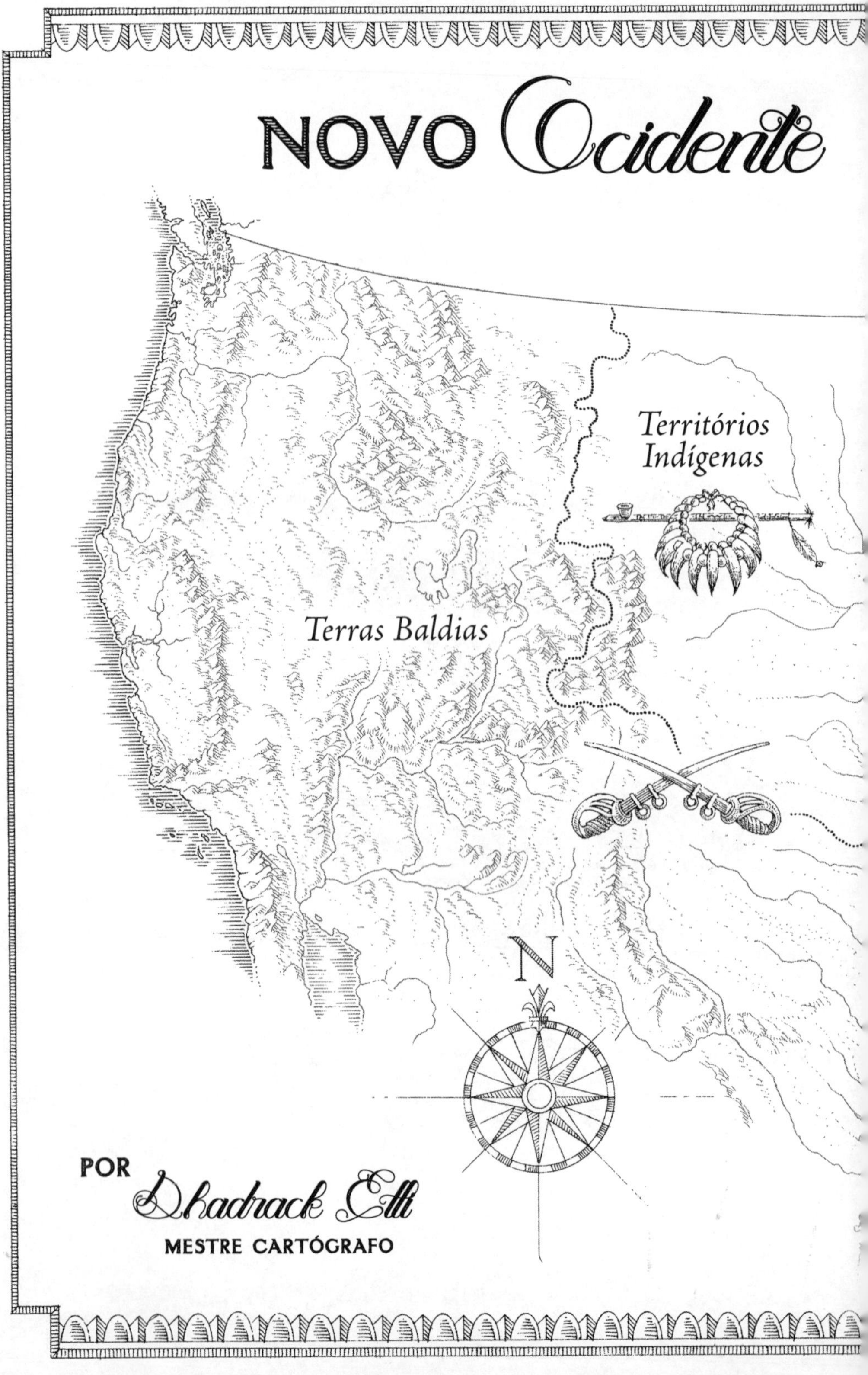
NOVO Ocidente
Territórios
Indígenas
Terras Baldias
N
POR Shadrack Elli
MESTRE CARTÓGRAFO

E ERAS VIZINHAS

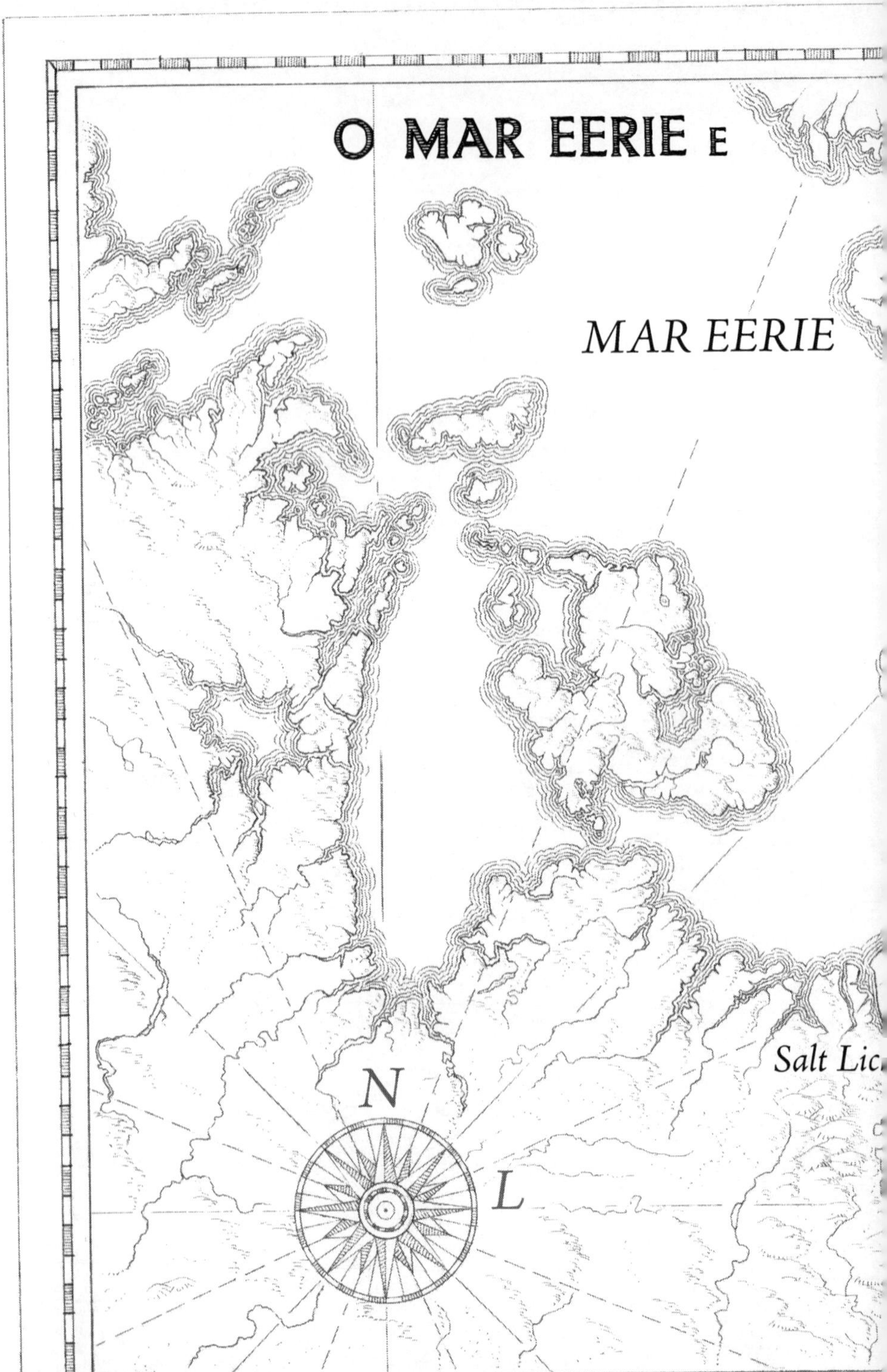

O MAR EERIE E
MAR EERIE
N
L

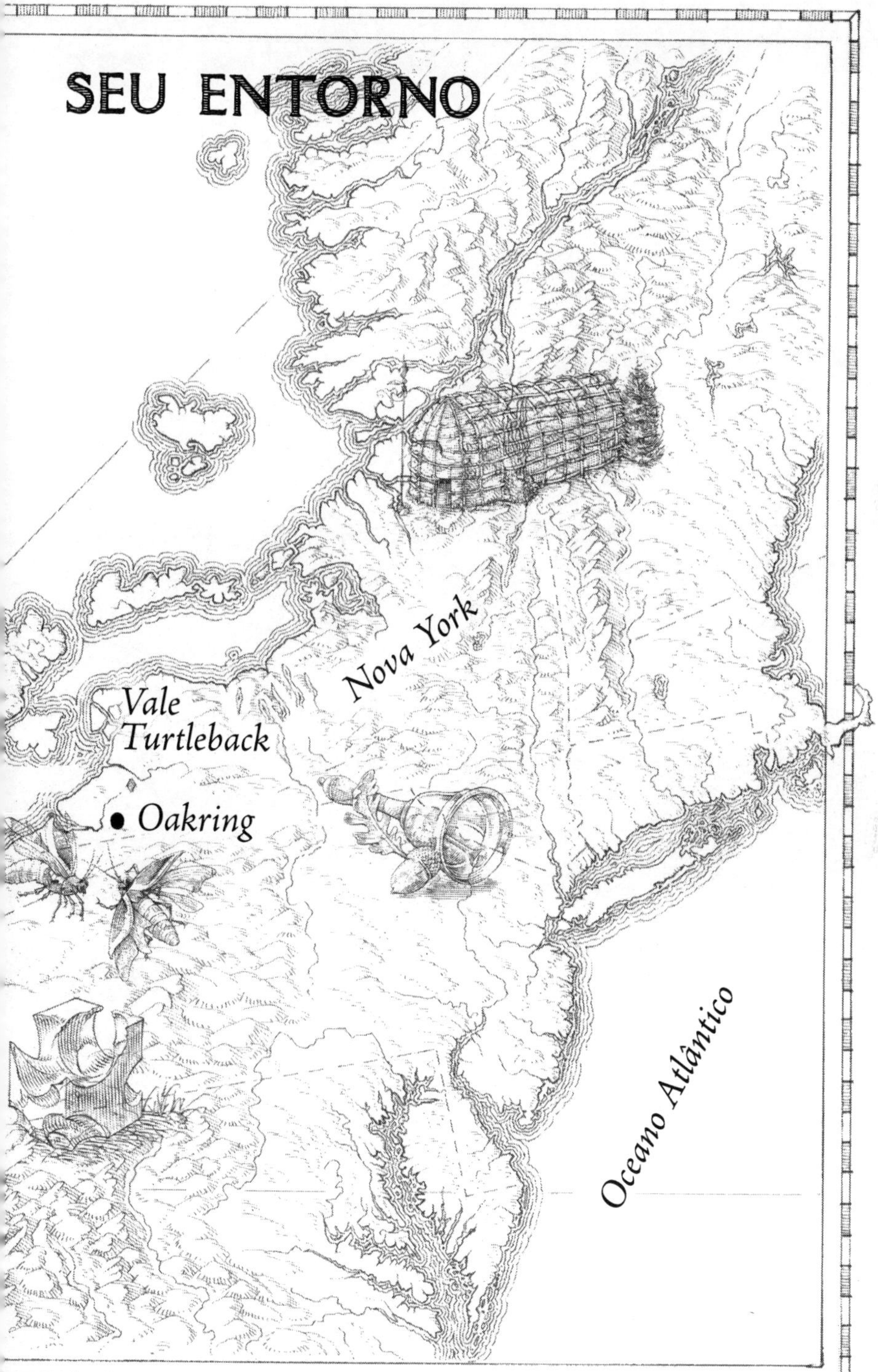
SEU ENTORNO
Nova York
Vale Turtleback
Oakring
Oceano Atlântico

S. E. Grove

A névoa escarlate

MAPMAKERS

Livro 3

Tradução
Monique D'Orazio

1ª edição

Rio de Janeiro-RJ / Campinas-SP, 2018

VERUS
EDITORA

Editora
Raïssa Castro

Coordenadora editorial
Ana Paula Gomes

Copidesque
Maria Lúcia A. Maier

Revisão
Cleide Salme

Capa
Adaptação da original (Jim Hoover)

Ilustrações da capa
© Stephanie Hans

Ilustrações dos mapas
Dave A. Stevenson

Projeto gráfico
André S. Tavares da Silva

Diagramação
Daiane Avelino

Título original
The Crimson Skew

ISBN: 978-85-7686-668-8

Copyright © S. E. Grove, 2016
Todos os direitos reservados.

Tradução © Verus Editora, 2018
Direitos reservados em língua portuguesa, no Brasil, por Verus Editora. Nenhuma parte desta obra pode ser reproduzida ou transmitida por qualquer forma e/ou quaisquer meios (eletrônico ou mecânico, incluindo fotocópia e gravação) ou arquivada em qualquer sistema ou banco de dados sem permissão escrita da editora.

Verus Editora Ltda.
Rua Benedicto Aristides Ribeiro, 41, Jd. Santa Genebra II, Campinas/SP, 13084-753
Fone/Fax: (19) 3249-0001 | www.veruseditora.com.br

CIP-BRASIL. CATALOGAÇÃO NA FONTE
SINDICATO NACIONAL DOS EDITORES DE LIVROS, RJ

G926n

Grove, S. E.
A névoa escarlate / S. E. Grove ; tradução Monique D'Orazio. - 1. ed. - Campinas, SP : Verus, 2018.
23 cm. (Mapmakers ; 3)

Tradução de: The Crimson Skew
ISBN 978-85-7686-668-8

1. Ficção infantojuvenil americana. I. D'Orazio, Monique. II. Título. III. Série.

17-46740 CDD: 028.5
CDU: 087.5

Revisado conforme o novo acordo ortográfico

Para Rowan

Naquela época, eu tinha três filhos que seguiam comigo a pé, um que viajava no lombo de um cavalo e outro que eu carregava nas costas. Nossa safra de milho fora boa naquele ano; havíamos até separado uma parte para o inverno.
Um ou dois dias após o conflito no lago Connissius, Sullivan e seu exército chegaram ao rio Genesee, onde destruíram cada provisão que acharam pelo caminho. Queimaram uma parte do milho, e a outra, jogaram-na no rio. Atearam fogo em nossas casas, mataram o pouco gado e os cavalos que encontraram, destruíram nossas árvores frutíferas e não deixaram nada além de tocos de madeira e um solo devastado. Mas os índios haviam fugido e por isso não foram pegos. Depois de cruzar o rio repetidas vezes e terminar o trabalho de destruição, o exército marchou para o leste. Nossos índios viram os combatentes se afastarem, mas suspeitaram de que a intenção de Sullivan fosse vigiar nosso regresso e depois nos pegar de surpresa. Assim, decidiram que a maior parte da nossa tribo deveria caçar onde já estávamos naquele momento, até que Sullivan tivesse se distanciado tanto que não houvesse mais perigo de sermos molestados. Caçamos continuamente até não haver mais risco de retomar a posse de nossas terras. Então retornamos; mas qual foi nossa surpresa quando descobrimos que não havia sobrado nenhum alimento, sequer para poupar uma criança, por um único dia, de sucumbir à fome. A essa altura, o clima havia se tornado frio e tempestuoso. Como estávamos sem casa e sem comida, resolvi pegar meus filhos e cuidar de mim, sem mais demora.

— Dehgewärnis (Mary Jemison, da tribo seneca), 1779

Sumário

Você entenderá que nossa prioridade era impedir o avanço da Era Glacine e salvar nossa pele — eu não poderia me entregar à minha natureza inquisitiva, como geralmente faço. Então, o que aprendemos? Sabíamos que Blanca, a Lachrima que havia me aprisionado, dependia de recrutas niilistianos para realizar seu trabalho. Sabíamos que Blanca havia alterado a mente deles e retirado muitas de suas memórias com um dispositivo de ampulheta, um horror que presenciei em primeira mão. Sabíamos que os Homens de Areia, como ela os chamava, lhe eram leais, e eu suspeitava de que eram atraídos a Blanca em primeiro lugar porque percebiam, na visão grandiosa de mundo que ela possuía, uma forma de voltar para a Era da Verdade. Assim como ela, eles imaginavam que as consequências da Grande Ruptura poderiam ser de alguma forma revertidas. Porém as muitas perguntas superavam nossas respostas. Como ela encontrou e recrutou os Homens de Areia? De que era eles vinham? E, mais importante, o que fariam agora que Blanca havia ido embora? Recuariam e desapareceriam? Ou ressurgiriam para perseguir um propósito maior e talvez ainda mais terrível?

— Relatórios particulares de Shadrack Elli ao primeiro-ministro Cyril Bligh

Prólogo

23 DE JULHO DE 1892

Caro Shadrack,

O mau tempo nos Territórios continua. As nuvens pesadas, baixas e imóveis parecem agora um adereço permanente. Não consigo me lembrar da última vez em que vimos o sol. Entretanto, agora as coisas deram uma guinada para pior. Hoje aconteceu algo inexplicável, algo que nunca vi antes. Mal confio em mim para descrever. Deixe-me contar como tudo aconteceu.

Acordei no meio da noite ao som de uma confusão em minha porta. Ali estava uma mulher que conheço da cidade vizinha de Pear Tree. Esther exibia um semblante que eu só vira uma vez antes, na face de um homem que havia fugido de um incêndio na floresta: os olhos em um turbilhão de dor, descrença e confusão. Ela parecia não saber ao certo se estava no mundo dos vivos ou dos mortos.

— Casper? — ela sussurrou. — É você?

Eu disse que era. Não entendi a história que ela me contou, que acabou tendo que ser repetida várias vezes. Mesmo quando finalmente entendi suas palavras, não consegui encontrar nenhum sentido nelas.

Esther disse que o fenômeno tinha começado ao entardecer, um pouco antes do pôr do sol, pois ainda havia luz no céu para enxergar. Ela estava recolhendo as roupas das crianças do varal quando viu um vapor vermelho se espalhar sobre o muro de pedra no jardim. Querendo saber o que era, ela observou a substância estranha se aproximar até se elevar e tomar corpo, submergindo-a com o varal, obscurecendo até mesmo a visão de sua casa. Por um tempo, ela ficou parada, esperando ansiosamente. Então se deu conta de que a névoa tinha um perfume adocicado, semelhante ao de uma flor. Mas, de repente, o cheiro mudou. Foi ficando asqueroso, como o odor de carne podre.

Ela ouviu um grito distante, e o som a encheu de pânico. Debatendo-se no nevoeiro, entrou rapidamente na casa. Ali encontrou o vapor escarlate entupindo cada cômodo, e o medo se intensificou, de forma aterrorizante. Chamando pelos filhos, meio às cegas, foi percorrendo a casa até avistar os intrusos: três ratos tão gigantes quanto homens feitos, olhos negros cruéis, dentes amarelos afiados. Apanhou uma faca da cozinha e os perseguiu, temendo o que poderiam fazer com seus filhos. Os ratos se fecharam dentro da despensa e sibilaram para ela através da porta.

Ela não conseguia encontrar os filhos em lugar nenhum.

Desesperada, continuou chamando por eles até que, de súbito, tropeçou para fora da casa. Percebeu então que seus gritos estavam sendo ecoados por outras pessoas em toda parte, em cada uma das casas de Pear Tree.

A cidade inteira ardia em pânico. Algo incomodava sua mente, alguma incerteza, mas não conseguia compreender do que se tratava. Sabia que algo não estava certo.

É a névoa, ela finalmente percebeu. *Estou confusa e tudo começou com o nevoeiro.*

Então se viu caminhando pela estrada, entre sons que a aterrorizavam de um lado e de outro. Quando finalmente conseguiu sair de Pear Tree, a escuridão havia caído. Ela percebeu que havia deixado a bruma para trás, pois sua mente começou a clarear. Olhando para trás, para a cidade, não conseguiu enxergar nada na escuridão instalada, mas ouviu berros e gritos incessantes. O impulso de voltar e de procurar seus filhos guerreava com o de buscar ajuda em outro lugar. Incerta, ainda confusa pelo que tinha visto, ela chegou aqui e me acordou na calada da noite.

Reuni todo o conselho e, em uma hora, estávamos na estrada, rumo à cidade de Pear Tree. Chegamos com a aurora naquele dia cinzento, pútrido e úmido, como todos os dias naquele mês. O nevoeiro escarlate havia passado, mas deixara sua marca em muitos lugares. Um sedimento fino do mais puro vermelho revestia todas as superfícies: a muralha de pedra que cercava Pear Tree, as folhas de todas as árvores, o telhado de todas as casas, a superfície de todos os caminhos e de todas as estradas. À medida que entrávamos lentamente na cidade silente, víamos o que mais a névoa tinha deixado para trás: destroços humanos.

A primeira coisa que notamos foi um homem sentado no degrau em frente à sua casa, segurando uma bota feminina de cordões. Quando falamos com ele, o sujeito nos ignorou totalmente. Eu me aproximei e perguntei se ele estava ferido. Finalmente, ele voltou os olhos para mim e levantou a bota, dizendo:

— Os lobos não usam sapatos. — Ele parecia atônito pela própria declaração. Não conseguimos arrancar mais nada dele.

Algumas casas e celeiros haviam sido queimados com seus ocupantes. O cheiro era insuportável. Muitas casas que permaneciam intactas tinham portas ameaçadoramente entreabertas, e eu vislumbrei mobílias quebradas, cortinas rasgadas, janelas estilhaçadas.

Não vou descrever o que vi com riqueza de detalhes, Shadrack, pois é demasiadamente horrível, mas acredito que naquelas poucas horas a vida de meia Pear Tree fora ceifada.

Voltamos para a casa de Esther. Ela estava assustada, é claro; no silêncio que sucede um choque, estava trêmula a meu lado enquanto andávamos.

— Tem uma coisa — ela disse, com a voz entrecortada, conforme nos aproximávamos de sua casa. — Uma coisa que não consigo entender.

— Tem muita coisa que não consigo entender — respondi.

— Como — ela prosseguiu, como se eu não tivesse falado nada — os ratos conseguiram fazer uma barricada na porta da despensa?

Confesso que não entendi o que ela queria dizer. Pareceu-me uma pergunta inútil em meio a tamanha catástrofe. Sem dúvida, a verdade começava a se fazer evidente para ela antes mesmo que eu tivesse a menor ideia; mas, quando chegamos à casa de Esther, eu entendi. Apressada, ansiosa com sua dúvida repentina, ela correu até a porta da despensa e bateu nela com urgência.

— Abram a porta — ela pediu em prantos. — Abram a porta, eu imploro.

Houve ruídos, e ouvimos coisas pesadas serem arrastadas lentamente. Abriu-se uma fresta na porta, e os três filhos de Esther nos espiaram com os olhos arregalados de terror.

É uma ilusão, Shadrack, uma percepção distorcida que transforma a realidade diante de nós em algo pavoroso. Os sobreviventes que conseguiram reorganizar os pensamentos nos descreveram visões diferentes — todas elas aterrorizantes. Não havia intrusos nem monstros. A névoa fez as pessoas de Pear Tree se voltarem contra elas mesmas.

Se isso foi feito por mãos humanas, é o ato mais cruel que já vi na vida. Se foi obra da natureza, não é menos assustador. Agora eu lhe pergunto: O que foi isso? Será que esse fenômeno foi decorrente das terríveis condições climáticas que nos atormentam ou uma coisa não tem nada a ver com a outra? Isso aconteceu apenas em Pear Tree ou em outros lugares também? Por favor, conte-me o que você sabe.

(Esta será entregue a Entwhistle, como você pediu. Instrua-me se deverei fazer diferente no futuro.)

Cordialmente,

— *Casper Bearing*

PARTE 1

Nuvens

1
Hispaniola

2 de agosto de 1892: 7h20

Embora as Índias Unidas façam uma distinção legal entre comerciantes e piratas, garantindo os privilégios dos primeiros e processando (ocasionalmente) os crimes dos segundos, na prática são quase indistinguíveis. Ambos mantêm propriedades nas Índias — às vezes propriedades abastadas. Ambos exercem uma influência considerável no governo das Índias. Ambos desfrutam do acesso ao mar e do comércio com as Eras Estrangeiras. De fato, para um estranho é difícil enxergar onde termina o comércio e começa a pirataria.

— Shadrack Elli, *História do Novo Mundo*

SOPHIA ACORDOU AO SOM do canto de uma mulher. A voz era baixa, lânguida e doce, como se a cantora tivesse todo o tempo do mundo; cantava sobre sereias, estrelas prateadas e raios de luar brilhando no mar. Sophia levou um instante para se lembrar de onde estava: na propriedade de Calixta e Burton Morris, em Hispaniola.

Com um suspiro de contentamento, espreguiçou-se nos lençóis macios. Ficou deitada na cama com os olhos fechados, ouvindo Calixta cantar no quarto ao lado enquanto penteava os cabelos e se vestia. De repente, a canção foi interrompida por um grito aborrecido e uma pancada, como se um pé calçado de bota chutasse um baú.

— *Onde estão meus pentes de casco de tartaruga?* — Calixta se lamentou.

Sophia abriu os olhos e sorriu. Feixes de luz penetravam pouco a pouco no quarto escuro. Enquanto os protestos no quarto ao lado se transformavam em maldições fervorosas, ela saiu da cama e abriu as altas persianas de madeira, revelando uma pequena varanda. A luz do sol em Hispaniola era ofuscante. Sophia protegeu os olhos até que se ajustassem, depois prendeu a respiração com prazer diante da visão: os terrenos da propriedade e, além deles, o oceano cintilante. Degraus de mármore levavam a um longo gramado ladeado por conjuntos de primaveras, jasmins e aves-do-paraíso. Um caminho pavimentado de pedras brancas cortava o gramado, seguindo em direção à praia. O *Cisne*, ancorado no cais particular, ondeava serenamente sobre as águas brilhantes.

— Sophia! — Calixta chamou. Relutante, Sophia voltou para dentro do quarto, onde Calixta estava segurando o que parecia ser uma cortina ondulante em um tom chocante de fúcsia. — Olhe só o que eu encontrei — ela declarou, triunfante. — Vai servir perfeitamente em você!

— O que é? — Sophia perguntou, em dúvida.

— Simplesmente a mais fina seda que New Orleans tem para oferecer! — Calixta exclamou. — Experimente.

— Agora?

— Já estamos no meio da manhã, coisinha preguiçosa! Temos planos para fazer e pessoas para ver, e eu insisto que esteja bem-vestida.

— Muito bem — Sophia respondeu, de boa vontade. *É claro que Calixta já tem todos os planos prontos*, ela disse a si mesma, *e nossos trajes fazem parte desses planos*. Sophia descobriu na viagem que partira de Sevilha e cruzara o Atlântico que quase sempre era melhor deixar a capitã pirata fazer as coisas do seu próprio jeito.

Tirou a camisola e deixou Calixta ajudá-la a colocar o vestido de seda, que era mesmo lindo. Com uma ponta de dúvida, Sophia se examinou no espelho alto, ao lado da cama.

— Eu pareço uma garotinha imitando a famosa pirata Calixta Morris. E mal consigo respirar. — Ela pegou a alça por sobre o ombro. — Vou tirar.

Calixta riu.

— Não, não vai, não! Vamos arrumar o seu cabelo, calçar meias e sapatos. Um pouco de pó, colônia, e isso é tudo. — Deu um beijinho na bochecha de Sophia. — E você não é mais uma garotinha, querida. — Calixta já se virava para sair quando ouviu o chamado de Millie. — Sim, Millie?

Uma criada de uniforme preto e branco estava parada à porta.

— A senhora deseja o desjejum aqui ou lá embaixo, capitã Morris?

— Os outros já acordaram?

— Estão todos lá em baixo, capitã, menos o seu irmão.

— Ainda roncando a plenos pulmões, é claro — Calixta murmurou. — Vamos nos juntar aos outros lá embaixo, Millie. Obrigada.

Millie deixou o quarto fazendo um breve sinal afirmativo com a cabeça.

— Preciso pegar as minhas coisas — disse Sophia, indo buscar a bolsa.

Calixta segurou sua mão para impedi-la.

— Você está segura aqui, Sophia. Nossa casa é sua e você não tem nada a temer. Não mandaremos você dar o fora de uma hora para a outra. Pode deixar suas coisas no quarto.

Sophia apertou a mão de Calixta.

— Eu sei. Obrigada. Só vou procurar o meu relógio.

Cortinas cor de pêssego, espelhos dourados e móveis estofados elegantes em azul e creme: a mão de Calixta estava por trás de todos os luxos despretensiosos. A mochila de Sophia, a bolsa, os livros e as roupas — cinzentos e gastos após duas travessias pelo Atlântico e de uma perigosa jornada pelos Estados Papais — formavam uma pilha suja que parecia não ter lugar naquele quarto suntuoso.

— Prontinho! — Ela enfiou o relógio em um bolso escondido no vestido fúcsia.

— Então vamos descer — Calixta disse. Para não ser ofuscada por aquele rosa-choque, ela usava um vestido de seda verde-limão com barrados dourados. Calixta arrastou a mão pelo corrimão envernizado enquanto desciam os largos degraus de mármore até o piso principal.

Seus companheiros de viagem estavam na confortável sala de desjejum. Sentados lado a lado em um sofá branco perto das janelas, Errol Forsyth, um falcoeiro do Império Fechado, e Virgáurea, uma Eerie das fronteiras das Geadas Pré-Históricas, olhavam para o oceano com expressão um tanto fascinada. Sophia pensou, não sem algum divertimento, que eles pareciam tão deslocados na mansão dourada quanto ela se sentia no vestido fúcsia. Virgáurea estava sentada com a postura rígida, as mãos levemente esverdeadas dobradas sobre o colo, os longos cabelos indomados, soprados pelo vento. Ela parecia um tufo de grama em um prato de porcelana. Errol, com as roupas ainda mais gastas do que as de Sophia, coçou o queixo, ponderando sobre a vista. Seu falcão, Sêneca, piscou infeliz de seu poleiro no ombro do arqueiro.

Pelo menos Richard Wren, o capitão australiano, parecia tranquilo. Estava em pé em uma pose ampla diante das janelas, mastigando alegremente um pedaço de torrada e apreciando a paisagem.

— Todos dormiram bem, eu espero? — disse Calixta, deslizando em direção à mesa, onde frutas e doces, manteiga e geleia, café e açúcar os aguardavam.

— Não me lembro da última vez que dormi tão bem — Wren exclamou, saudando-a com gratidão, acenando com a torrada. — O som mais calmante das ondas, os travesseiros mais macios, a cama mais confortável. Calixta, receio que quando esta busca acabar, estarei à sua porta: um hóspede não convidado, mas ansioso por sê-lo.

— Você é muito bem-vindo — respondeu Calixta, satisfeita.

— Obrigada por sua hospitalidade — disse Virgáurea, levantando-se do sofá. — É maravilhoso finalmente estar em terra firme e em segurança. Você e seu irmão nos deram o mais seguro dos portos seguros.

Sophia se perguntara, ao ver o *Cisne* no porto de Sevilha, como Virgáurea e Errol reagiriam aos piratas.

Calixta e Burr eram vistosos e expansivos, ao passo que Errol e Virgáurea eram sérios e discretos. Porém, para sua surpresa, depois de apenas algumas horas, os quatro já pareciam amigos. Sua ligação comum com Sophia abrira caminho, e, depois, conversando, cada par tinha descoberto no outro a qualidade que mais valorizava: a lealdade. A partir dali foi fácil para Errol e Virgáurea encontrarem diversão no que eles percebiam como as frivolidades dos piratas, e foi fácil para os piratas perdoarem o que interpretaram em Errol e Virgáurea como uma melancolia incorrigível. A matrona pirata do *Cisne*, vovó Pearl, que viu a amizade inesperada surgir entre eles ao longo da viagem de um mês, apelidou-os carinhosamente de "os quatro ventos". E Wren era como uma corrente oceânica entre esses quatro ventos: de temperamento caloroso e bem-humorado, ele se adaptava às circunstâncias. Podia ser barulhento e espalhafatoso, grave e silencioso.

— Concordo — disse Errol. — Não devemos ficar mais do que um dia...

— Insisto que fiquem uma semana. — Era verdade que dois dos quatro ventos sopravam com muito mais força do que os outros dois, direcionando-se aos demais com força de vontade implacável, ainda que amigável. — Fico muitíssimo feliz que possamos lhes oferecer segurança — continuou Calixta, colocando colheradas de açúcar mascavo em seu café —, quando isso parece ser um recurso tão escasso.

Jornais do último mês aguardavam por eles na noite anterior. Apesar do cansaço, os viajantes os tinham apanhado e lido, soltando exclamações, enquanto Millie e os outros criados respondiam à saraivada de perguntas sobre o embargo declarado pelas Índias Unidas, a secessão de Nova Akan e dos Territórios Indígenas, a absolvição do ministro Shadrack Elli no caso do assassinato do primeiro-ministro Bligh e a declaração de guerra pelo novo primeiro-ministro, Gordon Broadgirdle.

— O que diz o jornal da manhã? — perguntou Calixta.

— Essa coisa que eles estão chamando de "Bigorna" parece estar dificultando a vida por todo o Novo Ocidente — disse Wren.

— "Bigorna"? Parece o nome de uma taverna que eu preferiria evitar — ela respondeu, despreocupada, pegando uma fatia de abacaxi.

Wren lançou um olhar irônico para a pirata.

— É uma nuvem em formato de bigorna. Uma nuvem pesada que precede uma tempestade.

Na noite anterior, Sophia tinha levado uma pilha de jornais para o quarto e se debruçado sobre ela antes de pegar no sono. Embora os acontecimentos políticos dominassem as notícias, a proeminência crescente do que os jornais chamavam de "Bigorna" a intrigara.

— Mas eles estão usando o nome para descrever um grande número de coisas — ela comentou. — Perturbações climáticas que vêm acontecendo durante todo o mês. Provocando crateras, tempestades, inundações e até terremotos.

— "Uma segunda cratera em Charleston" — Wren leu no jornal que havia pego — "consumiu o cruzamento de Billing a oeste da cidade, e houve relatos de vapores nocivos emanando dela na noite seguinte." — Ele parou um instante. — E, na costa norte de Massachusetts, as nuvens em formato de bigorna encobriram um farol e causaram dois naufrágios. — Sacudiu a cabeça. — Novo Ocidente parece estar enfrentando condições climáticas bem estranhas.

— É muito preocupante — disse Virgáurea, franzindo a fronte esverdeada. — Tantos padrões incomuns de uma só vez não podem ser só coincidência.

— Sim — Calixta murmurou. — Mau tempo é algo sempre irritante. Alguma notícia *importante*? — ela perguntou expressivamente.

Wren olhou novamente o jornal.

— Conflitos nos Territórios Indígenas, mas estão sendo descritos apenas nos termos mais gerais.

— Duvido muito da veracidade desses relatos — falou Virgáurea.

— Naturalmente — Calixta concordou. — É de se perguntar sobre a confiabilidade das fontes, e não tenho dúvida de que Broadgirdle esteja fazendo seu melhor para filtrar o que devemos e o que não devemos saber. Onde está aquele inútil do meu irmão? — perguntou em tom agradável, considerando uma fatia de bolo regado com mel. — Nós temos planos a fazer.

— Estou aqui — disse uma voz sonolenta vinda da porta. O bonito rosto de Burr ainda estava carregado de sono quando ele entrou na sala, cambaleando. — Ouvi um rumor de que em algum lugar nesta mansão com uma quantidade fantasticamente grande de criados é possível conseguir uma xícara de café quente. É verdade?

— Ah, pobrezinho. Estava esperando que aparecesse na sua mesa de cabeceira quando você acordou?

— Na verdade, eu estava — resmungou Burr, servindo-se de café em uma xícara de porcelana. — Mas você treinou todos os que trabalham aqui a pensar que esta mansão é *deles*, e acho impressionante como eles são donos dos próprios pensamentos. Ou seja, pelo visto, o que eu espero conta muito pouco.

— Você vai se sentir melhor depois do café, meu querido irmão negligenciado. — Calixta empurrou um prato na direção dele. — Coma um pedaço de bolo. Precisamos achar um jeito de entrar em contato com Shadrack e decidir sobre o nosso ponto de entrada em Novo Ocidente, já que todos os portos estão fechados para nós.

— New Orleans, certamente — disse Wren, sentado à mesa ao lado dela.

— Se o *Cisne* puder nos transportar para New Orleans, Errol e eu podemos levar Sophia para o norte através dos Territórios Indígenas — sugeriu Virgáurea.

— Não é um desvio grande demais para vocês? — Por mais que Sophia quisesse aceitar a ajuda, tinha plena consciência de que cada dia que passava afastava mais Errol da busca pelo irmão. Na verdade, ela estava bem ciente de como cada membro da companhia estava ali por causa dela, aceitando riscos e inconveniências em seu nome.

— Podemos ir até onde você for, pequena — Errol lhe assegurou. — Até garantirmos que você esteja de volta a Boston com o seu tio.

— Não é nem um pouco seguro se encontrar na Boston de Broadgirdle — Burr comentou em tom austero.

— O mapa ausentiniano diz que devemos nos separar — Sophia afirmou com cautela, dando voz à preocupação que mais a atormentava. — Eu sei que já discutimos isso antes...

— Você dá muita importância aos poderes divinatórios desses pequenos enigmas, querida. — Calixta deu tapinhas na mão de Sophia.

— Fazendo um retrospecto, por mais que os mapas ausentinianos possam se revelar verdadeiros, não podemos planejar nos separar só porque eles predizem uma separação — disse Errol.

— Ele tem razão, Sophia — concordou Virgáurea.

— Mas não são pequenos enigmas — Sophia insistiu. Os companheiros haviam tido a mesma discussão muitas vezes durante a travessia do Atlântico. — Tudo o que os mapas disseram se tornou realidade. E não estou dizendo que devemos planejar nos separar, mas que devemos usar o mapa para antecipar o que pode acontecer e com isso nos planejar com cuidado.

De repente Burr pareceu muito mais desperto.

— Falando de poder divinatório — disse ele —, eis como deveríamos mandar notícias para Shadrack: Maxine!

— Quem é Maxine? — Wren e Sophia perguntaram ao mesmo tempo.

— Sim, Maxine — Calixta murmurou. — Na verdade, é uma boa ideia.

Burr se recostou, com ar satisfeito.

— É claro que é. Só estou surpreso que você admita. — E se virou para Sophia. — Maxine Bisset. Em New Orleans. Nós a conhecemos há anos... Uma pessoa totalmente confiável. Tem um certo quê de adivinha, e é por isso que minha irmã torce o nariz, mas ela também tem o melhor sistema de correspondência...

Um grito veio do outro lado da mansão. Todos na mesa do café da manhã silenciaram e esperaram, apurando os ouvidos. Então ouviram o ansioso tropel de pés correndo e, em seguida, a voz de Millie, chamando:

— Capitã Morris! Capitã Morris!

Calixta se levantou assim que Millie alcançou a sala, sem fôlego.

— O que aconteceu?

— Tomás viu homens a cavalo, vindo para cá pela estrada — ela ofegou.

— Qual o problema?

— Ele estava lá fora consertando o portão. E trouxe isto. — Ela entregou a Calixta uma extensa folha de papel fino que parecia bem desgastada pela exposição às intempéries. — Isso está sendo pendurado em toda parte há duas semanas, mas não pensamos nada a respeito até agora. — O grupo se reuniu ao redor de Calixta, que disse um xingamento para si mesma.

Um desenho fiel de Richard Wren ocupava o centro do folheto. Em torno dele, lia-se:

Recompensa: 2.000 moedas de prata pela captura do fora da lei Richard Wren e seu transporte às autoridades de Tortuga

— Por que você não me falou sobre isso ontem à noite? — Calixta questionou.

— Me desculpe, capitã Morris. — Millie retorceu as mãos. — Nós não pensamos. Só ouvi a senhora chamá-lo de "Richard", e não me ocorreu...

— Quantos homens a cavalo?

— Pelo menos trinta, segundo Tomás.

— São muitos — Calixta disse em voz baixa.

— É a liga. — O semblante de Wren se fechou quando ele se deu conta de que as autoridades australianas de quem fugira estavam em perseguição tão cerrada. — Eles devem estar procurando por mim por todo o Atlântico, uma vez que não têm como saber que estou aqui. — Todos olharam para ele em silêncio. — O mais seguro para todos seria que eu me entregasse voluntariamente para as autoridades.

— De jeito nenhum! — exclamou Calixta.

— Duas mil moedas de prata são uma terrível tentação — Burr admitiu. — Tilintariam alegremente em um baú de madeira concebido especialmente para elas. Nós o poderíamos sacudir de vez em quando para nos lembrar...

— Burr — Calixta interrompeu, revirando os olhos.

— Só estou brincando! — Burr sorriu. — É claro que não podemos desistir. Que absurdo! Mas temos que partir, e rápido. — E apontou para as janelas altas. — Eu os vejo coroando a colina. Estarão aqui em questão de minutos. Embora os criados tenham habilidades desconcertantes com a espada e a adaga, creio que minha irmã preferiria manter esse tipo de confronto do lado de fora da casa. Seria péssimo para os estofados.

Calixta lhe deu um sorriso caloroso.

— Você sabe mesmo ser atencioso, Burr. — Em seguida, colocou as mãos nos quadris e conclamou: — Para o *Cisne*.

— Para o *Cisne*! — seu irmão concordou. — Amigos, vocês têm três minutos para fazer as malas.

Houve um momento de hesitação e, em seguida, todos saíram correndo da sala.

2
A perfumaria de Pulio

2 de agosto de 1892: 8h11

New Orleans era uma cidade dividida durante a rebelião de Nova Akan. Os organizadores dessa revolta se reuniam e recrutavam em New Orleans, mas seus oponentes formavam uma maioria poderosa. É impressionante que grande parte da cidade não tenha sido destruída na própria rebelião. Ela foi poupada por dois motivos: o primeiro foi o foco intencional da insurreição nas plantações e nas fazendas; o segundo foi a decisão dos oponentes de fugirem da cidade ao primeiro sinal de uma agitação violenta. New Orleans foi deixada nas mãos dos rebeldes e, no rastro da revolta, se tornou a sede da Nova Akan independente.

— *Shadrack Elli, História de Novo Ocidente*

ENQUANTO CONTAVA OS SEGUNDOS em voz alta para não perdê-los de vista, Sophia se sentiu grata pelo fato de seus velhos pertences ainda estarem empilhados ao pé de sua cama, onde os deixara na noite anterior. Sem tempo para trocar o extravagante vestido fúcsia, ela calçou as botas, enfiou as roupas na mochila e os livros na bolsa, e as jogou sobre os ombros. Saiu correndo do pequeno quarto tranquilo, agora não mais, e disparou pelas escadas até chegar à pequena sala de desjejum.

Milagrosamente, Burr encontrara tempo para trocar seu roupão matinal pelas calças, uma camisa branca, botas e o cinto com a bainha da espada que costumava usar a tiracolo. Wren carregava sua mochila, Virgáurea levava quase nada, e Errol rapidamente estendeu a mão para a mochila de Sophia quando ela entrou na sala.

— Deixe-me levar isso, pequena — disse ele.

— Calixta! — Burr gritou.

— Estou indo, estou indo — veio a resposta indiferente.

— Ela vai tentar enfiar todos os vestidos que tem em um baú — Burr resmungou. — Querida — ele gritou para o andar de cima —, por que não deixa tudo aqui e compra coisas novas em New Orleans?

O som das gavetas sendo abertas e fechadas freneticamente pararam de repente. Calixta apareceu no topo das escadas no mesmo vestido verde-limão, com um cinto para a espada elaborado a tiracolo.

— Uma sugestão inspirada — ela disse.

— Fico feliz que pense assim. E — Burr acrescentou — já que nossa porta da frente, da qual eu gosto bastante, será destruída a qualquer momento se não sairmos, posso sugerir partirmos imediatamente?

Enquanto Calixta descia as escadas em velocidade, Burr conduzia o grupo para os fundos da casa. Sêneca se agarrava ao ombro de Errol. As portas de vidro estavam abertas, e os cinco desceram apressadamente os degraus de mármore, seguiram pelo caminho de pedras brancas e cruzaram o gramado.

— Millie já alertou a tripulação — Calixta disse para o irmão, mantendo o ritmo. — Eles devem estar levantando âncora neste exato momento.

Sophia não se virou para ver os cavaleiros alcançarem a mansão, mas os ouviu gritar quando avistaram o que estavam procurando. Os cascos dos cavalos golpeavam o gramado, e Sophia se esforçou para se mover com o longo vestido farfalhante, sentindo-o esticar as costuras cada vez que ela se forçava a ir mais rápido. Os piratas, Wren e Virgáurea já tinham alcançado o cais. Ao som da tripulação gritando palavras de ordem, Sophia correu atrás deles e subiu na passarela. Errol subiu na sequência com um salto, e a prancha foi recolhida a bordo com um único movimento. Um tranco repentino se seguiu assim que as velas receberam o vento. Alguns cavaleiros haviam alcançado o cais; eles se detiveram com violência, os cavalos derrapando perigosamente, próximos à beira d'água. Alguns homens sacaram a pistola, empunhando-a no ar.

— Por que eles não atiram? — Sophia perguntou, ofegante.

— Eles não podem afundar o *Cisne* com meras pistolas — Errol respondeu, também ofegante. — E eles sabem que temos canhões. — Sêneca piou no alto, descendo em movimentos circulares na direção de Errol, e pousou com um farfalhar de asas no braço do falcoeiro.

Sophia afundou no convés com um gemido.

— Eu estava tão contente por me livrar do enjoo do mar... — ela disse. — E aqui estamos nós de novo.

— Eu sei, pequena. Eu sei. — Errol pousou a mão brevemente em seu ombro. — Mas vai ser uma viagem curta. E logo você estará em terra firme para sempre. Tente se desligar um pouco da contagem do tempo. Estaremos lá antes que você perceba.

Eles já sabiam que Richard Wren era um fugitivo. O que não sabiam era que a Liga das Eras Encéfalas não mediria esforços para encontrá-lo. Houve uma época em que Wren era um integrante vital da liga, acreditando em sua missão de proteger as eras antigas do conhecimento destrutivo das eras futuras. Agora, estava sendo forçado a fugir da mesma organização que um dia servira.

Na primeira noite da longa viagem pelo Atlântico, Wren explicou como havia chegado a tal situação. Estavam reunidos na cabine de Calixta, Burr mexia distraidamente em um baralho de cartas, Calixta limpava a pistola, Errol cerzia a capa, e Virgáurea ouvia, ao lado de Sophia. Apesar do enjoo inclemente, Sophia estava fascinada.

— Como você leu no diário da sua mãe — Wren começou, indicando as páginas que copiara para Sophia —, conheci Minna e Bronson em fevereiro de 1881. Deixei-os sãos e salvos em Sevilha e depois retornei a bordo do *Poleiro* para a Austrália. Logo após a nossa chegada, eu e minha tripulação fomos presos. — Ele deu um sorriso irônico. — Havia muitas acusações, mas todas diziam respeito a como eu tinha infringido a lei por ter ajudado os seus pais. O relógio que dei a eles foi a maior das violações. Logo me vi cumprindo uma longa pena de prisão. Dez anos, para ser exato. Felizmente, a maior parte da minha tripulação foi deixada de fora.

— Como eles sabiam? Como eles poderiam saber alguma coisa a respeito disso? — Sophia perguntou.

Wren fez um aceno de desdém.

— A liga tem maneiras de saber essas coisas... muitas coisas. Às vezes parece que eles sabem de tudo.

— Um informante? — A pistola de Calixta estava desmontada diante dela em um tecido de tela, e ela olhava para Wren de soslaio enquanto polia o cabo.

— Minha tripulação está acima de qualquer suspeita — disse ele. — Não; não é nada do que vocês imaginam. Deixem-me explicar em poucas palavras para vocês entenderem o que está contra mim. — Ele enumerou os pontos com os dedos. — Cada era tem sua sabedoria reinante. Para os Estados Papais, que nós deixamos para trás, é a religião. É ela que organiza e direciona todas as formas de conhecimento. Em Novo Ocidente, onde a cartografia de seu tio é tão valorizada, Sophia, é a ciência. Antes da Ruptura, a sabedoria reinante na Austrália também era a ciência, mas tão logo nos unimos às eras futuras, fomos apanhados sob a influência delas, e as eras futuras são dominadas pela Ars… as artes.

Os ouvintes esperaram. As cartas nas mãos de Burr raspavam e farfalhavam conforme ele as passava de uma mão à outra. Quando ele falou, seu tom era perplexo.

— Arte como pintura? Música? Estas aqui são formas artísticas, certamente. — Burr fez um gesto circular dentro da cabine, que era cheia de pinturas de Hispaniola, adquiridas e curadas cuidadosamente por Calixta. O quadro de uma garota rachando cocos estava pendurado ao lado da porta; uma batalha no mar dominava a parede acima de uma estante de mapas enrolados; e uma tempestade em formação ao pôr do sol fora pendurada em frente. Cada pintura conferia um ponto de luz sobre as paredes de madeira escura. — E têm mais poder do que as pessoas geralmente reconhecem. Cada uma dessas telas nos transporta de uma forma que vocês podem não perceber de imediato. Sem dúvida, foi por isso que Calixta gostou delas, para início de conversa: cada uma tinha uma influência inegável.

Calixta ergueu os olhos de sua atividade.

— É claro que têm.

Wren assentiu para ela.

— Fico feliz que vocês concordem, mas é o impulso da Ars, isto é, das faculdades intuitivas, interpretativas e imaginativas, os "Três Olhos", como são chamados, que realmente reside na fundação dessas obras. Os Três Olhos podem ser canalizados em pintura e música, teatro e escultura, como acontece nas eras de vocês, mas também podem ser canalizados em leitura e entendimento e na própria moldagem do mundo. Mentes humanas. Cidades. Sociedades. Paisagens.

— Não compreendo — Errol disse sem rodeios. A capa que ele segurava repousava sobre o colo, a costura agora esquecida.

— É quase inimaginável, a menos que se tenha visto o que a Ars é capaz de fazer, da mesma forma que um mundo visto por um microscópio é inimaginável, a menos que se entenda o que o microscópio é capaz de fazer.

— O que é um microscópio? — Errol perguntou.

Wren sorriu.

— Estou deixando isso complicado demais. Errol, como você comunicaria o propósito da Cruz Dourada para alguém que nunca tenha ouvido falar dela? Sophia, como você explica o funcionamento da medicina moderna? A Ars é assim: um sistema de significado e pensamento que é fruto de uma herança de tantos séculos que é preciso estar totalmente imerso nela para entendê-la. E, quando se está totalmente imerso em algo, é difícil explicar os pressupostos, pois parecem óbvios demais para quem os conhece. Nós simplesmente os compreendemos, sem saber exatamente como.

— É esse segredo que a liga está escondendo? — Sophia perguntou. — A Ars? — Ela também não entendia completamente a explicação de Wren, mas compreendia quando ele afirmava que, vista de longe, a Ars podia ser incompreensível. Mapas de memória eram assim: impossíveis de imaginar até que se mergulhasse nas memórias. Talvez a Ars fosse algo semelhante: um mundo inteiro que ganhava vida, um mundo que não podia ser descrito, apenas vivenciado.

— Não, não. — Wren negou com a cabeça. — Isso eu conto uma outra hora. Só estou mencionando a Ars para vocês entenderem como eu fui acusado e condenado com tanta facilidade. Enquanto eu estava no mar, eles não sabiam de nada, mas, depois que voltei e caí nas mãos deles, tudo foi revelado. Eu não sabia que seus pais tinham me chamado com o relógio, Sophia, porque eu já estava cumprindo minha sentença. Quando descobri, depois que fui solto, há apenas alguns meses, já era tarde demais. Ainda assim, eu senti uma responsabilidade muito grande quanto à minha promessa e ao meu fracasso em mantê-la. Eu me comuniquei com Cassia, *Remorse*, em Novo Ocidente, e nós traçamos um plano. O seu "desaparecimento" não foi o que pretendíamos originalmente, Virgáurea, mas, quando soubemos de suas circunstâncias, Cassia improvisou.

— Mas, se eles te puniram antes de ajudar os meus pais — Sophia disse —, com certeza eles não permitiriam que você me ajudasse agora.

Wren olhou para as próprias mãos.

— Você está coberta de razão. Eu nunca poderei voltar para a Austrália. Saí sabendo que seria um fugitivo pelo resto dos meus dias.

Sophia olhou para ele de olhos arregalados, chocada em saber quanto esse quase estranho havia perdido por causa dela e de seus pais. Pensou nos alfinetes que pontuavam o mapa de Shadrack na sala de mapas subterrânea — os alfinetes que marcavam possíveis avistamentos de Minna e Bronson depois do desaparecimento. *E pensar*, ela percebeu, *que cada um desses alfinetes poderia ser alguém como Richard Wren. Alguém que não só viu Minna e Bronson de longe, mas que os ajudou, a um grande custo.*

— E a liga continuará com a perseguição? — perguntou Calixta.

— Talvez, mas suspeito que eles tenham assuntos mais importantes a tratar. Eu sou um peixe pequeno no oceano deles. É mais provável que lancem uma rede mais frouxa, na esperança de me apanharem uma hora ou outra. Eu fiz todo o possível para garantir que eles não o façam.

Parecia agora que Wren estava muito errado. Ou talvez, Sophia refletiu, duas mil moedas de prata fossem uma rede frouxa para a liga: eles anunciavam uma recompensa e esperavam que piratas, contrabandistas e mercadores das Índias fizessem o trabalho por eles. Apesar disso, não parecia que tinham decidido esquecer Richard Wren — ainda não.

Na viagem de quatro dias para New Orleans, Wren se pôs a alterar sua aparência. Já que o folheto o retratava de barba e cabelos longos, ele raspou a barba e a cabeça. Depois disso, Calixta pintou seu rosto, braços e mãos com uma tinta durável, desenhando redemoinhos elaborados e padrões de linhas típicos das tatuagens das Índias.

O *Cisne* se aproximou do porto ao meio-dia, e seus passageiros tiveram um primeiro vislumbre do tempo que vinha fazendo em Novo Ocidente já havia semanas. Uma massa de nuvens amareladas se empilhava como se fossem camadas de tecido felpudo nas franjas do horizonte.

— Nunca vi nuvens assim — Virgáurea murmurou.

— O que as torna amarelas? — Sophia quis saber.

Virgáurea sacudiu a cabeça.

— Não sei. Talvez poeira? — Ela franziu a testa. — Elas parecem tão paradas. — Sobre o cais, as nuvens estavam suspensas, baixas e pesadas; mesmo com a brisa do mar, o ar parecia compacto e estagnado.

O entusiasmo de Calixta não diminuiu com o mau tempo. Tão logo lançaram âncora, ela deixou o *Cisne* nas mãos da pequena tripulação que o manejava e correu para pegar dois coches.

— Antes de irmos até Maxine, preciso comprar algumas coisas nas lojas — Calixta anunciou.

Burr gemeu.

— A ideia foi sua! — Calixta protestou.

— Eu só disse aquilo para persuadir você a sair.

— Bem, foi um excelente conselho e eu pretendo aceitar. A Sophia vai comigo.

— Não preciso de nada. — Na primeira oportunidade, Sophia vestira novamente suas roupas gastas de viagem e não tinha nenhum desejo de se ver presa outra vez em um casulo elaborado de seda, não importava quanto ele pudesse estar na moda.

Calixta lançou um olhar cheio de significado para os calçados de Sophia.

— Que tal botas novas?

Sophia olhou para baixo. Um dos cadarços estava rasgado e remendado com nós em diversos pontos. Os saltos tinham desgastes em forma de meia-lua.

— Bem — ela admitiu —, talvez botas novas não sejam uma má ideia. Se vamos viajar para o norte por tanto tempo...

— Excelente! — Calixta apressou Sophia na direção do coche que as aguardava e fez um aceno alegre para os demais. — Nos vemos na casa de Maxine daqui a algumas horas. Talvez um pouco mais — ela corrigiu.

Burr revirou os olhos.

— Antes do anoitecer, Calixta. Faça a gentileza de tentar.

Calixta se acomodou em seu assento e deu batidinhas no teto da carruagem.

— Loja de botas de Henri na Rue Royale, por favor, cocheiro — ela pediu.

Assim que o carro de aluguel deu um solavanco para a frente, Calixta pressionou o joelho de Sophia.

— Você deve estar pensando na última vez em que estivemos aqui. Com o Theo.

Sophia fez um sinal afirmativo com a cabeça.

— Sim. Parece que faz muito tempo. — Da janela, olhou para o porto, que ficava cada vez mais para trás. Lembrou-se de como tinha perdido a noção do tempo tentando encontrar o navio dos piratas. Lembrou-se da repentina aparição de Burr, do afã louco de subir pela prancha de embarque, da perseguição dos Homens de Areia, e de Theo mirando no barril de melaço. O último pensamento trouxe um sorriso a seu rosto.

— Em breve você estará de volta a Boston, querida — Calixta disse. — E Theo não vai ficar com inveja de todas as suas aventuras?!

O sorriso de Sophia ficou mais melancólico.

— Acho que sim. Principalmente pelo fato de eu ter passado tanto tempo com você e com Burr.

Calixta riu.

— Oh, pobrezinho. Tenho certeza de que ele anda arrasado de tédio ultimamente. Enfim — ela disse com ares de quem não brinca em serviço —, além das botas para você, nós duas precisamos de novos chapéus, anáguas, pelo menos um par de vestidos, sapatos para noite, meias, roupas íntimas, para não mencionar uma escova e grampos de cabelo, sabonete... E o que mais?

— Já me parece bastante coisa.

— Ah! — Calixta exclamou. — Pare aqui, cocheiro! — Ela bateu no teto. — Perfumes, é claro.

Tão logo pararam, ela puxou Sophia para fora do coche.

— Eu realmente não acho... — Sophia começou.

— Por favor, não me questione quando o assunto é fazer compras. Não é sensato. — Calixta olhou para o condutor. — Espere aqui.

Estavam nos arredores do centro da cidade, e uma longa rua ladeada de lojas se estendia diante delas. Havia uma loja de chapéus aberta do outro lado da rua, onde duas senhoras carregando sombrinhas olhavam pela vitrine, admirando os chapéus. Ao lado, uma garota de avental branco varria os degraus de uma confeitaria. Sophia ergueu os olhos para a placa acima da porta por onde Calixta a levava: FRAGRÂNCIAS FINAS DE VINCENT PULIO.

Aromas de amêndoa e flor de laranjeira, almíscar e canela, gardênia e rosa eram carregados pelo ar. Calixta se dirigiu ao balcão enquanto Sophia olhava o que havia em volta. Mesas delicadas pontuavam o recinto como ilhotas repletas de frasquinhos de vidro. As paredes eram revestidas de prateleiras, onde pesados frascos etiquetados como *magnólia, madressilva* e *prado* permaneciam lado a lado. Um homem corpulento de bigode cuidadosamente arrumado estava atrás de um balcão de vidro, limpando com um pano branco os aromatizadores ornamentados na vitrine.

— Vincent! — Calixta o saudou.

— Ah! — O homem corpulento olhou para cima, assustado. — Capitã Morris. — Ele olhou para a porta de entrada e, em seguida, para os fundos da loja, onde outro cliente testava uma fileira de perfumes.

— Você parece decepcionado em me ver, Vincent — Calixta observou, estreitando os olhos com desconfiança. — O que o aflige?

— A mim? — Vincent respondeu nervosamente. — Nada. Absolutamente nada.

Calixta riu.

— Conheço você há sete anos, Vincent. O que foi?

— Calixta Cleópatra Morris — veio uma voz baixa, dos fundos da loja. Sophia se virou e viu que o cliente que antes examinava os vidros agora encarava Calixta, com a espada em punho. Tinha cabelos longos e cacheados, que usava amarrados a uma tira de couro desgastada. As botas pretas, engraxadas à perfeição, estavam posicionadas para dar impulso. — Não vou chamá-la de *capitã,* Calixta — ele disse, entredentes —, pois você não merece o título.

— O'Malley — Calixta disse friamente. — É maravilhoso vê-lo, também. Que pulga mordeu você para me receber com uma espada em riste? Não é aconselhável em nenhuma circunstância, mesmo que este fosse um daqueles raros dias em que você, por acaso, estivesse sóbrio.

— Você sabe muito bem — O'Malley respondeu sem vacilar, dando um passo na direção da pirata.

Lentamente, Calixta tirou as luvas de renda e as enfiou no decote do vestido, sem deixar de fitar O'Malley com desdém por um instante sequer.

— É verdade, não compreendo. Da última vez em que o vi, jantávamos a bordo do *Cisne*, bebendo o melhor rum de Burr. Se nos encontramos desde então e a memória me falha, faça a gentileza de me recordar.

— Isso não tem nada a ver com nós dois — disse O'Malley, torcendo a boca como se tivesse provado algo rançoso. — Tem a ver com o que você fez com o *Eurídice*. Fiquei sabendo ontem mesmo, mas toda New Orleans está horrorizada com o seu crime. Tamanha crueldade não pode ficar impune.

Calixta pousou a mão no punho da espada e o rosto perdeu todos os traços de diversão.

— Meus respeitos por sua justa indignação, O'Malley, mas você terá que me esclarecer qual é a causa. Não vejo o *Eurídice* há mais de três anos. O que eu supostamente fiz com ele?

— Que desprezível — O'Malley disse, erguendo a espada. — Nunca pensei que fosse capaz disso. Captura o navio, aceita a rendição dele, desembarca toda a tripulação e depois nega qualquer conhecimento da atrocidade? Você não é digna de ocupar o leme de um navio! É um prazer ser o responsável por você nunca mais lançar um barco ao mar.

Calixta desembainhou a espada em um único movimento e conteve o avanço de O'Malley. Seus olhos eram fendas raivosas.

— Suas palavras são mentirosas. Defenderei a minha honra e a do *Cisne* com muito prazer, mas vamos fazer isso na rua. Seus golpes desajeitados vão acabar quebrando todos os frascos de Vincent, e não pretendo pagar centenas de dólares por perfumes derramados quando já terei de arcar com a conta do seu funeral.

— Com todo prazer. — O'Malley sorriu. — Na rua certamente haverá muitas pessoas satisfeitas em presenciar a queda da outrora estimada capitã Morris.

Houve um movimento súbito que Sophia não conseguiu acompanhar, e as lâminas brilharam e ecoaram uma de encontro à outra. Sophia soltou um suspiro surpreso.

— Sophia — Calixta disse em voz baixa enquanto recuava de costas para a porta, sem desviar os olhos de O'Malley.

— Sim?

— Você se lembra do nome da pessoa que viemos ver?

— Sim, eu me lembro.

— Quero que entre no coche e peça ao cocheiro para levá-la até lá. Ele vai saber o endereço.

Sophia respirou fundo e se revestiu de coragem.

— Não.

Calixta fechou a cara.

— Faça o que estou mandando.

— Não vou deixar você aqui. — Ela olhou pela vitrine. Já havia curiosos lá fora assistindo ao duelo. O som de pés correndo prometia mais gente. — As pessoas estão chegando. Se o que ele falou é verdade, não posso deixar você aqui.

— Isso não ajuda em nada, Sophia — Calixta disse, com os olhos ainda fixos em O'Malley.

— Sinto muito, mas não vou sair.

A lâmina de Calixta mergulhou para a frente e, de repente, a camisa de O'Malley estava aberta. Atrás do balcão, Vincent soltou um ganido e se abaixou, desaparecendo de vista. O'Malley avançou, a espada golpeando violentamente, e uma das mesas mais próximas a ele tombou no chão com estrondo. Calixta lançou a espada para cima, cravando-a no teto, e depois deu uma investida de ombro que acertou O'Malley no estômago. Ele foi pego de surpresa. Ainda agarrado à espada, ele caiu para trás e fez um esforço para se levantar, mas Calixta tirou uma pequena adaga do cinto.

— Desculpe, Finn — ela disse baixinho. Em seguida, brandiu a adaga abrindo um talho na parte de trás dos tornozelos de O'Malley: primeiro em um, depois no outro. Ele ofegou de dor. — Os cortes vão sarar — continuou Calixta, levantando-se rapidamente. — Mas você não vai andar por algumas semanas. — Ela jogou a cabeça para trás e olhou para ele. — Fico triste de saber que você pudesse acreditar em tais rumores. Você me conhece melhor do que isso.

Ela arrancou a espada de onde estava dependurada no teto e a guardou de volta na bainha. Então, pegou Sophia pela mão.

— Venha comigo, mocinha teimosa.

A multidão do lado de fora da perfumaria de Vincent havia aumentado consideravelmente, o que deu à Calixta uma grande vantagem para fugir.

— Para dentro do coche — Calixta ordenou a Sophia abruptamente. — Vamos — ela acrescentou para o cocheiro. — Vou dar o endereço assim que virarmos a esquina. Cuide para ninguém nos seguir. Te pago em dobro.

3
A armadura

2 de agosto de 1892: 17h00

Os Territórios Indígenas estão na mesma era em que Novo Ocidente — isso significa dizer que a Grande Ruptura não formou uma fronteira entre os dois. No entanto, as fronteiras políticas entre eles eram e continuam sendo formidáveis. É também uma fronteira de conhecimento; os historiadores em Novo Ocidente não estão tão bem informados como deveriam a respeito dos povos nos Territórios. Conhecemos a história de seus últimos duzentos anos porque fomos parte dela, mas o que sabemos do passado remoto? O que sabemos de suas origens? Muito pouco.

— *Shadrack Elli, História do Novo Mundo*

NÃO SE PODIA DIZER que a parte da Pensilvânia onde a companhia de Theo se encontrava acampada tinha estradas: eram apenas trilhas abertas pelos cervos, mas já cobertas de vegetação, e uma aparente oferta infindável de arbustos espinhosos. Theo e os outros da equipe de trabalho tinham recebido a tarefa de transformar essas trilhas cheias de mato em amplas estradas limpas, por onde tropas pudessem marchar sem obstáculos. Só que havia começado aquela umidade fria, com as nuvens amareladas que deixavam o ar pesado e até o menor movimento, exaustivo. A vegetação parecia prosperar nesse clima, desfraldando as folhas de forma tão luxuriante que as ervas daninhas, cortadas num dia, já reapareciam no outro. O trabalho era extenuante e dificultado pela perspectiva de que utilidade essas estradas teriam. O grupo estava abrindo caminho para o exército de Novo Ocidente, que seguia para oeste a fim de subjugar os rebeldes Territórios Indígenas.

Os escassos momentos livres de Theo eram gastos em tarefas que, em circunstâncias normais, pareciam triviais: comer, tomar banho e lavar as próprias roupas. Às vezes, ele se sentia cansado demais para comer, mas forçava-se a engolir a comida, sabendo que seus músculos o puniriam mais tarde com câimbras terríveis se não se alimentasse. De alguma forma, ele ia conseguindo passar tanto pelo trabalho como pelas tarefas suspendendo os pensamentos, sentindo quase nada.

Isto é, tinha conseguido usar essa estratégia até os últimos dias. Recebera outra carta de Shadrack, cheia de palavras de encorajamento e notícias da vida em Boston. Shadrack escrevia muito pouco sobre seu trabalho no ministério, evitando qualquer menção a Gordon Broadgirdle. O primeiro-ministro era um tema repugnante para ambos. Broadgirdle acusara Shadrack de assassinato, além de ter arquitetado uma guerra contra o oeste e lançado Theo, que conhecia seu passado sórdido, no centro dessa guerra. O primeiro-ministro estava presente na carta — em todas as cartas entre eles — como uma enorme e odiosa omissão. Shadrack relatava que o paradeiro de Sophia ainda era des\conhecido, mas ele tinha certeza de que ela retornaria para casa, na esperança de que a guerra terminasse logo e que todos pudessem se reencontrar.

Lendo a carta, Theo tomou consciência repentinamente de uma dor latente no fundo do peito. O corpo inteiro diminuiu o ritmo e os músculos se rebelaram. Todas as tarefas que anteriormente tinham sido cansativas, mas contornáveis — mesmo as mais simples, como limpar as botas —, tornaram-se detestáveis e quase impossíveis. Ele não queria estar lá, naquele lugar ermo, cercado por seus antigos companheiros de cela, limpando caminhos para que centenas de botas pudessem empreender a marcha para o oeste. Sempre parecera inútil, mas agora parecia claramente errado. *O que estou fazendo aqui?*, Theo se perguntava.

Ele esperava que a carta de Shadrack pudesse revelar algumas pistas cuidadosas sobre um plano para acabar com a guerra; afinal de contas, Shadrack era o cartógrafo de guerra e tinha sua fatia de poder no governo de Broadgirdle. Por outro lado, Theo esperava que Shadrack tivesse um plano para o retirar daquela companhia. No mínimo, esperava receber alguma notícia de Sophia. Saber que ela estava segura em Boston seria um pouco reconfortante quando ele estava caminhando para o perigo, mas Shadrack não lhe oferecia nada disso.

A companhia de Theo estava apenas a alguns dias da fronteira dos Territórios Indígenas. Logo se embrenhariam além da fronteira e, sem dúvida, se aventurariam em batalha.

Theo estava sentado em seu catre, pensando no que escreveria a Shadrack, quando seu companheiro de barraca, um homem que todos chamavam de Casanova, apareceu no espaço iluminado pela vela e rolou sobre os lençóis de algodão.

Casanova entendeu o humor de Theo só de olhar. Ele ficou deitado em silêncio no catre, dando ao rapaz algum tempo para dizer a primeira palavra.

Como todos os demais homens daquela companhia, Casanova já tinha sido prisioneiro em Boston. Na verdade, Theo o conhecera em seu primeiro dia de prisão lá. Voluntários e recrutas, que formavam um batalhão separado, chamavam os pelotões de prisioneiros de "blocos", uma referência depreciativa ao recente encarceramento. Na realidade, o tempo na prisão tornou a companhia de Theo mais preparada para a guerra. Os voluntários eram rapazes inexperientes: crianças, praticamente. Os prisioneiros, por outro lado, eram homens de todas as idades, que já tinham experimentado sua cota de infortúnios e o que significava estar à mercê da vontade de outro homem. Nenhum deles se adequava bem a nenhuma circunstância, mas sua experiência os tornava mais cautelosos e geralmente mais pacientes ante as humilhações da vida militar.

Casanova era um caso especial. Alto, de ombros largos e pescoço grosso, possuía o aspecto de um boxeador. Tinha sido um homem bonito no passado, mas em algum evento ou acidente que ele nunca mencionava, um lado de seu rosto e de sua cabeça havia sido queimado. Theo o vira se lavar e sabia que a cicatriz que desfigurava o escalpo e o rosto de Casanova se estendia pelo peito e pelas costas: uma coisa manchada, repuxada e enrugada. Theo tinha suas próprias cicatrizes, anos de linhas e talhos acumulados na mão direita de ossos de ferro. E sabia que havia algo diferente nas pessoas que carregavam os danos do passado na própria pele. A cicatriz dava a Casanova uma aparência tão aterrorizante que lhe conferia uma reputação temível, sem que fosse preciso fazer nenhum esforço. E, no entanto, ele era tudo, menos aterrorizante; em vez disso, era um observador silencioso, bem-humorado e tão atencioso com Theo como se fosse um irmão mais velho.

Pelo menos uma vez por dia, às vezes mais, Theo ou outra pessoa cutucava Casanova para extrair dele a história da cicatriz. E ele sempre se esquivava, levando-os a inventar explicações cada vez mais bizarras: um livro favorito e uma barraca em chamas; um frango, um teto e um bule de chá; uma velha cega, um cachimbo e uma caixa de fósforos. Casanova ria com indulgência de cada tentativa e não dizia nada.

Para explicar sua natureza silenciosa e sua preferência por livros em vez de companhia barulhenta, ele professava ser um grande covarde. Alguns homens tratavam suas armas com carinho exagerado, como se estivessem manuseando heranças de família; Casanova mal suportava tocar sua espada e espingarda, as quais ele jogava debaixo do catre à noite como um par de vassouras velhas. Fazia cara de desdém sempre que alguém se gabava de ter vencido uma briga de facas. Revirava os olhos ao ver dois homens que, depois de treinar o dia todo, trocavam socos entre si por causa de algum insulto imaginado. Preferia ler em sua barraca, mas Theo percebia que, a despeito das afirmações constantes de covardia, ninguém nunca o atacava ou lhe dirigia insultos — que dirá socos. Sem dúvida, Theo supunha, sua altura, seu porte físico e sua cicatriz o protegiam, apesar de sua natureza pacífica.

Casanova esperou, então, entrelaçando as mãos atrás dos cabelos molhados — tinha acabado de lavar a poeira de agosto no riacho próximo — e ficou olhando para a lona amarela no teto da barraca.

Finalmente, Theo suspirou.

— Cas, não sei o que dizer para o Shadrack.

Casanova continuou olhando para o teto.

— Por quê?

— Não há notícias da Sophia. Não há notícias sobre a guerra. E tudo aqui... Bem, você sabe. O que eu posso fazer?

Casanova então olhou para ele, um lado do rosto com um sorriso bonito; o outro com um nó retorcido e enrugado.

— Você não precisa dizer isso a ele. Conte coisas sem importância. Ele nunca vai saber a diferença.

— Mas o quê?

— Conte como Lumps caiu ontem, mesmo com toda a certeza de que ele conseguiria tirar o galho da estrada sozinho, e acabou atolado na lama até a cintura.

Theo riu da lembrança.

— Conte como Lumps demorou quase uma hora para lavar a lama das roupas e que ele teve de ficar pelado no rio. Se tiver estômago, você pode até descrever Lumps pelado.

Theo riu.

— E pode mencionar quantas vezes você pensa nele e na Sophia — Casanova acrescentou suavemente, agora que tinha feito Theo sorrir. — E quanto deseja que essa guerra acabe.

Theo respirou fundo e balançou a cabeça, assentindo.

— Tudo bem. Vou fazer isso. — Então passou a mão pelo cabelo empoeirado e, com um gesto cansado, afastou o papel. — Vou escrever amanhã de manhã.

Casanova observou o rapaz por um momento.

— Eu vi uma coisa interessante hoje.

Theo ergueu os olhos bruscamente, reconhecendo a mudança no tom.

— A caravana de provisões que chegou ontem. Eu consegui olhar dentro.

Theo esperou.

— Achei que a quantidade de comida podia dar uma noção de para onde vamos; quanto tempo temos que marchar, mas não havia comida na carroça. Havia caixotes com armaduras.

— Armaduras? — Theo repetiu, curioso.

— Protetores de vidro para os olhos, acoplados a uma máscara de couro.

— Como óculos de proteção?

— Veja com os próprios olhos. — Casanova se sentou, pôs a mão debaixo do catre e tirou uma confusão de couro, tiras e fivelas.

— Estou começando a imaginar como você foi parar na cadeia, Cas — Theo comentou em tom amigável.

Casanova puxou o capuz de couro na cabeça e encarou Theo.

— Como ficou? — ele perguntou, com a voz abafada.

Theo franziu a testa.

— É difícil dizer. Bem o suficiente, se você quiser parecer uma mosca gigante. — Lentes verdes, abauladas e oblongas formavam um ângulo, o que dava à máscara um aspecto triste. Uma costura de couro corria pelo centro, e uma tela em formato de pera, feita de tecido rígido, cobria a boca e o nariz. No pescoço, uma alça e uma fivela pendiam soltas. — Dá para enxergar?

— Dá, mas tudo fica distorcido. — Casanova pegou uma lente abaulada em cada mão e, com algum esforço, as ergueu. — Elas têm dobradiças, um pouco apertadas. — Os olhos castanhos piscaram sem expressão por trás da máscara. — Tem alguma coisa no tecido aqui... um cheiro de carvão.

Theo fez uma careta.

— Melhor tirar isso.

Depois que tirou, Casanova disse:

— Espero que Merret não obrigue a gente a usar isso. É quente como um forno aí dentro.

— Por que teríamos que usar isso? Acho que são para proteção, mas proteção contra o quê?

Casanova enfiou a máscara debaixo do catre e se recostou com um suspiro.

— Logo vamos ficar sabendo. Pelo jeito a intenção de Merret é chegarmos aos Territórios Indígenas em três dias.

Houve um momento de silêncio. Casanova contemplou novamente o teto baixo de lona, onde uma chama de vela lançava sombras dançantes. Theo se espreguiçou em seu catre e estendeu o braço para apagar a vela. Mas, pela primeira vez, não adormeceu imediatamente, e seus pensamentos dispararam como se percorressem um labirinto.

4
Cinco cartas

2 de agosto de 1892: 8h31

Papel de jornal, cartas, até mesmo uma pintura: essas coisas que chamamos de "rebotalho" podem ser do passado ou do futuro, mas um passado ou futuro perdido na Grande Ruptura. Algumas vezes, podem oferecer revelações surpreendentes. Um rebotalho de 1832 serviu de alerta: advertia Novo Ocidente a considerar quais condições poderiam servir como fundamentos para uma guerra. Durante décadas, a ameaça de guerra rondou o hemisfério como uma nuvem de tempestade, mas a ameaça era sempre evitada. As guerras anteriores à Ruptura haviam custado derramamento de sangue suficiente, e a rebelião de Nova Akan demonstrara o tipo de sofrimento possível quando a era se voltava contra si mesma.

— Shadrack Elli, História de Novo Ocidente

O PRIMEIRO-MINISTRO GORDON BROADGIRDLE claramente despendera recursos significativos e não pouca energia em sua sala de guerra. Extravagante e excessivamente confortável, parecia sugerir que a guerra era um negócio acolhedor — até mesmo um negócio de luxo — para ser apreciada nos confins de um cômodo requintado e aconchegante.

Shadrack o odiava.

Tudo ali fazia seu estômago revirar. A sala dava de frente para o jardim público, e as largas janelas exibiam cortinas de veludo ocre. Papel de parede listrado de branco e azul-escuro era interrompido por retratos de políticos de antes da Ruptura. Shadrack ficava tonto sempre que olhava para ele. Pesadas cadeiras estofadas de couro caramelo com apoio para os braços aguardavam, obedientes, ao redor de uma mesa oval, muito polida. No ar abafado que nem mesmo os gastos de Broadgirdle conseguiam evitar, tudo era levemente úmido; com algum desgosto, Shadrack sentiu um ligeiro cheiro de mofo. Suspeitava de que viesse do carpete grosso demais, azul-escuro para combinar com as listras, que conseguia amortecer até os pesados passos de Broadgirdle quando entravam na sala.

E ele entrava a passos largos todas as manhãs, pontualmente às oito e trinta. Reunia-se com seu gabinete de guerra todos os dias nessa mesma hora e gostava das reuniões tanto quanto de sua suntuosa sala de guerra.

— Bom dia, senhores! — Ele abriu um largo sorriso, puxando uma cadeira ao lado de Rupert Middles, o recém-nomeado ministro de Estado e arquiteto do "Plano Patriota", a lei parlamentar que havia fechado as fronteiras para estrangeiros. Middles, com seus dedos roliços e seu bigode avantajado, estava sentado em frente a Salvatore Piedmont, o ministro da Defesa.

— Bom dia, primeiro-ministro! — Piedmont respondeu, pigarreando vigorosamente. — Belo dia para planejar uma guerra!

Shadrack gemeu internamente; o homem dizia a mesma coisa todas as manhãs.

Salvatore Piedmont era um militar que já vira dias melhores. Seu pai fora um general nos primeiros anos após a Ruptura, quando as rebeliões de escravos no sul levaram à formação de Nova Akan. Piedmont herdara de seu pai a aversão às rebeliões e uma certeza mordaz de que as forças armadas de Novo Ocidente podiam resolver todos os problemas, grandes ou pequenos. No curso de sua longa vida, tinha visto essas amadas forças armadas marginalizadas enquanto Novo Ocidente permanecia em paz com seus vizinhos. Agora, em seus oitenta anos, ele estava feliz da vida pelo fato de o exército finalmente estar no centro das atenções. Broadgirdle, por sua vez, parecia não se importar que o chefe das Forças Armadas fosse um octogenário um tanto fraco de raciocínio. Facilitava muito que as coisas fossem feitas do seu jeito.

— Bom dia — concordou Middles, sentado na cadeira. Ainda não tinha superado a sensação de importância que vinha com a nomeação para ministro de Estado e, sempre que Broadgirdle estava presente, ele transformava o rosto em uma máscara severa, como se determinado a incorporar a gravidade e a solenidade exigidas para alguém no seu cargo.

— Bom dia — disse Shadrack, cansado.

Broadgirdle lançou-lhe um sorriso serpentino, satisfeito como nunca com o desânimo de Shadrack.

— Temos muita coisa para discutir hoje. Tenho relatos de Griggs e June.

— Então o que diz June? — Piedmont retumbou alegremente. — Um ótimo soldado. Um ótimo soldado, de fato, Erik June.

Shadrack suprimiu o desejo de revirar os olhos.

— Tanto ele quanto Griggs relatam obstáculos consideráveis ao progresso deles — disse Broadgirdle.

— *O quê?* — exclamou Piedmont.

Middles franziu o cenho com preocupação.

— Mais crateras?

— Isso mesmo, senhores. Mais crateras. — Broadgirdle se recostou na cadeira e os observou com olhos inexpressivos, como se esperasse uma explicação.

A primeira cratera havia aparecido no início de julho. Da noite para o dia, um quarteirão inteiro da região oeste de Boston havia desaparecido em um buraco escancarado cujas profundezas negras pareciam infinitas. Não houve sobreviventes.

A segunda cratera se abriu dois dias depois, desta vez na porção sudoeste da cidade. Menos vidas foram perdidas, pois a área era menos densamente povoada, mas o evento era tão inexplicável quanto o das outras vezes. No total, sete buracos como esses haviam aparecido no raio de um dia de viagem a partir de Boston, e agora haviam aparecido outros no caminho por onde as tropas de Novo Ocidente marchariam. Shadrack ouvira muitas teorias desesperadas — a péssima construção das estradas, drenagens inapropriadas, atividades vulcânicas sem precedentes — assim como alguns debates com mais embasamento científico, mas, até aquele momento, ninguém fora capaz de sugerir uma explicação convincente.

— É um problema considerável — Broadgirdle disse, olhando acentuadamente para Shadrack, como se ele fosse o responsável. — As tropas estão seguindo mapas feitos pelo cartógrafo de guerra, e esse cartógrafo não está prevendo as crateras.

— Bem — Shadrack ironizou —, as crateras não costumam aparecer onde eu peço que apareçam.

Imperturbável, Broadgirdle arqueou a sobrancelha em face da ironia.

— Deve haver direções alternativas para cada rota.

Shadrack estava a um passo de protestar, dizendo que isso criaria um pesadelo logístico, mas foi interrompido.

— Com licença, primeiro-ministro — disse uma voz feminina. Cassandra Pierce, a nova assistente de Broadgirdle, se materializou ao lado dele e lhe entregou um pedaço de papel. — Achei que o senhor desejaria ver isto aqui antes de ser publicado. Vai sair no *Boston Post* desta noite. Ouvi dizer que já foi para a gráfica.

Enquanto Broadgirdle lia em silêncio, Shadrack podia ver o efeito do texto no semblante do outro homem: primeiro surpresa, depois raiva, depois um esforço concentrado de manter a compostura, então, finalmente, um determinado desdém.

— Quem escreveu isto? — ele perguntou friamente.

— Os editores — respondeu Pierce.

— Posso? — perguntou Shadrack.

Broadgirdle entregou o artigo com desprezo.

— Não estou muito surpreso que ninguém esteja disposto a assinar um artigo como esse.

Shadrack leu rapidamente o início do editorial:

FIM À GUERRA OCIDENTAL

Os editores apelam ao primeiro-ministro e ao parlamento que reconsiderem a guerra dispendiosa e infrutífera com nossos vizinhos. Na raiz desta guerra está a política de fronteiras do parlamento, demasiado intolerante para com estrangeiros. Essa política provocou a secessão de Nova Akan e dos Territórios Indígenas; fez as Índias Unidas declararem um embargo. Como resultado, Novo Ocidente se encontra isolado e sem aliados, quando outrora foi o centro do comércio no hemisfério.

O que ganhamos com tais políticas? O que ganhamos com a expansão para o oeste? A aquisição do território das Terras Baldias é realmente mais valiosa do que os milhares de dólares semanais ganhos em comércio com as Índias Unidas? É mais valiosa do que a paz com os Territórios? É mais valiosa do que o porto de New Orleans? Achamos que não.

Shadrack teve de se conter para não balançar a cabeça afirmativamente em cada linha do artigo. *Finalmente alguém está escrevendo coisas sensatas! Espero que as pessoas que lerem isto se deem conta,* pensou.

— Que ultrajante! — Piedmont declarou, com a voz trêmula. Shadrack olhou para cima e avistou os ministros da Defesa e de Estado lendo por cima de seu ombro. — "O que ganhamos"? Essa pergunta absurda só poderia mesmo vir de um civil.

— Notei que os editores não mencionam como a política de fronteiras os manteve seguros por tantos meses. — Middles fungou e balançou a cabeça. — Outro lembrete de que o nosso sistema de compra de assentos no parlamento é inestimável. Imaginem só se essa ralé tivesse voz no governo!

— A despeito disso — observou Broadgirdle —, muitos que fazem parte dessa ralé sabem ler. E, como este artigo já está na imprensa, acho oportuno escrever uma resposta. — Sua voz era calma, e parecia que ele já havia vislumbrado uma solução para o problema.

— Uma resposta? — Piedmont indagou. — Esse artigo certamente nem merece uma resposta.

— Acho que merece. E quem melhor para escrevê-la do que nosso ministro das Relações com Eras Estrangeiras?

Shadrack arrancou os olhos do editorial.

— Eu... — ele começou. — Não sei se sou a pessoa certa para isso.

Um sorriso começou a se espalhar no rosto de Broadgirdle, e Shadrack sentiu que cresceria como uma mordida feroz. Um sorriso que o fazia se lembrar de tudo o que o homem havia feito para o compelir a chegar àquela situação. Broadgirdle ficara sabendo que os dois estrangeiros que viviam na casa de Shadrack, Theodore Constantine Thackary e a sra. Sissal Clay, usavam documentos de cidadania falsificados, e ameaçou deportá-los; ele tinha, de alguma forma, descoberto sobre a entrada de Sophia no Arquivo Niilistiano sob falsos pretextos, e dito que informaria o arquivo para que fizessem uma denúncia. Cada morador daquela casa estava à mercê do primeiro-ministro. Cada um deles estaria perdido se Shadrack não fizesse o que Broadgirdle exigia.

O desespero de Shadrack não era menor por ser familiar. Ele não tinha escolha a não ser trabalhar arduamente como cartógrafo de guerra para um conflito que ele detestava. Não tinha escolha a não ser apoiar as políticas que ele considerava ofensivas, discriminatórias e temerárias. Agora não tinha escolha a não ser escrever uma resposta contundente ao editorial, apesar de concordar com cada palavra ali presente.

3 de agosto, 16h40

— Leia a última parte outra vez, Shadrack, sobre a chegada a Pear Tree — Miles ordenou, franzindo a testa.

Shadrack olhou para as pessoas que se juntavam ao redor da mesa de cozinha, as quais balançaram a cabeça, demonstrando concordância. O aposento do número 34 da East Ending Street, com suas pilhas desordenadas de mapas, pratos desemparelhados e a cheirosa torta de pêssego, não podia ser mais destoante do que a sala de guerra de Broadgirdle. E os conspiradores que ali se reuniam duas vezes por semana não podiam ser mais diferentes do que os que frequentavam o gabinete de guerra do primeiro-ministro — mas tinham a mesma determinação em seu objetivo.

Miles Countryman, explorador e aventureiro, era o amigo mais antigo de Shadrack em Novo Ocidente. Também era a pessoa mais argumentativa em Boston. Ele discutia com Shadrack sobre praticamente tudo, das armadilhas da política ao tamanho de uma refeição adequada. A sra. Sissal Clay, a governanta que residia no último andar, era uma viúva de Nochtland e, desde sua chegada a East Ending Street, não tinha discutido com Shadrack nem mesmo uma vez. Ela quase nunca viajava.

Os últimos dois conspiradores eram tão diferentes que faziam Miles e a sra. Clay parecerem farinha do mesmo saco. Nettie Grey era a respeitabilíssima filha do inspetor Roscoe Grey, e Winston Pendle — Winnie para abreviar — era o filho de muito má reputação de uma mulher internada em um asilo psiquiátrico. Embora Winnie estivesse muito mais limpo ultimamente do que era seu costume, já que agora ele morava com Miles em vez de na rua, tinha uma persistência ao desleixo que nem uma pilha de roupas limpas poderia resolver. Ele se empoleirava meio torto no assento, enquanto Nettie se sentava com uma postura perfeita. Ele bagunçava o cabelo enquanto ponderava a notícia de Shadrack, deixando-o como um ninho emaranhado, enquanto o cabelo de Nettie fora lindamente trançado. Pensativo, ele mastigava um lápis, que estava ficando deformado, enquanto Nettie permanecia calma e imóvel.

O que os conspiradores tinham em comum, por mais diferença que tivessem de idade, origens e tendências, era a lealdade aos moradores daquela residência — presentes ou ausentes — e um ódio invencível pelo primeiro-ministro Gordon Broadgirdle.

No dia em que Theo foi recrutado e mandado para a guerra, arrancara de Winnie a promessa de que este cuidaria das coisas em Boston enquanto ele estivesse fora. Winnie levou a promessa a sério. No dia seguinte, fez sua proposta a Shadrack. Os cinco trabalhariam em conjunto para fazer o primeiro-ministro Gordon Broadgirdle pagar por seus crimes. Eles o fariam pagar pelo assassinato de Cyril Bligh, os Eerie que ele havia aprisionado seriam encontrados, e, assim que ele fosse posto na cadeia, aquela guerra sem sentido contra o oeste chegaria ao fim.

Shadrack havia concordado, em parte porque viu nos olhos do menininho sujo que ele iria atrás de Broadgirdle com ou sem a sua ajuda, e, de certa maneira, ele achava que as chances de Winnie seriam melhores com a sua assistência.

O progresso dos conspiradores era, no mínimo, desencorajador. Nenhuma prova nova surgira para implicar Broadgirdle no assassinato de Bligh. Nem mesmo a menor pista — além de um mapa de memória encontrado por Theo — apontava para o paradeiro da Eerie. Os cinco não obtiveram sucesso em reunir mais informações sobre Wilkie Graves, o homem que Broadgirdle fora antes de cair de paraquedas na cena política de Boston. Enquanto os conspiradores conspiravam em vão, a guerra de Broadgirdle ia de vento em popa.

E parecia que em 3 de agosto as coisas ficariam ainda piores.

O amigo de Shadrack, Pip Entwhistle, havia chegado cedo naquela manhã com correspondências dos Territórios Indígenas: uma carta de seu amigo Casper Bearing e outras quatro como ela. Os conspiradores ouviram em silêncio Shadrack ler em voz alta uma história horrível depois da outra. Os efeitos da névoa escarlate eram catastróficos em toda parte; sua origem era um completo mistério. Ao terminar, Shadrack se levantou e apoiou a testa no balcão da cozinha, desesperado.

Por algum tempo, ninguém disse nada.

— Flores e carniça, mas o que é esse maldito nevoeiro? — Miles finalmente questionou, batendo o punho na mesa. Os pratos vazios com suas colheres e a travessa da torta de pêssego tremeram em alarme.

Ele se endireitou na cadeira.

— Não tenho ideia, Miles. Nunca ouvi nada parecido, mas relatei o fato para Broadgirdle.

— Para *Broadgirdle*? — Miles exclamou. — Por que contar àquele vilão?

— Pense, Miles: todos aqueles soldados a caminho dos Territórios. — Diante das sobrancelhas franzidas do outro homem, Shadrack continuou: — Não importa se você gosta da minha decisão ou não. Broadgirdle já sabia. Ele pode ser vilão, mas não é totalmente incompetente.

— Queríamos que ele fosse — rosnou Miles. — E o que ele pretende fazer?

— Ele está enviando roupa de proteção para as tropas.

— Grande solução...

A sra. Clay fora às lágrimas quando ouviu o relato das crianças trancadas na despensa. Ela olhou para sua xícara de chá meio cheia e para a torta que permanecia no prato.

— Que as Parcas nos ajudem — ela disse por fim. — Talvez seja algum tipo de vento ruim, como os tornados que são muito mais comuns nas Terras Baldias do que aqui. — Sua voz ficou mais agitada. — Talvez estejam se movendo para o leste!

— A mim isso parece feito por mãos humanas — Miles contrapôs. — Conveniente demais que tenha atingido quatro cidades e todas elas nos Territórios Indígenas.

— E se houver uma nova era, como a Era Glacine ao sul? — disse a sra. Clay, ainda mais agitada. — E se esse nevoeiro for o resultado dela? Não se esqueçam de que o solo na Era Glacine é venenoso. Por que não uma era com *ar* venenoso?

— Isso é absurdo. Então por que o nevoeiro sempre aparece ao entardecer e em áreas localizadas?

A sra. Clay refletiu por um momento.

— Ah! — ela exclamou. — Pode ser uma *criatura* de uma era diferente, um monstro de algum tipo que bafora esses vapores venenosos.

Winnie acenou seu lápis mastigado para pedir atenção.

— O que vamos fazer sobre o caso do Theo? — ele perguntou, interrompendo o debate.

— Exatamente — disse Nettie, disparando um olhar para Winnie. — Temos que avisá-lo de alguma forma.

— Temos apenas alguns dias — replicou Shadrack — antes de Theo entrar nos Territórios Indígenas. De acordo com o que Broadgirdle disse, presumo que a maior parte das tropas terá os trajes protetores antes de cruzar a fronteira.

— Isso não é suficiente — disse Nettie.

— Eu não confio em nada do que Broadsy envie — Winnie disse ao mesmo tempo.

— Precisamos fazer mais alguma coisa — Shadrack concordou. — Eu posso avisá-lo por meio de uma carta, mas sem saber quem ou o que causa essa névoa, não posso aconselhá-lo sobre como evitar os efeitos. Apesar disso, tenho uma ideia de como minimizar a probabilidade de que o grupo de Theo entre em contato com esse nevoeiro. — Ele desenrolou um mapa de papel que mostrava uma porção detalhada do oeste da Pensilvânia e do sul de Nova York. — Todos os ataques de que ouvi falar aconteceram em cidades, normalmente em cidades de porte médio. Posso estar errado, mas talvez os lugares mais isolados sejam mais seguros. Esta é uma cópia do mapa que enviei hoje para a companhia de Theo, planejando os movimentos dele para o oeste. Vocês podem ver aqui — ele apontou para um aglomerado de árvores — que descrevi o caminho mais fácil como sendo o que cruza essa floresta esparsa. O que esse mapa não mostra — Shadrack continuou com um sorriso — é que essa rota leva para uma ravina profunda, de onde se pode levar dias para sair.

— Então deixar Theo preso dentro de uma ravina é a solução? — Winnie perguntou, cético.

Shadrack pareceu desanimado.

— Pelo menos isso vai mantê-lo longe das cidades vizinhas onde a névoa escarlate pode aparecer.

— Acho que é uma boa ideia — Nettie encorajou.

— É apenas uma solução de curto prazo — Shadrack admitiu, sentando--se pesadamente. — A solução de longo prazo é trazer Theo para casa. E descobrir a origem dessa neblina. Além de acabar com a guerra, é claro. — Deixou a cabeça cair nas mãos.

— Precisamos dar uma boa olhada nesse nevoeiro — disse Miles, empurrando a cadeira para trás e se levantando. — E de um cientista capaz de estudá-la.

Shadrack ergueu a cabeça e olhou para Miles com olhos cansados.

— Um cientista? O que você está sugerindo?

— Acho que você deveria enviar o melhor explorador e os melhores cientistas que você conhece para descobrir o que está acontecendo. Em outras palavras — disse ele, sorrindo ferozmente —, eu vou para o oeste. E você vai escrever para Veressa e Martin Metl.

— Ah, sim! — exclamou a sra. Clay, os olhos se iluminando à menção da afamada cartógrafa de Nochtland e seu pai botânico. — Eles certamente irão nos ajudar.

Shadrack considerou a sugestão em silêncio, com um brilho nos olhos que revelava uma tênue esperança. Não havia lhe ocorrido solicitar o conhecimento técnico dos Metl.

— Martin e Veressa. Por que não pensei neles?

— Porque você está sobrecarregando seu cérebro, que já tem uma capacidade limitada, e você se esquece muito facilmente dos seus amigos. Eu que o diga — Miles acrescentou, parecendo mais satisfeito do que ofendido.

Os ombros de Shadrack se levantaram.

— *Pode* funcionar, se você estiver disposto...

— É claro que vai funcionar. Conheço todos que escreveram para você e sei onde encontrá-los. Martin sabe mais do que ninguém sobre substâncias estranhas. E Veressa sabe como impedir que o pai faça loucuras com experimentos perigosos.

Shadrack deu um sorriso irônico.

— Mas o que ela não sabe é como impedir você de fazer loucuras.

Miles sorriu, encantado com seu plano.

— Melhor ainda. Estarei pronto para partir em uma hora. Diga a eles para me encontrarem perto de Pear Tree.

5
O pombal de Maxine

6 de agosto de 1892: 12h09

A Marca do Ferro e a Marca da Vinha raramente são vistas em Novo Ocidente, mas nas Terras Baldias são comuns. No entanto, nem mesmo nas Terras Baldias elas são totalmente compreendidas. De onde elas vêm? O que significam? O que podem fazer? A essas, devemos acrescentar a pergunta de quão amplamente as Marcas são encontradas. Por exemplo, ainda não exploramos por completo como elas se manifestam em espécies animais. Quantos animais as possuem? Por que alguns deles as têm e outros não? Será que estudá-los pode nos ajudar a entender seu propósito?

— Sophia Tims, Reflexões sobre uma jornada ao mar Eerie

SOPHIA E CALIXTA CHEGARAM à porta de Maxine Bisset minutos depois de Burr, Virgáurea e Errol.

— Eu sabia que vocês viriam imediatamente — ela disse. — Entrem, saiam da rua.

— Preciso ir para o porto e avisar a tripulação — Calixta disse.

Maxine sacudiu a cabeça.

— Tarde demais. Meu cavaleiro acabou de voltar. O *Cisne* foi visto e teve que içar âncoras para evitar ser feito em pedaços. O navio já se foi faz tempo.

Calixta a encarou, perplexa.

— Entre, criança! — Maxine insistiu. — Aqui não é lugar para discutir essas coisas.

Em silêncio por um instante, Calixta pagou o cocheiro e seguiu Sophia através da porta.

— Você deve ser Sophia — Maxine disse calorosamente, apertando-lhe a mão.

— Sophia Tims. Prazer em conhecê-la.

— Igualmente. — A cartomante sorriu. — Não deixe as circunstâncias te alarmarem. Espero que se sinta à vontade aqui. Fico muito contente que tenha vindo. — Ela era uma mulher de uns cinquenta anos, com cabelos castanhos crespos riscados de grisalho, trançados com contas e presos em um monte macio e ornamentado no topo do rosto redondo. A pele era da mesma cor de Sophia; o sorriso surgia fácil e frequentemente; as mãos tinham a robustez resultante de longos anos cozinhando ou lavando roupa. Os olhos cintilavam de bondade, inteligência e algo mais — talvez uma nostalgia que ela tentara mascarar com alegria ou uma curiosidade sobre os recantos sombrios da alma humana.

Sophia gostou dela imediatamente.

— Obrigada. O que foi isso tudo?

— Vamos discutir esse assunto no seu devido tempo — Maxine a tranquilizou, levando-a pelo corredor e olhando para Calixta, que as seguia logo atrás. — Trocando em miúdos, foi isto: alguém espalhou um rumor desagradável sobre os Morris. A mentira tem o intuito de provocá-los, e é difícil de ignorar.

Sophia refletiu que aquela era uma mentira bem calculada, certamente para manchar o nome deles, mas impossível de ser confrontada enquanto estivessem escondidos.

— Um homem chamado O'Malley acabou de atacar Calixta em uma loja. — A pirata ouviu, calada.

— Não estou surpresa. Eles estão em grave perigo — Maxine disse com sobriedade. — Vocês estão seguros aqui, mas temos que planejar com muito cuidado. — O corredor pelo qual caminhavam margeava um pátio de plantas exuberantes. Pássaros de cores vivas empoleiravam-se na fonte de pedra. Havia cômodos escuros com janelas de persianas fechadas em ambos os lados do corredor; o ar que saía deles era fresco e úmido. — Estamos reunidos na sala de jantar — explicou Maxine. — Lá temos uma mesa grande para abrigar todos nós. E porque Burr tem um fraco pelos bolos e doces da minha cozinheira. — Ela deu a Sophia uma piscadela acentuada. — Você logo vai descobrir por quê.

Burr, Wren, Errol e Virgáurea estavam reunidos na sala de jantar. Meia dúzia de pratos sobrepostos cheios de doces e muffins havia sido arrumada sobre a longa mesa de jantar. Acima, um enorme lustre de candelabro se dependurava pesadamente, com os pendentes reluzindo na ocasional luz do sol que vinha do pátio. A sala era luxuosa e bastante gasta, como se algumas coisas ali tivessem sido tão usadas que acabaram se tornando queridas demais para se separar delas. Um conjunto de cadeiras de jantar em perfeitas condições se alinhava em uma parede, mas muitos dos assentos à mesa eram cadeiras com estofado descombinado. Maxine se acomodou em uma delas confortavelmente e fez um gesto para seus convidados fazerem o mesmo.

— Por favor, amigos. Não ofendam a Celia. Comecem com os doces. O chá e o café já estão chegando.

— Você está bem? — Burr perguntou a Calixta, com a voz séria.

Calixta o abraçou.

— Estou perfeitamente bem, obrigada, mas preocupada com o *Cisne*.

— Eles têm ordens para retornar a Hispaniola se algo acontecer — o irmão lhe recordou. — Eles vão ficar bem.

— E você também. — Maxine passou para Sophia um pratinho com uma fatia cor-de-rosa de bolo.

— Isso não é o que tínhamos planejado — disse Calixta, sentando-se ao lado de Maxine.

— E o que exatamente vocês tinham planejado? O que os traz aqui? Adivinhei uma parte do motivo, mas não todo.

Calixta lançou um olhar para Sophia.

— Eles estão aqui para me ajudar — disse Sophia, tristonha —, e eu lamento as terríveis complicações que isso causou para todo mundo.

— Bobagem — disse Burr, parecendo-se um pouco mais consigo mesmo. — De Wren você não pode ter pena, pois a vida inteira dele é uma complicação. E você sabe muito bem como eu e Calixta gostamos de complicações. Gostamos? Não, essa palavra é muito sem graça. Nós adoramos. *Amamos.* As complicações nos enchem de prazer. O que são as complicações se não uma diversão inesperada? Errol e Virgáurea... — Ele estendeu os braços para encher seu prato de doces, ao mesmo tempo em que lançava ao par um olhar cético. — Bem, dá para ver que eles não conhecem o significado de diversão. Complicações ou não, para eles dá na mesma.

Sophia sorriu ao comer o doce rosado. Errol e Virgáurea, já bem acostumados ao senso de humor de Burr àquela altura, ignoraram o comentário de bom grado.

— Nenhuma complicação é grande demais, pequena — Errol disse. — Pode acreditar.

— E eu sou grata por isso — Sophia replicou. — Como você pode ver — ela continuou, para Maxine —, adorando ou não diversão, estão todos aqui para me ajudar. Estou procurando pelos meus pais, que sumiram há onze anos. Wren os conheceu quando eles estavam navegando para Sevilha, e depois eles desapareceram. Descobrimos recentemente, quando estávamos nos Estados Papais — ela parou um instante, olhando para o colo — que eles foram transformados.

Maxine a encarou. Além de inteligência e bondade, aquela outra qualidade também se revelava.

— O que você quer dizer com "transformados"?

— Eles se tornaram Lachrimas. — Sophia evitou os olhos de Maxine, pôs a mão dentro do bolso da saia e tirou um rolo de papel. — Nos Estados Papais, viajamos para um lugar chamado Ausentínia, que dá aos viajantes mapas para tudo e qualquer coisa que eles tenham perdido. — Os olhos de Maxine ficaram ainda mais argutos. — Junto com uma bolsa cheia de granadas, eu recebi um mapa para encontrar os meus pais. E eles — ela indicou Errol e Virgáurea, Wren, Calixta e Burr — estão me ajudando a segui-lo.

— É esse o mapa? — Maxine perguntou, apontando para o rolo de papel.

— Sim.

— Posso ver?

Sophia o entregou. Com os olhos arregalados de entusiasmo, Maxine o leu em voz alta.

Desaparecidos, mas não perdidos; ausentes, mas não sem volta; invisíveis, porém audíveis. Encontre-nos enquanto ainda respiramos.

Deixe minhas últimas palavras no Castelo da Verdade; elas vão chegar a você por outra rota. Quando voltar para a Cidade da Privação, o homem que cuida do tempo por dois relógios e segue um terceiro vai esperar por você. Aceite a vela oferecida e não lamente aqueles que você deixa para trás, pois o falcoeiro e a mão que floresce irão com você. Embora a rota possa ser longa, eles vão levá-la àqueles que manejam o tempo. Um par de pistolas e uma espada se mostrarão boa companhia.

Volte seus olhos para o mar congelado. Na Cidade dos Sentidos Roubados, você perderá seus companheiros. Lembre-se de que, na sua breve vida, você já conheceu o Sofrimento, já o confrontou sozinha, mas ainda não conheceu o Medo. Ele reside a oeste, um acompanhante em todos os caminhos, uma presença em cada porta.

Você conhecerá o andarilho que é doce e amargo, e juntos vocês viajarão, seus destinos unidos em cada passo do caminho. Confie nesse companheiro, mesmo que a confiança pareça deslocada. Você viajará para a Floresta das Tréguas, onde toca o sino silencioso e a semente dormente cresce. Daí em diante, o mapa que você segue deverá ser o seu. Encontre-o nas linhas que você desenhou, os caminhos feitos pelo seu passado. O antigo se lembra de mais do que todo mundo.

Maxine o virou e passou os dedos no mapa ilustrado — as linhas nebulosas que levavam da Cidade da Privação ao Mar Congelado, à Cidade dos Sentidos Roubados e à Floresta das Tréguas.

— Que lindo — ela suspirou.

— Lindo, talvez, mas difícil pra diabo de seguir — comentou Burr, bem-humorado, comendo rapidamente quatro docinhos.

— É um mapa divinatório — Maxine declarou, ignorando-o.

— Descobrimos — interveio Virgáurea — que o mapa é difícil de interpretar, mas invariavelmente preciso. A maioria do que está descrito nos primeiros dois parágrafos já aconteceu. Eu sou a mão que floresce, Errol é o falcoeiro e Calixta e Burr são a espada e o par de pistolas, naturalmente. E seguimos pela linha que o mapa traça sobre o mar congelado, que entendemos ser o mar Eerie.

— Ah! — Calixta exclamou, pegando a mão de Sophia. — Agora eu entendi por que você não queria me deixar na perfumaria de Vincent. Desculpe, eu tinha esquecido.

— "Na Cidade dos Sentidos Roubados, você perderá seus companheiros" — Sophia repetiu. — Sim — disse ela, com as sobrancelhas franzidas de preocupação. — Isso vai acontecer, mas se houver alguma forma de prever, poderíamos, bem... não evitar, mas tornar isso menos horrível. Onde é a Cidade dos Sentidos Roubados? Será que conseguimos descobrir onde é? Se a gente conseguisse, será que não poderia fazer alguma coisa para que *perder* seja apenas "perder de vista" e não algo pior?

Maxine considerou a afirmação.

— Então vocês acreditam que é possível realizar o significado do mapa de várias formas e que podem *escolher* como realizar o significado dele.

— Exatamente — disse Sophia, grata por Maxine entender aquilo tão depressa, diferentemente de seus companheiros de viagem, que ela vinha tentando persuadir havia semanas.

— É um método de adivinhação impressionante — disse a mulher, devolvendo o mapa a Sophia. — E minha visão dessas coisas é como a sua: profecias são vagas, não rígidas. Podem ser consideravelmente amorfas, de modo que uma única predição pode se encaixar em muitas circunstâncias. Talvez Calixta e Burr tenham lhe dito que eu também sou, de certo modo, uma adivinha, não é?

O rosto de Calixta era a imagem da educação quando ela pôs a xícara de volta na mesa.

— Nós contamos, Maxine querida, mas na realidade estamos aqui pelos pombos. — Ela se apressou em acrescentar: — O tio de Sophia é Shadrack Elli, o cartógrafo. Ele não tem notícias dela desde que Sophia pegou o navio para os Estados Papais. Queremos avisá-lo de que Sophia está segura, sob nosso cuidado, e que está indo para o norte.

Maxine assentiu.

— É claro, eu compreendo. Então devemos mandar um pombo para Boston.

— E, idealmente falando, pediríamos que ele enviasse a resposta para um lugar ainda mais ao norte. Até onde, nessa direção, vai a sua rede de comunicação?

Maxine fez um gesto de desdém.

— Até onde vocês quiserem. Meus pombos voam para o mar Eerie, para a costa oeste e para a nova fronteira da Era Glacine, ao sul.

— Talvez — Virgáurea se aventurou a dizer — eu possa sugerir que nosso objetivo é Salt Lick.

— Um dos meus entrepostos fica em Salt Lick — Maxine respondeu —, então seria muito conveniente. Gostaria de ver os pombos? — ela perguntou à Sophia.

Sophia empurrou o prato vazio de lado.

— Muito. Ouvi falar que os pombos podem carregar mensagens, mas nunca vi nenhum fazendo isso.

— Você pode se decepcionar — disse Maxine, sorrindo. — Eles parecem pombos comuns, mas possuem uma resistência extraordinária. E também são notáveis em outro aspecto: são pombos de ferro.

— Pombos feitos de ferro? Como eles voam? — Sophia se perguntou.

Maxine se levantou da mesa.

— Pombos com a Marca do Ferro.

— Ah! — Sophia exclamou.

— Venha comigo ao pombal e vamos despachar sua mensagem para Shadrack imediatamente.

— Posso ir também? — Virgáurea perguntou.

Sêneca se mexeu no ombro de Errol, dançando de um pé de garras a outro.

— Ah, não, amigo — Errol disse para ele com firmeza. — Nós dois vamos ficar aqui.

Maxine os levou para a cozinha — um cômodo comprido com várias mesas de trabalho e múltiplos fornos, onde a cozinheira e duas assistentes lidavam com os rescaldos da produção de doces daquela tarde — e depois para um segundo pátio com jardim. Debaixo das nuvens amarelas pesadas, insetos zumbiam em lentos círculos, enquanto um beija-flor voava e mergulhava nas flores. Ervas cresciam em conjuntos densos nas bordas do jardim: lavanda e tomilho, sálvia e hortelã.

Uma calçada de pedra serpenteava entre a vegetação até alcançar uma escada de ferro ornamentada. Os degraus estreitos feitos de treliças de ferro levavam a um ambiente de teto baixo, com cheiro de mofo e repleto do chilrear de pombos. Uma longa janela sem nenhum vidro ou tela abria-se para o pátio e, além dela, estava a cidade de New Orleans. Os pombos eram livres para entrar e sair dali voando. Empoleirados em prateleiras estreitas de madeira repletas de palha, eles batiam asas e trocavam de lugar, olhando Maxine e as visitantes desapaixonadamente.

— Aqui estamos — disse ela —, com os pombos mais viajados no mundo ocidental.

Virgáurea se ajoelhou perto de uma prateleira e estendeu os dedos verde-claros para os pombos, que gorjearam alegremente, aproximando-se dela.

— Vejo que você tem jeito com eles — Maxine comentou com aprovação.

Virgáurea abriu um largo sorriso.

— Eles parecem muito felizes aqui.

Sophia notou a reação alarmada de Maxine com um sorriso. Calixta e Burr eram tão espalhafatosos, donos de uma beleza tão extravagante, que enchiam os espaços por onde passavam e deslumbravam quem os via. Ao lado deles, Errol e Virgáurea pareciam pardaizinhos empoeirados na companhia de pavões, mas os dois tinham um brilho todo próprio, e Maxine agora percebia.

— Espero que estejam — ela respondeu. — Tentamos cuidar bem deles. — Maxine abriu um armário na parede e tirou uma folha de papel, uma pena e um pedacinho de borracha. — Então o que devemos dizer ao seu tio, Sophia?

— Quantas palavras podemos escrever?

— Diga a sua mensagem e eu abrevio.

— Conte que estou em segurança com Calixta e Burr, aqui em New Orleans. Vamos para o norte, para Salt Lick, e esperamos estar lá... — Ela olhou para Virgáurea com um olhar questionador.

— Por trem seria o jeito mais rápido, mas Calixta e Burr poderiam ser reconhecidos. Vamos ter que pensar numa outra ideia. Dois dias seriam nosso melhor tempo. Dez dias no máximo, se não pudermos pegar o trem.

— Já pensei em uma solução para Calixta e Burr — Maxine disse, parecendo satisfeita consigo mesma —, então não se preocupem com isso. Vou informá-los do cronograma. — Ela escreveu rapidamente no pedaço de papel, enrolou-o com habilidade dentro da borracha e passou um cordão bem apertado ao redor do volume. — Pois bem — disse ela, virando-se para os pombos. — Onde está Marcel? Ele é meu mensageiro mais confiável e vai desbravar corajosamente esse ar terrível que temos ultimamente. — Ela deu toquinhos delicados nos pombos com a ponta dos dedos, afastando um ou outro do caminho. — Marcel, coraçãozinho, onde você está se escondendo? Ah! — ela exclamou, puxando um pombo cinzento em sua direção. Ela o aconchegou na palma da mão, com os pezinhos entre seus dedos. — Aqui está você, minha avezinha corajosa. — Ela deu um beijo em sua cabeça e deslizou o rolinho de borracha em um tubo delgado amarrado à perna da ave. Murmurou baixinho para ele, abriu a janela e o soltou. A massa de nuvens amarelas que formava um cobertor pela cidade retumbou com um trovão, um som agourento, mas Marcel seguiu firme e com destreza para nordeste, voando baixo para evitá-la.

Ela o observou partir, sorrindo com prazer.

— Lá vai ele.

— Ele vai ficar bem com a tempestade? — Sophia perguntou, ansiosa.

— Duvido que haverá uma tempestade — disse Maxine, gesticulando para o barômetro pendurado do lado de dentro da ampla janela. — Essas nuvens rolam e trovoam, a pressão sobe e desce, mas já faz semanas que não temos uma gota de chuva. Já passou de estranho. Ainda assim, meus pombos não tiveram dificuldades com o clima. — Virando-se para limpar e fechar o armário de escrita, ela continuou: — O que os guia é a Marca do Ferro. Podemos dizer a um pombo normal para onde ir, e ele entenderia, mas não saberia como chegar lá. No entanto, pombos com a Marca conseguem localizar qualquer pessoa, em qualquer lugar. Em uma cidade movimentada, no meio da multidão em um pátio, em uma ilha remota. Para eles é a mesma coisa.

— Mas como eles conseguem? — Sophia perguntou. — Como a Marca do Ferro faz a diferença?

— Ela os guia como uma bússola, querida!

— Ah! — Sophia exclamou ao compreender.

— Neste caso, temos entrepostos, então a tarefa de Marcel é mais fácil. Ele vai voar para o entreposto em Greensboro, onde meu colega Elmer irá transferir a mensagem para outro pombo e enviá-la para Boston. Quando chegar lá, Percy, o chefe do entreposto de Boston, receberá a mensagem e a enviará para Shadrack por um mensageiro comum. Todo o processo vai demorar pouco mais de um dia e meio.

— Muitíssimo obrigada, Maxine — Sophia agradeceu.

— Eu diria que para muitas pessoas hoje em dia, a sua correspondência é a única capaz de cruzar as fronteiras de batalha — apontou Virgáurea.

— De fato — disse Maxine, olhando para a cidade. — Todo o correio tradicional foi interrompido. Anda muito perigoso ser um mensageiro humano ultimamente, mas tenho certeza de que Marcel não vai ter problemas. Pois bem — ela acrescentou, seguindo de volta para a escada, com um brilho malicioso no olhar —, agora vamos voltar para a sala de jantar, e eu vou contar minha ideia de como Burr e Calixta podem sair em segurança de New Orleans. É uma ideia excelente e acho que ninguém vai gostar.

6
Cogumelos e violetas

6 de agosto de 1892: 13h07

Além disso, pesquisadores (tais como Veressa Metl) sugeriram que se deve pensar nas Marcas como um espectro. Minhas observações dos elodeanos, conhecidos como Eerie, em Novo Ocidente, indicam que eles portam mais a Marca da Vinha do que as pessoas nas Terras Baldias meridionais. Seria possível que o espectro, segundo descreve Metl, acompanhe a geografia? E será, então, que há também um espectro para a Marca do Ferro, decorrendo disso que em alguns lugares haja mais pessoas e animais "marcados" do que em outros?

— *Sophia Tims, Reflexões sobre uma jornada ao mar Eerie*

— *Corsários?* — Calixta exclamou. — Você já viu o que corsários vestem? Umas roupas esfarrapadas, uns trapos. Ninguém sabe o significado de "cabelo limpo". E ainda estou para ver um nômade desses que entenda o que é moda quando se trata de calçados.

— Eu sabia que você odiaria a ideia — disse Maxine, aparentando estar um tanto satisfeita. — É precisamente porque você *odeia* e porque todo mundo sabe que você nunca seria pega nem *morta* vestindo farrapos, que a ideia de se vestir como uma corsária seria ideal. Ninguém suspeitaria que você fosse vestir esse tipo de disfarce.

Calixta fechou a cara. Burr, Wren, Errol e Virgáurea, por sua vez, absorviam a proposta com mais sucesso.

— Esses corsários — Errol perguntou —, partes do corpo deles são feitas de ferro?

— Nas Terras Baldias — Virgáurea explicou —, dizem que pessoas como eu têm a Marca da Vinha, pois partes do meu corpo lembram as plantas. Da mesma forma, há pessoas que, em vez de planta, têm partes feitas de metal. Muitas vezes, ferro. E muitos deles são corsários e invasores nômades.

— Nem todos eles — Sophia interveio. — Meu amigo Theo não é corsário, mas tem ossos de ferro em uma das mãos. Eu gosto da sua ideia — ela disse para Maxine.

— Wren está irreconhecível com essas tatuagens — Calixta apontou. — Por que não usamos esse mesmo tipo de disfarce?

— Um bando de contrabandistas tatuados das Índias chamaria atenção em um trem nos Territórios — disse Maxine. — Mas corsários são tão comuns lá que ninguém olharia duas vezes.

— Você e Burr poderiam ficar aqui — Sophia sugeriu. — Eu sei que o *Cisne* partiu, mas vocês não precisam ir para o norte. Isso não fazia parte do plano.

— É claro que nós iremos para o norte com você — Calixta resmungou. — Eu certamente não vou ficar presa como um dos pombos de Maxine enquanto vocês seguem alegremente para uma zona de guerra.

— A outra preocupação — disse Wren — é que a liga pode ter planejado mais armadilhas para nós. Eu não antecipei que eles colocariam uma recompensa pela minha cabeça, que dirá espalhar boatos contra você e Burr. Receio que eles estejam se mostrando muito mais dedicados em me recapturar do que eu imaginava. Sendo assim, eles podem muito bem ter colocado ainda mais obstáculos no nosso caminho.

— Então está decidido — disse Burr, batendo palmas. — Vamos viajar para o norte como corsários terrestres. Maxine, o que você tem para usarmos como disfarce?

Ela sorriu, presunçosa.

— Tenho tudo que poderia querer e muito mais.

Eles começaram a experimentar os disfarces em uma ampla sala no térreo. No centro, havia mesas repletas de caixas, sacos de juta e feno, e, nas laterais, paredes cheias de prateleiras e guarda-roupas. Ali havia toda sorte de objetos estranhos: uma estátua de gesso de um cavalo alado; a cabeça de madeira de um gigante barbado exibindo um sorriso cruel; um castor de pelúcia com olhos de contas de vidro. Sophia estremeceu inadvertidamente.

— A casa de Maxine parece o baú do tesouro de um pirata — disse Burr, com um sorriso encorajador. — Despachar alguns deles para fora de New Orleans não é nada comparado ao que ela já fez.

— Obrigada pelo elogio, mas eu acredito que minhas proezas nunca vão se igualar às da minha bisavó, que contrabandeava escravos para fora de New Orleans — disse Maxine, abrindo um guarda-roupa.

Os olhos de Sophia se arregalaram.

— Ela fez isso?

— Duzentos e setenta e três escravos, durante uma vida inteira. Ela os libertou, no norte e no oeste, muito antes da revolta e da formação de Nova Akan. Venho de uma longa linhagem de contrabandistas — ela disse, orgulhosamente.

Burr a ajudou a puxar várias caixas do guarda-roupa, que tilintaram de forma reveladora quando ele as colocou sobre uma das mesas.

— Ai, os *sininhos* — Calixta se queixou. — Eu tinha esquecido que além de ficarmos sujos e fora de moda, também vamos ter que sair tilintando para lá e para cá como pandeiros humanos.

— Pare de reclamar — Burr repreendeu. — Não é nem um pouco apropriado para uma pirata que construiu uma considerável fortuna e viajou por meia dúzia de eras, isso tudo ao mesmo tempo em que partia corações como se fossem feitos do mais fino vidro, em todos os portos. E muitas vezes me largando para recolher os cacos — ele ironizou. — Proponho um desafio: é possível ser uma corsária bonita? Minha proposição: é impossível. Até mesmo você, querida irmã, não pode transformar uma corsária em uma criatura atraente.

Calixta estreitou os olhos.

— Muito bem. Aceito seu desafio. Declaro que vou ser a corsária mais irresistível a sacudir uma bota gasta de sininhos pelos Territórios.

— Bravo! — gritou o irmão.

Wren e Errol trocaram um breve sorriso.

— Há dentes de prata aqui! — Sophia exclamou, abrindo a tampa de uma caixinha de madeira revestida de veludo.

— Vários conjuntos, minha querida — disse Maxine. — Você não terá nenhum problema em desaparecer dentro dos seus disfarces.

A tarde transcorreu com a montagem dos disfarces, e o cair da noite, com as delícias da culinária de Celia. Sophia quase esqueceu que, além das paredes da casa de Maxine, uma cidade desconfiada — e a liga — aguardava por eles.

Ela lembrou disso quando a noite chegou ao fim e os viajantes subiram para seus quartos. Maxine se aproximou com um brilho nos olhos.

— Sophia, querida, quer que eu leia sua sorte?

— Ah, você vai deixá-la apavorada, Maxine — Burr objetou, antes que Sophia pudesse responder.

— Bobagem — Calixta protestou. — Sophia é mais difícil de ficar assustada do que a maioria dos piratas nas Índias.

— Acho que você não se lembra da primeira vez que Maxine leu a sua sorte. Você ficou tão pálida que achei que fosse desmaiar. Nem todo o sol em Hispaniola teria...

— Que ridículo! — Calixta exclamou. — Eu? Com medo de leitura da sorte? Além disso, Sophia está bem acostumada a prognósticos misteriosos, graças a esses absurdos mapas ausentinianos.

Virgáurea e Errol olharam significativamente para Sophia, e ela lhes deu um leve sorriso. Deixados à sua própria vontade, os piratas tomariam todas as decisões por todo mundo.

— Eu não me importaria se você lesse a minha sorte, Maxine — Sophia disse. — Embora eu não acredite nas Parcas.

— Isso não tem nada a ver com as Parcas — Maxine lhe respondeu. — É um poder muito mais antigo, como você vai ver.

— Vou estar acordada, Sophia — Virgáurea disse suavemente. — Na hora que você terminar.

Sophia fez um aceno de agradecimento para a amiga quando Maxine a tirou da sala e a levou em direção aos fundos da casa, perto da cozinha. Ali, em um cômodo que Sophia ainda não tinha visto, Maxine começou a acender velas na escuridão. Lentamente, os contornos do espaço apareceram: uma mesa redonda de mármore branco e liso ficava no centro da sala. Velas altas circulavam a mesa, deixando apenas uma passagem estreita de um lado a outro. Cortinas escuras cobriam todas as janelas. Um armário — alto, de madeira clara com arabescos — estava fechado, no canto da sala.

— Espere por mim aqui um pouquinho, Sophia — Maxine disse, desaparecendo por outra porta que levava na direção da cozinha.

Enquanto esperava perto da mesa, Sophia ouvia os sons da casa. Já fazia bastante tempo que não ficava sozinha e em silêncio. Ouviu Calixta e Burr ainda brincando em algum lugar no fim do corredor. Ouviu os barulhos discretos de Maxine na cozinha, abrindo e fechando armários. Ao fundo, ouviu o chilrear dos pombos no pombal. E, além de tudo isso, ouviu os barulhos distantes da cidade: gritos e chamados; o tinir de cascos na calçada; uma súbita explosão abafada de riso. Também havia algo mais — um rugido remoto ou um estrondo, como o vento ou o mar.

Sophia fechou os olhos e perdeu a noção do tempo enquanto estava ali, tentando localizar o som estranho. Eram as nuvens, ela percebeu: as nuvens amarelas sobre a cidade, que se recusavam a produzir chuva. Mesmo dentro da casa de Maxine, protegida pelos grossos muros, o ar parecia úmido, pesado e, de alguma forma, agourento. *Por quê?*, Sophia se perguntou. De olhos fechados, ela explorou a questão, ouvindo o ribombar distante, como se tentasse ouvir as palavras dentro dele.

Um som mais próximo perturbou seus pensamentos, e Sophia abriu os olhos, assustada, para ver Maxine voltando. A primeira coisa que notou foi que seus olhos tinham se acostumado à escuridão e que mais daquela sala se revelava. As paredes eram cobertas de desenhos escuros: linhas, espirais e rostos que pareciam descrever uma forma específica, mas que de repente se transformavam em algo diferente. *É um quarto tatuado*, ela pensou, *como os braços de Wren.*

Maxine segurava um jarro de prata e uma bandeja. Usava um véu preto que lhe cobria inteira, deixando apenas as mãos descobertas. Colocou o jarro na mesa e fez um gesto para o armário no canto do cômodo. Abriu as portas e revelou um interior escuro de prateleiras, repletas de objetos. Sophia se aproximou do armário e olhou em suas profundezas, tentando decifrar o que havia lá dentro.

— Escolha todos os objetos que quiser — Maxine disse, com a voz ligeiramente abafada pelo véu, segurando o prato diante dela, em expectativa.

Havia quatro prateleiras, todas cheias até o alto. Sophia queria protestar contra o que não podia ver, mas percebeu que talvez o objetivo fosse esse mesmo. Uma forma pálida como uma lua no fundo da prateleira do meio atraiu seu olhar e ela a pegou. Era um círculo liso de madeira, que parecia um disco de árvore. Sophia o colocou na bandeja que Maxine estava segurando. Algo na prateleira inferior reluziu à luz de velas, e Sophia foi até ela: uma corrente de prata.

Seus olhos haviam se acostumado com a escuridão mais profunda, e ela viu mais claramente o que o armário continha. Pareciam destroços: coisas velhas de um sótão abandonado; restos de um naufrágio; alguns objetos descombinados no fundo de um velho baú. E ainda assim, hora ou outra ela via algo que a intrigava. Pegou os objetos e os colocou um por um no prato: um pedaço quebrado de vidro, uma ferradura, uma forma marrom lisa que podia ser madeira ou âmbar, uma concha branca, uma fita de veludo, uma chave velha e um braço de boneca feito de porcelana.

Sem encontrar os olhos de Sophia, Maxine lentamente colocou os objetos do prato em cima da mesa, criando um círculo. Voltando para onde Sophia estava, colocou o prato de lado, pôs a mão debaixo do véu e tirou dali uma tesoura de prata. Sophia se encolheu quando a figura velada da adivinha se inclinou na direção dela. Sem dizer uma palavra, Maxine cortou uma mecha de cabelo de Sophia e a soltou no jarro de prata.

— Cogumelos para a honestidade, violetas para a visão. Verdade em tranças e pagamento em sangue. — Ela furou o dedo indicador rapidamente com a tesoura e deixou uma lenta gota de sangue cair no jarro. Em seguida, guardou as tesouras e girou o jarro acima da cabeça para misturar o conteúdo. Quando foi devolvê-lo à mesa, Maxine teve de puxá-lo, como se o tirasse das mãos de algum ser invisível. O jarro deu um leve solavanco, como se tivesse sido solto. Sophia ouviu Maxine liberar a respiração.

Na sequência, Maxine esvaziou os conteúdos sobre a mesa.

Sophia soltou uma exclamação de surpresa. O líquido era viscoso e escuro, quase preto sobre o mármore. Em vez de fazer uma poça onde Maxine o derramava, a substância se espalhou, parando bem na beirada da mesa. Um tronco grosso canalizou-se na superfície e então se abriu em galhos, que se dividiram em galhos ainda mais finos. Do jarro saiu uma quantidade maior do que parecia possível, e, quando a última gota caiu, algo preto como uma árvore preencheu a pedra branca. Os galhos se estenderam na direção dos objetos que Maxine colocara no círculo, como se cada um fosse um pedaço de uma fruta incomum naquele dia muito incomum.

— E aqui estamos nós — Maxine sussurrou, dando a volta na mesa de forma avaliadora, admirando cada galho da árvore preta. — Sim, sim, estou vendo — ela continuou, seguindo os galhos escuros com um dedo apontado, como se lesse um texto espalhado sobre a mesa. — Eu nunca teria pensado... — A frase ficou suspensa no ar. — Impressionante. Não que seja impossível, mas é impressionante. — Mais uma vez, ela circundou a mesa lentamente, murmurando coisas para si até alcançar Sophia nas raízes da árvore.

Sem remover o véu, ela olhou para cima e finalmente pareceu encontrar os olhos de Sophia.

— Sua sorte está posta diante de você — ela disse em voz baixa. — Não uma sorte, mas várias. Os objetos nas bordas são todas as peças de uma vida que você pode viver. Algumas não terão sentido. Outras se mostrarão essenciais. Assim como a árvore sugere muitas sortes diferentes, os objetos pertencem a muitas vidas possíveis. O tronco principal da árvore é inevitável: o caminho que você certamente tomará, mas os galhos são todos incertos. Você pode tomar este — ela apontou — ou aquele ali. — Apontou para outro. — Para descrever todos estes caminhos possíveis, tão numerosos, levará o tempo de uma vida inteira; de *sua* vida inteira. Vou descrever apenas aqueles mais perigosos, mais prováveis ou mais importantes.

Sophia permaneceu calada. Esperou, uma tensão inesperada apertando-lhe o estômago. As Parcas já não lhe significavam mais nada; Sophia não acreditava mais que o mundo era ordenado por algum grande poder. Ainda assim, se viu observando os movimentos de Maxine com pavor e esperança, como se aquilo fosse mesmo determinar o seu destino.

— Este é um caminho que você pode tomar — disse Maxine, indicando o ramo mais baixo da árvore, que terminava na ferradura. — É um caminho perigoso. Nele, você busca vingança por um amigo que você amou. A vingança a levará para a escuridão, para um mundo de atos terríveis. No final desse caminho, alguns desses atos serão seus.

Sophia fez um sinal afirmativo com a cabeça quando Maxine olhou para ver se ela estava acompanhando.

— Este caminho é menos provável, mas você irá considerá-lo sedutor — ela prosseguiu, apontando para um galho superior que levava ao pedaço de vidro quebrado. — É o caminho do conhecimento. Ao longo dele, você se tornará a maior cartógrafa do mundo conhecido. O manto do seu tio será passado a você. Porém com o conhecimento vem o perigo. Essa forma de conhecimento, embora pura em si mesma, atrai a atenção daqueles que o usariam para fins equivocados. Você se verá uma fugitiva, uma exilada, e seu conhecimento se tornará um grande fardo.

Mais uma vez ela olhou para Sophia, que assentiu novamente. O nó no estômago estava se apertando. Nenhum dos futuros possíveis era feliz?

— Mas este caminho é mais seguro — Maxine continuou, gesticulando para o caminho que terminava com a fita de veludo. — É o caminho da prosperidade. Há felicidade, embora haja menos conhecimento. Sua cartografia desvanece, fica em segundo plano e sua vida irá se ancorar firmemente no mundo material. Exploração e lucro. Tesouro e aventura. Este caminho contém apenas perigos triviais e muitos prazeres, mas vejo uma veia de descontentamento pulsando no prazer: uma sensação de insatisfação. Fique avisada: este caminho vai lhe trazer felicidade, mas não pode lhe trazer realização. E depois há este caminho — Maxine concluiu, balançando o braço sobre um amplo galho que levava para o disco de tronco de árvore e para a forma pequena e marrom. — Estou intrigada com ele, pois partes dele me são obscuras. Parece perigoso, mas não posso lhe dizer quais são os perigos. Parece que traz realização, mas não sou capaz de descrever que tipo de realização. O que vejo é um padrão: perdas seguidas por descobertas; dor seguida de intensa alegria; perplexidade seguida por uma fonte de certo conhecimento. É um caminho complexo.

— Como vou saber? — Sophia finalmente perguntou. — Como vou saber em qual caminho eu estou? Tenho alguma escolha?

— Existem escolhas em todos os lugares — Maxine respondeu, acenando com o braço por cima da mesa. — Elas começam aqui. Qual desses caminhos você deseja seguir? Vou lhe dizer como encontrar.

Vingança, conhecimento, prosperidade ou incerteza. Sophia podia ver, mesmo com descrições tão breves, que todos os caminhos, exceto o primeiro, tinham coisas boas e ruins. Conhecimento era importante, Sophia refletiu, mas contaria muito pouco se ela tivesse que passar a vida fugindo das pessoas que o procuravam. A prosperidade era prazerosa, mas ela já tinha visto como era uma vida de prosperidade: Miles, Calixta e Burr haviam seguido esse caminho. Havia uma certa despreocupação na vida deles que Sophia achava atraente, mas, de alguma forma, desanimadora.

— Eu seguiria o último caminho — Sophia disse em voz alta. — Embora haja incertezas, eu poderia viver no caminho que você descreveu. Acho que eu gostaria desse. Estou acostumada à perda e a encontrar coisas na sequência dessa perda. Esse parece o caminho certo para mim.

Maxine assentiu com a cabeça, gravemente, quase se curvando quando deixou a cabeça cair para a frente. Quando se levantou, pegou o disco de árvore e o objeto marrom nas mãos.

— Então me deixe dizer como encontrar este caminho. Há três coisas para se lembrar, três momentos cruciais. Um vai acontecer muito em breve. Os outros dois não acontecerão por um bom tempo. Está pronta para ouvi-los?

Sophia engoliu em seco.

— Estou.

— Primeiro. Quando você vir o cavaleiro e o dragão, deve pensar apenas na sua própria segurança. Seu instinto será ficar, mas você deve fugir.

— Um cavaleiro e um dragão?

— É isso que eu vejo, mas imagino que sejam símbolos.

— Como vou reconhecê-los?

Maxine sorriu debaixo do véu.

— Você vai reconhecê-los. Em segundo lugar, você vai ficar sabendo de algo que a fará duvidar da honestidade de alguém que você ama. Quando isso acontecer, você terá a sabedoria de procurar seu julgamento além da razão.

— O que quer dizer com "além da razão"?

— Somente razão e racionalidade não podem decidir isso por você. Ouça o seu interior que julga o mundo a partir dos sentimentos.

— Muito bem.

— Terceiro. Algo vai mudar o chão debaixo dos seus pés. O que era natural se tornará antinatural. A poeira se tornará água. A água se tornará pó. Você sentirá medo. Você deve superar esse medo. Seu conhecimento acumulado terá a resposta.

— Então devo ignorar meus instintos, minha razão e meus sentimentos, um a um — Sophia disse, desanimada.

A voz de Maxine era firme e encorajadora.

— Não é uma questão de ignorá-los, mas de saber quando confiar em cada parte do seu ser. No primeiro caso, ponha seus instintos de lado e confie na virtude da autopreservação. No segundo, ponha sua razão de lado e confie na virtude do afeto. E, no terceiro, ponha seus sentimentos de lado e confie na virtude do conhecimento. Você tem todas essas coisas: instinto, razão, sentimento e conhecimento. Essa leitura da sua sorte só a aconselha sobre quando identificar cada um dos elementos.

Sophia assentiu lentamente.

— Entendi.

— Leve estes — disse Maxine, estendendo o disco de tronco de árvore e o objeto marrom. — Eles têm a chave para o seu caminho. São os primeiros passos para te colocar nele.

Intrigada, Sophia pegou os dois objetos e olhou para eles na quase escuridão.

Maxine deu um sorriso encorajador.

— E agora me ajude a apagar as velas. A leitura chegou ao fim.

Sophia voltou para seu quarto se sentindo inquieta. Quando aceitou a oferta de Maxine, pensou que seria divertida como a leitura das cartas em um festival, mas Maxine parecera tão solene, com sua visão do futuro tão verdadeira, que Sophia acabou se sentindo abalada.

O pequeno quarto estava iluminado com lâmpadas-tocha. As cortinas escuras de cor violeta tinham sido fechadas, e a cama com a colcha de barrados violeta estava pronta. Sophia colocou os dois objetos que Maxine lhe dera sobre uma mesinha estreita e comprida ao lado da cama e os fitou à luz bruxuleante das chamas.

Houve uma batida leve na porta.

— Entre — chamou Sophia. Ela já sabia que era Virgáurea e se virou com expectativa.

Virgáurea entrou em silêncio e fechou a porta atrás de si.

— Você está chateada — ela disse, vindo para perto de Sophia. Vestia uma camisola bordada que caía até os pés verdes e descalços, que pelo jeito fora emprestada do guarda-roupa de Maxine.

— Eu não sabia que ler a sorte fosse parecer tão... real.

— Talvez um pouco como os mapas ausentinianos — Virgáurea sugeriu. — Verdadeiros, mas confusos ao mesmo tempo.

— Sim — Sophia concordou. — É exatamente assim.

— Todas as tentativas de descrever o futuro têm esse efeito. Elas têm um eco de verdade porque parecem possíveis, mas não são claras porque nada do futuro é conhecido com precisão. O que são esses objetos?

— Maxine me deu. Ela falou que são objetos importantes para o caminho que eu escolhi, mas eu não sei o que significam.

Virgáurea os pegou um de cada vez, examinando-os em silêncio antes de colocá-los de volta em uma mesinha.

— De uma árvore e de um élan.

— Um élan? O que é isso?

— Também é conhecido como alce. Estes dois objetos guardam memórias.

Sophia teve um sobressalto.

— Memórias? Como assim?

— Cada um desses anéis na madeira corresponde a um ano do crescimento da árvore. O ano mais recente está aqui, na casca. E este — ela disse, pegando a forma marrom — é um pedaço de chifre de élan. As galhadas dos machos caem todos os anos.

— Chifre de alce — Sophia disse, pensativa. — Mas como eles podem guardar memórias?

— Os mapas de memória, aqueles que você conhece, são feitos por pessoas que usam outros objetos como veículos. Estes mapas aqui são menos complexos e mais intuitivos. Eles foram feitos por esta árvore — ela indicou o círculo de madeira — e por este alce.

Sophia absorveu a informação.

— E você pode lê-los, porque pôde falar com eles enquanto eram vivos.

— É provável que o alce ainda esteja vivo — Virgáurea corrigiu —, já que este chifre parece bem fresco. Pode ser do ano passado ou retrasado. Isso mesmo; assim como eu me comunicaria com eles no presente, posso ler as memórias deles do passado, mas isso não está completamente fora do seu alcance, Sophia. Eles podem ser a maneira perfeita de começar.

— Começar o quê?

— Começar a entender o mundo como uma elodeana.

— Mas eu não sou Eerie... elodeana. Não posso fazer o que você faz.

Virgáurea sorriu. Ela pousou o chifre na mesa e pegou as duas mãos de Sophia nas suas, esverdeadas.

— Você deve se lembrar do que eu lhe disse nos Estados Papais, sobre como os Temperadores leem mais profundamente do que nós e como curam de forma mais expansiva do que nós.

— Sim, eu me lembro.

— Sempre me pareceu que a qualidade que diferencia os Temperadores também é o que diferencia você. Eles fazem a têmpera do tempo, é isso que lhes dá esse nome. É uma forma diferente de descrever o que você faz: você vaga, sem o tempo.

A respiração de Sophia ficou presa na garganta.

— Sério?

— Sim. É verdade que você não é uma elodeana, mas acho que nossa forma de conhecimento não é restrita ao nosso sangue. Creio que pode ser ensinada... e aprendida. Pode ser mais fácil começar com algo inerte, como este pedaço de tronco e este osso. Para você, isso será semelhante à leitura dos mapas.

Sophia sentiu uma súbita emoção subindo no peito.

— Se você achar que é possível, claro! É lógico que eu quero aprender. Como começo?

Virgáurea apertou-lhe as mãos.

— Vamos começar amanhã. Antes disso, se você quiser, passe algum tempo na companhia desses dois conjuntos de memórias. Descubra tudo o que puder, examine-os com todos os seus sentidos. Depois me conte o que descobriu.

Sophia fez que sim.

Virgáurea a considerou com atenção.

— Está se sentindo menos ansiosa com o seu destino?

— Estou. — Ela olhou para a Eerie, o rosto dela a centímetros do seu. Impulsivamente, jogou os braços em volta do pescoço da amiga. — Obrigada. — Virgáurea não sabia que, além de aliviar a ansiedade de Sophia, estava lhe dando o que ela desejara por tantos meses: um jeito de continuar aprendendo, de continuar lendo o mundo por meio dos mapas.

7
A lição

4 de agosto de 1892: 5h15

Na verdade, sabemos quase tão pouco sobre os Territórios — a paisagem e seus elementos — como sabemos sobre seus habitantes. Cartógrafos negligenciam os Territórios há décadas, e os conflitos recorrentes fazem dos projetos de pesquisa em larga escala algo improvável. Os mapas incluídos aqui (ver páginas 57-62) foram extraídos das observações dos exploradores de Novo Ocidente (incluindo este autor) e do conhecimento dos habitantes locais. Contrastando uma fonte com a outra, é evidente que o conhecimento local tem um alcance muito maior do que aquilo que os forasteiros conseguem observar.

— *Shadrack Elli, História de Novo Ocidente*

O MAJOR MERRET HAVIA sido criado em uma família de militares. Tanto ele quanto seu pai haviam frequentado a academia militar na Virgínia. O avô lutara contra a rebelião que deu a Nova Akan a sua condição de soberania. E agora o próprio Merret batalhava contra Nova Akan, mais de noventa anos depois e em circunstâncias muito mais perigosas: o estado havia se aliado aos vastos Territórios Indígenas, uma entidade política de força e recursos imprevisíveis.

O major estava inclinado a menosprezar essa força e esses recursos, pois, de modo geral, menosprezava as pessoas que não eram de Novo Ocidente. Na verdade, ele menosprezava qualquer um que estivesse além do sul da Virgínia, sua terra natal. Apesar disso, ele também era um homem cauteloso. Embora no seu íntimo pudesse considerar os Territórios Indígenas um deserto empoeirado, e Nova Akan um descampado pantanoso, ambos povoados por bandos de covardes desqualificados, profissionalmente o major os tratava como inimigos formidáveis. Por essa razão, enfurecia-o o fato de que ele tivesse de enfrentar o inimigo com seu próprio grupo, que ele considerava um bando de covardes desqualificados: os "blocos" — egressos do sistema carcerário que mal sabiam manejar uma arma direito, e cuja experiência em luta era motivada por ganância, maldade ou autodefesa estabanada. Merret matutava sobre a especulação de que tinha feito alguma coisa — ele nem fazia ideia do que poderia ser — para desagradar a seus superiores, o que tinha lhe rendido a liderança daquela corja de patifes e ociosos.

O desprezo do major Merret não era segredo. Na realidade, foi se tornando mais e mais evidente a cada dia; por isso, na manhã de 4 de agosto, quando suas tropas se viram perto das fronteiras de Novo Ocidente e, assim, bem diante das linhas inimigas, o desprezo caiu sobre eles como paredes em chamas que haviam queimado lentamente durante horas.

Apesar das tentativas de lhes ensinar disciplina, o major Merret percebeu que os blocos não aprendiam nada. Era o que lhes acabava de dizer naquele momento em que estavam diante dele, sem jeito e desgrenhados em suas fileiras irregulares. Dias de tempo úmido haviam posto à prova a pouca disciplina que o major conseguira incutir nos soldados. As nuvens pesadas no céu, inertes e amarelas, tornavam o ar rançoso. Trovoadas ocasionais não traziam nada de chuva, apenas umidade mais pesada, e as tropas não lidavam bem com aquilo. As roupas estavam amarrotadas. Quase ninguém dormia tranquilamente e mais do que uma briga irrompera na noite anterior. Em vez de rostos ordeiros e obedientes, Merret via homens despenteados, privados de sono e no limite. A visão o enchia de furioso desespero.

Quando falou em tom de comando, sua voz se propagou:

— Desperdicei semanas tentando enfiar nessa cabeça imbecil de vocês que daqui a alguns dias vocês podem estar lutando para salvar a própria vida contra gente que *escolheu* lutar essa guerra. E porque são todos cabeças-duras demais para entender isso, lutam uns contra os outros em vez de se preparar para a batalha que os aguarda. — Ele olhou para os dois homens que estavam ao seu lado, os culpados que mais recentemente haviam provocado sua fúria e que agora estavam de frente para a companhia inteira. Um deles, MacWilliams, parecia entediado. As mãos enormes descansavam ao lado do corpo, os punhos vermelhos onde tinham atingido o outro homem. Trêmulo, com o olho roxo fixo no chão, Collins mal conseguia ficar em pé direito; parecia à beira de um colapso. Merret os considerou criteriosamente e decidiu fazer deles um exemplo: o valentão e o fracote. Ambos tinham seus usos.

— Se dependesse de mim — rosnou o major Merret —, eu teria muito prazer em mandá-los cruzar aquela fronteira, onde o fim de suas vidas incompetentes os espera. Mas, infelizmente, eu tenho um trabalho a fazer, e só me resta usá-los como as ferramentas inadequadas que são. — Ele se virou bruscamente para Collins, o soldado trêmulo. — Você tem medo do que o espera nos Territórios Indígenas, Collins?

Collins levou um susto e lançou a Merret um olhar de soslaio. Não tinha ideia de que tipo de resposta o major queria.

— Responda, Collins — vociferou o major Merret.

Collins se levantou e cerrou o maxilar no que esperava que fosse uma representação de firmeza. Ele fez o melhor para parar de tremer, fechando os dedos finos em punhos e firmando os joelhos estreitos. Na sua terra, a Filadélfia, Collins tinha uma pequena gráfica e havia sido preso por publicar uma caricatura satírica de Gordon Broadgirdle. Antes disso, a briga mais violenta que Collins já havia vivenciado na vida fora uma disputa amigável com seu irmão por causa do custo de uma nova prensa. Seu lugar não era na guerra ocidental e ele bem sabia.

— Não, senhor? — ele mentiu.

— E você tem medo de MacWilliams?

Collins engoliu em seco, perplexo mais uma vez.

— Posso tentar não ter, senhor — ele respondeu.

— E você tem medo de mim, Collins?

Collins respirou fundo. Achava que suas respostas, de alguma forma, estavam saindo milagrosamente corretas, mas agora temia que estivesse sendo levado a uma armadilha e não podia imaginar como sair dela porque não tinha ideia de qual era essa armadilha. Ele decidiu dizer a verdade, porque já havia tentado mentir.

— Sim, senhor — disse ele. De repente, tão de repente que ele nem sabia como tinha acontecido, Collins se viu esparramado no chão, com a terra molhada a centímetros de seu rosto, e então percebeu que havia alguma coisa segurando-o no chão.

O major Merret olhou para o rosto surpreso de sua companhia com satisfação dissimulada. Até MacWilliams ficou um pouco surpreso. Com a bota firmemente plantada nas costas de Collins, o major a pressionou com força para baixo.

— Nem de longe você está com medo suficiente, Collins — ele disse, com a voz firme. — Deixe-me dizer por quê. Os índios podem te matar. E MacWilliams pode te dar um olho roxo todas as manhãs durante um mês, mas eles não podem fazer o que eu posso. Eles não podem destruir seu respeito próprio e te fazer desejar nunca ter sobrevivido àquela prisão na Filadélfia.

Collins tossiu. Ele tentou erguer um pouco a cabeça, mas a bota pressionou com mais força.

Merret esperou, permitindo que a companhia absorvesse a humilhação de Collins. MacWilliams, ele notou, havia trocado o tédio por presunção.

— Eles não podem fazer você comer terra do jeito que eu posso — Merret finalmente disse, olhando para o homem de magreza doentia. O uniforme de Collins estava rasgado, sem dúvida pela briga que tivera com MacWilliams. A pele das mãos era enrugada, como se desgastada até o osso. Merret sentiu um arrepio de nojo. — Coma terra, soldado — ordenou, pronunciando claramente cada palavra.

Ele ouviu um murmúrio se propagando pela companhia, mas o ignorou solenemente.

— Eu disse, *coma terra,* Collins. — Ele pressionou a bota e esperou.

Lentamente, Collins virou o rosto para o chão. A bota aliviou um pouco. Então ele abriu a boca e pegou um pequeno bocado de terra entre os dentes. A bota voltou a pressionar.

— Eu disse: *coma* terra — Merret insistiu. — É para engolir. — Ele olhou para MacWilliams; a presunção havia sido substituída por um ar de desconforto. Merret sentiu as costelas de Collins se elevarem debaixo da bota. — De novo — ele disse e levantou a bota para que Collins pudesse virar novamente o rosto para o chão.

Theo estava na segunda fila, vendo Merret dar a lição de disciplina. Sentiu uma náusea no fundo do estômago, como se ele também estivesse comendo terra. Ao lado dele, Casanova irradiada raiva. Todos eles irradiavam raiva, mas Theo podia sentir outra coisa atrelada à raiva: medo. Era como estar em uma caverna escura com o cheiro de umidade suspenso no ar. Então o cheiro de algo podre começava a exalar de dentro da caverna, o mofo começando a sobrepujar a umidade, até se tornarem um todo indistinguível. Theo não podia dizer se o medo também estava dentro dele, ou se apenas enchia o ar com tanta força que era capaz de cercá-lo. Ele observou Merret forçar Collins a comer sucessivos bocados de terra. E, diante daquela lição de medo, Theo sentiu algo inesperado: o desejo de defender Collins, não importava a que custo. Por um momento, o desejo provocou uma sensação agradável, como um lampejo de chama translúcida e brilhante na caverna úmida.

— E então, MacWilliams? — o major Merret perguntou em meio ao silêncio.

MacWilliams agora olhava para ele com ódio desvelado. Seu tédio transformado em presunção e depois em desconforto havia se cristalizado em alguma outra coisa.

— Você vai tomar alguma atitude? — provocou o major, usando um tom insolente. — Você tem a decência e o bom senso de ajudar um colega soldado que está sendo obrigado a comer terra? Um soldado que amanhã poderia muito bem ser você? Ou não tem? — Ele olhou para MacWilliams com um sorriso sarcástico no rosto. Então, levantou a bota e recuou.

Collins tossiu. Um momento depois, ele começou a vomitar. Com um olhar de repugnância para Merret, MacWilliams se agachou e gentilmente ajudou Collins a ficar de joelhos, mantendo a mão nas costas do soldado, que vomitava.

A breve sensação agradável que percorrera Theo evaporou. Em vez disso, ele sentiu uma repulsa fria pela forma como Merret havia manipulado MacWilliams e toda a companhia. Intencionalmente, ele havia alimentado a raiva, o medo e, por fim, o desejo de defender Collins.

A lição de Merret obteve sucesso. Eles não se enfrentariam mais, mas agora tinham um inimigo em comum.

Assim que o major os dispensou para começar a levantar acampamento, os soldados se dispersaram, fugindo o mais rápido possível, mas Theo continuou plantado no lugar. As nuvens no alto ressoaram, e Theo enxugou o suor da testa com a manga do uniforme.

— Ei — disse Casanova, colocando a mão no ombro de Theo. — Vem cá. — Theo não respondeu. — Eu sei. O Merret é um sádico, mas não podemos fazer nada a respeito.

Theo piscou e virou para encarar Casanova.

— Ele não é um sádico; é um palhaço. É isso é o que esta companhia precisa ver.

Casanova balançou a cabeça.

— O que você quer dizer?

— Ele é uma piada. O que temos de fazer é rir dele. Se pudermos rir dele, não vamos ter medo.

O olho bom de Casanova se estreitou.

— Não sei o que você está planejando, Theo, mas não planeje. Simplesmente esqueça. — E puxou Theo de volta à barraca que dividiam, com uma expressão preocupada no rosto coberto de cicatrizes.

8
Casca e osso

6 de agosto de 1892: 19h36

Cheguei à conclusão de que existe uma tênue linha entre observar o presente e predizer o que pode acontecer no futuro. Eles parecem distintos, mas não seria possível que através de um se encontre o outro? Pude observar como a compreensão das circunstâncias que nos envolve pode ser tão completa, tão abrangente, que o suposto futuro não seja tanto um elemento desconhecido para ser imaginado ou adivinhado, mas, de fato, um resultado direto do presente.

— Sophia Tims, Reflexões sobre uma jornada ao mar Eerie

Sophia sabia que precisava dormir, pois planejavam deixar a casa de Maxine antes do amanhecer, mas as palavras de Virgáurea — de que ela, Sophia, poderia ser como uma Eerie — a deixaram tão animada que ela estava sentada na beira da cama, olhando ansiosamente para os dois objetos que Maxine lhe dera. *Só mais um minutinho*, disse para si mesma, *e então vou para a cama.*

O disco liso de tronco de árvore era quase perfeitamente circular. O corte era perfeito — tão perfeito que os anéis se distinguiam claramente um do outro, todos em tons muito parecidos de marrom-claro. Sophia passou o dedo neles, achando que poderia sentir as memórias da árvore ao toque, assim como em um mapa de memória comum, mas nenhuma memória despertou em sua mente.

Examinou a borda externa. Uma fina camada de casca protegera a árvore. *Nem sei que tipo de árvore é esta*, ela percebeu. Colocou a mão na bolsa, tirou o caderno e o lápis e abriu em uma página em branco. Então desenhou cuidadosamente a árvore de Maxine, incluindo os caminhos que não tinha tomado, e acrescentou as instruções que a adivinha lhe deu ao final: as três encruzilhadas. Em seguida desenhou os dois objetos e listou suas perguntas:

Perguntas sobre os mapas de Maxine.
1. Que tipo de árvore?
2. O que foi usado para cortá-la?
3. Quem a cortou?
4. A forma como foi cortada/quem a cortou é importante para o mapa?
5. O mapa foi feito pelo corte? Após o corte? Durante a vida da árvore?

Sophia bateu o lápis de leve no queixo e acrescentou:

6. Estes mapas dormem e acordam como outros mapas de memória?
7. Se sim, o que acordaria um mapa de árvore?

Olhou para o disco mais uma vez e seus pensamentos vagaram para diferentes possibilidades. Água? Luz do sol? Terra? Sophia mergulhou o dedo no copo d'água sobre a mesa estreita e permitiu que algumas gotas caíssem na madeira. Nada aconteceu.

— Não posso tentar sol ou terra até amanhã — murmurou em voz alta.

Na página limpa seguinte, escreveu:

Observações sobre a árvore e o chifre.
Árvore: suave ao toque, exceto a casca.

Ela o puxou para perto e cheirou. *Parece que tem cheiro de pinheiro.*

Então percebeu o que não tinha feito ainda: contado os anéis da árvore. Passando o dedo da borda exterior para o centro, contou quarenta e três. *Quarenta e três anéis, então a árvore tinha quarenta e três anos quando foi cortada.*

Em seguida, embora se sentisse boba fazendo isso, segurou o pedaço de árvore encostado ao ouvido. "Sem som", escreveu.

Após hesitar um instante, encostou a ponta da língua na casca. *Tem gosto de madeira. Obviamente.*

Ainda que analisasse a seção transversal por mais algum tempo, não conseguiu acrescentar nada às suas observações. Com um suspiro, assim que colocou o disco de lado, pegou o pedaço de chifre.

"Chifre", escreveu. "Suave ao toque, com exceção de onde se partiu do restante: irregular e fraturado como osso. Marrom-escuro, quase como madeira."

Então ensaiou aplicar os outros sentidos. *Não tem gosto de nada. Não tem som de nada. Cheira a casacos velhos.*

Ela voltou à página de perguntas:

1. Por que o pedaço de chifre foi quebrado do restante?
2. Quebrou antes ou depois de o alce perder os chifres antes do inverno?
3. Como as memórias são armazenadas em um chifre?
4. Se é um mapa adormecido, o que despertaria as memórias nele?

Perdida, Sophia olhou ao longe. Ela se viu imaginando — por pura especulação, já que nunca tinha visto um alce vivo — como um alce vivia na natureza. Presumia-se que pastasse para se alimentar, procurasse água para beber e caminhasse por longas distâncias. Será que alces viviam em bandos? Cercados de pessoas? Ou eram animais solitários? Ela imaginou paisagens verdes e montanhosas, florestas frescas de pinheiro e lagoas mornas com lama no fundo.

Descansou a cabeça no travesseiro e olhou para o teto. Imaginou um caminho que oscilava lentamente por um campo verdejante. Do outro lado do campo, havia uma floresta. Insetos zumbiam em círculos intermináveis sobre a grama alta, e aves mergulhavam no ar.

As cortinas escuras oscilaram de leve ao sabor de uma brisa repentina, e o ar úmido de fora entrou sorrateiramente no quarto. Uma trovoada baixinha soou das nuvens acumuladas sobre a cidade. O chifre repousava na palma de Sophia, e seus dedos se fecharam sobre ele em reflexo. Sua respiração desacelerou. Logo, ela estava dormindo.

E os sonhos começaram.

Chovia. Ela caminhava pesado por uma trilha na floresta e via o mundo de um ponto de vista elevado. Álamo, salgueiro e abeto cresciam ao redor dela. Ela os conhecia bem — cada um era tão familiar e específico como um amigo. Os galhos roçavam nela de leve; o ar frio nas folhas acariciava sua pele. Uma clareira se anunciava ao longe, e ela sentiu uma sensação de alívio, sabendo que seu lar estava por perto. Quando a alcançaram — ela intuiu sem saber como que alguém mais estava presente —, a chuva parou, e uma densa bruma ondulou ao redor deles. De dentro da névoa, uma casa baixa cravada na montanha e na vegetação apareceu. Ao lado dela havia uma cabana adjacente de troncos. Um cano curto derramava água das calhas dentro de uma bacia de pedra dentro da cabana.

— Estamos aqui, Nosh — uma voz baixa disse em seu ouvido.

O sonho se transformou em outra cena. Ela estava em pé no topo de uma colina. Havia um garoto ao lado dela, apertando os olhos para ver ao longe. Estavam acima de um vale onde crescia um bosque solitário. Algo sobre as árvores lhe pareceu incompreensivelmente lindo. *Estas não são de comer*, pensou ironicamente. Sentia-se atraída por elas, mas algo muito maior — um impulso poderoso que falava diretamente a seu coração — lhe dizia para ficar longe. O menino a seu lado a olhou.

— O que você acha, Nosh? — Ele parecia intrigado. Era um Eerie com cabelo curtinho e pele que se tornava verde na linha do couro cabeludo. Sob as sobrancelhas pretas, os olhos eram escuros, e a expressão neles era pensativa. Ela sentiu um pulsar de afeto protetor por ele quando o garoto a olhou em busca de alguma coisa. — Por que não podemos chegar mais perto? — ele perguntou, ecoando seus pensamentos. O garoto colocou a mão de leve no ombro dela e, distraidamente, acariciou seu pescoço.

Enquanto observavam, uma figura distante apareceu no alto de uma colina no outro lado do vale. Sophia sentiu o menino ao lado dela ficar tenso de interesse. À medida que a figura descia a colina, a imagem ia ficando mais clara, e um grito baixo chegou até eles.

— Um Lamentoso — o menino ofegou. O olhar de Sophia foi atraído por um movimento. Outra figura havia aparecido entre as colinas ao sul; esta se movia mais depressa, como se puxada de longe por uma corda. Seus gritos faziam parte de seu choro desconsolado que ecoava no vento. Ela resmungou para alertar o garoto. — Você está certa — ele sussurrou. — Dois Lamentosos. — As duas figuras convergiram para o bosque e desapareceram entre as árvores. Houve um súbito silêncio.

O sonho desvaneceu uma vez mais, e ela se viu correndo: correndo velozmente na escuridão. Ela podia sentir o cheiro de fogo. O coração estava disparado. As árvores que haviam roçado seu corpo tão carinhosamente durante o dia agora a arranhavam e a dilaceravam. Ela sentiu o pânico crescer desenfreado no peito, mais rápido do que ela, como se fosse uma coisa separada correndo à sua frente, cada vez mais rápido.

— Estamos seguros, estamos seguros — ela ouviu alguém dizer, mas eram apenas palavras que pareciam não significar nada. O que eram palavras quando Sophia tinha o pânico para espantar? Lá estava, mais leve do que tudo, riscando o bosque escuro como um espírito pálido e malevolente, sempre fora de alcance.

Sophia acordou com um sobressalto, sentindo o coração bater forte. O chifre rolou da palma. Ela levou a mão ao peito e respirou fundo repetidas vezes para recuperar o fôlego. O ar estava intocado pela fumaça, mas os sonhos pareciam tão reais que ela levou algum tempo para perceber onde estava e quem era. *Não tem fogo algum*, repetiu para si mesma, tranquilizando-se. *Não tem fogo algum e estou segura.* A lâmpada-tocha ainda estava acesa, e ela rolou em direção à mesa estreita para olhar para o relógio. Eram quase três horas. Precisava levantar logo se não quisesse se atrasar para o trem. Com um suspiro, rolou de volta sobre o travesseiro.

E depois se lembrou do chifre. Procurou o objeto áspero por entre os lençóis e o pegou, observando-o com olhar crítico. *Eram minhas memórias ou simplesmente meus sonhos?*, perguntou ao chifre, em silêncio. Então o colocou com cuidado na mesa, fechou os olhos e tentou descansar antes que Maxine batesse à porta.

9
A voz de Wren

7 de agosto de 1892: 3h51

O obstáculo, na maioria dos casos, é o tempo, mas imagine as circunstâncias em que o tempo não fosse um obstáculo. Imagine observar o progresso de um caracol ao longo de um caminho no jardim. Vendo o bichinho deslizar lentamente em direção à folha de repolho, não se tem dúvidas quanto ao futuro, pois ele é óbvio. Assim como o destino do caracol é óbvio quando se vê o jardineiro se aproximando com um balde de sal. Por que não é assim conosco? Não será possível que os prognósticos surpreendentes do futuro sejam, mais corretamente, observações nada surpreendentes, feitas com sabedoria e tempo abundante?

— Sophia Tims, Reflexões sobre uma jornada ao mar Eerie

Maxine agrupou os viajantes em um coche para seis pessoas ainda de madrugada, antes de o sol nascer. Já trajando disfarces, eles embarcariam no primeiro trem para Salt Lick, que partiria da estação de New Orleans às 4h12.

Ela murmurou rápidas palavras de encorajamento e abraçou cada um dos companheiros antes de entrarem no coche.

— Você parece muito convincente, querida — ela disse a Sophia.

— Ainda está escuro — Sophia respondeu com um sorriso irônico.

— Seu *som* é convincente — Maxine rebateu, e os sininhos na capa de Sophia tilintaram baixinho quando ela se espremeu entre Errol e Virgáurea. Calixta, Wren e Burr sentaram-se à frente deles. — Tenham cuidado — sussurrou a adivinha e fechou a porta. Calixta bateu no teto. Os cavalos começaram a andar, e o coche, a deslizar sobre as pedras da rua.

Dentro da cabine estava bastante escuro, mas Sophia viu seus companheiros de viagem na luz e no calor da cozinha de Maxine. Para sua surpresa, tinham ficado bem parecidos com corsários. As roupas esfarrapadas, cheias de sininhos de bronze, mudavam a aparência de qualquer um. A máscara de Virgáurea era um emaranhado de correntes prateadas cobrindo a metade superior do rosto. Apenas os olhos eram visíveis. Nas mãos havia luvas de couro cravejadas de minúsculos rebites de aço. O cabelo tinha sininhos brilhantes, não maiores que uma unha. Curioso de si, Errol havia encaixado um conjunto de dentes de metal na boca e riu quando viu o próprio reflexo.

— Contchantcho queu no prexige far-ar — ele tentou.

— Deixe que eu falo — Calixta lhe garantiu. Sua fantasia era semelhante à de Virgáurea, mas sobre a cabeça havia uma coroa com pontas altas e afiadas que pareciam ao mesmo tempo um ornamento e uma arma. O pesado colar era feito de sinos longos e cilíndricos que tilintavam a cada movimento. O calçado, que ela mesmo havia modificado, já que não tinha encontrado sapatos adequados entre os de Maxine, eram botas de couro altas com bicos de aço. "Ganhei a aposta?", ela perguntara para Burr prazerosamente.

Ele e Wren estavam vestidos com roupas quase idênticas. Capas surradas sobre coletes pesados, cravejados de rebites. As calças tinham fileiras de sininhos ao longo das costuras. Sophia segurava a capa, também com muitas fileiras de sininhos minúsculos, dobrada sobre o colo. Estava vestindo as próprias roupas — já pareciam esfarrapadas o suficiente — e optara apenas por luvas, uma capa e um par de botas robustas com rebites. Usava uma versão mais simples da máscara de Virgáurea: três correntes prateadas cruzavam o rosto delicadamente, as quais se encontravam em um único rebite prateado na testa. As correntinhas finas pareciam estranhamente tranquilizadoras sobre a pele; insubstanciais do jeito que eram, a faziam se sentir protegida. *Deve ser por isso que os corsários usam tanto metal*, ela refletiu, olhando pela janela aberta do coche para as ruas escuras de New Orleans.

A estação de trem era perto da casa de Maxine. Eles haviam prosseguido pelo caminho em silêncio por alguns minutos, quando o coche parou de repente.

— Aqui não é a estação — Calixta murmurou. — Cocheiro? — Ela chamou pela janela aberta. Não houve resposta. Calixta fez menção de pegar a maçaneta da porta quando a voz de um estranho rasgou a escuridão.

— Richard Wren. Aqui é Bruce Davies, agente número seis-um-um. Desça do coche desacompanhado. Tenho ordens para mandá-lo para Sydney imediatamente.

Todos congelaram.

Calixta se inclinou em direção à janela aberta e disse:

— Não há nenhum Richard Wren aqui. Somos corsários de Copper Hill a caminho de Salt Lick, no norte. Você está equivocado.

— Raramente nos equivocamos, capitã Morris — veio a resposta irônica. — Não apenas sei de todos os ocupantes desse coche, como conheço todos os seus movimentos das últimas vinte horas. Não abordamos vocês na casa de Maxine Bisset por motivos pessoais, mas poderíamos ter tido esta conversa lá. — Ele pigarreou para chamar atenção. — Agente Wren?

Depois de vários segundos, Wren se inclinou para a janela aberta.

— Agente Davies, vou sair do coche e acompanhá-lo até Sydney com uma condição.

Houve uma pausa.

— Você não está em posição de negociar, Wren. Tenho quatro outros agentes aqui comigo.

Wren hesitou.

— Danem-se os quatro agentes dele — Calixta sussurrou ferozmente. — Você não pode ir. Vamos nos livrar dele e seguir para a estação.

— Eu preciso ir — Wren respondeu. — Você não entende. É quase certo que seríamos todos mortos. — Ele se inclinou em direção à janela. — Agente Davies, isso pode resultar em um conflito caro para você se eu e meus companheiros resistirmos. Irei sem causar problemas se prometer que meus amigos serão dispensados. A liga deve deixá-los em paz para sempre.

— Veja bem, agente — veio a resposta —, você conhece o processo tão bem como nós. — Houve uma pausa. — O melhor que posso oferecer é que não vamos prendê-los agora, mas não posso prometer nada em longo prazo.

Houve outra pausa. No silêncio repentino, Burr se inclinou, dirigindo-se à irmã:

— Você se lembra de quando tentamos capturar o Felix para o levarmos de volta a Havana? Que dia foi aquele… — ele terminou melancolicamente.

Calixta riu, julgando despropositada aquela inesperada recordação.

— Como eu poderia esquecer? Foi assim que conhecemos o Peaches.

— Foi uma jogada excelente.

— Foi mesmo. Um pouco ardilosa, mas muito boa.

— Vocês se importam? — Wren explodiu. — Estou tentando decidir o que fazer.

— Wren? — insistiu a voz da rua.

Wren se deslocou para a frente do assento.

— Muito bem — ele disse enfaticamente.

Antes que pudesse se mover, Burr, que estava mais perto da porta, abriu-a bruscamente, saltou do coche em um único movimento e fechou a porta com uma pancada atrás dele.

— Vá — ele gritou para o condutor, e o coche sacudiu abruptamente em movimento.

Wren o fitou, perplexo.

— *Espere!* — gritou, levantando-se do lugar.

Calixta cobriu a boca dele com a mão enluvada e o empurrou de volta.

— Ah, não, você não vai fazer isso.

Ele arriscou falar por trás da luva, tentando se desvencilhar de Calixta.

Empoleirado no ombro do Errol, Sêneca vibrou as asas em agitação.

— De que vai adiantar isso, Richard? — Calixta argumentou, empurrando-o com força.

— Não posso deixá-lo... — Wren saltou para a porta.

Sêneca explodiu em um farfalhar de asas ansioso, as asas largas roçando o teto da cabine. Em um rápido movimento que Sophia não acompanhou inteiramente, Calixta pegou a pistola e bateu em Wren com força na cabeça. Sêneca guinchou e saltou sobre o ombro de Virgáurea.

Wren desabou, e Sophia soltou uma exclamação de surpresa.

— O que você fez? — Errol perguntou a Calixta. Com dificuldade causada pelo movimento veloz do coche, ele trocou de lugar e tentou erguer Wren.

— Ah, eu só o estava salvando de uma morte certa — Calixta disse com tranquilidade.

— Deixando-o desmaiado com uma pancada?

— Sim. Isso mesmo.

— E se você tiver despachado Burr para a morte certa em vez disso? — Errol, que não era tão alto quanto Wren, enfim conseguira arrumar o australiano, que agora havia desabado em seu ombro.

Virgáurea segurou Sêneca no antebraço e sussurrou para ele com veemência, acalmando o falcão com um estranho idioma.

— Burr sabe o que está fazendo — Calixta respondeu, complacente.

Houve silêncio.

Sophia não conseguia vê-los, mas podia sentir Errol e Virgáurea trocando pensamentos sobre o que fariam em seguida.

— Tem certeza de que é uma atitude sensata, Calixta? — Virgáurea finalmente perguntou. — Sabemos pouco sobre a liga e sobre como eles agem. Talvez devêssemos voltar.

— E colocar Sophia de novo em perigo? — Calixta perguntou ironicamente.

— Sim — disse Sophia, por fim encontrando a própria voz. Até aquele momento, ela estava chocada demais para falar. — Devemos voltar e ajudar Burr.

— Não — Errol e Virgáurea disseram ao mesmo tempo.

Sophia quase podia ouvir Calixta sorrindo.

— Confie em mim — disse a pirata. — Burr tem tudo sob controle, mas vou precisar de ajuda para carregar Wren até o trem.

Errol não respondeu.

— O plano de Burr não valerá de nada se deixarmos Wren no coche — Calixta apontou.

— Muito bem — o arqueiro concordou, relutante. — Embora eu não possa fingir que gosto disso.

— Também não teria sido a minha primeira escolha — Calixta admitiu enquanto o coche diminuía a velocidade e parava. — Mas não podemos entregar Wren assim, e esta é a melhor coisa a fazer no momento. — As luzes da estação iluminaram o coche. Calixta deu um enorme sorriso, como se não tivesse acabado de ver seu irmão desaparecer noite adentro com estranhos hostis empunhando poderes desconhecidos. — Estamos com os minutos contados para embarcar. Venham, depressa!

10
A represália

7 de agosto de 1892: 10h19

Muitas das estradas que interligam os estados de Novo Ocidente aos Territórios não são mais do que picadas — trilhas percorridas por mascates e mensageiros. Há um punhado de estradas mais largas — originalmente estradas usadas pelos correios — adequadas para viajar de carroça: uma a oeste da Pensilvânia e duas saindo da Virgínia, uma para a Carolina do Norte e outra para a Carolina do Sul, além de duas a partir da Geórgia. De modo geral, são rotas seguras, e viajantes a passeio, caso desejem segui-las, quase não teriam surpresas. Estalagens a cada poucos quilômetros, reflexo das rotas postais estabelecidas, oferecem comida e abrigo.

— Shadrack Elli, História de Novo Ocidente

A COMPANHIA DO MAJOR Merret entrou nos Territórios Indígenas no sétimo dia de agosto. Ninguém poderia afirmar onde terminava a Pensilvânia e onde começavam os Territórios, pois os bosques e as colinas pareciam basicamente os mesmos, e as fazendas tinham minguado havia muito. As colinas escarpadas, estéreis em largas manchas, permitiam passagem fácil; Theo e o restante da equipe das trilhas tinham pouco trabalho conforme a marcha progredia para oeste. Todos os itens que carregavam pareciam mais pesados no ar úmido: os catres de lona fediam a mofo e as mochilas revestidas de borracha estavam lisas de umidade. Às dez horas, eles pararam, aliviados, para fazer a refeição do meio-dia.

O major Merret sempre comia em uma barraca, por mais rápida que fosse a parada de descanso. Um negócio de lona com cinco hastes fincadas, ela podia abrigar uma pequena mesa de jantar que também servia de escrivaninha, parecendo achatada como uma aranha no centro da teia. Enquanto o major Merret descansava e a companhia esticava as pernas ou dormia nas mochilas, o cozinheiro preparava uma refeição de feijão e cebola.

O major tinha seu próprio cozinheiro, que viajava com a carroça de suprimentos e protegia o estoque de comidas especiais embaladas, trazidas da Virgínia. Felizmente para os homens da companhia, o cozinheiro do major, o soldado Betts, era eminentemente corruptível e, pelo preço certo, encontrava formas inteligentes de cortar um naco de presunto especial ou um gomo de linguiça. O soldado Betts detestava o major com a mesma veemência quanto o resto da companhia, mas sabia das vantagens de sua posição, mantendo sua aversão bem escondida sob uma aparência obsequiosa. Como resultado, o major confiava nele. Tomando como parâmetro que o homem não gostava de ninguém, até se poderia dizer que ele gostava de Betts.

Assim, a companhia ficou particularmente surpresa quando, ao jogar feijões e cebolas barriga adentro, viu o major sair estrondosamente da barraca e gritar pelo soldado Betts.

— Onde ele está?! — gritou o major Merret. — Onde está aquele homem?

A companhia ficou em silêncio. Todos pararam de comer: as colheres ficaram imóveis no ar, os olhos se fixaram no comandante, e ninguém se moveu. O major soltava fogo pelas ventas. O guardanapo, ainda enfiado no colarinho da camisa, farfalhou em uma brisa repentina e bateu para cima, cobrindo-lhe o rosto. O major o arrancou da frente e olhou feio.

— Acho que ele foi buscar água para lavar, senhor — disse um dos homens.

— Encontre-o e traga-o até mim — o major gritou. Em seguida virou nos calcanhares e voltou para a barraca, fazendo tremer as hastes de sustentação com o vigor da entrada.

A companhia retomou a refeição. Lentamente no início e, em seguida, mais depressa, como uma bola de gude rolando ladeira abaixo, e rumores do que tinha provocado a raiva do major se propagaram por todo o acampamento. Houve um soluço de riso hesitante, depois outro. O som atravessou a companhia, uma onda de risada genuína, até chegar onde Theo e Casanova estavam sentados lado a lado, almoçando com os demais soldados. Ainda não chegara a eles nenhum rumor do que tinha acontecido com o major, mas Theo sorriu, apreciando a explosão de alegria a seu redor.

E então chegou. O homem sentado ao lado de Casanova se inclinou em direção a eles, rindo, e falou:

— Vocês não vão acreditar no que aconteceu. Alguém foi e colocou terra no almoço do major! Ele até comeu algumas colheradas antes de perceber.

O sorriso de Theo se ampliou, mas Casanova, com um olhar preocupado para Theo, franziu a testa.

— Alguém? Não foi o Betts?

O soldado balançou a cabeça.

— O cozinheiro negou. Diz que deixou o fogo por um minuto e qualquer um pôde ter feito isso. — Quando o homem terminou de dizer essas palavras, eles viram o major Merret surgindo mais uma vez de dentro da tenda. Ele chamou todos para a formação, e, com um tilintar de colheres e tigelas, além do impacto de mochilas que atingiam o chão, os homens correram para se enfileirar. Em questão de segundos, estavam diante do major para receber uma lição de disciplina, como haviam recebido três dias antes — só que com uma diferença. Agora havia uma corrente de riso propagando-se no meio deles. Um riso triunfante, repleto de satisfação e vingança, que borbulhou até chegar ao raio de visão do major que, vermelho de raiva, andava de um lado para o outro, mal capaz de se controlar. Todos os homens imaginavam o momento em que o major colocara a colher na boca e mastigara, perguntando-se o que era aquela textura estranha, para então de repente entender, com um sobressalto, que lhe haviam feito comer terra. O pensamento era contagioso e irresistível.

— Quero que todos vocês saibam — o major começou, sem preâmbulos — exatamente o que vai acontecer com esta companhia se ninguém assumir a responsabilidade desse fato. — Confuso e chocado, Betts estava na entrada da barraca. O major parou um instante, criando um daqueles longos silêncios que funcionavam com tanta eficiência para cultivar o medo durante suas lições de disciplina.

Infelizmente para o major, seu silêncio foi interrompido. Apenas alguns segundos após ter lançado a ameaça, que pairava sobre a companhia como uma nuvem, uma voz gritou da segunda fileira:

— Eu assumo a responsabilidade.

O major ergueu a cabeça bruscamente para ver quem havia falado.

— Eu assumo a responsabilidade.

— Diga o seu nome e dê um passo à frente — o major vociferou.

Theo saiu da segunda linha e caminhou até ficar de frente para a companhia.

— Theodore Constantine Thackary — disse ele, recusando-se a acrescentar seu título. De alguma forma, Theo conseguiu fazer sua posição de sentido parecer desleixada. Ele fitava um ponto à frente, como se o major não existisse, e o fantasma de um sorriso perdurou em seu rosto.

O major o fulminou com o olhar.

— Soldado MacWilliams — disse ele, virando-se para o homem enorme que tinha sido o sujeito da lição disciplinar do dia 4 de agosto.

— Sim, senhor — o soldado respondeu, dando um passo à frente.

— Traga o arreio sobressalente de dentro da carroça.

MacWilliams hesitou.

— O arreio das mulas?

— Sim.

Theo permaneceu no lugar com a mesma calma, esperando o retorno de MacWilliams. O major ficou em silêncio. O ar de suspense começou a ganhar corpo. MacWilliams andou com tanta pressa quanto seu corpo avantajado permitia e retornou com uma pesada canga de madeira usada para prender a mula na carroça quando se usava um animal, em vez de dois, para puxá-la.

— Coloque o arnês no soldado Thackary — o major disse friamente.

Mais uma vez, MacWilliams hesitou.

— Como assim, senhor?

— Coloque a canga no pescoço dele.

Theo se virou, voluntariamente, para MacWilliams.

— Não vou dar coice como uma mula, prometo — disse, sorrindo.

Houve uma onda de riso incômodo pela companhia.

— Fique quieto — ordenou o major. — MacWilliams — disse severamente.

Incitado a agir, MacWilliams se aproximou de Theo e colocou com cuidado a pesada canga de madeira no pescoço do rapaz.

— Desculpe — ele sussurrou.

Theo virou a cabeça, tanto quanto era possível.

— Não tem problema. Pelo menos não vou puxar seu peso por aí usando esse negócio.

MacWilliams olhou para o garoto com surpresa e deu um sorriso fraco. Então, completada a tarefa, ele se afastou. Theo não conseguia levantar a cabeça para encarar a companhia. Ele sabia que seria apenas uma questão de minutos antes que o peso da canga se tornasse insuportável. No silêncio que Merret permitiu crescer, interrompido apenas pelos seus passos, Theo imaginou que aspecto devia ter para os homens que o observavam: curvado, penitente, envergonhado. Eles não podiam ver seu rosto, então não poderiam saber que ele não sentia a menor vergonha de nada. Estava contente — contente de ter dado o troco em Merret e contente em provocar a retaliação do major, que o fazia parecer mesquinho e vingativo.

Theo esperou, olhando pelo canto do olho, até o major se virar. Então mexeu os pés — um pulinho para trás e um pequeno chute: um par de passos de dança. Houve uma risadinha familiar, baixa, em algum ponto entre a companhia. Casanova provavelmente estava furioso, pois podia imaginar o que Theo estava pensando. Ao redor de Casanova, ouviram-se mais risinhos abafados. O major parou e se virou. Theo estava feliz; seu propósito fora alcançado. Ele desejava mostrar à companhia que Merret podia ser ridicularizado, e agora eles tinham visto isso acontecer.

— Basta — o major disse, com a voz estrondosa. De alguma forma, no entanto, soava menos impositiva do que o normal: mais como uma imitação de fúria do que fúria em si. — Vamos marchar para oeste. Esta manhã nos encontramos em território inimigo e devemos estar preparados para atacar a qualquer momento. Vocês vão usar o capacete de que lhes falei. E Thackary — acrescentou, virando-se para Theo —, você viaja com as mulas.

10h40

CASANOVA FICOU OLHANDO THEO ser acorrentado à carroça. O restante da companhia se afastou para levantar acampamento. O major Merret já estava seguindo para sua barraca, e Casanova, depois de uma pausa reflexiva, foi andando atrás dele a passos largos. Nunca havia entrado ali antes. Quando recebeu permissão para entrar, ficou surpreso de ver como era confortável. Sobre o catre estava o que parecia um colchão e roupa de cama, e um belo tapete fofo cobria o chão grosseiro. O major estava sentado atrás de sua pequena escrivaninha, escrevendo a última correspondência que enviaria antes que a companhia avançasse para dentro dos Territórios Indígenas.

— O que foi, soldado Lakeside? — perguntou, sem erguer os olhos.

— Vim fazer um pedido, major — Casanova respondeu. Ele sabia que o major respondia melhor à humildade, se não à completa humilhação, e fixou os olhos no chão, apertando as mãos atrás das costas.

Por fim, o major olhou para ele.

— Os integrantes desta companhia não têm o hábito de pedir favores para seus superiores.

— Eu sei disso, senhor.

O major esperou.

— Bem, o que é?

— Gostaria de falar com o senhor sobre Theodore... soldado Thackary. — Casanova parou, mas o major não disse nada. — Ele é só uma criança, senhor

— continuou. — Tem só dezesseis anos. Pode ser teimoso e imprudente, mas não tem a força física que os outros têm. — Ele parou mais uma vez. — Eu entendo que a punição que o senhor deu deve ser cumprida, mas gostaria de pedir permissão para recebê-la no lugar dele.

O major ficou em silêncio. Casanova ergueu os olhos e viu Merret olhando-o com uma mistura de desagrado e curiosidade. Por fim ele se virou na escrivaninha, dobrou e selou a correspondência e se levantou. Caminhou passando por Casanova até a abertura da barraca e se inclinou para fora.

— Despache esta carta antes de partirmos — ele disse, ao entregá-la ao guarda ali. Depois voltou para dentro e encarou Casanova. Cruzou os braços e estudou o homenzarrão com as cicatrizes que o desfiguravam. Em seguida sorriu, e suas palavras foram leves e incisivas, como estilhaços de vidro. — Vocês dois são índios, não são?

Casanova manteve o olhar cuidadosamente no cão.

— Sim. Eu sou índio. De perto da Cidade das Seis Nações. Theo é do sudoeste das Terras Baldias.

Merret suspirou.

— Desemparelhados como as mercadorias de um mascate — disse desgostosamente, mais para si do que para Casanova. Então seu tom ficou incisivo mais uma vez. — Segundo os boatos que correm na companhia, soldado Lakeside, você é um grande covarde. Isso é verdade?

Casanova olhou para as botas engraxadas do major.

— Sim, senhor. É verdade.

— Então posso esperar que em nossa primeira batalha você irá se proteger na árvore mais próxima, agachando e temendo pela sua vida.

Casanova olhou para o chão.

— Na minha experiência, senhor — ele disse em voz baixa —, não há nenhuma batalha. Só massacres. — Ele fez uma pausa. — E quem poderia ser chamado de herói em um massacre? Não é possível dirigir ou conter a violência, o que torna todos os homens covardes.

— Está sugerindo que sou incapaz de comandar minha companhia?

— Até o comandante mais brilhante seria incapaz de comandar as ações dos outros. A violência tem vida própria. Desafia o controle até das Parcas. — Casanova respirou fundo, percebendo que havia perdido o tom humilde depressa demais. O major era perito em provocar. — O senhor poderia considerar meu pedido com relação ao soldado Thackary, major?

O major Merret olhou para Casanova com repugnância, como se descobrisse um rato em sua roupa de cama.

— Não, soldado Lakeside, você não pode carregar o cabresto no lugar de Thackary. Mas, se está assim tão ansioso por um fardo extra, pode levar a mochila dele junto com a sua em nossa marcha para o oeste. — E deu as costas. — Está dispensado.

PARTE 2

Bruma

11
O ouvido de Sêneca

7 de agosto de 1892: 4h48

Novo Ocidente não fala, sorri ou chora como você ou eu, mas talvez devêssemos, a despeito disso, considerar como o nosso mundo seria visto a partir do ponto de vista de outra era. Será que não aprenderíamos algo sobre nós mesmos (e sobre a era) desse outro ponto de vista? Não desejo repetir o velho sentimento de que somos insignificantes diante da majestade da natureza, pois não creio que sejamos insignificantes. Pelo contrário, talvez, ao analisar esse outro ponto de vista, perceberíamos que ele é vital para termos consciência da nossa significância: de que nossas ações e nossos sentimentos têm um efeito na era ao nosso redor.

— Sophia Tims, Reflexões sobre uma jornada ao mar Eerie

SOPHIA PODIA OUVIR WREN e Calixta discutindo na cabine vizinha. Wren, que nunca havia perdido as estribeiras na presença deles, gritava a plenos pulmões.

— Você acha que eles serão dissuadidos quando se virem em posse do homem errado? Não! Eles vão simplesmente continuar nos caçando durante a viagem para o norte, colocando todos vocês em perigo!

Calixta permaneceu completamente inabalada.

— Você está subestimando o Burr — ela falou para Wren mais uma vez, repetindo a mesma coisa que havia dito minutos atrás. — Fique calmo. Os Morris não desistem dos seus, e você é um dos nossos. Burr tem tudo sob controle.

— Escute você! — Wren se enfureceu. — "Um dos nossos"? Não sou nenhum garoto de rua desafortunado que entrou no *Cisne* para pedir esmola. Tomei decisões cujas consequências cabem a mim e somente a mim! Vocês dois estão acostumados demais a ter as coisas do jeito de vocês. Eu, Virgáurea e

Errol, para não falar de Sophia, admitimos as suas tendências dominantes porque geralmente elas são inofensivas e muitas vezes divertidas, mas desta vez você foi longe demais!

— Nenhum dos nossos tripulantes é um "garoto de rua desafortunado". Bem — Calixta emendou —, a menos que você esteja se referindo a mim e a Burr. Somos órfãos e tudo o mais, mas estamos longe de ser desafortunados.

— Você não está entendendo. Você não pode tomar esse tipo de decisão pelos outros. Simplesmente *não pode*. Vou descer na próxima estação e voltar para New Orleans.

— Se fizer isso, vai arruinar tudo o que Burr fez por você até agora.

Houve uma pausa. As energias de Wren estavam se esgotando.

— Era provável que eu tivesse conseguido pensar em um jeito de me livrar dessa se você não tivesse batido na minha cabeça — ele grunhiu, com dor evidente.

— Não foi culpa minha! — Calixta rebateu alegremente.

Wren não respondeu. Uma exasperação palpável ficou suspensa no silêncio.

— Estou farto desta conversa — ele disse, por fim, e Sophia ouviu a porta da cabine se escancarar.

— Não vá longe demais — Calixta gritou enquanto os passos incertos de Wren ressoavam pelo corredor.

— Só estou procurando Errol — ele resmungou —, para conversar com alguém que tenha pelo menos um pingo de bom senso. Não precisa me apagar outra vez.

Sophia estava sentada na beira do assento, as mãos apertadas ansiosamente. Ela olhou para o rosto de Virgáurea em busca de reafirmação. Esta, porém, estava fitando através da janela com uma expressão distante e preocupada.

— Isso não está certo — disse Sophia.

— Não, não está — murmurou Virgáurea, sem tirar os olhos da paisagem.

— O que foi? — Sophia perguntou, percebendo que Virgáurea estava se referindo a alguma outra coisa. Lá fora, as nuvens amarelas e úmidas estavam baixas, parecendo quase roçar a copa das árvores. — As nuvens?

Em vez de responder, a Eerie abriu a janela e se inclinou para fora quando diminuíram a velocidade para aguardar a passagem de outro trem. Ela deixou o vento soprar em seu rosto, os olhos fixos à meia distância, a expressão intensa, na escuta.

Então recolheu a cabeça bem no instante em que Errol e Wren apareceram na porta da cabine.

— Virgáurea — Wren disse quando eles entraram —, conversei com Errol e ele concordou...

— Não está falando, Richard — disse Virgáurea, agitada.

Wren parou, boquiaberto, perdendo a cor devido ao choque repentino.

— O que você quer dizer? — ele perguntou, mal se fazendo ouvir.

— Não há nada. — Ela engoliu em seco. — Também não havia em New Orleans, mas eu pensei que era porque estávamos na cidade.

Wren se largou sobre o assento ao lado de Sophia.

— Pode me explicar? — Errol fechou a porta da cabine atrás dele.

— Sim — Virgáurea respondeu, pegando-lhe a mão. Sophia se sentiu mais inquieta por isso do que por qualquer coisa que tivesse visto até o momento. Estava acostumada aos gestos afetuosos entre eles, mas agora Virgáurea segurava a mão de Errol em busca de força e conforto. A sua tremia. — Falei para Errol e Sophia sobre os antigos — ela explicou a Wren. — Era necessário para seguir o mapa ausentiniano de Sophia.

Ele fez um sinal afirmativo com a cabeça, ainda em estado de choque.

— Como vocês sabem — Virgáurea prosseguiu para Errol e Sophia —, eu e o Richard nos conhecemos há muitos anos, quando ele estava viajando perto do mar Eerie.

— Sim, você disse que fez uma expedição por lá — Sophia falou para Wren.

— Ele fez — Virgáurea confirmou por ele. — Uma expedição para nos persuadir, os elodeanos, a nos unir à Liga das Eras Encéfalas.

Errol ergueu as sobrancelhas.

— Os elodeanos são do futuro?

— Há controvérsias sobre a nossa origem — Virgáurea disse. — Mas o mero ano da nossa era não garante nossa adesão à liga. Muitos bolsões das Terras Baldias são do futuro, e a liga não tem interesse neles. Ele estava interessado em nós porque temos uma parte do conhecimento que a liga protege.

Sophia sentiu o pulso acelerar. Era isso. Finalmente conheceriam o segredo que a liga estava escondendo. Repetidas vezes Wren tinha evitado falar a respeito disso, mas agora, ao que parecia, o momento enfim chegara.

— Qual é esse conhecimento? — ela sussurrou.

— Tem a ver com os antigos — Wren disse com a voz rouca —, como Virgáurea os chama. Os Climas. Nas Eras Encéfalas... — ele parou. Por um momento, olhou para as mãos, e depois para Virgáurea. — Não sei como explicar.

— Eu explico — ela disse calmamente. — As Eras Encéfalas sabem o que nós, elodeanos, sabemos: que as eras têm consciência.

— Você nos contou — Sophia respondeu ansiosamente. — E que pessoas como os Eerie podem até ser capazes de convencê-los a fazer coisas… como os tornados.

— Isso é uma consequência — Virgáurea consentiu. — É mais complicado que isso. Os elodeanos detêm esse conhecimento como uma espécie de faculdade intuitiva. Só que nas Eras Encéfalas, a capacidade de se comunicar com os antigos e de influenciá-los surgiu como uma forma de defesa.

— Defesa contra o quê? — Errol indagou.

— Defesa contra a influência deles sobre nós.

Sophia prendeu a respiração.

— Eles influenc… mas como?

— Não há nenhuma maldade — afirmou Virgáurea, séria, como se respondesse a uma acusação que ela estava disposta a ouvir. — Os antigos nunca são maliciosos ou manipuladores, isso simplesmente não faz parte da natureza deles. E eles não podem simplesmente direcionar nossas ações. Eles apenas orientam e sugerem. Vocês dois invariavelmente sentiram, vocês o vivenciam o tempo todo. Apenas não o reconhecem pelo que é. — Ela se inclinou para a frente, a mão ainda segurando a de Errol, a expressão apaixonada. — Considerem chegar à beira da floresta e se deparar com uma sensação de mau agouro que não conseguem definir muito bem. Ou quando veem uma bifurcação na estrada e algo irresistível sugere que sigam por uma direção e não pela outra. Ou quando se sentem compelidos a subir mais uma colina, embora já tenham caminhado mais do que o suficiente.

— Só na natureza, então — Errol disse.

Virgáurea sacudiu a cabeça.

— O mesmo seria verdade em uma aldeia ou cidade. Embora quanto mais densa for a concentração de seres, com menos força se ouve a voz. Nas cidades pode ser quase impossível, mas certamente você já passou por alguma casa e pensou consigo mesmo: "nunca vou querer cruzar esta soleira". A sensação intuitiva de medo ou prazer, a busca inspirada de certos caminhos e estradas, a certeza de que às vezes carregamos sobre o lugar para onde nos dirigimos: são todas influências dos antigos.

— Eu certamente já senti tais inclinações — concordou Errol.

— Eu também — emendou Sophia. — Achei que era… instinto.

— De certa maneira, é — respondeu Virgáurea. — Os antigos nunca nos influenciam de maneiras contrárias à nossa natureza, à nossa vontade.

— Mas, apesar disso — Wren interveio, com um tom ofendido —, nas Eras Encéfalas, essa influência era temida. E artes, as Ars, foram desenvolvidas para responder a isso. Para impedir que os Climas moldassem nossas ações, e mais: para que os Climas fossem moldados. Nunca deveria ter acontecido assim, e é uma maneira terrível de se viver.

Sophia não conseguia entender nada daquilo.

— Por quê? Como é?

Wren balançou a cabeça.

— Como explicar? — ele indagou, impotente.

— Considere isto: as Eras Encéfalas nunca podem ser alcançadas por aqueles que vêm de outras eras, porque eles controlam os antigos muito de perto. Qualquer navio que se aproxime encontrará uma tempestade. Toda expedição se perderá em uma nevasca. E, nas Eras Encéfalas, essas manipulações abundam por outros propósitos, não apenas por proteção: todas as intenções humanas, para o bem ou para o mal que você possa imaginar encontram expressão na manipulação dos Climas.

Sophia tentou imaginar um mundo de ações humanas de tal escala.

— Mas isso não é tudo — Virgáurea continuou. — Como eu aprendi com Wren há meras semanas, na viagem para Hispaniola... — Ela respirou fundo. — Os segredos da liga são mais profundos do que eu imaginava.

— Nos primeiros anos após a Ruptura — Wren prosseguiu, com o rosto ainda pálido —, aqueles que buscavam o controle dos Climas teriam alegremente aumentado seu alcance para as Eras Pré-Céfalas, que ignoravam esse tipo de conhecimento. Até que... — ele olhou para Virgáurea.

— Um dos antigos parou de falar.

— Parou de fazer tudo — disse Wren. — Ainda estava presente, mas apenas em corpo, não em alma. Era uma casca vazia. Um cadáver.

Sophia ofegou.

— Os Climas podem *morrer*?

— Talvez. Não sabemos. Apesar de todas as suas artes avançadas, as Eras Encéfalas não entendem o que aconteceu. Apenas observam. Qualquer que fosse o sentido de espírito que habitava o Clima, já não existe mais. Ficou inerte, inconsciente. Todos os seres vivos nele perderam o vigor e morreram. E assim a liga foi formada da percepção de que se os seres humanos tivessem apenas conhecimento parcial, os antigos seriam irremediavelmente prejudicados — ele concluiu.

— Mas então — Sophia disse, lembrando o que tinha dado início à conversa — isso está acontecendo aqui?

Wren e Virgáurea se entreolharam.

— Não sei — disse ela. — Quando encontrei a Era das Trevas no coração dos Estados Papais, fiquei desconcertada por um Clima que parecia não ter consciência, mas, naquela época, eu não sabia o que sei agora. E, além disso, agora é diferente. Eu nunca...

— Conte-nos o que você percebeu — Errol solicitou.

— Eu tenho apurado os ouvidos desde que chegamos ao porto, e não consegui ouvir nada. Eu achava que era por causa de New Orleans, um lugar tão cheio de gente. Cheio de tanta vida humana, mas agora, longe da cidade, eu deveria ser capaz de ouvir. E só há silêncio.

A mente de Sophia vacilou diante das possíveis implicações.

— Isso já aconteceu antes em Novo Ocidente?

Virgáurea sacudiu a cabeça.

— Nunca. Lembre-se, esse antigo eu conheço; é o meu lar. Falo com ele desde que nasci. Ele nunca respondeu a mim com silêncio. — Ela se virou, escondendo a expressão, e olhou pela janela.

Os outros seguiram seu olhar. A paisagem aberta e invariável do norte de Nova Akan parecia achatada pelas nuvens perenes em formato de bigorna. Havia um lento movimento circular dentro delas, acompanhado por uma mancha cambiante de escuridão, como se uma serpente gigante estivesse atravessando um túnel dentro da massa de nuvens.

— O que Sêneca acha? — Errol perguntou, quebrando o silêncio.

Virgáurea se endireitou abruptamente, os olhos iluminados de esperança.

— Não perguntei para ele!

Sem mais uma palavra, Errol se levantou para pegar Sêneca, que ele havia deixado na cabine vizinha. Os três viajantes esperaram e, momentos depois, Errol retornou com o falcão. Sêneca olhou para eles de um jeito triste, mas se empoleirou no braço de Virgáurea sem reclamar.

Ela murmurou baixinho para o falcão, que não emitiu nenhum som, mas balançou a cabeça de um lado para o outro, como se considerasse uma pergunta. Errol, Wren e Sophia observavam com expectativa. De repente, o rosto de Virgáurea se aclarou.

— Sêneca consegue ouvir.

Wren soltou um suspiro de alívio.

— O que ele diz?

— Nada. Não está falando, mas pode sentir alguma coisa. Um nó de medo profundamente entranhado no coração do Clima. O silêncio é intencional.

— Mas certamente isso não guarda nada de bom, guarda? — questionou Errol.

— Muito melhor do que a alternativa — disse Wren.

— Isso é extremamente preocupante para mim. — Virgáurea alisou as penas macias de Sêneca. — Não consigo imaginar o que provocaria tamanho medo no antigo, a ponto de ele se recusar a falar, mas concordo com Wren: melhor que esteja em silêncio do que inconsciente.

— Esse medo tem um motivo em particular? — Sophia perguntou.

— É por causa de um lugar. Sêneca não sabe dizer onde... em algum lugar no norte distante.

— Isso muda as coisas — observou Wren, sentando-se com uma careta. — Eu tinha me decidido a voltar para New Orleans, mas agora não tenho certeza.

— Do que você suspeita? — Errol perguntou.

Wren e Virgáurea trocaram um olhar.

— Não podemos descartar a possibilidade — Wren disse — de que se trate de uma interferência. Causada por alguém das Eras Encéfalas.

— Faz sentido — Virgáurea comentou, pensativa. — O tempo esquisito que anda fazendo. O silêncio. O medo localizado.

— Como alguém faria isso? — Sophia perguntou.

— Este é todo o propósito da liga: proteger as Eras Pré-Céfalas do tipo de manipulações que eu descrevi. Proteger não apenas as pessoas, mas o próprio Clima — Wren afirmou, em voz baixa. — Pode ser que aqui, em Novo Ocidente, a liga tenha falhado.

12
O Comedor de Árvore

7 de agosto de 1892: 17h20

Tendo ponderado as tradições orais dos elodeanos (Eerie) e o folclore dos Erie, com quem eles são frequentemente confundidos, agora estou em uma posição de afirmar definitivamente que não há conexão entre os dois — pelo menos, eles são povos que foram separados pelas últimas centenas de anos. Os Erie são um dos muitos povos que viviam nas proximidades dos lagos do norte muito antes da Ruptura. Os elodeanos (Eerie) são provenientes de uma era remota futura, habitantes da costa ocidental deste hemisfério. Eles não viajaram para o leste a fim de encontrar os Erie, como se sugere por vezes, pois não têm motivos particulares para os procurar. Em vez disso, viajaram para o leste querendo escapar de um desastre natural catastrófico que ocorreu em sua região logo após a Ruptura.

— *Sophia Tims, Reflexões sobre uma jornada ao mar Eerie*

O LONGO DIA SE passou em torno de especulações, sem que nada de novo fosse descoberto durante a viagem veloz rumo ao norte pelos Territórios Indígenas. Os viajantes só podiam conjecturar. Com uma sensação de mau agouro, eles observaram as nuvens cada vez mais escuras, ouviram as trovoadas sempre que o trem parava e sentiram o ar se espessar com umidade e um leve odor de enxofre.

No crepúsculo, Wren e Errol se recolheram para a cabine vizinha, deixando Virgáurea e Sophia a sós. Calixta tinha permanecido fechada em sua cabine pela maior parte do dia; de mau humor, preocupada ou tramando, Sophia não sabia ao certo.

Naquele momento, enquanto a escuridão se sobrepunha a eles e as lâmpadas-tocha começavam a arder de leve, Sophia se fez a pergunta que havia ocupado sua mente desde aquela manhã.

— Não consigo entender como as pessoas das Eras Encéfalas influenciam os Climas. Como seria isso?

Virgáurea se recostou.

— Eu nunca fui a uma Era Encéfala. Não tenho vontade de conhecer um lugar como esse.

— Mas você tem alguma ideia de como é?

— Sim — respondeu Virgáurea. — Os elodeanos têm consciência do perigo; nós temos bastante consciência de como o mundo seria distorcido se todos escolhêssemos abusar das nossas intuições. As artes de que Wren falou são familiares para nós. Simplesmente não as cultivamos como elas eram cultivadas nas Eras Encéfalas. — Um lampejo de dor e o que pareceu culpa cruzou seu rosto. — Eu só conheço uma situação em que alguns de nós tentaram. Não acabou bem. Essas elodeanas foram expulsas; agora vivem como exiladas em um lugar onde não podem fazer mal.

— Mas *qual* é esse mal? Wren falou de manter os estranhos de fora.

Aliviada, Virgáurea desamarrou as botas de rebite e puxou as pernas sobre o beliche.

— Vou contar uma história que os elodeanos contam para as crianças. Uma história sobre o perigo dessas artes. — Sophia se encolheu com expectativa no beliche do outro lado, enquanto Virgáurea brincava, distraída, com os sininhos costurados a sua saia. — É uma história sobre o oeste distante, o lugar de onde viemos, e sobre um homem sábio; um grande sábio que era amado e reverenciado por seu povo. Ele era conhecido por suas curas, por seu conhecimento dos elementos e até por suas habilidades ocasionais de prever os acontecimentos futuros. Um dia, um homem que assentava pedras saiu para o campo onde ele estava construindo um muro entre uma fazenda e as grandes Árvores Vermelhas. As Árvores Vermelhas são tão altas que vinte pessoas em pé na base delas de mãos dadas não conseguem abraçar o tronco.

Sophia achava difícil de imaginar esse cenário.

— Elas são reais?

— Muito reais. Eu mesma as vi em uma viagem para a costa Oeste. Fiquei parada na base de uma e olhei para a copa, lá tão alto que os galhos eram somente borrões que desapareciam nas nuvens.

— Incrível — Sophia sussurrou.

— São árvores maravilhosas e criam florestas maravilhosas, cheias de grandes clareiras que se parecem com enormes câmaras e de caminhos suaves cobertos com folhas muito finas que caem delas. Essas florestas são formidáveis, com todo o tipo de criaturas. Então um pedreiro tinha sido contratado para construir um muro entre a floresta e a fazenda, para manter as pastagens seguras, mas, quando ele chegou ao campo naquela manhã, viu que toda uma parte da floresta que ficava mais próxima dele tinha desaparecido. Ele olhou aquilo em choque; toda a paisagem havia mudado. Ele deu um passo à frente e viu a base de muitas Árvores Vermelhas que ainda estavam ali: apenas o tronco. As copas tinham desaparecido, e as árvores tinham sido cortadas com marretas e estavam quebradas. O pedreiro logo percebeu que aquilo não era trabalho de homens. Ele contou ao fazendeiro o que tinha acontecido, e notícias daquele estranho acontecimento se espalharam. No dia seguinte, mais uma parte da floresta havia sido destruída e, no dia seguinte, mais outra. Bem, você pode imaginar que isso os deixou confusos, então as pessoas se reuniram para procurar o sábio local e o levaram ao campo. Por um longo tempo, ele analisou a floresta arruinada, com um semblante carregado. Ele caminhou entre os troncos destruídos, examinando o que restava das árvores. Em sua mente, o sábio tinha consciência de que aquele acontecimento estava além de sua compreensão. Não tinha ideia do que havia destruído as árvores, mas um sábio, ele refletiu, não podia admitir ignorância. Seu povo contava com ele para ter uma resposta. Ele tinha ficado tão acostumado com a adulação e com o respeito que não podia suportar a decepção que poderia resultar se ele admitisse não saber a causa de toda aquela devastação. E assim o sábio decidiu inventar uma resposta. Ele disse ao povo que sabia o que tinha destruído a floresta: um demônio perigoso chamado "Comedor de Árvore". O demônio surgia apenas uma vez a cada cem anos, mas, quando aparecia, não havia nada que pudesse ser feito. Ele devastava a floresta até ficar satisfeito e então voltava para sua caverna, saciado, por mais cem anos. Naturalmente, o povo ficou apavorado. Eles responderam como o sábio esperava: permaneceram com segurança em suas casas à noite e não ousaram sair por medo de encontrar o demônio; e todas as manhãs se deparavam com mais árvores desaparecidas, exatamente como o sábio havia previsto. O Comedor de Árvore ainda não tinha saciado seu apetite. No entanto, havia um problema. Uma garota na aldeia, mais ou menos da sua idade, que se chamava Mamangaba, acreditava no sábio, assim como todos os outros, mas também acreditava que devia ser possível impedir que o demônio comesse mais Árvores Vermelhas. Mamangaba não estava satisfeita com o conselho do sábio de simplesmente deixar o Comedor de Árvore se saciar. Ela inundou o sábio com perguntas: Que aparência tinha o demônio? Por que ele comia árvores? Ele comia todo tipo de árvores? Será que poderiam oferecer outro tipo de comida para apaziguá-lo? Se não, será que poderiam levá-lo a uma árvore venenosa e pôr um fim à destruição de uma vez por todas? O sábio respondeu às perguntas dela com explicações elaboradas. O demônio era um gigante feito de pedra que só comia Árvores Vermelhas, pois só elas o saciavam. Ele tinha olhos de ouro líquido e chifres na cabeça que usava para fazer as árvores em pedaços. "Não há nada que eu ou você possamos fazer", disse o sábio. "Acredite em mim." Cada vez que Mamangaba chegava para exigir mais respostas, o sábio sentia uma culpa crescente que corroía seu coração: as mentiras que dissera não podiam ser desditas. Ele estava enganando Mamangaba e toda a aldeia. E se a força que tinha destruído as árvores não se contentasse em destruí-las, mas também quisesse devastar o povoado? Embora o sábio estivesse preocupado, suas mentiras continuavam. E então os medos do sábio se realizaram; embora não como ele havia previsto. Os aldeões o acordaram no meio da noite, batendo na sua porta. Mamangaba tinha saído para a entrada da floresta no meio da noite para confrontar o Comedor de Árvore, e agora o demônio a tinha em seu poder! Desesperado e confuso, o sábio foi com eles. Enquanto corria, uma única pergunta ressoava em sua mente: Como o Comedor de Árvore poderia ter capturado Mamangaba se ele nem existia? Quando chegaram à beira da floresta, o sábio olhou, horrorizado, a cena que tinha de si. Era o Comedor de Árvore. Escuro como fumaça, alto como uma montanha, duro como pedra, o Comedor de Árvore era mais alto do que as Árvores Vermelhas, com galhadas na cabeçorra e dentes compridos; ele se abaixou, de novo e de novo, quebrando cada árvore com os chifres e depois as triturando com os dentes. Ele segurava Mamangaba em uma das mãos de pedra, cheias de garras. Quando o sábio se aproximou, o Comedor de Árvore parou. Ele se agachou, esmagando as árvores ao redor com seu peso. Quando inclinou a cabeça gigantesca para a frente, os aldeãos se encolheram e buscaram refúgio. O sábio, mais por choque do que por coragem, permaneceu onde estava. O Comedor de Árvore olhou para ele com olhos dourados arregalados. "O que você quer de nós?", o sábio conseguiu perguntar. "Nos devolva Mamangaba e você poderá comer todas as árvores que quiser." O Comedor de Árvore o encarou por mais um instante e depois, com uma voz que parecia o quebrar das ondas no oceano, disse: "Então me diga o que eu quero, sábio. Foi você quem me fez". O sábio sentiu um arrepio gelado o percorrer. E ele percebeu que, por mais inacreditáveis que fossem, as palavras do demônio eram verdadeiras. Ele é quem tinha feito o Comedor de Árvore: imaginado, descrito e lhe dado vida. O sábio olhou de volta para o demônio, sentindo ao mesmo tempo respeito e temor. Por um momento, ele refletiu sobre o poder que tinha para moldar o mundo, e a perspectiva de moldá-lo ainda mais reluziu com o mesmo brilho que se via nos olhos dourados do demônio. Porém ele pensou em Mamangaba e percebeu como moldar o mundo tinha um custo. Havia pessoas que acreditavam e confiavam nele, e o que ele fazia com o mundo era importante para essas pessoas. "Você quer sua própria floresta, Comedor de Árvore", disse o sábio. "Devolva Mamangaba para nós. Viaje para o oceano e faça lá uma ilha, e as Árvores Vermelhas que você comeu vão brotar nos seus ombros de pedra e lhe fazer companhia pelo resto da sua vida. Isso é o que você quer, Comedor de Árvore." O demônio olhou para ele por mais um momento, e então, com um grande suspiro que soprou da boca dentada como um furacão, ele se curvou e colocou Mamangaba no chão. Em seguida se levantou, ergueu a cabeça para o céu sem nuvens e foi para o oeste, onde ficava o oceano.

Sophia ficou em silêncio ao lado de Virgáurea, imaginando o enorme demônio se afastar com grandes passadas. Ela conseguia imaginar a silhueta escura recortada contra o céu estrelado.

— Mamangaba foi muito corajosa — ela disse por fim.

— Mamangaba é uma buscadora da verdade, e o sábio é a alma da invenção — disse Virgáurea. — Há muitas lições nessa história, mas eu sempre fiquei impressionada com o fato de que tanto a buscadora da verdade quanto a alma da invenção são poderosas, cada uma à sua maneira.

— Mas como as árvores podem ter sido destruídas antes que o sábio inventasse o Comedor de Árvore? Alguma outra coisa as estava destruindo?

Virgáurea sorriu.

— O que você acha?

Sophia ponderou.

— Acho que o sábio já podia ter imaginado algo como o Comedor de Árvore, antes de sequer falar dele, e o monstro que ele imaginou veio encontrá-lo.

— Essa seria uma lição muito séria, de fato.

— Demônios como o Comedor de Árvore realmente existem? É isso que as pessoas nas Eras Encéfalas fazem?

— A história pretende mostrar o poder da imaginação, tanto para o bem quanto para o mal. Não posso dizer se criaturas como o Comedor de Árvore realmente existem, mas você ouviu o que Wren disse: cada intenção encontra a sua expressão.

Sophia ergueu os joelhos e passou os braços ao redor deles.

— Algumas vezes já imaginei coisas terríveis — ela disse em voz baixa. — Mas ainda bem que não tenho esse poder.

— Você pode ter mais disso do que percebe. Quando você aprender mais sobre os modos dos elodeanos, vai ver que algumas das suas intuições já seguem nessa direção.

Sophia não havia tido oportunidade de dizer o que acontecera depois que haviam conversado sobre os dois presentes que Maxine lhe dera, e agora, no trem que sacudia noite adentro, ela via essa chance.

— Ontem à noite eu olhei para o chifre e para a árvore por um longo tempo, como você disse. Anotei todas as minhas perguntas e observações. E então eu adormeci segurando o chifre. Tive sonhos tão reais, que pareciam lembranças. Eram realmente memórias?

Os olhos de Virgáurea se iluminaram.

— O que você sonhou?

— Eu sonhei que estava andando pela floresta e chegava a uma casa no meio das árvores. Um menino falou no meu ouvido, dizendo que estávamos em casa. Depois, em um sonho diferente, eu e o menino olhávamos para um vale coberto de árvores. E depois, no último sonho, fugimos de um incêndio florestal. Eu tinha medo do fogo, e o medo parecia ser uma coisa externa a mim, como se percorresse a floresta à nossa frente.

Virgáurea assentiu com a cabeça.

— Os animais veem o medo como se fosse uma coisa viva, uma entidade, diferente de nós. Esses sonhos eram memórias.

Sophia sorriu, exultante.

— Então, esses mapas são lidos durante o sono?

— É uma maneira de começar: a mente adormecida é mais aberta a esses tipos de memórias. Como era a casa?

— A casa na floresta?

— Sim, a casa que o menino disse que era o lar.

— Ela ficava em um monte, então parte da casa ficava encravada na colina. Havia duas janelas e uma porta em arco. E ao lado da casa havia um espaço aberto com um telhado. Um barril recolhia água da chuva e havia uma pilha de lenha.

Virgáurea sorriu.

— Acho que você conheceu Agridoce.

— O alce se chamava Agridoce? — Sophia perguntou, confusa.

— Não, o menino. Agora um jovem. Ele vive em uma casa assim e, embora eu não visite esse canto da floresta há mais de dois anos, parece que não mudou muito.

— Então ele é um elodeano?

— Sim. E é significativo que esse objeto que Maxine deu a você pertença a ele.

— Por quê?

Virgáurea suspirou.

— Ele é o quarto Temperador. Daqueles quatro misteriosos curandeiros Eerie, ele é o que não desapareceu em Boston. Foi para procurar a família dele que eu parti no início deste ano.

18h30

Virgáurea ficou em silêncio, e Sophia sabia que ela estava refletindo sobre sua tentativa fracassada de salvar os Eerie em Boston. Visivelmente aquilo atormentava sua consciência, e sem dúvida ela se sentia ansiosa, tendo finalmente retornado a Novo Ocidente para aprender tudo o que pudesse sobre a sorte daqueles amigos desaparecidos. A consciência de Sophia a corroía enquanto ela se preparava para dormir: tinha plena noção de como sua busca atrasava a de Virgáurea.

Sophia se despiu dos trajes de corsária e ficou apenas com a túnica de algodão. Desfez as tranças, guardou os cordões de couro dentro do bolso da saia e enfiou as roupas no armário ao lado do beliche. Colocou o disco de árvore ao lado do travesseiro e repousou os dedos sobre a superfície áspera. Delicadamente, deu batidinhas na face da madeira. *Parece um relógio*, pensou consigo mesma, de olhos fechados. *Um relógio do passado que parou de marcar as horas.* O longo dia que havia começado antes da aurora logo cobrou seu preço e ela adormeceu em questão de minutos.

O sonho era diferente de todos os que ela já tivera. O inverno seguia avançado. Caía uma forte neve. Sophia tinha consciência das árvores que a rodeavam; elas se mantinham perfeitamente imóveis enquanto a neve caía, mas seus pensamentos percorriam os galhos frios, penetravam o solo e subiam no ar úmido. E esses não eram os únicos pensamentos que ela sentia: tranquilos ou urgentes, preguiçosos ou irrequietos, contentes ou famintos, os impulsos dos seres vivos ao redor enchiam sua mente consciente de modo que transformavam a imobilidade em um cenário de atividade murmurante.

Isso continuou durante horas. Em certos aspectos, nada acontecia. A neve continuava a cair. Acumulava nos galhos, um peso reconfortante que a cobria como um tipo de cobertor. A luz fraca do sol foi cedendo pouco a pouco, conforme a tarde ia chegando ao fim. Em um ritmo constante, a temperatura começou a cair. Até onde ela percebia, não havia nenhum movimento visível. E, no entanto, de outras maneiras, o sonho estava cheio de agitação: o denso conjunto de seres vivos perto dela observava, tateava, sentia fome, dormia e acordava.

O sonho terminou abruptamente e mudou. Agora era o meio do verão. A paisagem estava completamente alterada. Em vez de estar rodeada por outras árvores, estava na beira de um campo. Ela sabia que as árvores que estavam ali antes haviam desaparecido, e ela sentia a ausência das outras sem tristeza, mas com uma constante e incessante consciência. Grama alta, carregada de flores, agora crescia onde antes cresceram aquelas árvores, e uma casa feita daquelas mesmas árvores podia ser vista não muito longe dali. Além dela havia outras mais, e onde elas se reuniam em maior número erguia-se uma torre de sino.

O ar estava cheio de abelhas e outros insetos. Tinha a mesma sensação de agitação em volta, ouvindo as abelhas, os mosquitos, as árvores, o capim e as flores que oscilavam ao vento, mas agora outra atividade se sobrepunha a essa como um trompete ressoando em uma orquestra. Duas meninas corriam em sua direção pela grama alta, uma seguida da outra, a risada se propagando pelo ar quente de verão. Uma delas alcançou seu tronco, tocou-o e o abraçou, ainda rindo, os braços cálidos e de uma fragilidade pungente. Sentiu uma pontada de ternura por aquela frágil criatura.

— Ganhei! — gritou a menina.

Durante o sono, Sophia se afastou do disco de árvore e escondeu os dedos debaixo do fino cobertor. Suspirou, e o sonho terminou.

13

Dois pombos-correio

8 de agosto de 1892: 18h00

Em algumas dessas estalagens, ainda se podem encontrar, descartados nos estábulos ou em um cômodo sem uso, os baús de couro usados para transportar as correspondências pelas maiores estradas postais. Hoje em dia, os cavaleiros abrem mãos dos baús e das carroças necessárias para transportá-los. Eles viajam com menos bagagem, com alforjes, e o fluxo constante de mensageiros garante que essas entregas menores sejam suficientes. O correio é entregue quatro vezes por dia dentro da cidade de Boston e duas vezes por dia em seus arredores. Cada uma das estalagens que descrevi nas principais estradas postais vê um mensageiro passar três vezes todos os dias: eles partem de Boston na calada da noite, no fim da manhã e no fim da tarde.

— Shadrack Elli, História de Novo Ocidente

NA ÚMIDA NOITE DE verão, à luz clara de três lâmpadas-tocha, Shadrack estava cometendo uma traição. Estava criando dois mapas que pareciam quase idênticos. Ambos mostravam a rota projetada para as tropas de Novo Ocidente, que marchariam sobre Kentucky. Uma mostrava as tropas seguindo um caminho que percorria um vale profundo. A outra mostrava as tropas seguindo a mesma rota; mas, em vez de atravessar o vale, o trajeto os levava a acampar nas margens de um rio. Afora isso, havia uma outra diferença importante, uma diferença que quase ninguém perceberia: o mapa que ia pelo vale tinha uma pequena insígnia — três colinas sobre uma régua fina —, enquanto a outra, não.

Foi por meio de tais imprecisões calculadas e da "perda" deliberada de mapas em mãos inimigas que Shadrack conseguiu frustrar os planos de Fen Carver, o líder das tropas dos Territórios Indígenas, armando, assim, para que houvesse o menor derramamento de sangue possível. Alguns dias ele desenhava e copiava poucos mapas, no máximo dez; mas, geralmente, rascunhava mais de vinte. A pena de Shadrack escorregou e ele parou um instante. Recostou-se na cadeira e colocou a pena sobre a mesa. A exaustão que sentia se acumulava havia semanas. Pressionou a ponta dos dedos nas têmporas e fechou os olhos.

No silêncio que se seguiu, ouviu um som que não conseguiu decifrar. Então percebeu o que era: a vibração leve da neve.

Neve, pensou, com uma crescente sensação de tranquilidade. *Se for pesada, posso trabalhar em casa pela manhã.* Então algo mudou, e ele percebeu o que sua exaustão inicialmente tinha obscurecido: *é verão, estamos no início de agosto!*

Shadrack se apressou pela casa silenciosa e abriu a porta da frente. O céu noturno parecia brilhante e levemente amarelado, como estaria durante uma nevasca. Flocos brancos como plumas caíam por toda a rua, cobrindo telhados e galhos frondosos. *Neve*, pensou Shadrack, atônito. *Está mesmo nevando em agosto. E nem está fazendo frio.* A calçada de tijolinhos que levava ao número 34 da East Ending Street já estava oculta. Shadrack colocou a mão para fora e deixou os flocos se acumularem na palma. Então percebeu e exclamou, surpreso: *Não é neve!*

Eram cinzas. *Cinzas.*

O primeiro pensamento de Shadrack foi de que se tratava de um incêndio: um grande incêndio, já que apenas uma conflagração de proporções maciças causaria a chuva de cinzas na cidade. No entanto, não havia cheiro de queimado no ar. Shadrack olhou para cima, perplexo, e observou as nuvens grossas do alto serem sopradas e abertas momentaneamente. A lua crescente brilhou através delas, e a chuva de cinzas parou de cair.

— Inacreditável — murmurou. — Na verdade, estão caindo das nuvens. — Ele fitou as nuvens se fechando para obscurecer a lua mais uma vez, e as cinzas recomeçaram a cair.

No silêncio, ouviu um som farfalhante. Shadrack viu um mensageiro com um quepe descendo a rua. Vinha chutando as cinzas de lado como se fossem uma mera inconveniência em vez de um mistério agourento. O mensageiro viu Shadrack na porta e levantou o quepe antes de pegar a calçada que levava à East Ending Street, 34.

— Boa noite — disse ele.

— Eu diria que é uma noite bem estranha — Shadrack respondeu.

— Isso está caindo por toda a cidade — disse o rapaz, com naturalidade, virando-se no degrau para examinar a rua. — O parque já está debaixo de três centímetros disso.

— Você ouviu alguma especulação sobre as causas?

O mensageiro olhou para Shadrack.

— Nenhuma — disse ele, aparentemente despreocupado. — Bem, bastante especulação, mas nenhuma que faça um pingo de sentido. Ouvi um homem dizer que era um vulcão.

— Mas não há nenhum vulcão em nenhum lugar desta era — Shadrack protestou.

O rapaz deu de ombros.

— Como eu disse, nada faz sentido. Mensagem para Shadrack Elli — acrescentou, segurando um pedaço de papel.

— Uma mensagem — Shadrack repetiu, de volta ao momento presente. — Eu sou Shadrack Elli.

O garoto entregou o papel e colocou o chapéu novamente na cabeça.

— Vou esperar pela resposta.

Shadrack abriu a folha e leu quatro linhas de letras azuis:

Segura com Calixta e Burr em New Orleans
Rumo ao norte, Salt Lick
Chegarei entre os dias 9 e 19
Com amor, Sophia

Shadrack fitou as letras na página, as cinzas agora esquecidas.

— Como isto aqui chegou? — ele questionou.

— Por pombo-correio, senhor. Os Pombos-Correio de Ferro de Maxine, de New Orleans. A mensagem veio por Greensboro.

— Pombos-correio de ferro? O que isso significa?

— A Marca do Ferro, senhor. Ela os guia para qualquer destino.

— Pombos de ferro. — Shadrack sacudiu a cabeça. — Incrível. — Passou os olhos pela mensagem novamente. — Ela está viajando pelos Territórios — disse para si mesmo, horrorizado. Então se dirigiu ao mensageiro. — Posso enviar uma resposta para Salt Lick?

— Há um entreposto lá. Então, sim; isso facilita. O senhor pode mandar a mensagem para Salt Lick. Tem hospedagem e tudo. O entreposto é administrado por Prudence Seltz. É um dos melhores entrepostos. Não tão bonito como o de Boston, claro.

— Entre — disse Shadrack, abrindo a porta. — Vou escrever o bilhete. Quanto tempo levará para chegar a Salt Lick? — ele perguntou, andando apressado pelo corredor até a biblioteca.

— Se o pássaro sair dentro de uma hora, pode chegar a Salt Lick no meio da manhã — o rapaz lhe garantiu. — São mil e duzentos quilômetros.

— Mesmo neste tempo? — Às pressas, Shadrack tirou pena e papel da escrivaninha.

— Eles já voaram em condições piores.

Shadrack se perguntou o que era pior do que uma tempestade inexplicável de cinzas.

— Há um limite para quanto eu posso escrever?

— Apenas não escreva um romance, senhor — o rapaz respondeu com um sorriso.

Shadrack escreveu rapidamente:

Aliviado por você estar segura. Espere por Miles no entreposto de Salt Lick. Ele chegará em...

Ele olhou para o rapaz.

— Posso enviar algo para Pear Tree?

— Charleston, na Virgínia, é o entreposto mais próximo. Eu aconselharia enviá-lo diretamente. Custaria um pouco mais, mas o pombo fará a entrega para o seu destinatário.

— Quanto tempo levaria para uma mensagem chegar lá?

— Vai chegar mais ou menos ao mesmo tempo, amanhã de manhã, mas é um pouco imprevisível se o seu destinatário não estiver esperando a correspondência. Pode ser que ele se dê conta logo de cara ou pode ser que não. Amanhã à noite, com sorte.

— Mesmo assim é muito mais rápido do que eu conseguiria — Shadrack observou. — Posso enviar uma segunda mensagem para Pear Tree?

— Certamente, senhor.

Fazendo um cálculo rápido de quanto tempo levaria para Miles ir de Pear Tree até Salt Lick, ele continuou: *três dias.* Em seguida fez uma pausa.

Caso Miles não chegue, os seguintes amigos estão nas proximidades: Casper Bearing e Adler Fox, em Salt Lick; Sarah Fumaça Longfellow, em Oakring; Muir Purling, em Echo Falls; e Tuppence Silver, no município de East Boyden.

Ele parou novamente e ergueu os olhos, perguntando-se como poderia alertar Sophia sobre os perigos da névoa escarlate. Com um suspiro fundo e preocupado, terminou a mensagem:

Se vir alguma névoa vermelha, proteja-se sozinha a qualquer custo. O nevoeiro é letal!

Todo o meu amor, Shadrack

Em uma folha separada, escreveu para Miles:

Sophia está indo para Salt Lick saindo de New Orleans. Deve chegar entre os dias 9 e 19. Encontre-a lá, no entreposto de pombos de Prudence Seltz. Temo pela segurança dela.

Ele leu os recados e depois os entregou ao rapaz.

— Até onde vai sua rede de comunicação?

— Percorre todo Novo Ocidente e os Territórios — ele disse, com orgulho.

— Estou espantado por não saber disso.

— É para contrabandistas, senhor — o rapaz respondeu sem titubear. — O senhor não saberia.

— De qualquer forma, estou muito agradecido.

— É um prazer servi-lo, senhor.

Shadrack pensou consigo mesmo que, para um sistema de correspondência de contrabandistas, era surpreendentemente cortês e profissional. Após pagar as mensagens despachadas, ele acompanhou o rapaz até a porta. O céu havia desaparecido, e o chão estava coberto com quase um dedo de cinzas esbranquiçadas. Mais pessoas estavam saindo de suas casas agora, e dois meninos brincavam no fim da rua, pegando as cinzas em punhados e lançando-as um no outro.

Embora as cinzas fossem uma distração surpreendente e inexplicável, Shadrack se forçou a voltar para sua biblioteca. Andando de um lado para o outro pelo tapete desgastado, refletiu mais uma vez sobre como Broadgirdle o havia aprisionado cruelmente em Boston. Seu lugar agora era nos Territórios Indígenas, para onde Theo, Miles e Sophia se encaminhavam, a oeste da Pensilvânia. Eles estavam em perigo e Shadrack estava em Boston, praticamente acorrentado à sua escrivaninha. Não havia nada que ele pudesse fazer.

Mas sim, há, ele pensou, pegando a régua de madeira que continha as memórias dos três Eerie, presos no subsolo, em uma câmara sem janelas. *Posso acabar com essa guerra se puder provar o que Broadgirdle fez. Preciso encontrar os Temperadores.*

Examinou a régua inúmeras vezes. Na verdade, havia lido aquele mapa tantas vezes que se tornara previsível; quando mergulhava nas memórias dos Eerie apavorados, o terror não mais o atingia. Ele antecipava a indiferença do Homem de Areia, o pavor da garota aprisionada, o cansaço, a desesperança e o sofrimento que o criador do mapa havia sentido. O desafio agora era enxergar o novo em algo que se tornara tão familiar. Shadrack, porém, sabia melhor do que ninguém que as memórias eram ricas e cambiáveis, e mesmo memórias armazenadas assumiam um aspecto diferente quando revisitadas.

Deixou a mente divagar nas memórias do Temperador. Primeiro, viu a menina e o velho amontoados em suas cadeiras. Depois, viu a garota se encolhendo diante do fogo, as mãos de onde brotavam flores vermelhas, à medida que seu terror atingia o ápice. Em seguida, viu os caixões, as ferramentas e o olhar temeroso do velho. Um momento que nunca perdia seu poder para Shadrack era este: o jeito como o velho olhava para ele, transmitindo sofrimento, amor e desespero por aquela cela como se fosse uma corrente. Shadrack se encolhia todas as vezes. E porque se encolhia, não sentia a memória em sua totalidade.

Naquela noite, por mais cansado e atônito que estivesse, ele chegou ao momento sem reservas ou proteção. A memória o atingiu com todas as suas forças, e ele sentiu uma agonia de impotência quando os olhos do homem encontraram os seus. *Pai*, ele pensou, no fundo de sua mente. Era a primeira vez que isso acontecia com ele. Forçou-se a permanecer naquele momento terrível, como se o medo e o amor desesperado do homem se derramassem de seus olhos.

Então ele sentiu: um cheiro. Pairou no ar por apenas um instante, doce e forte, como o perfume de uma flor. Em seguida um outro: nauseabundo, como carne podre. Depois desapareceu.

14
A canga

7 de agosto de 1892: 12h34

As Seis Nações dos Iroquois se expandiram após a Ruptura, espalhando-se para o sul e para o oeste até encontrarem os Miami e os Shawnee. Nas primeiras décadas do século XIX, o governo de Novo Ocidente estava ocupado demais com a rebelião em Nova Akan, no sul, com a relação desintegrada com a Europa, do outro lado do Atlântico, e com a nova relação com as Índias Unidas. Por esse motivo, as Seis Nações cresceram em riqueza e poder e acabaram por estabelecer um conjunto muito unido de nações que se espalhou sobre a fronteira entre Novo Ocidente e os Territórios Indígenas. De fato, as Seis Nações se comportavam, de muitas maneiras, como se a fronteira não existisse.

— Shadrack Elli, *História de Novo Ocidente*

AO FINAL DA PRIMEIRA hora, Casanova tinha certeza de que o pescoço de Theo ficaria permanentemente dobrado em um ângulo de noventa graus em relação ao peito. Ao fim da segunda, notou que Theo estava começando a tropeçar.

Quando o major cavalgou para a frente do agrupamento, Casanova escapou e se apressou para ficar ao lado de seu amigo.

— Posso? — ele perguntou, com a voz abafada pelo capuz de couro. Em seguida ergueu a canga de madeira.

— Ugh... Obrigado, Cas — disse Theo, sem poder virar a cabeça, mas conseguindo mostrar um sorriso. Seu rosto estava coberto de suor e poeira. — Eu acho que fiquei com a melhor parte do acordo. Esses capacetes devem ser a morte — ele disse, com a respiração ofegante.

— Não fale — Casanova respondeu, balançando a cabeça. — Poupe seu fôlego. — Mas Theo estava certo. Mesmo com a parte de vidro que cobria os olhos erguida, o capacete formava uma bolha de calor ao redor da cabeça de Casanova; ele suava em tamanha profusão que o couro estava encharcado. Apesar disso, a companhia inteira usava os capacetes; os adereços faziam deles um enxame de moscas encapuzadas caminhando pesadamente pela estrada. Até o major usava o seu, e Casanova pensou que Theo estaria em perigo sem um também. Enquanto olhava para seu amigo com um olho crítico, viu, com desânimo, que o pescoço de Theo sangrava em abundância onde a canga esfolava a pele.

— Ei — Theo disse com a voz rouca.

— O que foi?

— Pensei em algo que poderia ajudar.

Casanova continuou sustentando a canga do pescoço de Theo.

— Sim, me fale. O que mais eu posso fazer?

Theo girou a cabeça o máximo que pôde e sorriu.

— Que tal você me contar a história da sua cicatriz?

— Theo! — Casanova explodiu, exasperado. — Você é impossível. Isso não é *engraçado*.

Theo riu. Então, baixinho, acrescentou:

— Eu acho que é.

Casanova balançou a cabeça, ao mesmo tempo furioso e aliviado por Theo ainda ser capaz de fazer piadas.

— Eu disse *não fale*, seu idiota maluco. — Ele esticou o pescoço com esforço para os homens que marchavam atrás deles e procurou por ajuda. A tropa era quase irreconhecível em suas máscaras. Casanova ergueu a mão livre, esperando que um dos soldados conseguisse ver. Imediatamente, um dos homens mais fortes se afastou dos demais e se juntou a eles. Sem dizer uma palavra, levantou um lado da canga. Levemente surpreso, Casanova percebeu que se tratava de MacWilliams.

— O Collins vai assobiar se o major voltar — MacWilliams disse.

— Obrigado — Casanova agradeceu, sentindo uma onda de gratidão.

MacWilliams assentiu.

Com um homem para segurar cada lado da canga, Theo podia andar ereto confortavelmente. Soltou um suspiro de alívio.

Casanova pegou o cantil de água pendurado ao quadril e o entregou a Theo, que o ergueu acima da canga e bebeu um longo gole.

— Obrigado — ele sussurrou, devolvendo-o.

— Vou colocar um pano em seu pescoço para o caso de Merret voltar e precisarmos soltar — Casanova disse e pegou seu lenço.

Ele fez uma careta ao ver como o tecido colou instantaneamente à pele sangrenta. Não conseguia saber como Theo sobreviveria àquele dia. O rapaz havia alcançado uma pequena vitória, zombando do major e transformando sua lição de disciplina em outra ocasião para piada, mas a lição ainda não tinha chegado ao fim. Casanova temia que a verdadeira lição começaria quando Theo sucumbisse por exaustão e caísse, para ser arrastado pela carroça e seus arreios. Casanova só esperava que o major permanecesse diante da tropa por um bom tempo para que ele e MacWilliams pudessem carregar a canga.

Sua sorte se manteve por mais uma hora. Eles desceram as colinas da Pensilvânia, e o terreno foi ficando cada vez mais plano. A larga estrada por onde caminhavam, claramente o principal caminho de leste a oeste, era margeada por árvores, o que lhes proporcionava uma breve trégua do escaldante sol de verão. Casanova se questionou, não pela primeira vez, que tipo de perigo faria aqueles capacetes pesados valerem a pena. O banho de suor obstruía a visão, e a fricção do couro prejudicava a audição. Que ameaça tornava tamanhas deficiências uma vantagem?

Casanova marchava em frente, com as duas mochilas que carregava cravando-se mais nos ombros a cada passo. Um grasnido baixo, como o grito de um pombo agonizante, o alcançou ao longe. Casanova o ignorou, mas o grito voltou, mais urgente.

— É o Collins — MacWilliams se apressou em dizer. — Precisamos voltar.

— Eu vou ficar aqui — Casanova objetou. — Não me interessa o que o Merret diga.

— Você vai se importar quando ele fizer o menino carregar a canga por um segundo dia como punição — respondeu MacWilliams, então se afastou.

Xingando silenciosamente, Casanova abaixou a canga com todo o cuidado.

— Desculpe, amigo — disse ele. — Isso vai doer.

— Não é culpa sua. — Theo deu um sorriso pálido e, em seguida, ofegou ao sentir o peso da canga pressionado contra o pescoço.

— Desculpe — Casanova repetiu. Seu lenço não era nem de longo proteção suficiente.

— Vá — Theo sussurrou.

Casanova recuou. Pelos orifícios para os olhos no capacete, ele podia ver que tinha sido na hora certa. Merret estava voltando pela lateral da tropa.

Uma vantagem dos capacetes, Casanova refletia, era que Merret mal podia distinguir um homem do outro, e ele não perceberia que Casanova estava no lugar errado. O major passou, e o barulho de cascos foi desaparecendo à medida que ele procedia para a retaguarda do agrupamento.

Mas o alívio de Casanova durou pouco. Diante dele, Theo tropeçou em uma pedra e se lançou para a frente, inclinando-se perigosamente com a pesada canga. Ergueu a mão para segurar a carroça, mas as pernas ainda não haviam recuperado o equilíbrio. Alarmado, Casanova o observou. Enquanto olhava para os pés de Theo, ele se perguntava se aquele seria o momento em que eles se embaralhariam e cederiam, enfim. Casanova notou um lampejo amarronzado à esquerda: um vulto nas árvores.

Seu primeiro pensamento foi de que devia ser um veado, e ele estava se virando para ajudar Theo, não importava o que isso lhe custasse, quando a primeira flecha cruzou sua linha de visão e se enterrou na caçamba de madeira da carroça. Ouviu-se um guincho perfurante de uma das mulas, e o homem que marchava ao lado dele de repente desabou, gritando de dor. Assustado, Casanova observou a flecha fincada no braço do homem. Acontecera em menos de um segundo.

No momento seguinte, tudo mudou. Como se conjurados do próprio ar, homens com botas altas de camurça e braços desnudos miravam das bordas da estrada. Todos usavam lenços — cinzentos, marrons, verde-claros — para cobrir o nariz e a boca. Estavam a apenas alguns passos da tropa; dessa distância, não errariam. Estavam quase ombro a ombro, os braços se movendo como os de uma centena de nadadores, puxando flechas, tensionando a corda dos arcos e a soltando.

Abruptamente, as mulas da carroça de Theo fugiram, aterrorizadas, e a carroça deu um solavanco para a frente. Com repentina clareza, Casanova viu a corrente solta que se dependurava da canga de Theo. Ele sabia que, a qualquer momento, a corrente puxaria os arreios, e Theo seria jogado ao chão. Theo tentou levantar os pés, mas foi muito lento. A corrente se esticou e tensionou bruscamente, e o arreio puxou seu pescoço como uma coleira. Ele caiu. As mulas correram em disparada, e uma nuvem de poeira se levantou atrás da carroça quando Theo começou a ser arrastado ao longo da estrada.

15
O covarde

7 de agosto de 1892: 12h46

Não é novidade que algumas pessoas das Seis Nações finquem raízes em Novo Ocidente em caráter definitivo. Alguns vêm e vão como comerciantes, outros tiram vantagem do que as cidades da costa oriental têm a oferecer, mas a maioria permanece confortavelmente dentro da área colonizada pelas Seis Nações. Salt Lick, a oeste da Pensilvânia, oferece tudo o que se poderia desejar em uma cidade não portuária. Se existe migração entre Novo Ocidente e as Seis Nações, ela tende a fluir do primeiro para as segundas.

— *Shadrack Elli, História de Novo Ocidente*

As FLECHAS ASSOBIAVAM RASGANDO o ar e atingindo o despreparado agrupamento. Ao longe, o major Merret gritava instruções.

— Theo — Casanova berrou sobre o estrondo de flechas e os gemidos dos homens que tombavam.

Ele percebeu que, se não chegasse a Theo em poucos segundos, o rapaz seria esmagado sob as rodas da carroça. Com um grunhido, largou as duas mochilas, perdendo toda a proteção contra as flechas, e se pôs a correr. Saltou sobre um homem caído e mergulhou de cabeça na direção da carroça, que sumia pouco a pouco.

As lições de Merret tinham alcançado o objetivo, pois a companhia lutava com mais disciplina do que Casanova imaginara ser possível. Virando-se de frente para as árvores que ladeavam o caminho, a tropa atirava contra os agressores. Casanova corria entre eles, na esteira da carroça desenfreada. A única insubordinação dos soldados era o uso de equipamentos; praticamente todos haviam arremessado as pesadas máscaras, que tornavam impossível ver ou ouvir claramente. Casanova não parou para tirar a sua. Theo estava sendo sacudido ao lado da carroça como uma pipa caída arrastada pelo vento.

— Eia! — gritou Casanova. — Eia! — Não adiantava: as mulas não podiam ouvi-lo, ou o terror era grande demais para pararem. Protegendo a cabeça, ele correu com todas as suas forças.

De repente, as mulas hesitaram, impedidas ou assustadas por algo no caminho. Casanova alcançou Theo, passou por ele e agitou braços e pernas para a mula mais próxima, tentando agarrar as rédeas. Ele as perdeu e as apanhou de novo, até conseguir. Puxando ferozmente, fez as mulas pararem, mas apenas por um instante: sabia que a qualquer momento elas continuariam a correr. Então girou em velocidade para onde Theo estava caído e, rapidamente, desamarrou os arreios da corrente. Em seguida ergueu Theo e, com muito esforço, deitou-o sobre a caçamba coberta da carroça.

Theo estava inconsciente, e uma flecha havia fincado seu ombro.

— Não, não! Não pode ser — repetiu Casanova, em voz baixa. Colocou os dedos contra o pulso de Theo e sentiu os batimentos fracos. — Acorde, Theo — Casanova exortou e soltou o arreio rapidamente. Assim que o jogou de lado, as mulas se puseram em movimento e, com um solavanco, a carroça começou a se movimentar novamente.

Casanova pensou no que fazer em seguida, mas percebeu que não havia esperanças de salvar Theo se permanecesse na tropa. Todos seriam mortos; na melhor das hipóteses, capturados. Ele se atirou pela abertura na frente da caçamba e se arrastou para o assento vazio. Atrapalhado com as rédeas, viu que já haviam deixado a cena do ataque para trás. Arrancou o capacete com alívio e o jogou.

Conduzindo apressadamente as mulas, ele as levou para o norte durante mais dez minutos, em seguida deu uma guinada para saírem da trilha e amarrou as mulas agitadas a uma árvore. Uma, ele podia ver, estava gravemente ferida. Tinha continuado a correr por puro pânico, mas perdera grande quantidade de sangue. Casanova balançou a cabeça e correu para a carroça. O ferimento de Theo precisava de atenção primeiro; depois ele cuidaria da mula.

Theo ainda não tinha acordado, o que era um alívio, dado o que Casanova teria de fazer em seguida. Rasgou a costura no ombro da camisa do rapaz, expondo a flecha fincada no bíceps esquerdo. Precisava arrumar um jeito de removê-la a contento.

A carroça que os carregara era a que continha o estoque pessoal do major. Lençóis e boa comida os cercavam. Casanova abriu um barril de água e encontrou um guardanapo limpo para encharcar. Lavou as mãos no guardanapo e, segurando o ferimento aberto com as duas mãos, preparou-se para puxar a flecha. Para sua surpresa, a haste de madeira se soltou com facilidade, mas a ponta da flecha permanecia enterrada no ombro de Theo.

— Eles não poderiam ter atingido sua mão de ferro, Theo? — Casanova perguntou em voz alta, jogando a haste para o lado e enfiando os dedos na ferida com cuidado. A ponta da flecha estava ali, mas seus dedos não conseguiam segurá-la. — Preciso de pinças. Ou tenazes.

Não encontrou nenhuma das duas coisas. Encontrou, porém, dois garfos de prata e, usando-os como pinças, ele conseguiu, depois de longos minutos, remover a ponta da flecha do ombro de Theo. Examinou o ofensivo aparato de artilharia depois de lavá-lo com água, e seu pior medo virou realidade. A flecha era de pedra, e fragmentos dela haviam sido lascados. Sem dúvida, os pedaços estilhaços ainda estavam alojados no ombro de Theo. Casanova resistiu ao impulso de lançar a ponta da flecha no chão, mas precisava guardá-la para que o padrão de fragmentos ainda enterrados no corpo do amigo pudesse ser identificado. E precisava de um médico — um médico de verdade.

Procurou álcool na carroça e lavou o ombro de Theo com ele, enxugando-o com um guardanapo limpo. O garoto ainda não havia acordado, o que o perturbava profundamente.

— Aguente firme, Theo — ele disse ao apoiá-lo nos cobertores confortáveis do major. — Temos uma jornada pela frente, e você precisa continuar vivo até chegarmos a nosso destino. Está me ouvindo?

Com um semblante estranhamente calmo, Theo não respondeu.

16
A estação de Salt Lick

9 de agosto de 1892: 4h11

Salt Lick é um bom exemplo. Podemos ver, pelo número e pela natureza das instituições criadas lá, que Novo Ocidente possui uma ignorância surpreendente sobre a vida além de suas fronteiras. Considere que, até este ano, os mapas de Salt Lick nem sequer mostravam a grande linha férrea (aparentemente construída há oito anos) que segue para o interior das Terras Baldias, a oeste. A única ferrovia conhecida corria do norte para o sul. Como algo assim podia passar despercebido? Isso demonstra, mais uma vez, a precariedade com que nos atualizamos a respeito dos avanços de nossos vizinhos mais próximos.

— Sophia Tims, Reflexões sobre uma jornada ao mar Eerie

Os PASSAGEIROS A BORDO do trem para Salt Lick observavam as cinzas caírem. Durante todo o segundo dia da viagem e noite adentro, elas haviam caído — primeiro esparsamente, de forma que o acontecimento foi confundido com flores de maçã temporãs, e depois em camadas pesadas, rodopiando e formando círculos ao redor do trem. Os campos planos de ambos os lados dos trilhos formavam um mar de cinzas no horizonte. Enquanto o sol se punha, o céu permaneceu iluminado, em um tom amarelado tênue, como um hematoma prestes a cicatrizar.

O vagão-restaurante estava silencioso, exceto por uma ou outra conversa abafada. Todos os passageiros pareciam concordar que a precipitação de cinzas era de mau agouro. Virgáurea observava as nuvens manchadas com uma expressão preocupada. Errol, Wren e Sophia estavam sentados ao lado dela em um silêncio fechado.

— É uma punição dos indígenas — declarou uma voz estridente de mulher. Era jovem, com um colarinho alto de botões fechados e mãos nervosas. — Eles mandaram uma tempestade de cinzas para nos erradicar daqui!

— Não seja absurda — retorquiu outra mulher, com um olhar severo através dos óculos. — Os índios não têm esse tipo de poder. E como uma tempestade de cinzas poderia nos erradicar?

— Deve ser um grande incêndio — disse um homem de meia-idade. — Um incêndio que está queimando todas as planícies a oeste, um fogaréu tão vasto, que os ventos estão carregando as cinzas para o leste.

— Então como você explica o fato de que, quando as nuvens se abrem, as cinzas param? — questionou a mulher de óculos.

— Então qual é a sua explicação? — respondeu o homem.

— Não tenho explicação — ela disse com firmeza. — E qualquer um que afirme tal coisa, está se enganando.

Houve um silêncio. Por fim, Virgáurea virou-se da janela.

— O que foi? — Errol questionou em voz baixa.

— Não consigo ouvir o Clima — ela respondeu, a tensão transparecendo na voz. — Mas ouço as árvores.

— O que estão dizendo? — insistiu Wren.

— As cinzas não as incomodam. O que as incomoda são os homens.

— Os homens? — Sophia perguntou.

Virgáurea virou-se novamente para o vidro escuro.

— Milhares de pés, marchando para o leste. Homens queimando campos, cortando árvores para abrir estradas.

— É daí que vêm as cinzas? — perguntou Sophia.

— Talvez. Não sei dizer. Os incêndios deixam terra enegrecida e criam cortinas de fumaça. Fazem as pessoas fugirem como formigas.

— As tropas de Novo Ocidente — Wren concluiu.

— Ambos os lados — Virgáurea corrigiu. — Miami, Shawnee e Cherokee ao sul. Todas as Seis Nações até o norte. Há uma enorme marcha, que deixa veneno em seu rastro.

— O que isso significa? — Sophia perguntou, com olhos arregalados.

— Eu não sei — respondeu Virgáurea, suspirando profundamente e pressionando a testa contra o vidro. Errol apoiou a mão gentil no ombro dela.

Sophia podia ver a agonia no rosto de Virgáurea — ela, que era sempre calma e inabalável. E podia ver a preocupação nos ombros de Errol; ele se inclinava na direção de Virgáurea, na esperança de protegê-la com sua presença, mas não era possível haver proteção para a inquietação do Clima. Estava à toda volta. Com um suspiro inaudível, Sophia se levantou. Precisava de tempo para pensar em todas aquelas coisas.

No caminho de volta para a cabine que dividia com Virgáurea, ela subiu no beliche. Pegou o caderno e anotou os acontecimentos das últimas vinte horas, tomando um cuidado especial para desenhar a queda das cinzas e a história de Virgáurea sobre o Comedor de Árvore. Ao delinear os remanescentes de sonho da noite anterior, ponderou o que Virgáurea observara sobre as árvores e como a marcha dos homens as perturbava.

Se as árvores conseguem se lembrar, ela pensou consigo mesma, desenhando os insetos que haviam aparecido em imagens cristalinas no seu sonho, *então é claro que podem sentir o que está acontecendo agora ao redor delas. Elas não veem simplesmente, mas observam e interpretam. Talvez até gostem e não gostem das coisas.* Ela ergueu os olhos, acometida por um pensamento. *Ou existem sentimentos mais fortes? Será que as árvores amam e odeiam como nós? Será que condenam algumas ações e aprovam outras? Será que têm desejos e vontades que atuam sobre o mundo? Como esses desejos e vontades aparecem?* Sophia balançou a cabeça, perplexa com as próprias perguntas.

Virgáurea ainda não tinha voltado, e estava ficando tarde. Sophia guardou o caderno e o lápis e se preparou para dormir. Com cuidado para não escapar facilmente dos dedos, colocou o chifre na palma aberta. Depois se acomodou de costas, se cobriu com os cobertores e se preparou para sonhar. O trem sacudia agradavelmente ao fundo, e era quase impossível esquecer que, além dos trilhos, a terra estava coberta de cinzas.

Desta vez, houve apenas um sonho — um sonho breve e perturbador que mais parecia um pesadelo. Começava e terminava nos limites de uma floresta chamuscada, onde o menino estava sentado no chão e chorava com o rosto coberto nas mãos. Ela baixou a cabeça na direção dele e tentou, com um doloroso sentimento de pena, oferecer-lhe consolo. Afagou sua cabeça e lhe transmitiu amor com os pensamentos, mas não funcionou. Ele chorava como se seu coração fosse se partir. Quando Sophia acordou, não conseguiu mais dormir.

O trem chegou na hora prevista, quase exatamente quarenta horas depois de partir de New Orleans. Os campos ao longo da linha férrea eram verdes na luz cinzenta da aurora; a chuva de cinzas não havia alcançado Salt Lick. Conforme o trem diminuía o ritmo, entrando aos poucos na estação, as árvores tremulavam de leve, parecendo inabaladas.

Se não tivesse lido o mapa do chifre durante o sono, não teria se dado conta de que o construtor era alguém que ela conhecia. O nome da companhia —

Blanc Railroad — havia lhe chamado atenção logo de cara, mas apenas quando ela viu a estação de Salt Lick, com o som do choro do garoto ainda ecoando nos ouvidos, ela percebeu que se tratava da mesma linha que Shadrack havia percorrido durante o verão anterior. A que fora planejada e construída por Blanca. O fato parecia ao mesmo tempo agourento e familiar.

A estação era magnífica. Mármore branco suportava um teto abobadado de aço reluzente. As várias plataformas estavam repletas de atividade, muitas delas com transporte de cargas. Esculpida em mármore acima da estação, a entrada para cada plataforma era uma ampulheta inclinada.

Sophia juntou seus pertences e ajustou as correntes da máscara. Todos ainda estavam vestidos com os disfarces. A crise do momento — o silêncio do Clima e a chuva de cinzas — havia tomado precedência em relação aos perseguidores de Wren, e ele mais que depressa fizera as pazes com Calixta. Enquanto deixavam suas cabines no trem, ele os alertou de que mais uma vez a liga poderia estar à espera deles.

— Se formos abordados — ele advertiu, com um olhar significativo para Calixta —, você vai me deixar conduzir a conversa.

— Pode falar quanto quiser — ela concordou, com um sorriso travesso. — E eu faço o resto.

Wren balançou a cabeça, mas não mordeu a isca. Em vez disso, caminhou na frente da curta procissão e subiu na plataforma. Sophia e os outros o seguiram.

Não havia chuva de cinzas do lado de fora da estação, e, dentro dela, nenhum sinal de que os Territórios estivessem em guerra. Homens e mulheres de todas as idades — ainda que Sophia esperasse encontrar mais famílias por ali — caminhavam pelo grande saguão da estação. Em tempos de paz, a rota continuava para o interior de Novo Ocidente através do norte de Nova York, mas agora o serviço de trem era interrompido antes da divisa e voltava pelo mesmo caminho no longo trajeto de volta até New Orleans. Salt Lick era uma das últimas estações da linha. Os balcões de passagens estavam abertos, assim como as bancas que vendiam comida e suprimentos.

— Ah, temos que comprar o café da manhã — Calixta declarou. — Eles têm sanduíches de bacon aqui.

— Calixta — Wren alertou. — Vamos direto para o entreposto de pombos, como combinamos.

— Muito bem — Calixta respondeu fazendo beicinho, após um instante de hesitação. — Mas você vai se arrepender de ter perdido os sanduíches.

— Acho que vou sobreviver sem eles — Wren ironizou.

Sophia ficou deslumbrada com a estação e com as pessoas que caminhavam por ela. No centro do grande saguão havia uma estátua muito alta de uma mulher de véu segurando uma tocha. Passageiros e vendedores davam a volta na base da estátua. Circundando a enorme cabeça havia uma constelação de orbes em eterno movimento, o que Sophia notou serem relógios esféricos. Eles saíam das vigas do teto abobadado em seus trilhos, rodopiando e despencando.

Ninguém ali parecia ser de Novo Ocidente. Havia muitos corsários das Terras Baldias, com sininhos prateados e armaduras semelhantes àqueles usados por Sophia e seus companheiros. Entretanto, como ela via pelas roupas da maioria dos transeuntes — camurça ocre ou preta, algodão bordado, longas capas como as que Virgáurea normalmente vestia, botas altas de cadarços que chegavam aos joelhos —, grande parte dos viajantes era proveniente dos Territórios.

Wren os conduziu a um conjunto de portas duplas que permaneciam abertas, alguns passos à frente. Além deles, a cidade de Salt Lick começava a acordar para outra manhã de verão. Um sino tocou para anunciar a partida de um trem, e logo após o som de passos correndo ecoou pela estação. Sophia não se virou, considerando que os passageiros corriam para alcançar a composição que partia. Então ouviu uma voz rasgar o ruído da multidão:

— Richard Wren! — Ela congelou. Calixta, Virgáurea, Errol e Wren se viraram.

Estava ao pé da estátua: uma dúzia de agentes da Liga das Eras Encéfalas, todos com longas capas de uma cor peculiar — um cinza-fumaça com manchas de fuligem, como se tivessem sido arrastados através de uma chaminé suja. Como Wren, eram todos altos, tanto os homens quanto as mulheres. Parado à frente deles estava Burton Morris, com uma expressão triste no rosto. As mãos estavam amarradas na frente do corpo.

A agente que tinha a mão no ombro de Burr chamou o nome de Wren novamente.

— Richard Wren. Venha para a frente e nada de ruim acontecerá com Morris.

— Não se mexa, Richard — Calixta disse em tom gélido. — Eu cuido disso.

As pessoas na estação haviam começado a perceber e a olhar. Desviando dos agentes, olhavam com curiosidade ou preocupação para as mãos atadas de Burr. Alguns pararam para assistir. Um homem, um corsário, avaliou a situação e sacou a pistola.

— Precisando de uma mãozinha, amigos? — ele perguntou para Wren e Calixta, então sorriu para os agentes de um jeito ameaçador.

Sua pergunta foi ouvida por muitos do que ali estavam. Mais corsários na estação eram atraídos para eles como limas de metal para um ímã. Em questão de segundos, Sophia descobriu que havia uma dúzia de nômades em volta, todos com armas em punho e aparatos metálicos tilintando em expectativa.

A expressão da agente se endureceu.

— Um eventual acirramento do conflito não será vantajoso para você, Wren — ela disse.

Wren balançou a cabeça.

— Não fui eu que provoquei isso — ele protestou.

— A responsabilidade é inteiramente sua — ela respondeu.

O silêncio ameaçador pairava no ar entre eles. Sophia podia sentir a determinação de Wren se desvanecer. A qualquer momento, ele daria um passo à frente e se entregaria para a liga. *Nós nunca mais o veremos*, Sophia pensou, em pânico. *O que a liga vai fazer com ele? Será que desta vez seus crimes vão ser ainda piores? Será que vai sobreviver?*

A estação foi tomada por um silêncio que pareceu chegar muito além do aglomerado de pessoas ao redor de Sophia. *Alguma outra coisa está acontecendo*, Sophia percebeu, sentindo o pavor encher seu peito como uma respiração amarga.

Abruptamente, ela tomou consciência de que não podia ver a estátua com clareza, embora estivesse a uns dez passos de distância. Alguma coisa estava dificultando a visão — uma nuvem, uma neblina, uma névoa avermelhada. Circulava toda a base da estátua, obscurecendo-a e aos agentes, que repentinamente pareciam em menor número. Perplexa, olhou para a névoa. De onde vinha? Havia um odor no ar que colidia de forma desagradável com o cheiro defumado dos sanduíches de bacon: doce, luxuriante e degradado, como uma flor à beira da morte.

— Pegue minha mão, Sophia. — Era Errol. Ele apanhou a mão de Sophia firmemente, puxando-a em sua direção. Alguém gritou. Sophia ergueu os olhos para Wren, que antes estava à sua esquerda, e descobriu que ele não estava mais lá. *Será que perdi a noção do tempo?*, Sophia se questionou, confusa. Seus pensamentos se moviam lentamente. Ela ficou assustada com o grito, mas outros medos começaram a atrapalhar sua mente.

Ela olhou para o chão da estação e percebeu que a névoa vermelha estava tão espessa que ela nem conseguia ver os próprios pés. O ar parecia pesado — incrivelmente pesado, como se quisesse prendê-la ao chão. Sophia se deu conta de que as coisas estavam acontecendo ao seu redor, mas ela não as percebia por completo. Um único grito se tornou muitos, e agora ecoavam havia um bom tempo. Ela só não sabia afirmar quanto tempo havia se passado.

De repente, Errol soltou sua mão. Surpresa, Sophia olhou para ele, mal conseguindo enxergá-lo. Ele já havia se afastado; então sumiu. Ela ouviu o som metálico da espada dele sendo removida da bainha.

— Errol? — Sophia colocou as mãos na frente do corpo. — *Errol!*

Houve um assobio no momento em que a espada rasgou o ar. Sophia sentiu uma onda de terror, caiu ao chão e cobriu a cabeça.

— Errol! — berrou. — O que você está fazendo?

O ar acima dela se movimentou. Sophia olhou para cima, na esperança de ver a mão de Errol descendo em direção a ela, mas não era a mão de Errol. Em vez disso, viu garras gigantes de uma pele verde-iridescente agarrando o ar espesso. Sophia ofegou e tentou se orientar. Lembrava-se vagamente das portas abertas a cerca de vinte passos adiante. Tropeçou. Um vulto se moveu acima dela. Ela teve um vislumbre de uma asa enorme cortando a névoa: brilhante com escamas vermelhas e alaranjadas. Em seguida, enquanto se arrastava insegura para a frente, a cara da criatura subitamente apareceu ao seu lado. Tinha a pele azul e o focinho comprido, olhos dourados e mandíbulas gigantescas.

Arreganhando os dentes que mais pareciam facas, o dragão falou:

— *Sophia.*

Sophia sufocou um grito. Ela se colocou em pé e correu cegamente para dentro da neblina. Pensamentos desordenados percorreram sua mente. A história do Comedor de Árvore passou diante de seus olhos: o monstro conjurado pela imaginação. *Mas por que eu imaginaria um dragão?*, ela se perguntou, em pânico. *Eu não imaginei! Eu não imaginei um dragão, eu juro!* Ela queria gritar para Errol, mas temia que isso atrairia a terrível criatura-dragão em sua direção. Inesperadamente, ouviu o clangor da espada de Errol atingir algo feito de pedra. Seria o piso de mármore da estação?

Correu em direção ao som, com as mãos esticadas à frente. Não estava longe. Sophia ouviu o clangor novamente e grunhiu com o esforço. Tinha chegado até ele. Em um derradeiro impulso, mergulhou na direção do som. Então olhou para cima com horror. O que viu não era Errol. Era algo completamente diferente: um gigante, uma estátua enorme feita de ferro. Ele se inclinou na direção dela, e a cabeça coberta pelo capacete com a viseira fechada surgiu em meio à névoa. O gigante de ferro levantou a espada no nevoeiro escarlate, preparando-se para atacar. *É a espada de Errol*, Sophia pensou. Hipnotizada, congelou por um momento.

Então saiu correndo.

Enquanto prosseguia atropeladamente no que esperava que fosse a direção da porta, o barulho ao redor dela invadiu seus ouvidos: urros, clangores, berros e lamentos, o estampido dos disparos. Sentiu uma súbita vontade de chorar subir no peito. Correu o máximo que pôde antes de o pé esbarrar em alguma pessoa ou coisa escondida pela neblina e caiu para a frente, estatelando-se no chão.

17
O olho de Nosh

9 de agosto de 1892: 4h22

Os Eerie têm fama de curandeiros, e é verdade que algumas de suas habilidades residem nas artes da cura, mas descobri que essa descrição de seus talentos não é adequada. Talvez, a melhor maneira de colocar é que os Eerie têm um talento para a percepção — eles notam muitas coisas que os outros não notam. E podemos considerar como alguns de seus hábitos encorajam esse talento para a percepção. Eles quase sempre vivem sozinhos — os elodeanos evitam as grandes cidades — e muitas vezes vivem na companhia de animais. Suspeito de que qualquer um de nós desenvolveria um talento maior para a percepção se vivesse sozinho na floresta com uma família de guaxinins!

— Sophia Tims, *Reflexões sobre uma jornada ao mar Eerie*

SOPHIA ESTAVA DEITADA NO chão. Seus sentidos estavam atordoados pelos sons horríveis que ecoavam por toda a estação. Agora que podia ouvi-los, eles a sufocavam, como uma onda que invadia sua mente e afastava qualquer outro pensamento. Vagamente, ela entendeu que Virgáurea, Errol, os piratas e Wren estavam em algum lugar em meio àquela confusão, mas, embora essa ideia a deixasse nervosa, não conseguia pensar no que fazer. Não conseguia compreender o que significava o fato de estarem ali, envoltos naquela névoa, com o dragão e o cavaleiro.

As duas criaturas que ela vira se assomavam em sua mente, que aos poucos recuperava o foco. De algum lugar que parecia terrivelmente remoto, como se tivesse acontecido havia muito, muito tempo, de repente ela se lembrou de palavras significativas: *Quando você vir o cavaleiro e o dragão, deve pensar apenas na sua própria segurança. Seu instinto será ficar, mas você deve fugir.*

Quem dissera essas palavras? Eram do mapa de Ausentínia? Não; Sophia não achava que fossem, mas de onde vinham?

Maxine. O nome veio como uma lufada de ar puro. *Maxine me disse essas palavras apenas alguns dias atrás.*

Sophia se agarrou a esse pensamento, pois parecia a única coisa em que confiar. *Segurança.* Abriu os olhos. Estava no chão de mármore, agarrada à sua bolsa. O nevoeiro vermelho começava a se assentar, deixando uma nódoa fina em seus dedos e roupas. Ao seu redor, persistiam gritos e sons terríveis.

Sophia se apoiou nas mãos e joelhos. Adiante, percebeu que havia silêncio. Movendo-se devagar, rastejou naquela direção. As mãos tocavam o chão cegamente, uma vez que nada era visível diante daquela cortina enevoada. Embora continuassem a ecoar, os ruídos pareciam um pouco mais distantes.

Então ouviu um som mais à frente — um passo e uma risada baixa. Levantou o olhar lentamente, temendo o que veria. Não havia nada — apenas névoa vermelha. E então a névoa se abriu brevemente, e uma figura branca apareceu: alta e régia, trajando um vestido comprido e um longo véu que lhes obscureciam as feições. As mãos estavam enluvadas; os dedos delicados se moviam graciosamente, partindo a bruma vermelha como se afastassem um galho do caminho. Ela fez um aceno delicado com a cabeça, e seus movimentos pareceram a Sophia terrivelmente familiares. Quando ergueu as mãos para levantar o véu, a névoa a consumiu uma vez mais, mas aquele vislumbre momentâneo fora o suficiente. *Blanca*, Sophia pensou, horrorizada. *Ela sobreviveu. Ela está aqui. Ela está aqui.*

Sophia se afastou às cegas, apressadamente. Ouviu passos a seguirem, firmes, lentos e seguros. *Preciso fugir. Preciso fugir. Preciso fugir.*

Aquele único pensamento a motivou a continuar, através da bruma escarlate, rumo ao desconhecido. De repente, sua mão tocou em algo firme e, de alguma forma, com um aspecto de borracha. Sophia recuou, horrorizada. *O que é isso? Uma mão? Um pé?* Olhou fixamente para o objeto e, muito lentamente, compreendeu o que era. *Uma batata*, disse a si mesma, como se quisesse se assegurar de que era mesmo aquilo. *Uma batata.* Tocou o objeto, tentando se certificar. A neblina vermelha rodopiou e se partiu, deixando entrever um carrinho de legumes tombado. Uma grande caixa de batatas caíra do carrinho, e metade de seu conteúdo se espalhara. Sophia arrastou-se para o lado dela em desespero, ao mesmo tempo em que a neblina descia mais uma vez.

Segurança, repetiu para si mesma. *Sua própria segurança.* Assim que chegou até o carrinho, despejou as batatas restantes da caixa e virou-a com a abertura para baixo, para se esconder.

Encolhida ali, esperou. Os passos de Blanca não eram mais audíveis. Ansiosa, Sophia observava pelas fendas, tentando captar alguma visão da antiga inimiga, mas não havia nada para ver além da névoa vermelha. Não conseguiu acompanhar a passagem do tempo. Pareceu-lhe que, ao longo de muitas horas, ouviu o ruído da estação: passos correndo, berros e gritos, o rangido abrupto de madeira se partindo. Em dado momento, em seu canto de silêncio, alguém — um estranho — correu passando por ela em direção às plataformas mais próximas. Observando aquele estranho que aos poucos se afastava, Sophia percebeu que ele estava visível porque a névoa começava a se dissipar.

Agora conseguia ver as coisas a uma distância de três, seis metros: coisas terríveis. Viu pessoas caídas no chão; um homem segurando uma cadeira como se fosse um escudo, tremendo, os olhos fechados com força. Um dos braços segurava a cadeira, mas o outro pendia ao lado do corpo, inútil, sangrando nas roupas e no chão. Um pó vermelho cobria todas as superfícies. Até as batatas, espalhadas ao redor de Sophia, estavam cobertas por uma poeira escarlate.

Enquanto uma parte dela observava a estação, olhando desesperada e repetidamente para os mesmos cenários, outra lutava com as visões que perpassavam sua mente: Blanca, o cavaleiro e o dragão. *Como será que Blanca veio parar aqui?*, Sophia se perguntou, em silêncio. *Como pôde ter sobrevivido em Nochtland? Como soube que estaríamos aqui, exatamente agora?* A imagem da Lachrima e de suas cicatrizes erguendo o véu apareceu na mente de Sophia com a névoa vermelha que turbilhonava ao redor. Então o dragão surgiu e virou a cabeça, com as narinas arreganhadas e as enormes garras desferidas. Um par de asas grandes e fortes com veias azuladas se desfraldou, e uma longa cauda rasgou o ar como uma torre em queda. A espada do cavaleiro brilhou intensamente, captando uma nesga de luz que perfurava a névoa, e, com um chocalho da armadura, a espada despencou em direção a ela.

Perplexa, Sophia percebeu que se lembrava de mais do que tinha visto, embora isso a deixasse inquieta e ainda mais confusa. *Será que vi mais coisa e não me lembro? Será que perdi a noção do tempo? Se não vi nada além disso, de onde vêm essas visões? Estou imaginando mais coisas do que vi?* A mente de Sophia não conseguia se acalmar, o círculo frenético dos pensamentos se revelando como algo inútil. Agora que havia encontrado relativa segurança no caixote de batatas, seus pensamentos corriam desenfreados, chocando-se naquele minúsculo espaço como se estivessem aprisionados.

Alguns minutos se passaram, e a estação ficou mais silenciosa. O nevoeiro se dispersou lentamente. A grande estátua da mulher coberta pelo véu entrou em seu campo de visão, e agora não era mais branca — era vermelha, sólida e imóvel: apenas um monumento. Sophia se deu conta de que conseguia enxergar a estação inteira; o ar agora estava completamente limpo. Seus pensamentos também começaram a clarear, assim como o ciclo desesperado de imagens em pânico. Parecia infrutífero atentar para cada uma delas repetidamente, primeiro vendo o dragão, depois o cavaleiro, então Blanca, voltando ao dragão mais uma vez. Ela começou a se perguntar, de maneira confusa e incerta, o que realmente vira.

De repente, um pensamento explodiu em sua cabeça: *não há dragões aqui.* Sophia apegou-se a ele com alívio e surpresa e se afastou lentamente. *É impossível haver um dragão aqui*, pensou, cautelosa. *Mas então o que foi aquilo que eu vi? Quem era o cavaleiro que empunhava a espada de Errol? E Blanca? Seria possível que, depois de ver a estátua dela, eu a tenha imaginado?* Enquanto sua mente ainda tropeçava nessas perguntas, outra de repente lhe ocorreu: O que tinha acontecido com seus amigos?

Agora plenamente consciente, Sophia notou como estivera confusa. Escondida no caixote de batatas, nem havia se perguntado sobre os amigos.

Estava prestes a sair de seu esconderijo para começar a procurar, quando ouviu um eco repentino em meio ao silêncio. Eram passos pesados — provocados mais por cascos do que por pés, e muito diferentes dos leves passos de Blanca. Sophia olhou através das fendas, mas não conseguiu ver nada. O som se aproximava pela lateral; ela não conseguia se mexer dentro do caixote, então esperou, imóvel, até a criatura passar. De repente, surgiu um grande rosto marrom, a poucos centímetros do seu, e um enorme olho castanho a observou pela abertura do caixote. Sophia se assustou e o caixote se mexeu. Em instantes, o objeto foi erguido, expondo Sophia, o corpo encolhido e a cabeça coberta pelos braços, protegendo-se de um golpe iminente.

Mas nada aconteceu. Só um breve silêncio.

— Calma, não vamos te machucar — disse uma voz. — Lamento que Nosh a tenha assustado. Só ele sabia que você estava aqui. Eu nunca a teria encontrado em seu esconderijo.

Sophia baixou os braços lentamente e olhou para o alto. Diante dela estava o garoto que vira nas memórias do chifre e, atrás dele, parecendo preocupado e ligeiramente apologético, a criatura em si: um enorme alce marrom, com pesadas galhadas.

— Nosh — Sophia sussurrou — e Agridoce.

O menino levantou as sobrancelhas.

— Você sabe o meu nome. — Ele estendeu a mão, tão verde como a de Virgáurea. — Temos que partir. Em uma cidade deste tamanho, geralmente há saques depois que a névoa passa, e isso pode ser tão ruim quanto a névoa em si.

Sophia ficou aturdida. Sabia que sua mente ainda não havia clareado por completo, ainda não confiava nos próprios pensamentos, mas entendia que o menino e o alce estavam se oferecendo para ajudá-la.

— Mas e os meus amigos? — disse fracamente.

— Eu sei — respondeu Agridoce, olhando por cima do ombro, para a estação. — Devemos ir sem eles. Eles já se foram.

Um apito soou agudo, perfurante e alto, de algum lugar fora do prédio. Agridoce agarrou a mão de Sophia.

— Os saqueadores estão chegando — ele disse. — Mais tarde eu explico, prometo. Mas agora temos que ir. — Ele colocou as mãos em concha ao lado do ventre arredondado de Nosh. — Suba aqui nas minhas mãos — pediu. Sophia apoiou a bota de corsária nas palmas de Agridoce e se elevou sobre o lombo de Nosh. Agridoce subiu atrás dela. — Leve-nos o mais rápido que puder, Nosh — ele disse, dando tapinhas no flanco do alce. — Quanto antes chegarmos a Salt Lick, melhor.

18
A floresta remota

9 de agosto de 1892: 16h43

Os corsários terrestres das Terras Baldias não têm uma capital fixa, nem um centro. Nem sequer têm cidades. Em vez disso, formam grupos baseados não na família, mas na amizade, e têm assentamentos por toda a porção central das Terras Baldias. Uma meia dúzia de corsários sempre permanece no acampamento, ou no forte, como eles gostam de chamar, enquanto os outros partem em grupos de incursões. Geralmente, os grupos chegam a distâncias de no máximo dois ou três dias de viagem em relação ao forte principal, mas grupos ambiciosos de salteadores embarcam em jornadas mais longas para obter maiores ganhos.

— Shadrack Elli, *História do Novo Mundo*

CASANOVA TENTOU FICAR ACORDADO. Era seu terceiro dia na estrada e a terceira noite sem dormir. Durante toda a noite anterior, ele conduzira a carroça sobre uma camada de dois dedos de cinzas caídas que tornavam o chão branco e misteriosamente morno. Olhando para a estranha substância, sua maior preocupação era se as cinzas tornariam mais fácil rastreá-los. Naquela manhã, em uma fazenda ao norte de Fort Pitt, ele deixara a mula que havia sobrevivido — exausta pelo medo e pelo excesso de trabalho — com um fazendeiro e trocara metade dos suprimentos da carroça por um animal de carga. Felizmente, sua rota para nordeste o impedira de encontrar soldados da tropa de Novo Ocidente. Ele escolhera a trilha mais deserta para o estado de Nova York, cortando propositadamente o canto noroeste da Pensilvânia. No entanto, pelo mesmo motivo, sua jornada prosseguia devagar; a estrada mais estreita tornava a viagem mais difícil. O cavalo de carga era forte e necessitava de menos descanso do que ele temera. Ainda assim, Casanova sabia que precisavam chegar o mais rápido possível.

Theo acordara na tarde anterior, provavelmente ao som do rifle de Casanova, ao ser forçado a sacrificar a mula ferida. Quando ouviu o gemido de protesto do garoto, se apressou a voltar para a carroça. Theo não melhorara desde então. Tivera febre alta. Às vezes bebia água; mas na maioria das vezes recusava, lutando com Casanova usando o braço bom, como se quisesse se defender de um trago de veneno.

Casanova insistia e persuadia o amigo a reavivar a consciência.

— Theo... Ei, Theo — disse ele, desesperado. — Acorde. Apenas por alguns segundos. — Não houve resposta. — Theo. Por favor. Você precisa beber água. — Ele experimentou um momento de pânico quando não conseguiu sentir o pulso do menino, e em seguida viu as pálpebras de Theo tremularem. — Vou fazer isso valer a pena. Sabe de uma coisa? Se você abrir os olhos e tomar esse gole d'água, eu te conto a história da minha cicatriz. Quer ouvir a história da minha cicatriz? — ele implorou, e a cabeça de Theo virou de lado.

Casanova respirou fundo, trêmulo. Quando inspecionou o ferimento de Theo, encontrou-o assustadoramente vermelho e inchado. Ali ele soube: quer pela substância contida na ponta da flecha ou simplesmente porque o ferimento não conseguia sarar adequadamente por ainda conter fragmentos de pedra, a ferida havia infeccionado.

Casanova redobrou os esforços. Seguindo a rota, viajando pelo entardecer e pela noite adentro, seu desgaste físico aumentava e ele começou a se perder naquele estado de exaustão em que as dúvidas pairam como espectros e nada parece certo. Ele se perguntava se deveria ter procurado um médico em Fort Pitt. Porém, argumentou consigo mesmo, no momento em que a carroça se afastara da batalha — não, no momento em que *ele havia prosseguido com a fuga*, afastando-se cada vez mais da batalha —, eles haviam se tornado desertores, o que significava dizer que não podiam mais contar com a boa vontade dos comandantes em Fort Pitt. Muito provavelmente, estes lhes aplicariam rigorosamente a lei contra a sedição, porque ele e Theo eram soldados condenados. Antes de o garoto ter sequer uma chance de se recuperar, já estaria diante de uma forca.

Assim, Casanova seguiu em frente, embora soubesse que mais um dia e meio de estrada os aguardava.

O sol ainda não se pusera, mas no caminho estreito entre as árvores já era crepúsculo. Casanova deixou o queixo pender, as rédeas folgarem nas mãos. Os olhos se fecharam, mas, antes que pudesse cair no sono, o solavanco repentino do cavalo o fez despertar com um sobressalto.

Piscou diante da escuridão cada vez mais intensa e viu, a poucos metros adiante, algumas tochas, que avançavam em sua direção. Os homens que as carregavam eram pelo menos seis, com cabelos longos e botas pesadas. Se não tivesse sido embalado pelo som dos cascos do cavalo e pelo rangido da carroça, certamente os teria ouvido, pois cada centímetro de suas roupas tilintava com sininhos de prata. Corsários terrestres.

Casanova ficou imóvel, as rédeas agora firmes em suas mãos. Não havia para onde escapar. A trilha era estreita demais para que desse meia-volta, e a mata de ambos os lados, fechada demais. Não havia como fugir. *Vou ter que negociar*, pensou.

— Boa noite, cavalheiros — disse casualmente para os andarilhos que se aproximavam da carroça. Observou que dois deles usavam óculos frouxamente ao redor do pescoço, como se de prontidão. Esperou.

Um dos corsários de óculos veio até a lateral da carroça e deu um tapa amigável no flanco do cavalo. Abriu um largo sorriso para Casanova e os dentes metálicos reluziram à luz da tocha que carregava.

— Bem, amigo. O que temos aqui?

— Eu poderia perguntar o mesmo. Vocês estão um pouco mais para leste do que costumam chegar, estou certo? — Casanova perguntou.

O sorriso do corsário se alargou.

— É verdade. A guerra é boa para a caça.

— Talvez em alguns lugares.

Outro corsário, este sem esboçar nenhum sorriso, encarou Casanova.

— Malditas Parcas, homem, você tem uma cara bem feia.

Casanova olhou de novo para ele. Na longa pausa que se seguiu, Casanova ouviu todos os sininhos tilintantes dos andarilhos silenciarem quando os homens ficaram imóveis. Esperou, deixando a luz das tochas brincar em suas feições cobertas de cicatrizes, sabendo bem que reação aquilo provocaria. Então deu um sorriso irônico.

— Me parece o sujo falando do mal lavado — respondeu Casanova.

Houve mais um momento de silêncio, e então os corsários irromperam em gargalhadas. Casanova sacudiu a cabeça com humor e pegou as rédeas.

— Bem, meus *belos* amiguinhos, eu sei o que vocês estão fazendo aqui e sei que são seis contra um. Mas o que vocês não sabem — ele acrescentou, e a risada dos andarilhos morreu — é o estrago que um homem como eu pode fazer. Faço questão de olhar bem para vocês, para ficarem com uma lembrancinha de mim. Por isso, sugiro que continuem assim, *belos* amiguinhos. Sirvam-se do que quiserem, mas não toquem na comida e na água do garoto.

Os corsários olharam para ele com cautela, e Casanova percebeu que estavam ponderando se haviam se ofendido ou não. Em seguida ergueu as mãos em uma rendição simulada.

— Vocês me pegaram. Não vou dizer que foi em pé de igualdade, mas me pegaram mesmo assim. Tudo o que eu quero é levar esse menino doente que está na carroça para um lugar seguro, e preciso de comida e água para um dia e uma noite. Se fizerem isso por mim, eu ficaria muito agradecido. Para mostrar meu agradecimento, vou dizer o que sei sobre a tropa mais próxima e lhes dar um par de óculos. Acho que podem precisar.

O salteador que falara primeiro encarou Casanova com desconfiança e se virou para o homem a seu lado.

— Verifique a carroça — disse secamente.

O homem se afastou fazendo um som semelhante ao de uma bolsinha cheia de moedas despencando por um lance de escadas. Casanova esperou. Houve silêncio enquanto o andarilho vasculhava a carroça e depois a mesma cacofonia metálica quando voltou.

— É. Uma boa pilhagem. Garoto muito doente — murmurou. Em seguida disse algo para o líder que Casanova não conseguiu entender. Pareceu algo como "sortudo".

— Tudo bem — o primeiro homem respondeu em tom ríspido. — Deixem comida para dois dias e limpem o resto. — Ele se virou para Casanova. — Isso deve ajudar.

Casanova assentiu.

— Obrigado.

Os salteadores esvaziaram o conteúdo restante da carroça, levando os lençóis do major, o vinho e as conservas caras. Casanova ficou olhando com pesar os legumes em conserva, as sacas de farinha fina, o café e o chocolate das Índias, os frascos de geleia de frutas, que desapareceram nos braços dos andarilhos. Contou ao líder onde tinha visto as tropas e o que acontecera à sua companhia sob a liderança do major Merret. O homem ouviu em silêncio e assentiu com gravidade quando Casanova descreveu os arqueiros que saltaram da beira da estrada.

— Tinham máscaras cobrindo a boca — Casanova comentou —, mas não os olhos.

— Ora, mas é verdade? — disse o corsário, intrigado. — Talvez eles tenham mais informação do que nós. Eu mesmo ainda não tive a sorte de ver nenhuma nuvem vermelha — ironizou.

— Nuvem vermelha? É para isso que servem os óculos?

O andarilho assentiu levemente.

— Presumo que você também não tenha visto.

— Não.

— Nuvens vermelhas que confundem a mente. Fazem a nossa própria gente parecer monstros para nós, é o que dizem. É difícil saber a verdade, já que ouvi essa história de terceiros, mas um homem, dois dias para o sul, me disse que conheceu um garoto que cravou uma picareta na irmã. Ele achou que fosse um urso.

Casanova deu um murmúrio de desdém.

— Parece improvável.

— Talvez. Mas pode ser que não. — O andarilho se afastou, e Casanova o ouviu subir na parte de trás da carroça. Após um minuto de silêncio, ele desceu e caminhou um pouco pela floresta, onde seu cavalo estava presumivelmente amarrado. Voltou com uma pequena bolsa de pano que jogou para Casanova. Era leve; o conteúdo parecia formado por pedaços de corda desfiada sob o tecido de algodão.

— O que é isso? — Casanova perguntou.

— Carne seca — respondeu o salteador, lançando a Casanova um olhar intenso. — O menino precisa de comida com ferro.

Casanova piscou em surpresa.

— É mesmo?

— Ele tem a Marca do Ferro — explicou o homem. — Não vai sobreviver sem ferro.

Casanova olhou para a bolsinha e de novo para o corsário, cujos dentes, reluzindo na luz bruxuleante das tochas, pareciam agora menos proibitivos.

— Obrigado. Posso perguntar seu nome? Para dizer ao menino quem o ajudou, quando ele acordar.

— Pode dizer ao Theo Sortudo que Jim Palito e o bando passaram por aqui. Ele vai se lembrar de mim dos velhos tempos.

Atônito e sem saber o que dizer, Casanova observou Jim Palito seguir os outros corsários de volta pelo caminho. Eles levaram os cavalos pesadamente carregados para dentro da floresta, e logo a luz de suas tochas tremeluziam entre as árvores.

Ele se levantou de repente com as energias renovadas. Amarrou as rédeas e correu para dar a volta na carroça, onde descobriu que os andarilhos haviam lhes deixado comida mais do que suficiente. Havia um lampião a gás aceso ao lado de um barril de água. Tinham deixado até a roupa de cama de Theo, aconchegando-o entre as colchas finas de algodão do major. Casanova sentiu uma onda de alívio. Tinham ido embora com facilidade. Ele se ajoelhou e, relutante, sacudiu Theo para despertá-lo.

— Theo... Theo, você tem que acordar.

Os olhos de Theo se abriram, e ele olhou para Casanova sem entender.

— Você precisa comer alguma coisa e beber água — Casanova disse, colocando o braço debaixo da cabeça de Theo. O garoto nem sequer reagiu quando Casanova, acidentalmente, esbarrou no ombro ferido: mau sinal. Seu olhar era parado e perdido. Casanova virou o cantil de água na boca de Theo, que engasgou, tossiu e depois engoliu. Casanova lhe deu um pequeno pedaço de carne-seca. — Mastigue isso, Theo — ele disse baixinho. — Jim Palito disse que você precisa de ferro. Então mastigue isso e melhore, por favor.

Theo mastigou obedientemente e engoliu, mas seus olhos permaneceram vidrados. Quando Casanova o deitou novamente nas colchas, ele se virou e fechou os olhos sem emitir um único som.

19
Três dicas

9 de agosto de 1892: 11h14

No entanto, não há como os burocratas ascenderem de cargo no Palácio do Governo. Os cargos parlamentares são invariavelmente comprados de fora por industriais ou herdeiros de políticos. Necessariamente, alguém com riqueza suficiente para adquirir tal cargo não almejaria uma posição hierarquicamente inferior, como assistente de gabinete, mensageiro ou guardião do tempo. Dessa forma, para todos os que trabalham no Palácio do Governo, há um limite bem claro: é possível progredir de um cargo a outro e seguir muito bem uma carreira respeitável nos augustos órgãos políticos da capital, mas nunca ascender a ponto de se tornarem parte do próprio corpo legislativo.

— Shadrack Elli, *História de Novo Ocidente*

Eventos extraordinários raramente permanecem extraordinários. Mesmo se continuam inexplicados, sua própria estranheza se torna cada vez menos estranha. Assim foi com as crateras, que primeiro foram alardeadas como erupções subterrâneas localizadas ou — para os cidadãos de mente mais fantasiosa — um exército de vermes gigantes. Então o alarde se desfez, e logo as pessoas de Boston começaram a pensar esses fenômenos simplesmente como consequências do mau tempo de Boston. Calmamente prosseguiram vivendo dia após dia, mantendo boa distância das crateras.

E assim foi com a chuva de cinzas, que deixou uns bons três centímetros de pó na cidade. Logo na primeira manhã de orvalho, as cinzas se tornaram pasta. Os que não limparam suas ruas e calçadas, descobriram uma fina crosta de cimento, assada pelo sol, endurecida sobre todas as superfícies. Boston assumiu a aparência de uma múmia cinzenta e incrustrada. Os jornais matinais fizeram alarde sobre as consequências da "Bigorna", mas, de modo geral, todo Novo Ocidente parecia tratar as cinzas como se fossem simplesmente outro tipo de precipitação.

Intrigado, Shadrack olhou em volta a caminho do Palácio do Governo. Notou mais que um trabalhador raspando crostas de cinzas das janelas e passou por duas crianças lançando no rio as cinzas endurecidas. Ninguém parecia particularmente perturbado pelos sedimentos, a despeito de suas origens desconhecidas. A notável exceção era o prognosticador niilistiano, o autointitulado profeta que sempre ficava no canto do parque, pregando aos transeuntes sobre os males da Era da Ilusão. Naquela manhã, havia atraído uma pequena multidão e acusava energeticamente seus ouvintes de terem, por ignorância, levado a era rumo ao apocalipse.

— Não é mais uma mera força de expressão — ele gritou, a barba tremendo com o entusiasmo — dizer que do céu chove fogo. A chuva de fogo e enxofre, tão temida na Era da Verdade, aconteceu! — Sua voz se ergueu e se tornou um guinchado. — Pode-se até dizer que a Era da Verdade está entrando nesta era iludida para destruí-la!

— Só que não houve fogo nenhum — um homem gritou da calçada.

— Nem enxofre — uma mulher acrescentou.

Shadrack riu para si mesmo diante da expressão consternada do niilistiano e continuou andando a caminho dos degraus do Palácio do Governo.

Já havia escrito várias cartas naquela manhã para correspondentes diversos por toda a região, com a intenção de descobrir o que pudesse sobre o estranho fenômeno, e planejava passar a manhã investigando o assunto mais a fundo. Porém, quando chegou a seu gabinete, encontrou uma moça de cabelos curtos e um terninho ajustado imóvel diante de sua porta. A assistente do primeiro-ministro o estava esperando.

— Ministro Elli — ela disse, com um sorriso breve. — Tempo estranho, não é?

— Bom dia, Cassandra — ele respondeu. — Para dizer o mínimo. Alguma teoria? — Ele abriu a porta e pediu para ela entrar.

— Tenho algumas ideias. — Sua expressão era travessa. — Mas gostaria de ter alguma prova antes de especular em voz alta.

— Muito sensato da sua parte — Shadrack afirmou com um sorriso. — Minha governanta sugeriu que as Parcas estivessem fazendo limpeza na chaminé delas.

Cassandra riu.

— Não estou inteiramente certo de que ela estivesse brincando — Shadrack continuou, sacudindo a cabeça.

— Certamente, toda teoria vale a pena ser testada quando não há uma explicação suficientemente clara — disse ela.

Gamaliel Shore ficou dolorosamente decepcionado por perder Cassandra Pierce, e o primeiro-ministro estava bastante orgulhoso de ter conseguido atraí-la para seu serviço. Ambos os partidos a reconheciam como a melhor assistente no Palácio do Governo. Era conhecida por ser discreta, pontual, incansável e incrivelmente engenhosa. Além disso, era simpática sem ser pedante, profissional sem ser indiferente e bem informada sem ser fofoqueira. Guardava muito pouca semelhança com a arquivista niilistiana chamada "Remorse" que se presumia que havia partido em uma missão em outra era. Até sua aparência era diferente: mais iluminada e limpa, de alguma forma. Aquelas poucas pessoas em Boston que tinham assuntos no arquivo niilistiano *e* no Palácio do Governo teriam dificuldade em perceber que Remorse e Cassandra eram exatamente a mesma pessoa.

E Shadrack, como nunca visitara o arquivo, não fazia ideia disso. Ele supunha que qualquer um que escolhesse voluntariamente trabalhar com Broadgirdle ou devia ter sido loucamente iludido, ou perigosamente estúpido, então ele prestava pouca atenção à nova assistente sempre que tinha contato com ela. Porém Cassandra não seria ignorada. Como Shadrack preferia trabalhar sozinho, tinha de se livrar das visitas dela sem auxílio de ninguém. Ela começou a tornar um hábito parar no gabinete de Shadrack, primeiro com mensagens de Broadgirdle (que facilmente poderiam ser entregues pelo mensageiro) ou papéis para assinar (longe de serem urgentes), e depois com perguntas que, para a surpresa de Shadrack, despertavam seu interesse.

Geralmente as perguntas eram sobre mapas. Havia novos mapas mostrando a posição da princesa Justa nas Terras Baldias ocidentais? Até onde se estendia o domínio dela? Os mapas dos Territórios Indígenas mostravam as posições exatas ou apenas aproximadas das cidades mais ocidentais? De que forma os mapas dos Territórios e das Terras Baldias retratavam as populações migratórias que viajavam para o norte e para o sul ao longo do ano?

Shadrack agora se sentia menos amedrontado quando via Cassandra à sua porta, mas naquela ocasião as coisas se mostraram diferentes desde o início.

— Posso fechar a porta? — Cassandra perguntou quando Shadrack se sentou atrás da mesa.

— Certamente — disse ele com alguma surpresa.

Tomando assento diante dele, Cassandra segurava um maço de papéis.

— Eu queria saber se o senhor poderia me ajudar com uma coisa.

— Eu ficaria feliz em tentar.

— Descobri que a chave para ser uma boa assistente é antecipar o que o primeiro-ministro precisa antes que ele saiba que precisa.

— Sem dúvida é um objetivo admirável, embora me pareça impossível.

Cassandra sorriu.

— Geralmente significa apenas pensar um pouquinho mais à frente.

— Muito bem, se você diz...

— Neste caso, tem a ver com os ataques do terrível nevoeiro que acometeram os Territórios Indígenas.

— Ataques do nevoeiro... — Shadrack repetiu. — É assim que estamos chamando isso?

Cassandra piscou sem entender.

— Minha descrição foi imprecisa?

— Não. — Ele fez uma pausa. — Mas "ataque" sugere intenção e ação deliberada. Eu não sabia que já tínhamos esse conhecimento.

Cassandra franziu os lábios.

— Você provavelmente está certo. O primeiro-ministro não os chama de ataques, mas não consigo deixar de enxergar dessa forma. — Deu um sorriso tímido. — Talvez esteja na minha natureza ver pessoas mal-intencionadas fazendo coisas ruins onde não existe nada. Certamente não é uma virtude!

— Bem — Shadrack admitiu —, pode ser que sejam ataques. Nós não sabemos.

— Exato — Cassandra continuou. — Por isso é que eu acho que é melhor estar preparada. — Ela colocou a pilha de papéis na beirada da mesa de Shadrack. Na folha superior, havia uma lista de endereços.

— Você quer dizer estar preparada para um ataque aqui?

Cassandra assentiu.

— Eu... — Shadrack se recostou na cadeira. — Confesso que isso não havia me ocorrido. Me parece uma possibilidade muito remota. Até o momento, todas as ocorrências aconteceram nos Territórios Indígenas.

— No entanto — Cassandra disse, levantando o dedo indicador —, um bom assistente pensa à frente.

Shadrack deu um sorriso de soslaio.

— Certo. E o que você gostaria de fazer em antecipação a um possível ataque aqui?

— Primeiramente garantir a segurança de todas as propriedades do primeiro-ministro. — Casualmente, ela entregou a Shadrack a primeira folha de papel da pilha. — Outras precauções também devem ser tomadas, é claro, mas certamente isso ajudaria a garanti-las.

Shadrack pegou o papel sem dizer uma palavra e tentou moldar o rosto em uma expressão de ruminação útil. Não podia acreditar no que Cassandra acabava de lhe entregar. Durante semanas, ele procurara por aquelas informações sem sucesso, pois Broadgirdle mantinha seus assuntos pessoais cuidadosamente encobertos. Se aquele relatório realmente listava todas as propriedades de Broadgirdle, ele podia muito bem apontar a localização dos Eerie raptados.

— Hum... — disse ele, passando os olhos pelo papel rapidamente. — Parece desafiador — comentou. Havia cinco endereços. Um deles era de uma mansão em Beacon Hill, de que Shadrack e toda Boston sabiam. Outro era a oeste de Cambridge. Dois eram armazéns próximos ao mar. E o último era uma fazenda em Lexington. — Como você protegeria essas propriedades?

— Eu me fiz a mesma pergunta. Sem saber o que *é* este nevoeiro, não podemos começar a nos proteger contra ele.

— Concordo plenamente — Shadrack comentou de um jeito mecânico, repetindo os endereços silenciosamente para si, a fim de gravar cada um na memória.

— Então eu pensei que seria útil consultar um botânico — Cassandra disse alegremente, parecendo satisfeita consigo mesma.

Shadrack sentiu um repentino tremor de alerta. Colocando a lista de endereços cuidadosamente de lado, entrelaçou as mãos e olhou para a assistente de Broadgirdle. Sentiu-se imediata e inquestionavelmente certo de que Cassandra Pierce sabia muito mais do que estava dizendo. A expressão dela, tão alegremente satisfeita, não parecia nada diferente do habitual, mas o olhar era sério — profunda e significativamente sério.

— Por que um botânico? — Shadrack perguntou em tom baixo. — Neste caso, creio que você deveria procurar um químico, se acha que as tempestades de névoa são ataques deliberados.

— Ah — disse Cassandra, sem alterar o tom —, mas todos que relatam os ataques dizem que a névoa cheira a flores.

— Muitas substâncias cheiram a flores.

Cassandra franziu a testa.

— Então o senhor acha que consultar um botânico é uma má ideia?

— Não necessariamente. Eu só estava tentando entender como você chegou a sua conclusão.

Ele suspirou.

— Suponho que, para ser minuciosa, eu devo também consultar um químico. O senhor está certo, ministro: não podemos saber a natureza dessa substância. No entanto — ela prosseguiu, entregando-lhe a segunda folha de papel —, estes são os botânicos que pude identificar em Boston, com experiência suficiente para considerar o problema.

Shadrack olhou para a lista de nomes. Nenhum deles era familiar.

— Como você determinou a experiência deles?

— Consultei os trabalhos acadêmicos. Embora eu não seja de forma alguma especialista em botânica, esse é um campo restrito, e só há três cientistas em Boston que publicam pesquisas com alguma regularidade. Estes são os três. Bem, por fim, chegamos ao meu pedido de ajuda — Cassandra disse, inclinando-se para a frente. — Como pode ver, circulei o nome de um. Consegui localizar os outros dois, mas não este aqui. Então eu descobri que ele leciona na universidade. Acredito que o senhor também tem compromissos lá, não tem?

Shadrack olhou para o nome circulado. *Gerard Sorensen.*

— Sim, tenho — ele disse devagar.

— Eu pensei que... talvez com os seus contatos lá, o senhor poderia conseguir localizá-lo.

Shadrack olhou para Cassandra e percebeu que havia entendido mal. Sua primeira impressão era de que ela fazia parte do círculo de confiança de Broadgirdle e que seu conhecimento provinha dele.

Mas não, ela não fazia parte desse círculo. Cassandra Pierce trabalhava por trás das costas de Broadgirdle.

Ela dizia as palavras exatamente do jeito que deveriam soar: leves, esperançosas e sem um significado particular. Apesar disso, Shadrack farejava o que queriam dizer. Quando olhou nos olhos dela, entendeu a mensagem que ela realmente queria transmitir: *Encontre esse homem. Ele sabe o que é a névoa escarlate. Estou lhe dando o nome dele. Vá em frente.*

Shadrack não conseguia entender como ou por que Cassandra Pierce havia descoberto essas coisas ou como chegara ao ponto de trair os segredos de Broadgirdle. Talvez, ele considerou, fosse essa a intenção dela desde o início. Afinal, ela era relativamente nova no gabinete do primeiro-ministro. Entretanto, a despeito de como chegara e de que forma decidira trair seu chefe, uma coisa era clara: Cassandra Pierce estava tentando ajudar Shadrack. Já tinha dado várias indicações sobre o que fazer, e ele não podia ignorá-las. A mulher sentada diante dele de repente lhe pareceu inteiramente diferente do que quando bateu à porta de seu escritório, mesmo que nada nela houvesse mudado.

— Acho muito provável localizá-lo na universidade — Shadrack disse. — Seria útil se eu tentasse falar com ele?

O rosto de Cassandra se iluminou.

— Seria *muito* útil.

— Então fico feliz em ajudar.

— Muito obrigada.

— Não, Cassandra — ele disse, devolvendo-lhe o papel. — Eu é que agradeço.

10 de agosto, 16h10

Os CONSPIRADORES ESTAVAM REDUZIDOS a quatro depois que Miles partira para os Territórios Indígenas. No entanto, eles continuaram a se encontrar, é claro, seu objetivo mais urgente do que nunca, e, no dia 10 de agosto, Winnie e Nettie devoravam alegremente uma torta de amora feita pela sra. Clay enquanto esperavam Shadrack se juntar a eles. Especulações sobre o significado das pistas de Cassandra — reportadas pela governanta para os jovens conspiradores — voavam por sobre a mesa.

— Ela deve odiar o Broadsy tanto quanto nós! — Winnie declarou, triunfante.

— Pode ser que ela não o odeie — Nettie apontou, pensativa, dando uma garfada na torta. — Talvez ela tenha uma agenda mais ampla que envolva a névoa escarlate.

— Só gostaria de salientar — fungou a sra. Clay — que posso estar errada sobre a origem do nevoeiro, mas estou muito certa sobre os perigos que ele reserva. Posso dizer que ele é ainda pior do que imaginamos.

— O problema é que não *sabemos* realmente nada sobre ele — disse Nettie. — Até encontrarmos esse tal de Sorensen... Mesmo assim, não temos nenhuma garantia de que ele sabe de alguma coisa.

A maçaneta da porta lateral chacoalhou, e a porta se abriu de repente.

— Bem, amigos — Shadrack anunciou, trazendo consigo uma lufada de ar para dentro da sala, úmida como a de um incêndio extinto. — Tenho boas e más notícias.

— E temos torta de amora! — Winnie anunciou, erguendo o garfo abarrotado.

Shadrack sorriu. Então se sentou e aceitou de bom grado o prato que a sra. Clay lhe entregou.

— A boa notícia — disse ele, mergulhando na torta sem demora — é que localizei o escritório de Sorensen na universidade. Ele é de fato membro do departamento de botânica e trabalha lá há quase trinta anos.

— Ele deve ser *velho* — observou Nettie.

— Bastante. A má notícia — Shadrack engoliu a torta — é que ele não é visto em seu escritório há meses. Está desaparecido.

— Desaparecido? — os conspiradores repetiram em uníssono.

— Sim. E, embora a esposa tenha falecido há alguns anos, segundo o assistente de departamento me informou, Sorensen tem dois filhos adultos e vários netos em Boston. Ele tem motivos para ficar por aqui, e é improvável que desaparecesse por vontade própria, sem nenhuma explicação, como foi o caso.

— Broadgirdle — Nettie disse com ar sinistro.

— Muito possivelmente. Então, nossas respostas não estão tão próximas quanto eu imaginava. Entretanto — continuou, parando brevemente para comer outro pedaço de torta —, temos outra pista sobre a localização dos Temperadores ausentes, graças à Cassandra. Temos os endereços. Os dois armazéns e a fazenda em Lexington são os mais prováveis. É por aí que devemos iniciar nossa busca.

— Eu posso ir — Winnie disse rapidamente.

— Sem dúvida que *pode* — Shadrack respondeu igualmente rápido —, mas seria tolo e perigoso.

— Por que a própria Cassandra não está cuidando disso? — Nettie perguntou. — Sem querer ser mal-agradecida, é claro, mas estou tentando entender qual é o papel dela em tudo isso.

— Boa pergunta — Shadrack respondeu. — Eu mesmo já me perguntei isso. Ela está fazendo um jogo arriscado, e não consigo entender completamente aonde ela quer chegar. O melhor que posso dizer é que ela também está trabalhando contra Broadgirdle, mas talvez acredite que seguir essas pistas abertamente enquanto trabalha como assistente dele a colocaria em perigo.

— Então ela praticamente está pedindo a nossa ajuda — concluiu Nettie.

— Sim. De certa forma, nós a ajudamos e ela nos ajuda. Talvez esteja sugerindo uma divisão de trabalho. Enquanto ela se infiltra no escritório dele e descobre o que pode, nós agimos para seguir as pistas.

— Me parece perigoso — observou a sra. Clay, tristonha.

— Mas *temos* que fazer isso — Winnie insistiu.

— Já estamos fazendo — Shadrack interveio. — Winnie e os colegas dele no Palácio do Governo estão seguindo todas as pistas. — Winnie assentiu com a cabeça gravemente. — Nettie tem observado o progresso do inspetor Grey na investigação com muito cuidado.

Winnie fechou a cara.

— A falta de progresso, você quer dizer.

— A culpa não é inteiramente dele — disse Shadrack, e em seguida se dirigiu a Nettie. — Talvez devêssemos comunicar a seu pai esse desdobramento mais recente. Quando Broadgirdle for detido, deve ser oficial. Creio que é hora de o inspetor Grey recomeçar as investigações do início.

Nettie abanou a cabeça.

— Meu pai está convencido de que, prendendo o sr. Peel, ele prendeu o homem certo, sr. Elli. Ele acredita que Broadgirdle é inocente. E não acho que essas dicas da Cassandra vão fazê-lo mudar de ideia. Na verdade, não temos como saber dele de onde vêm essas dicas. Pense no que vai custar à Cassandra se o convencermos a investigar esses endereços e acabar que não existe nada para ser encontrado.

Shadrack hesitou.

— Eu e a Nettie podemos ir! — Winnie repetiu. — Broadgirdle não conhece a gente, e parecemos perfeitamente inocentes. — Ele fez uma expressão angelical que fez sua cabeça parecer perturbadoramente vazia.

Nettie sorriu.

— Eu concordo com o Winnie. Apenas como um primeiro passo. Se tiver alguma coisa para checar, trago o assunto para o meu pai.

Mais uma vez, Shadrack hesitou.

— Muito bem. Sei que é difícil persuadir o inspetor Grey com provas tão inconsistentes, mas não faz sentido mandar vocês dois explorarem tudo sozinhos. Então vamos juntos.

Winnie abriu um sorriso radiante.

— Incrível. Para onde vamos primeiro?

— Acho que para os armazéns. Podemos ir amanhã à tarde, quando eu voltar do ministério.

Shadrack olhou para os dois rostos ansiosos diante dele e sentiu uma pontada de culpa. A mentira que ele havia inventado era para protegê-los, Shadrack se lembrou. Broadgirdle era perigoso demais para ser enfrentado por duas crianças. Os próximos passos ele teria de tomar sozinho.

20
Agridoce

9 de agosto de 1892: 5h31

Os elodeanos (Eerie) se reúnem com frequência, ao contrário dos boatos populares, mas os que desejarem ver muitos reunidos em um único lugar precisa saber: é praticamente impossível predizer quando e onde as reuniões ocorrerão. Várias vezes por ano, disseram-me, mensageiros são enviados para todos os elodeanos que estejam a uma distância de até dez dias de viagem a partir do mar Eerie. Então eles se reúnem para discutir seja qual for o assunto que convocou sua presença. Pelo que sei, essas ocasiões são singulares, totalmente diferentes das reuniões de outros povos. Não há celebrações, nem músicas, nem rituais. As conversas ocorrem durante vários dias, em pequenos grupos, em vez de em grandes reuniões. Em dado momento, a questão é dada como resolvida ou não, e cada um segue seu próprio caminho.

— Sophia Tims, Reflexões sobre uma jornada ao mar Eerie

Montando Nosh à frente de Agridoce, Sophia tinha uma visão clara de Salt Lick. As ruas largas de terra batida eram ladeadas por construções de troncos. Cada edifício parecia uma grande caixa empilhada sobre outra menor; passagens estreitas cortavam alguns edifícios. Por um corredor, Sophia viu os flancos de um cavalo apavorado em fuga, arrastando uma sela e o que parecia um cobertor azul. Plumas de fumaça saíam para a rua através das janelas estreitas das construções. Em uma delas, uma mulher colocou a cabeça para fora e gritou: "Ivan! Ivan!", antes de desabar de repente para o lado de dentro e sumir de vista.

Era evidente que o nevoeiro vermelho havia atingido todos os lugares. Como nunca havia visto Salt Lick antes, Sophia não tinha como comparar, mas lhe parecia que a cidade estava destruída. Chamas ardiam no interior das casas, chamuscavam prédios, e, ao longe, o horizonte era dominado por uma densa fumaça. A rua em frente à estação estava quase vazia. Um homem solitário estava sentado no chão, chorando baixinho, com o rosto coberto entre as mãos. Sophia estremeceu.

— A coisa mais cruel que acontece quando o nevoeiro ataca de madrugada — Agridoce disse atrás dela — é que as pessoas muitas vezes estão em casa com a família e se voltam umas contra as outras.

Sophia não compreendeu.

— Então esse nevoeiro é um veneno? — perguntou, tentando encontrar sentido naquilo.

Agridoce não falou nada por um instante, enquanto Nosh dava a volta em um carrinho tombado e virava, trotando depressa por uma rua lateral.

— Sim. Em pequenas doses apenas distrai e confunde, mas aqui, as quantidades são quase letais.

O sedimento vermelho que cobria Salt Lick conferia um aspecto sobrenatural à cidade: revestia todas as ruas, todas as coisas imóveis espalhadas pelo caminho. Salt Lick não tinha relógios públicos como Boston. Em vez disso, havia troncos grossos fincados em todas as esquinas: esculturas trabalhadas desleixadamente ou com esmero, por gente de passagem e residentes. Não eram marcadores de tempo; assemelhavam-se a estranhas sentinelas impassíveis que vigiavam a cidade. As arestas dos entalhes, intrincados e parecidos com runas, estavam cobertas de poeira vermelha. Aqui e acolá, Sophia notava pegadas sobre o chão vermelho, serpenteando pelas ruas silenciosas.

— Pequenas doses? — ela perguntou.

— Sim. A névoa vem de uma flor.

Não fazia sentido.

— Isso foi feito por uma flor?

— Não — Agridoce respondeu com firmeza. — Isso não foi feito por uma flor. Foi feito por homens.

Sophia não entendia, mas pôs suas perguntas de lado em nome de uma preocupação mais premente:

— Aonde estamos indo?

— Para fora da cidade, onde é seguro.

— Meus amigos não vão saber como nos encontrar.

Agridoce hesitou.

— Espero que encontrem. Estou confiando em Nosh. Ele disse que encontraríamos você e foi o que fizemos. Espero que Virgáurea possa ajudar os outros.

Sophia percebeu que não havia mencionado Virgáurea até aquele momento.

— Como você sabia que ela estava comigo? — Sophia indagou, virando-se para observá-lo por sobre o ombro.

— Nosh sabia — afirmou Agridoce, a boca comprimindo-se em uma linha. — Nosh é o único que sabe de alguma coisa ultimamente. O antigo não quer falar comigo. — Franziu o cenho. — O que foi, Nosh? — Agridoce olhou por cima da cabeça de Sophia para a estrada de terra batida à frente deles. Ali as pegadas eram muitas, e a poeira vermelha já havia sido espalhada, deixando uma trilha enlameada em seu lugar. — Muito bem — ele respondeu para algum comentário silencioso feito pelo pesado alce. — Faça o que puder.

— O que foi? — Sophia perguntou.

Antes que ele pudesse responder, um som ecoou no corredor estreito entre os edifícios. Sophia se virou, viu um grupo de jovens correndo em direção a eles e se encolheu instintivamente. Adiante, vislumbrou um bando de guardas do palácio de Nochtland mergulhando em sua direção com lanças de obsidiana. Então eles se transfiguraram e surgiram como figuras encapuzadas usando máscaras com bicos: a Ordem da Cruz Dourada, que a perseguira nos Estados Papais. Sophia fechou os olhos com força, tentando se estabilizar. Estava começando a entender como a névoa vermelha funcionava, combinando visão com imaginação e imaginação com memória. Entretanto, compreender o fenômeno não impedia que a visão fizesse seu coração bater mais forte. *Não existe nenhum guarda de Nochtland aqui*, disse para si mesma, com determinação. *Nem clérigos da Cruz Dourada.*

Apesar disso, a algazarra continuava. Sophia abriu os olhos e olhou para trás. Os intrusos haviam saído da passagem estreita e os seguiam pela rua. Agora conseguia vê-los com clareza. Eram sete: todos, exceto um, descalços. Mal passavam de crianças, e, ainda assim, carregavam pesados bastões. Um brandia um machado.

— Saqueadores — Agridoce disse no ouvido de Sophia.

Eles já estavam carregados de estranhos objetos. Um vestia um chapéu alto de seda e uma capa de veludo e segurava uma bengala com ponteira de prata. Outro usava um conjunto brilhante de colares. Outro ainda levava sobre o ombro uma pesada sela, que tornava difícil acompanhar os demais.

— Ei! — um dos garotos chamou de trás deles. Nosh apertou o ritmo e Sophia ouviu os passos do menino acelerarem. — Ei! — ele chamou de novo. Então todos correram em perseguição. Os demais começaram a berrar enquanto corriam ruidosamente sobre a terra.

O que eles querem de nós?, pensou Sophia, em pânico.

— Não temos nada — ela gritou por cima do ombro.

— Eles não vão ouvir — apontou Agridoce, com um tom sombrio. — Eles estão aqui pela perseguição.

Sophia se inclinou sobre o pescoço de Nosh à medida que o alce corria mais depressa.

Agridoce soltou um suspiro que pareceu tenso. Lançando um olhar para baixo, Sophia viu a mão dele ao lado da sua. Ele a sustentava com a palma virada para cima, como se esperasse pelos pingos de chuva. De repente, um ramo verde fininho apareceu acima dela. Sophia ofegou. Agridoce virou a palma da mão para fora, na direção dos edifícios que iam passando, e jogou a plantinha minúscula para o lado.

— Quanto falta, Nosh? — Agridoce perguntou sobre o tropel dos cascos do alce e os gritos do bando. Havia um edifício de pedra na esquina com águias de madeira afixadas à viga sobre a porta. Suas asas abertas, salpicadas de vermelho, sustentavam-se altas, e os bicos abertos pareciam gritar uma vitória silenciosa.

Nosh dobrou a esquina, e os olhos de Sophia se arregalaram. Videiras grossas e frondosas cobriam as construções de troncos dos dois lados, transformando--as em montes disformes praticamente irreconhecíveis. As vinhas se estendiam e cresciam, entrelaçavam-se umas nas outras como serpentes, enfiavam-se nas janelas estreitas e se abrigavam nas chaminés. Memórias involuntárias misturaram-se ao presente mais uma vez, e ela se lembrou de estar sob a cidade de Nochtland, observando as árvores com folhas luminosas brotarem da terra. Foi o mesmo movimento ágil, o mesmo broto supreendentemente silencioso de uma folha. Sophia lembrava-se das vinhas que se arrastavam diante dela na escuridão, iluminando o caminho para cima rumo a uma abertura invisível, e sentiu novamente o pânico de saber que havia alguém atrás dela, perseguindo-a. Seus pés moviam-se rapidamente. O caminho era longo demais; não havia como saber onde ele terminava.

Sophia fechou os olhos e os abriu com uma inspiração profunda: havia um caminho claro diante deles, ladeado por vinhas verdes. E mais: não havia vestígios do sedimento vermelho além daquele, na estrada abaixo de seus pés. Os ramos o haviam dominado.

Na esquina seguinte, Nosh virou-se outra vez, e Sophia viu que haviam alcançado os limites de Salt Lick. Um edifício solitário, ainda salpicado de escarlate, permanecia intocado pelas vinhas. Uma bandeira azul hasteada em um dos postes estranhos e entalhados de Salt Lick tremulava, incerta, ao lado do prédio, marcando a entrada da cidade. Nosh galopou por ele e pegou uma longa estrada de terra que se estendia adiante, rumo ao conjunto de colinas arborizadas. Gradualmente, diminuiu o ritmo. Sophia sentia os pulmões do alce repletos de ar. Percebeu então que não conseguia mais ouvir os saqueadores.

— Eles não vão mais nos seguir? — ela perguntou a Agridoce.

Em resposta, Nosh parou e se virou. Sophia viu que a estrada que os tinha conduzido para fora da cidade desaparecera. Inteiramente consumida pelos ramos de trepadeira, a entrada para Salt Lick não era nada a não ser uma parede verdejante, como se o lugar houvesse sido abandonado eras antes e tomado pelo mato. Somente a bandeira azul tremulante permanecia visível, o único movimento na quietude verde.

— Não — Agridoce respondeu. — Mas devemos continuar.

PARTE 3

Chuva

21
A casa de troncos

10 de agosto de 1892: 12h00

Além de Salt Lick e da Cidade das Seis Nações, muitos lares na região preservam o estilo pré-Ruptura: casas compridas construídas de troncos, que serviam para muitos propósitos ao mesmo tempo. No entanto, ao longo do século, as casas incrustadas ao relevo da paisagem se tornaram mais comuns, talvez por causa da influência Eerie. Outras práticas na região têm origens desconhecidas. Por exemplo, parece não haver origem rastreável (e nenhum propósito útil) para os cata-ventos de bétula que brotam dos telhados dessas casas como se fossem cogumelos. Leves como papel, os cata-ventos — também chamados de "rodas enfincadas" — são moinhos de vento em miniatura, porém nada moem. Só se pode concluir que os habitantes os acham visualmente atraentes.

— Shadrack Elli, *História de Novo Ocidente*

THEO TIVERA UM PESADELO; estava atado a trilhos de trem. Não conseguia se mover. A distância, inexplicavelmente, podia ouvir a conversa das pessoas a bordo do trem que se aproximava. Pareciam contentes, falando em tom calmo e coloquial. Quando deu por si, as amarras dos trilhos pairavam diante dele, e ele percebeu que olhava para um teto de vigas escuras e gesso branco. Virou a cabeça e avistou conjuntos de ervas secas, pendurados em uma das vigas. Ao longo da parede, prateleiras de madeira repletas de inúmeros frascos e garrafas cercavam uma lareira de pedra. A luz do sol fluía por duas janelas divididas por painéis do lado oposto do cômodo. As janelas flanqueavam uma porta verde, que estava aberta. Theo viu grama e aglomerados de flores para além da porta.

— Ele está acordado — disse uma voz de mulher.

Theo tentou se erguer, e uma dor lancetou seu braço esquerdo, correndo do ombro até os dedos.

— Calma, calma, um passo de cada vez. — As cicatrizes no rosto de Casanova entraram no campo de visão. Ao lado dele, havia uma mulher de uns cinquenta anos. Os cabelos escuros estavam entrelaçados por fios grisalhos, puxados em uma longa trança; ela a lançou sobre o ombro quando se curvou sobre Theo com um olhar concentrado. Ele ergueu a mão direita para afastá-la. Casanova pegou a mão de Theo de forma tranquilizadora. — Não se preocupe. Esta é Fumaça. É graças a ela que você está acordado. Ela é uma excelente médica.

— Preciso olhar seu ombro, Theo — Fumaça disse.

Quando abriu a boca para falar, Theo mal conseguiu pronunciar uma resposta. Então simplesmente assentiu. Fumaça ergueu o pano que lhe cobria o ombro.

— A infecção foi contida — ela afirmou com a voz firme. — Creio que o pior já passou. — Lançou a Theo um olhar avaliativo. — Se você conseguir sentar, poderíamos fazer você comer um pouco. Isso ajudaria.

Theo engoliu em seco.

— Sim, por favor — respondeu com dificuldade.

Fumaça sorriu e seu rosto se alterou por completo. Os olhos escuros reluziram, criando suaves linhas de expressão sobre as têmporas.

— Que bom — ela aprovou. — Levante-o, Grant — pediu a Casanova, e se virou.

Casanova ergueu a cabeça de Theo com cuidado usando uma das mãos e deslizou o outro braço debaixo de suas costas. Theo sentiu a dor no ombro novamente ao tentar levantar o corpo e cerrou os dentes até se apoiar na cabeceira de madeira, valendo-se de alguns travesseiros.

— Como está assim? — perguntou Casanova.

— Bem — Theo ofegou. Agora que estava sentado, observou o cômodo em volta. Fumaça estava cozinhando em um fogão de pedra. Havia uma grande mesa coberta de ervas, facas, bacias e frascos. Nos fundos, um corredor escuro conduzia ao restante da casa. A cama onde ele estava certamente havia sido trazida em caráter temporário para a cozinha. Casanova sentou-se em uma cadeira de madeira ao lado dele com uma expressão satisfeita. Theo não sabia o que perguntar primeiro. — Onde estamos? — ele grunhiu, por fim.

— Esta é a casa de Fumaça. Estamos no sudoeste de Nova York.

— Como chegamos aqui?

Casanova levantou a sobrancelha sem cicatrizes.

— Você não se lembra de nenhuma parte da jornada?

Theo balançou a cabeça.

— Eu me lembro... — ele estremeceu. — Eu me lembro do ataque.

Fumaça se aproximou da cama com uma bandeja de madeira. Continha um copo d'água, uma tigela de sopa fumegante cheia de cogumelos e cebolinha, e outra tigela com frutas silvestres.

— Vá com calma — ela disse — e veja como isso se assenta em seu estômago. Você não come muita coisa há dois dias. — Ela arrastou a cadeira até o outro lado da cama, próximo da janela, e puxou para perto uma porção de saquinhos de linho cerzidos à mão. Em seguida começou a enchê-los com ervas secas de uma bandeja.

Theo ergueu a colher com a mão direita e tomou um gole. Suspirou; nunca havia provado nada tão delicioso na vida. A cebolinha cheirava a mato, e os cogumelos, à terra.

— Obrigado — disse para Fumaça. — Isto está incrível.

Fumaça sorriu para ele.

— Fico feliz que tenha gostado.

— Pode me contar o que aconteceu? — ele perguntou a Casanova depois de tomar outra colherada de sopa.

— Você se lembra de como seu ombro foi ferido?

— Só me lembro de ver os arqueiros saírem da floresta, e depois a mula ao meu lado foi atingida. Eu tentei correr para acompanhar a carroça.

— Bem — disse Casanova. — Vejamos. Os arqueiros saíram da floresta, e todos começaram a correr, desesperados. Eu não vi a mula ser atingida, mas ela e a outra devem ter entrado em pânico, porque saíram em disparada arrastando você junto. Não tinha como correr rápido o suficiente com aquela canga presa em você, então você caiu. — Ele sacudiu a cabeça. — Acho que a canga o protegeu um pouco quando você foi arrastado, mas tive dificuldade para acompanhar. E para tirar os arreios. — Casanova fez uma careta para Theo. — Quando finalmente soltei você daquilo tudo e o coloquei na carroça, as mulas já tinham nos levado para longe do local da luta. Eu pensei em voltar para a companhia, Theo. Pensei mesmo. — Sacudiu a cabeça de novo. — Mas me perguntei se teríamos alguma tropa para a qual voltar. E sua ferida estava bem feia. Eu a limpei e enfaixei com os melhores guardanapos do major, mas você estava coberto de arranhões por ter sido arrastado. Quando você acordou, parecia péssimo. Nesse momento percebi que a flecha podia estar envenenada. Elas são do tipo que quebram com o impacto e provavelmente eu não tinha conseguido tirar todos os fragmentos do seu ombro. Então decidi vir aqui, para a casa de Fumaça. Felizmente, estávamos bem próximos do lado ocidental da fronteira, por isso só precisei seguir para nordeste. Logo estávamos na Pensilvânia e depois em Nova York. Chegamos aqui ontem de madrugada. Você estava com febre havia mais de vinte horas. Fumaça abriu a ferida imediatamente e removeu o resto dos estilhaços. Ela o suturou e o deixou bem.

— Então somos desertores — Theo concluiu assim que o outro homem terminou.

Casanova olhou para o chão.

— Receio que somos. Me desculpe.

Theo tentou sorrir.

— Não tem nada do que se desculpar. Bem, talvez. Se você se arrepender de ter salvado a minha vida. — Ele sentiu o sangue pulsar nas têmporas. Casanova o havia trazido para um lugar seguro, mas a que custo? Seria impossível voltar para Boston agora?

— Ele está ficando cansado, Grant — Fumaça disse.

— Estou bem — respondeu Theo, olhando através da porta para a relva verde. — Onde estamos, exatamente?

— Em Oakring — Fumaça disse, seguindo o olhar dele. — Nova York, ao sul do mar Eerie.

— Você é daqui? — Theo perguntou a Casanova.

Casanova balançou a cabeça.

— Não, mas passei algum tempo aqui antes de ir para o leste. — Ele e Fumaça trocaram um olhar. — Fumaça cuidou de mim uma vez. Assim como está cuidando de você agora.

— Ah — disse Theo. — Ela sabe sobre as queimaduras.

— Sim — Fumaça afirmou, sem desviar os olhos de sua tarefa —, mas, se Grant não quer falar sobre elas, não sou eu que vou falar.

— E se ele lhe desse uma permissão especial?

Casanova soltou um suspiro fraco.

— Acontece que, quando você estava doente, eu fiz uma promessa.

Theo olhou para ele com esperança.

— Eu prometi que se você melhorasse eu lhe contaria a história.

— Finalmente!

— Talvez quando você estiver um pouco melhor. Não é o tipo de história que vai levantar seus ânimos. Por enquanto você precisa comer e dormir, não ouvir histórias tristes.

Theo sentiu os olhos pesados.

— Mas eu gosto de histórias tristes — murmurou.

— Estou vendo — Casanova respondeu amigavelmente.

— Quando eu acordar. — Deu um sorriso cansado. — Me conte a história quando eu acordar.

Theo despertou no fim do dia, quando o sol poente de verão fazia da cozinha um emaranhado de sombras roxas. Casanova e Fumaça estavam sentados do lado de fora, logo além da porta; Theo podia ouvir a conversa murmurada e o crepitar da lenha na fogueira. Por alguns minutos, ficou imóvel na escuridão crescente, deixando os sentidos despertarem por completo. A dor em seu ombro não havia melhorado nem piorado, mas a letargia esmagadora que ele sentira horas atrás estava começando a passar. Sentiu o aroma das ervas penduradas nos caibros do telhado, e seu estômago roncou.

Afastando o cobertor cuidadosamente com o braço bom, girou lentamente e baixou os pés no chão. A terra batida lhe proporcionou uma sensação sólida e agradável. Então se levantou. Quando tentou dar um passo à frente, sentiu o cômodo rodar perigosamente e se agarrou à beirada da cama para não cair.

— Theo? — Casanova o chamou, vindo da porta apressadamente — Tem certeza que quer se levantar?

— Sim.

— Ande devagar — Casanova pediu, acompanhando-o pela pequena distância até a porta.

Era uma noite quente, mas Fumaça acendera uma fogueira em um pequeno poço cercado de pedras. Ela estava sentada em um banco de madeira, e Casanova guiou Theo para que se sentasse ao lado dela. O garoto suspirou com prazer, estendendo os pés descalços em direção ao fogo.

— Temos feijão e pão de milho, se seu estômago achar agradável. — Fumaça lhe estendeu um prato.

— Muito agradável — Theo respondeu alegremente. — Obrigado.

Fumaça esperou um momento antes de dizer:

— Grant me contou sobre sua ligação com Shadrack Elli.

— Você o conhece? — Theo perguntou de boca cheia.

Ela assentiu.

— Quase todo mundo conhece Shadrack, mas talvez eu o conheça um pouco melhor do que a maioria. Nós nos correspondemos durante a guerra. Há um comerciante chamado Entwhistle que viaja por aqui e por outros lugares. Ele reúne notícias e as leva para Boston. Quando faz a viagem de volta, nós também ficamos a par das novidades de lá. Você gostaria de mandar um recado para Shadrack?

— Sim, obrigado; eu o conheci. Quando ele estará aqui novamente?

— Qualquer dia desses. — Fumaça respondeu, satisfeita, enquanto observava Theo comer. — Você está se recuperando bem.

— Não é de admirar — comentou Casanova com um sorriso. Estava sentado em um tronco ali perto, com o lado do rosto marcado pelas cicatrizes mergulhado nas sombras. — Ele está nas mãos de Sarah Fumaça Longfellow, a médica mais habilidosa de Novo Ocidente e dos Territórios.

Fumaça riu.

— O Grant gosta de exagerar sobre as minhas habilidades — ela disse para Theo.

— Não é nenhum exagero — Casanova insistiu com firmeza.

— Falando sobre as habilidades de Fumaça, você prometeu que me contaria sua triste história — Theo o lembrou.

— Esta história não vai fazer você se sentir melhor.

— Vamos — disse Theo, com a boca cheia de pão de milho. — Eu levei uma flechada só para você me contar essa história e agora você se recusa?

Casanova sorriu com tristeza e depois ficou em silêncio.

— A verdade — ele disse finalmente, olhando para o fogo — é que não costumo pensar naquele episódio, mas ultimamente tenho pensado com bastante frequência.

— Por causa da guerra? — Fumaça perguntou.

— Sim. Sem dúvida. E por causa das cinzas.

Casanova se inclinou para a frente e repousou os braços nos joelhos. Ele segurava um copo e girou o líquido devagar, como se ponderasse o conteúdo.

— Você deve ter ouvido todos me chamarem de covarde — ele disse a Theo.

— Uma vez — Theo reconheceu. — Depois ninguém mais disse isso na minha frente.

— Obrigado, mas não precisava me defender. Eu sou mesmo um covarde. Sempre fui.

Theo esperou que Fumaça o contradissesse, mas ela apenas observou Casanova com uma expressão fechada, como se quisesse se proteger da dor.

— Eu nasci a oeste daqui — Casanova começou —, em um vilarejo perto da fronteira. Quando eu tinha sete anos, meus pais e meu irmão foram mortos pelos colonizadores de Novo Ocidente. Só sobrevivi porque eles pensaram que eu estava morto. O sangue de meu irmão mais novo, que cobria minha cabeça e meus ombros, me protegeu. Os colonos passaram por cima de nós como abutres e não notaram minha respiração. Viram apenas dois meninos ensanguentados, deitados imóveis na terra.

Theo encarou Casanova, sentindo a comida girar no estômago.

— Os poucos de nós que sobreviveram foram acolhidos por outra aldeia, e eu cresci entre eles. Era uma das aldeias em guerra. Ao longo de décadas, melhor dizendo, de séculos, eles travaram conflitos com outro povo, às margens do mar Eerie. Às vezes, as aldeias guerreavam entre si com bastante frequência. E às vezes havia períodos de paz que duravam anos; uma década até, quando tínhamos sorte. Eu me tornei adulto durante um desses períodos de paz. A aldeia ia bem. Quando tinha idade suficiente, eu me casei e tive uma filha. Embora eu fosse um forasteiro, pois tinha sido adotado pela aldeia, comecei a sentir que meu lugar era ali, entre eles. E então a paz que tínhamos acabou. Não sei direito como isso aconteceu, mas a guerra recomeçou, e eu me recusei a participar. Ninguém entendia minha recusa. Todos os homens adultos, até mesmo os garotos, estavam ansiosos para provar sua bravura e lealdade à aldeia. Eles me chamaram de covarde. — Casanova jogou o conteúdo do copo sobre o fogo, que ardeu furiosamente. — Claro, eles estavam certos, mas eu tinha visto minha família ser morta pelos colonos e não odiava o povo contra o qual guerreávamos. Quando eu me imaginava indo com eles, meus pensamentos conjuravam uma visão do que certamente aconteceria no fim: eu me vi pairando como um abutre sobre o corpo de algum menino ensanguentado, exatamente como alguém havia feito comigo. Eu preferia ser um covarde. Então o homem que nos liderava (todos o chamavam de Quatro-Dedos, pois um cachorro tinha comido um dedo dele quando criança) disse que, se nós não lutássemos, minha família seria expulsa dali. Fadada a perambular, sozinha, sem ninguém para oferecer ajuda nos invernos difíceis. — Ele balançou a cabeça lentamente. — Eu devia ter dito: "Sim, nos expulse", mas não disse. Minha esposa, Talise, foi criada na aldeia. Toda a família dela estava lá. Eu não podia pedir para ela deixar os parentes para sempre e seguir comigo e com Ossa, de apenas quatro anos, em busca de um novo lugar para ficar. Para onde iríamos? Como sobreviveríamos? Nós não podíamos nos juntar aos colonos no leste; eles nos matariam. E todas as pessoas próximas do mar Eerie saberiam o motivo do nosso exílio. Eles não nos aceitariam: um covarde e sua família. Então eu fui. Era uma noite de abril, clara, sem luar. Nós nos aproximamos da aldeia. Éramos quarenta e seis, todos silenciosos como a neve ao final da primavera. Quatro-Dedos deu o sinal e disparamos flechas em direção à aldeia como um primeiro aviso. Então os homens deles vieram ao nosso encontro. Eu não conseguia ver o campo de batalha. Minha visão tinha sido tomada por uma névoa vermelha que na época pensei que fosse sangue, mas não era. Era uma lembrança. Minha mente voou para o passado. Em vez de ver o lugar ao meu redor, eu me vi na luz brilhante do sol quinze anos antes. Senti a terra tremer debaixo dos cascos dos cavalos. A casa estava apenas a uma corridinha dali. Vi meu irmão dar passos incertos para trás, estendi a mão para ele, mas era tarde demais. O cavalo passou em disparada, e meu irmão voou na minha direção como um pássaro esmagado. Senti seu peso sobre mim e fiquei imóvel. Eu me esforcei para me ater ao presente: naquela noite escura de abril, na batalha que nos cercava. E depois, tão claro como se estivesse ao meu lado, ouvi minha filha, Ossa, me chamar. Nesse momento, todas as visões do passado se desvaneceram. Eu vi onde ela estava. Ouvi seu choro incessante, gritando de dor. Sem considerar como aquilo era possível, sabendo que ela estava a mais de cinco quilômetros dali, soube que seu grito era real. Eu fugi da batalha. Corri o mais rápido que pude. Acredite em mim. — Casanova fez uma pausa e engoliu em seco. — Eu usei cada restinho de força que havia dentro de mim, mas mesmo assim já era tarde. Eu podia sentir o cheiro da madeira queimando a um quilômetro de distância. Nessa altura, os gritos da minha filha desapareceram. Não consegui mais ouvi-los. Quando cheguei, a casa de troncos estava chamuscada. A porta tinha sido fechada do lado de fora. Levantei a tranca, e as pessoas que ainda estavam vivas lá dentro se derramaram aos meus pés. Entrei e carreguei as que estavam caídas no chão de terra, abatidas pela fumaça. Apesar disso, eu não as vi: Talise e Ossa. Por fim eu as encontrei, lá no fundo, cercadas pelas chamas. Minha esposa segurava Ossa nos braços, aconchegando-a como se seu corpo pudesse conter o fogo. Mas isso era impossível. Eu as tirei dali e apaguei as chamas. Elas já tinham me abandonado. Estavam abraçadas uma na outra com tanta força, mesmo na morte, que não consegui separá-las. Tivemos que enterrá-las juntas. — Casanova virou o rosto, e as cicatrizes ficaram visíveis. Seu sorriso era melancólico, as marcas retorcidas com o esforço. — Depois, eles me chamaram de covarde por ter abandonado a batalha.

— Você salvou mais de trinta pessoas na casa de troncos, Grant — Fumaça sussurrou.

— Sim. — Casanova olhou novamente para o fogo. — Mas nós dois não encaramos a vida como os guerreiros encaram. Para eles, a perda de tantas pessoas era apenas um motivo maior para guerrear. Ficamos sabendo que a casa de troncos havia sido queimada pelos colonos, aliados aos nossos inimigos, aproveitando-se da nossa ausência. Com os homens longe, foi muito fácil reunir mulheres, crianças e idosos lá dentro. Terrivelmente fácil. — Ele pegou uma pedrinha e a jogou no fogo. — Fiquei feliz em deixá-los depois disso. Feliz por ser exilado. Eu poderia ter ido para qualquer lugar, mas eu sabia de Oakring. Todos sabem que aqui é um lugar tolerante, que acolhe os exilados. Por isso vim para cá.

— O Grant não mencionou que tinha sofrido queimaduras em metade do corpo — disse Fumaça. — É de admirar que ele tenha chegado aqui. A recuperação foi lenta, levou muitos meses.

— Mas nas mãos de qualquer outro eu teria morrido. — Casanova olhou para ela solenemente. — E eu teria agradecido. Talvez eu tenha escolhido uma curandeira habilidosa demais.

— Sinto muito — Theo finalmente disse. Agora estava envergonhado de ter provocado Casanova tantas vezes, de ter feito o amigo desenterrar um acontecimento tão doloroso. — Essa guerra deve ser repugnante para você — ele acrescentou.

— Para mim parece inútil — Casanova respondeu. — Insensata e destrutiva.

Theo sentiu um calafrio repentino. Estremeceu. Ele já havia percebido que Casanova sempre planejara desertar a companhia do major Merret. A única dúvida era quando.

22
Datura

9 de agosto de 1892: 6h11

Ouvi alguns elodeanos (Eerie) chamarem de "leitura das nuvens". Até onde eu sei, é mais uma arte do que uma ciência. Ao se olhar para uma formação de nuvens durante algum período — alguns segundos, pelo menos, embora alguns minutos resultem em um resultado mais minucioso —, pode-se ver, pelo padrão, forma e textura, vestígios dos lugares por onde essas nuvens passaram.

— Sophia Tims, Reflexões sobre uma jornada ao mar Eerie

ENQUANTO A VIAJANTE DE Boston e o elodeano das margens do mar Eerie cavalgavam a nordeste de Salt Lick, milhares de homens a sul e a leste deles continuavam em seu lento enxame rumo a oeste, em direção aos Territórios Indígenas.

Em alguns lugares, colidiam com inimigos dos Territórios e deixavam um rastro de destroços humanos pelo caminho — enrolados em um tronco de árvore, submersos em um riacho, agarrados a um rochedo mortal. Porém, na maioria dos lugares, havia um movimento lento e constante: um tropel de botas em marcha, que saía do Kentucky pelo norte, atrás do general Griggs, de Novo Ocidente, e outro que saía da Virgínia pelo norte e pelo oeste, atrás do general June. Do oeste, indo para o sul em direção ao ponto onde os Territórios encontravam Novo Ocidente, grupos menores de homens viajavam dia e noite; mensageiros solitários corriam e cavalgavam entre eles, atraindo-os a um único propósito, em direção a um único lugar.

Um mapa dessa movimentação teria mostrado a Sophia que ela estava prestes a se juntar a essas tropas. Levada pelo constante cavalgar de Nosh, ela seguia outro caminho para o mesmo ponto. Entretanto, até onde ela sabia, esse mapa não existia, e o suspense que a cercava — as árvores ouvindo o ruído dos passos distantes, os ventos carregando o cheiro de tantas correntes humanas — não parecia mistério, mas simplesmente silêncio.

Mesmo se esse mapa existisse, Sophia estava distraída demais para lê-lo. Nosh avançava pouco a pouco, e Agridoce murmurava algumas palavras para ele vez ou outra — uma conversa praticamente incompreensível. Sophia não sabia exatamente o que a aguardava. Geralmente, em momentos de choque, ela sentia o tempo à sua volta se arrastar, dando-lhe espaço para pensar sobre o que estava acontecendo e encontrar seu lugar nele. Mas não desta vez. O aparecimento do nevoeiro vermelho, as estranhas visões na estação, o terror de precisar se esconder e esperar, a aparição de Agridoce e Nosh — ela não sabia nem por onde começar a juntar todas as peças para compreendê-las. Não conseguia nem sequer formular as perguntas certas para fazer. As imagens assentavam-se em sua mente como fragmentos desconexos.

Então, por fim, ela encontrou algo que fazia sentido. As palavras do mapa ausentiniano, tão gravadas em sua mente que ela não podia acreditar que só haviam cruzado seus pensamentos naquele momento: *Na Cidade dos Sentidos Roubados, você perderá seus companheiros. Lembre-se de que, na sua breve vida, você já conheceu o Sofrimento, já o confrontou sozinha, mas ainda não conheceu o Medo. Ele reside a oeste, um acompanhante em todos os caminhos, uma presença em cada porta. Você conhecerá o andarilho que é doce e amargo, e juntos vocês viajarão, seus destinos unidos em cada passo do caminho.*

— Finalmente aconteceu — ela falou, com um sussurro de admiração. — Tal como o mapa disse.

— O que aconteceu? Que mapa? — Agridoce perguntou atrás dela.

— Eu tenho um mapa que predisse tudo isso. Que anunciou que eu perderia meus companheiros. Pensei que de alguma forma pudéssemos evitar que isso acontecesse, mas não conseguimos.

— Não se pode evitar o nevoeiro vermelho quando ele aparece. Sobreviver já é difícil o suficiente.

— E o *que* é esse nevoeiro? — Sophia tentou virar para ver o rosto de Agridoce. — Você disse que era uma flor. Como isso é possível?

Agridoce deu um lento suspiro.

— Podemos parar um pouquinho, Nosh?

Em resposta, o alce diminuiu a passada, foi até uma plantação de macieiras e afundou no chão devagar. Assim que Sophia e Agridoce desceram, Nosh começou a comer as maçãs caídas com um olhar de supremo contentamento. Agridoce se sentou ao lado dele, reclinando-se contra a lateral de seu corpo.

Sophia se apoiou no tronco da árvore mais próxima. Respirou fundo, inalando o aroma das maçãs, da grama e da terra úmida. Sentiu a mente clarear.

Salt Lick ainda não fora perdida de vista, mas os campos ao redor deles pareciam pacíficos, como se a névoa escarlate nunca houvesse atingido aquele lugar. A estrada onde estavam seguia para nordeste e, por toda parte, havia trevos e campos de milho.

— O que Virgáurea contou sobre mim? — Agridoce perguntou.

Sophia abriu a bolsa e pegou o disco de madeira e o pedaço de chifre.

— Recebi estes objetos — ela disse. — O chifre continha suas memórias.

Nosh olhou para cima, e Agridoce pegou os dois itens com interesse.

— Então você sabe como lê-los?

— Um pouco. Eu estava aprendendo com Virgáurea. Quando contei o que eu tinha visto, a sua casa na floresta e o alce, ela me disse que devia ser você. Então me contou que ela tinha ido procurar a sua família em Boston.

— Ela não os encontrou — disse Agridoce —, como fiquei sabendo mais tarde. Não sei o que aconteceu com Virgáurea depois.

— Ela nunca pôde voltar, pois foi atacada quando chegou. Então ficou adormecida durante meses. E depois... — Sophia respirou fundo. — É uma longa história. Cruzamos o oceano e só retornamos para Novo Ocidente há alguns dias.

Agridoce assentiu com a cabeça, como se aquilo não fosse nada surpreendente.

— Tem sido uma busca longa e infrutífera. Ninguém os encontrou. Apesar de eu ter chegado perto uma ou duas vezes. — Ele encostou a cabeça no flanco de Nosh. — Minha irmã, Datura, minha mãe, Solandra, e meu avô, Lício. Eles sumiram viajando no inverno passado e ninguém teve notícias deles desde então. É estranho, já que geralmente é possível ouvir notícias uns dos outros através de longas distâncias.

Sophia assentiu.

— Virgáurea me contou sobre os Climas.

— Ah — disse Agridoce, surpreso, considerando Sophia em silêncio por um momento. — E ela notou que o nosso já não fala mais?

— Sim. Ela notou quando saímos de New Orleans. O que isso significa?

— Está assim há algum tempo. Eu não sei o que significa. Embora eu tenha as minhas suspeitas. O Clima está desequilibrado. Neste último mês tem sido muito pior. As nuvens de detritos...

— Nuvens de detritos?

— As nuvens pesadas e amarelas que chovem cinzas e outros detritos.

Sophia assentiu.

— Nós vimos essas nuvens; estão por todo Novo Ocidente. As pessoas as chamam de "Bigorna". E depois vimos uma chuva de cinzas no trem que vinha para Salt Lick, mas nenhum detrito.

Agridoce se desencostou e se inclinou para a frente, envolvendo as pernas dobradas nos braços. Sophia notou que as calças estavam desgastadas nos joelhos e os sapatos haviam sido remendados mais de uma vez. Os cabelos pretos eram cortados tão curtos que ela percebeu uma marca de nascença em um formato parecido ao de um ponto de interrogação acima da orelha direita. Ele pressionou os dedos verdes da mão direita na palma da esquerda.

— Você viu o dom de Virgáurea?

— Quer dizer as flores que brotam nas mãos dela?

Agridoce sorriu, divertindo-se com a descrição desajeitada de Sophia.

— Sim, isso. O meu é uma trepadeira, como você viu em Salt Lick. Minha irmã, Datura, tem um dom de flores vermelhas em forma de trombetas alongadas. Na base elas são pálidas, quase brancas, então vão ganhando cor até alcançarem um tom escarlate na ponta das pétalas. São lindas. — Suas mãos se apertaram. — E muito venenosas. Podem ser fatais se forem ingeridas. Até mesmo seu perfume afeta o cérebro. Causa delírios, e as pessoas não conseguem distinguir a fantasia da realidade.

Sophia prendeu a respiração.

— A névoa escarlate.

Agridoce fitou as mãos entrelaçadas e franziu a testa.

— Mas minha irmã aprendeu muito jovem, praticamente desde o momento em que começou a andar, a impedir que essas flores causem danos. Eu sei que ela causou a névoa escarlate, e também sei que ela só faria algo assim se fosse obrigada. — Ele falava com objetividade, mas Sophia ficou surpresa de ver lágrimas encherem subitamente seus olhos. — Morro de medo de pensar no que pode ter sido usado para forçá-la a fazer isso. Ela deve estar aterrorizada — ele disse baixinho. — Eu e o Nosh estamos seguindo a névoa — ele continuou. — Ela anda aparecendo ao longo de todo este último mês, no mesmo período em que o Clima está desequilibrado. Quase sempre, chegamos tarde demais. Às vezes, como hoje, chegamos logo depois de o nevoeiro começar, e eu procuro por ela. Salt Lick é uma cidade maior do que a maioria, e eu sabia desde o início que seria quase impossível. Além do mais, Nosh estava com uma ideia fixa de encontrar você. — Agridoce estendeu a mão distraidamente e acariciou a vasta cabeça do alce. — O Nosh sempre sabe o que é melhor — ele disse, com um ligeiro pesar.

Sophia o observou. O nevoeiro causava dor e terror de muitas formas, mas para Agridoce causava um tipo diferente de angústia. Ela se lembrou do que Virgáurea havia lhe contado nos Estados Papais sobre o poder dos Eerie e sobre como alguns deles eram capazes de usar esse poder para fins malignos. *Foi isso que ela quis dizer*, pensou Sophia, sentindo o horror crescer pouco a pouco dentro de si.

— O nevoeiro é extremamente prejudicial para as pessoas, mas para a vida das plantas é nutritivo — continuou Agridoce. — Você viu como as minhas trepadeiras cresceram rapidamente.

Sophia considerou a afirmação.

— Se o nevoeiro ajudou suas trepadeiras a crescer, será que faria o mesmo com as flores da Virgáurea?

— É bem provável que sim. Virgáurea não é imune ao efeito dos vapores de Datura, mas o dom dela também pode ser muito potencializado.

De acordo com o mapa de Ausentínia, Sophia sabia que seu caminho era seguir com Agridoce. No entanto, agora que seus pensamentos estavam mais claros e ela entendia que a névoa vinha das mãos de uma garota aterrorizada, sentiu o impulso de voltar para Salt Lick.

— Você está pensando em voltar e procurar Virgáurea — disse Agridoce, observando-a pensativamente.

— Estou — afirmou Sophia, assustada.

Agridoce sorriu.

— Não leio mentes, mas esse pensamento estava estampado no seu rosto.

— Ah, sim. Não gosto da sensação de ficar de fora sem saber o que aconteceu com os meus amigos.

Agridoce franziu a testa.

— O antigo já não fala mais comigo, mas Nosh ainda consegue ler os pensamentos dele, assim como eu acabei de ler os seus. Nosh me disse que Virgáurea e os outros estão seguros.

— Então vamos voltar e tentar encontrá-los. — Ela se levantou e saiu da sombra da macieira. Salt Lick ainda era visível à distância: um conjunto escuro de prédios na planície. Acima, o céu estava cheio de nuvens, mas sem a opressão dos dias anteriores. Nuvens brancas comuns, finas e espalhadas, trilhavam o céu lenta e seguidamente. Ela olhou para a cidade e se perguntou o que estaria acontecendo na estação de Salt Lick. Será que os agentes da liga tinham fugido? Será que mantinham todos os amigos de Sophia prisioneiros? E se eles não conseguissem se encontrar?

Um ponto escuro no céu fez seu coração parar, e um pensamento de pânico lampejou em sua mente: o *dragão*. Ela balançou a cabeça como se quisesse afastá-lo. *Não existe nenhum dragão aqui*, disse a si mesma. Mas aquela manchinha foi ficando maior. Estava voando depressa, na sua direção. Sophia olhou para cima com atenção renovada. O contorno que singrava o céu se tornou visível quando mergulhou até ela.

— Sêneca! — Sophia gritou.

O falcão guinchou e soltou algo do bico no instante em que manobrou no ar. Então deu meia-volta e retornou por onde tinha vindo. O ramo de virgáurea que ele carregava caiu aos pés de Sophia, e ela parou rapidamente para apanhá-lo.

— É de Virgáurea — ela disse com alívio para Agridoce, que agora estava em pé, a seu lado. — Concordamos em fazer isso se nos separássemos, como o mapa mostrou. Ela disse que me mandaria virgáureas para me assegurar de que estava em segurança.

Agridoce olhou para o alto, para o pequeno e cada vez mais distante contorno de Sêneca.

— Fico feliz em saber que ela tenha conseguido mandar notícias. Então é exatamente como o Nosh falou.

— Mesmo assim não parece certo. — Sophia considerou o ramalhete de virgáureas, tirou o caderno da bolsa e colocou as flores cuidadosamente entre as páginas.

— Nada parece certo depois que o nevoeiro passa.

— Mas partir sem eles...

Agridoce a considerou com compreensão.

— Devemos continuar.

Sophia suspirou.

— "Você viajará para onde toca o sino silencioso e a semente dormente cresce" — ela anunciou. — É isso que o meu mapa diz.

As sobrancelhas de Agridoce se ergueram, demonstrando que ele compreendia.

— Ah, eu entendo.

— Você entende?

Nosh ergueu a cabeça e grunhiu com impaciência.

— Sim, você disse, Nosh, mas às vezes você é um pouco vago — respondeu Agridoce, estendendo a mão para ajudar Sophia a montar no lombo do alce.

— Você sabe onde é esse lugar?

Agridoce subiu atrás dela. Nosh se ergueu sobre os joelhos, depois ficou em pé sobre as quatro patas.

— Sim. Estamos indo para um lugar chamado Oakring, nos limites do mar Eerie.

— É muito longe?

— Quatro dias ou um pouco mais, se o tempo ajudar.

Nosh grunhiu de novo ao retomar a trilha.

Agridoce deu risada.

— Desculpe, desculpe. Não pretendia questionar sua velocidade. Três dias, então.

23
Têmpera

9 de agosto de 1892: Hora #

Nos Territórios Indígenas é chamado de "vidro do tempo" e em Nova Akan, "vidro de tempestade". Embora sirvam basicamente para a mesma coisa, sua aparência é bem diferente dos barômetros para medir a tempestade que são usados em Boston. O vidro de tempestade lembra um pote arredondado com um bico longo e curvo. O vidro do tempo é um vidro em forma de lágrima que parece ficar transparente, nublado ou acinzentado conforme a mudança das condições climáticas. Eu mesma vi um se encher de condensação antes de uma tempestade.

— Sophia Tims, Reflexões sobre uma jornada ao mar Eerie

A ROTA OS AFASTOU das fazendas que cercavam Salt Lick rumo a noroeste, para dentro de um interior montanhoso. Campos de trevo, milho, trigo e aveia davam lugar a terras não cultivadas, repletas de flores silvestres e de uma floresta esparsa. As nuvens brancas acima engrossavam. Nosh avançava em um ritmo constante, balançando de leve a cabeça com a grande galhada. Durante toda a longa manhã, eles não viram ninguém na estrada.

Sophia não podia esquecer totalmente sua preocupação com Virgáurea e os outros viajantes, mas tentava deixar as inquietações de lado. *Virgáurea me enviou um sinal, e eles são perfeitamente capazes de cuidar de si*, Sophia pensou. *É absurdo pensar que eles precisariam da minha ajuda.* Sempre que isso não era suficiente para acalmar suas dúvidas, ela instruía a si mesma para confiar na orientação de Maxine e Ausentínia. O profético mapa a conduzira à segurança ao cruzar todo o oceano, mostrara como salvar Ausentínia, e certamente não a levaria para a direção errada agora.

Sophia achou que viajar com Nosh e Agridoce era surpreendentemente confortável, a despeito do fato de não carregarem quase nada consigo. Em parte, isso se devia ao conhecimento de Nosh da rota, mas também à dedicada atenção de Agridoce. Embora alegasse não ler os pensamentos de Sophia, o elodeano parecia ciente deles, algumas vezes se antecipando mesmo a ela. Agridoce lhe dava água, e ela percebia que estava com sede; pedia a Nosh para parar, e ela percebia que estava cansada.

— Estamos no caminho certo — ele disse a certa altura, quando entraram em um túnel escuro formado por galhos suspensos. — Já passei por aqui muitas vezes.

— Bom saber — ela disse. *Talvez ele tenha sentido meu receio*, pensou. *De que outra forma ele poderia saber que eu tinha dúvidas sobre o caminho?* Sophia se perguntava se essa habilidade de Agridoce tinha algo a ver com o modo como ele ouvia Nosh e o Clima, isto é, quando este falava. *Pode ser que Agridoce tenha um instinto aguçado até para os sinais mais sutis dos seres que o rodeiam*, ela refletiu. *Talvez isso tenha a ver com essa relação dele com o tempo*, concluiu.

— Virgáurea disse que você é um Temperador — Sophia falou, lançando um olhar por cima dos ombros para Agridoce.

— Sim, todos da minha família são.

— E isso significa que vocês não têm noção de tempo — ela disse.

Agridoce deu um breve sorriso.

— Não é assim que pensamos, mas suponho que seja uma maneira de descrever. Nós chamamos de fazer a "têmpera" do tempo; é por isso que, entre os elodeanos, somos chamados de Temperadores. Do meu modo de ver, eu posso moldar algo que, para as outras pessoas, permanece rígido. Imagine como seria se você não conseguisse dobrar os joelhos. Seria difícil andar, não acha? Ser um Temperador significa que podemos flexionar o tempo; é muito mais fácil atravessá-lo assim.

Sophia sorriu diante da descrição.

— Então você está dizendo que ser um Temperador é como ter joelhos extras?

Agridoce riu.

— Por que não?

— Você está certo. Nunca pensei dessa forma. — Ela parou um instante. — Sabe, eu também tenho isso. Cresci pensando que meu relógio interno tinha defeito, mas recentemente tenho enxergado isso de um jeito um pouco diferente. Virgáurea me disse que é uma qualidade que eu compartilho com vocês, Temperadores.

— Eu achei mesmo que isso fosse possível — Agridoce respondeu, pensativo. — Notei isso desde o momento em que te vi na estação.

Ele a antecipara mais uma vez.

— Como você percebeu?

— É difícil de explicar. Eu vi nos seus olhos, quando você olhou para nós pela primeira vez, que você estava repassando muitos pensamentos, muitas possibilidades. Você estava esticando o tempo. A névoa de Datura torna muito difícil ordenar os pensamentos, e se você conseguiu fazer isso com a influência dela... Bem, eu suspeitei de que você fosse capaz de usar a têmpera do tempo.

Sophia refletiu por um momento.

— É assim que você consegue perceber tantas coisas? Esticando o tempo?

Agridoce ficou em silêncio. Sophia olhou por cima do ombro para ver a expressão dele e o encontrou refletindo também.

— De certa forma, sim — disse ele, lentamente. — E não. Mas não é só isso. — Riu baixinho. — É engraçado, nunca tive que explicar essas coisas, porque todos simplesmente *sabemos*, mas vou tentar. — Sophia esperou. — Esticar o tempo é o primeiro passo. Permite que você tenha o espaço de que precisa. O próximo passo é usar esse espaço de um jeito particular.

Nosh estancou. Haviam chegado a um riacho raso, cujo leito era cheio de rochas musgosas.

— Nosh quer que consertemos esta ponte — disse Agridoce, desmontando. Ele estendeu a mão para Sophia, mas ela girou o corpo no mesmo instante e escorregou pelo lado do alce. — Podemos simplesmente colocar esses troncos de volta no lugar. — Agridoce apontou para várias bétulas estreitas, organizadas por algum viajante anterior, que haviam escorregado para dentro d'água. Ele colocou a mão no riacho frio e ergueu uma de lá. Sophia avançou para ajudá-lo.

— Imagine — Agridoce continuou enquanto eles trabalhavam — que você tem uma hora para estudar alguém. Tudo o que você tem de fazer durante essa hora é olhar para essa pessoa, observar e pensar no que ela está fazendo. Você poderia aprender muita coisa, não é? Mesmo que não fosse uma pessoa terrivelmente observadora.

— Sim, acho que sim.

— Ou, se você tivesse um ano para simplesmente ouvir as árvores, o vento e a chuva; ouvir os padrões que eles têm e como os sons se sobrepõem. Você poderia aprender muito sobre o funcionamento deles.

— Entendo o que você quer dizer. — Sophia posicionou o último tronco ao lado dos outros e se levantou, enxugando as mãos na saia gasta pela viagem.

— Então o Temperador — disse Agridoce, lavando o rosto rapidamente — cria o espaço que eu estava descrevendo. Você cria uma hora e nessa hora você observa alguém. Você aprende muito sobre essa pessoa. Ou cria um ano para ouvir e aprender sobre as árvores e o vento. Mas, para os outros, só transcorreram alguns instantes, por isso a ideia que passamos para eles é de que, de algum jeito estranho, vimos e ficamos sabendo de muito, mas, na realidade, estamos usando o tempo de uma forma comum e deliberada, criando espaço e depois nos concentrando nessas observações. — Ele ergueu os dedos entrelaçados para Sophia apoiar o pé e subir novamente, e ela se lançou sobre o lombo de Nosh.

— Aí está sua ponte, Nosh — ele disse, subindo atrás dela. Nosh grunhiu alegremente e entrou na água fria, olhando com satisfação para a ponte consertada.

— Ele é incuravelmente altruísta — Agridoce murmurou para Sophia. — Já consertei tantas pontes no último mês que até perdi a conta.

Sophia sorriu e acariciou o pescoço de Nosh.

— Você é muito gentil, Nosh.

— Você quer dizer que *eu* sou gentil — protestou Agridoce. — Nosh nunca faz nada para me ajudar. — Nosh virou a cabeça e lançou um olhar frio para Agridoce. Sophia riu. — Mas eu pensei que você já soubesse alguma coisa sobre como a têmpera é feita — prosseguiu o Eerie —, já que você foi capaz de ler os mapas que você me mostrou.

Sophia balançou a cabeça, envergonhada.

— Simplesmente aconteceu. Eu adormeci segurando o chifre e vi as memórias. Não precisei de nenhuma habilidade.

— Ah, isso explica tudo — afirmou Agridoce. — Não é preciso se envergonhar — acrescentou, notando a reação de Sophia, embora o rosto dela estivesse virado para o outro lado. — Vou ensinar como praticar quando você estiver acordada.

— Eu vi uma coisa em uma das memórias do Nosh — Sophia disse, hesitante. — Um bosque de árvores em um vale. E duas pessoas caminhando em direção a ele. Você os chamou de "Lamentosos".

Agridoce silenciou-se mais uma vez.

— Você chegou ao cerne da questão — ele disse por fim, em tom grave. — Quando pararmos esta noite, posso olhar os mapas para saber o que mais eles contêm?

— Claro. — Um pássaro piou nos galhos acima, e em seguida um farfalhar de asas anunciou sua partida. As árvores estavam imóveis e silenciosas no ar úmido.

— O bosque que você viu é o grande mistério que estou tentando entender nestes últimos dois anos. — Suspirou. — Fica no vale Turtleback, que conheço desde pequeno, mas o bosque não existia naquela época. Eu o vi pela primeira vez em maio de 1890 e nessa data era menor: tinha somente uma dúzia de árvores gigantes. Elas pareciam deslocadas, uma espécie que eu nunca tinha visto, mas que me faziam lembrar de histórias que os Eerie contavam sobre as árvores gigantes perto do Pacífico. Não sei quanto você viu, mas Nosh e eu voltamos lá muitas vezes. Não tanto ultimamente, por causa da nossa procura por Datura, mas, no passado, fomos muitas vezes. Quase sempre, víamos os Lamentosos entrando no bosque, para então ficarem silenciosos e nunca mais saírem de lá. Só que não podemos nos aproximar. O antigo nos repele poderosamente, de um jeito que nenhum de nós consegue chegar mais perto do que de onde observamos. Há alguma coisa acontecendo ali que eu não entendo. Neste verão, desde que o antigo parou de falar comigo, Turtleback é o único lugar onde eu ainda percebo os sentimentos dele. E posso dizer que um grande medo cerca esse bosque.

Sophia sentiu o pulso acelerar.

— Sim, Virgáurea soube por meio de Sêneca, o falcão que viaja conosco, que o Clima estava com medo de alguma coisa. Ele disse que o medo do Clima tinha algo a ver com algum lugar ao norte.

— Sim, mas com medo do quê? E por quê? — Ele fez um barulho de frustração. — Eu não entendo.

— Esses Lamentosos são Lachrimas? As pessoas sem rosto? — Sophia perguntou.

— São. Aqui chamamos de "Lamentosos", mas já ouvi serem chamados de "Lachrimas".

Sophia prendeu a respiração. Seu pulso acelerou ainda mais, e ela se agarrou a Nosh. Pensou sobre a longa busca que havia começado em Boston: sua viagem aos Estados Papais, sua passagem através da Era das Trevas até Ausentínia, seu regresso com o mapa ausentiniano nas mãos. Tudo isso a levava para duas pessoas: Bronson e Minna Tims, seus pais, que haviam desaparecido havia muito tempo e se transformado em Lachrimas. Lamentosos.

— O que foi? — Agridoce perguntou delicadamente.

— Certa vez Virgáurea me disse que os Temperadores conseguem curar as Lachrimas. Ela disse que já viu isso acontecer. É verdade?

— Sim. Supondo que eles ainda sejam mais de carne e osso do que fantasmas. Eles desaparecem conforme viajam, como você deve saber. Ficam perdidos no dilúvio de memórias que os acometeu durante o momento da Ruptura. Enquanto ainda não se extinguiram, o Temperador pode percorrer todas essas memórias, permitindo que o tempo em que elas aconteceram se estique, considerando uma memória de cada vez, até encontrar aquelas que pertencem ao Lamentoso. Em seguida, essas memórias são retiradas de todas as outras e o Lamentoso entra em foco. É como olhar para um campo de flores de mostarda: visto de uma só vez, é uma mancha amarela, mas se uma única flor for retirada das demais, ela se torna uma coisa particular com caule e pétalas. Em poucas palavras, sim: isso pode acontecer.

— Podemos ir ver esse bosque? — Sophia perguntou, com a voz trêmula.

— Está no nosso caminho; não é muito longe de Oakring. Embora eu ache que as coisas não vão mudar e que não seja possível nos aproximar dele. — Ele colocou a mão no braço de Sophia de forma encorajadora. — Você teve um choque. O que foi?

— É exatamente por isso que estou aqui — Sophia contou, com a voz quase inaudível. — Assim como você procura a sua irmã, eu procuro os meus pais. Eles foram transformados em Lachrimas quando eu era criança, e tenho bons motivos para acreditar que eles viajaram em direção ao mar Eerie. Acho que é nesse bosque que eles estão.

As cinzas os alcançaram durante a tarde. Primeiro o céu se fechou e depois as familiares nuvens amarelas chegaram. Enquanto Sophia observava, apreensiva, elas foram ficando mais densas e mais baixas, até parecerem tocar a copa das árvores.

— Veja... — Agridoce sinalizou, sem que houvesse necessidade. — As nuvens de detritos.

Prosseguiram silenciosamente no lombo do alce. Instantes mais tarde, os primeiros flocos de cinzas começaram a cair, poeirentos e acinzentados. Quase como neve, desintegravam na mão de Sophia.

— Está quente — disse ela.

— Sim — Agridoce respondeu. — Preste atenção no cheiro.

Sophia cheirou a palma da mão.

— Parecem cinzas de uma fogueira.

— As nuvens parecem carregar cinzas de incêndios distantes daqui, mas não consigo imaginar por quê.

Nosh avançava, as galhadas cobertas de cinzas. Logo o caminho diante dele e as árvores de ambos os lados também se encheram de pó. O alce soltou um ruído rouco e sacudiu a cabeça galhada.

— Há um rio ali adiante — Agridoce lhe disse de forma encorajadora.

A floresta parecia cada vez mais silenciosa, como se as cinzas estivessem sedimentadas no lugar. Mesmo o estreito riacho de onde Nosh bebia para limpar a garganta carregava rastros cinzentos na água espiralizante. Nosh deu um gole lento e grato, e Agridoce soltou uma risada irônica em resposta.

— O que o Nosh disse? — Sophia perguntou quando seguiram em frente.

— Que sente falta do inverno e que o antigo foi gentil em nos mandar esta neve de verão. — Agridoce sacudiu a cabeça tristemente. — Eu queria poder concordar com ele.

24
Cem caixotes

10 de agosto de 1892: 8h41

Bolsões da indústria manufatureira já tinham começado a aparecer no momento da Ruptura — em Lowell, na própria Boston e em Rhode Island. No entanto, após a Ruptura, esses bolsões se expandiram, e nas vizinhanças de Boston várias áreas se tornaram exclusivamente dedicadas à manufatura de tinturas, têxteis, borrachas, galochas e assim por diante. Como o porto proporcionava um método fácil para o depósito de resíduos, muitas manufaturas como essas se desenvolveram ao longo do cais, ocupando espaço de uma maneira que logo expulsou outros ramos de negócio.

— *Shadrack Elli, História de Novo Ocidente*

Os ARMAZÉNS FICAVAM LADO a lado, perto do mar, e a porta aberta de um deles encheu Shadrack de esperança. Uma porta aberta indicava menos esconderijo, e menos esconderijo significava menos perigo. Os armazéns eram de tijolos, de quatro andares e janelas empoeiradas. Nenhuma placa ou nome indicava para que serviam. Quando um homem de colete quadriculado saiu para fumar cachimbo, Shadrack decidiu ir em frente.

Ele se aproximou do homem e ergueu a mão em saudação. Para sua surpresa, o homem o reconheceu.

— Ministro Elli! — disse amavelmente. Um bigode pesado e bochechas murchas o cumprimentaram debaixo de um chapéu de abas largas.

Shadrack procurou na memória, mas não conseguiu se lembrar a quem pertencia aquele rosto.

— Bom dia. Como vai? — ele perguntou, hesitante.

— Muito bem, sr. Elli. Sempre um prazer ver o ministro das Relações com Eras Estrangeiras. Perdão — ele se corrigiu —, e o cartógrafo de guerra. O senhor não me conhece, mas eu certamente conheço o senhor. Ben Ferguson a seu serviço. Todos nós aqui temos muito orgulho de trabalhar para o senhor.

Um confuso Shadrack apertou a mão estendida do homem.

Ben havia guardado o cachimbo no bolso do colete quando viu Shadrack se aproximar. Agora fazia um gesto para a porta aberta do armazém com um sorriso amplo que mostrava uma fileira de dentes manchados pelo tabaco.

— Gostaria de ver como o trabalho está indo, sr. Elli?

— Por favor, me chame de Shadrack, Ben. Quanto ao trabalho, é por isso que estou aqui — disse Shadrack, com dificuldade para entender a inesperada recepção.

— Excelente! — Ben disse, com entusiasmo genuíno. — Entre. Todos vão ficar encantados em vê-lo.

Shadrack acompanhou Ben até um amplo ambiente que ocupava toda a área do edifício. Caixotes de madeira formavam pilhas altas, organizadas em corredores bem arrumados, que se estendiam de uma parede à outra.

— Aqui é o depósito — Ben disse, fazendo um largo gesto para os caixotes. — Tudo embalado, pronto para despachar. Mantemos um inventário pendurado ao lado da porta, então todas as caixas estão registradas. Temos uma centena delas esperando pela distribuição neste exato momento. Nenhuma sumiu, o senhor ficará feliz em saber.

— Impressionante — afirmou Shadrack, um sentimento de inquietação ardendo em seu estômago.

— Por aqui, temos uma ligação com o outro prédio — Ben disse, caminhando entre os caixotes. No final do corredor havia uma porta aberta que levava a um beco estreito, e Shadrack seguiu Ben até o armazém vizinho. Ali havia mais atividade. Em bancos ao lado de mesas compridas, organizados por todo o espaço, homens e mulheres se debruçavam sobre o trabalho. Pareciam costurar. Em uma mesa perto da entrada da frente, quatro mulheres inspecionavam minuciosamente o que Shadrack pensou serem bolsas de couro. *Cantis?*, ele se perguntou. — Nós sabemos como é importante fazer tudo bem feito — continuou ele. — O senhor encontrará um padrão muito elevado aqui, sr. Elli. Muito elevado. No que diz respeito a nós, não precisa se preocupar com as tropas de Novo Ocidente.

— Fico feliz em ouvir isso — Shadrack afirmou, apegando-se à pista. *Equipamentos para as tropas*, ele pensou. *É claro: as máscaras que Broadgirdle encomendou.*

— Aqui nós inspecionamos o equipamento finalizado — Ben disse, guiando-o para a mesa onde trabalhavam as quatro mulheres. — Gostaria de experimentar uma?

— Por que não?

Ben deu um sorriso cheio de dentes.

— Este é o ministro Shadrack Elli — ele disse para as mulheres, e todas se levantaram para o cumprimentar com um aceno e um aperto de mão. Pareciam satisfeitas e um pouco intimidadas na presença dele. — Ele mesmo vai experimentar uma amostra.

— Prove esta, senhor — uma das mulheres disse, entregando-lhe a máscara de couro. — Veja só, está em perfeitas condições.

— Obrigado — Shadrack respondeu, pegando a máscara. Era feita de couro cru, com uma alça no pescoço. Ele a vestiu pela estranha abertura, com mais dificuldade do que gostaria. Por fim, ela se acomodou na cabeça. Ele olhou para Ben através dos óculos de vidro verde. Um pedaço de pano sobre a boca e o nariz fazia cada inspiração ter gosto de carvão e algodão engomado. Ben e as quatro mulheres aguardavam ansiosamente o veredicto. — Muito eficaz — Shadrack disse, com o que esperava que fosse entusiasmo. *E insuportavelmente quente*, pensou, ao retirá-la da cabeça. Em seguida a devolveu para Ben.

— É um prazer saber disso, sr. Elli — Ben afirmou, radiante. As mulheres pareciam encantadas. — Um grande prazer — ele repetiu. — É um alívio saber que todos esses meses de trabalho valeram a pena.

Algo na mente inquieta de Shadrack fez sentido, e a sensação incômoda se escancarou e se encheu de um pânico repentino.

— Todos esses meses? — ele repetiu, antes que pudesse pensar nas palavras.

— Certamente, senhor. Começamos em março, não foi? — Ben olhou para as mulheres em busca de confirmação.

— Isso mesmo, em março — elas concordaram.

— Como o senhor mandou, correto? — Ben acrescentou, procurando reação no rosto de Shadrack. — As instruções vieram diretamente do seu gabinete.

Em silêncio, Shadrack olhou para aquelas expressões ansiosas, a mente trabalhando depressa com uma ansiedade própria. *Do meu gabinete? Broadgirdle começou isso em março? Mas então significa que ele mandou essas máscaras serem feitas antes de ser primeiro-ministro. Antes da guerra começar. Antes de Bligh ser assassinado! Antes de tudo isso.*

Isso queria dizer que Broadgirdle havia planejado tudo com antecedência: não só o assassinato e a guerra, mas a névoa escarlate e os meios de proteger as tropas de Novo Ocidente dos efeitos dela. *Isso tudo é um trabalho de meses*, disse para si, horrorizado.

Abruptamente e tarde demais, percebeu que havia cometido um erro. Nunca deveria ter fingido saber o que estava acontecendo nos armazéns. Agora pareceria a Ben e a todos que Shadrack conhecera que ele era, na verdade, cúmplice na fabricação daquelas máscaras. E quem quer que fosse cúmplice na fabricação daquelas máscaras era cúmplice em planejar a guerra. Sem ponderar sobre tal questão, a atitude fizera parecer que ele, Shadrack Elli, planejara tudo aquilo desde o começo.

É exatamente o que Broadgirdle pretendia, Shadrack percebeu, atordoado. *E é exatamente por esse motivo que ainda sou o ministro das Relações com Eras Estrangeiras. Para que eu seja responsabilizado por tudo isso.*

25
A pedreira de Líquen

9 a 11 de agosto de 1892

O mais curioso sobre uma habitação elodeana (Eerie) é como nada do que há dentro dela parece feito, mas, sim, encontrado. Claro que algumas coisas são feitas, mas uma cadeira pode, na realidade, ser uma árvore caída, ou uma cortina pode ser um pedaço de vela rasgada. O efeito é curioso, como se um vendaval tivesse empilhado uma centena de escombros dentro de um cômodo, e então uma mão paciente fosse separando e organizando esses objetos nos seus devidos lugares, para seus devidos fins.

— Sophia Tims, Reflexões sobre uma jornada ao mar Eerie

NOSH CONHECIA CADA TRECHO do caminho e tinha um ponto de parada em mente para cada intervalo de descanso, cada refeição e cada pernoite. Sophia aprendeu por que os Eerie eram tão impossíveis de encontrar: todos viviam escondidos, ainda que não parecesse assim.

Na primeira noite, eles ficaram com uma Eerie chamada Tremoço, cuja toca era escavada no interior de uma colina. Tremoço não lhes perguntou nada sobre a viagem, mas foi informada de tudo por Nosh. Ela contou o que vira da guerra e mostrou como as cinzas praticamente haviam arruinado suas colmeias. Depois lhes deu comida suficiente para dias: bolo de amora, pão de maçã, queijo e mel.

Na segunda noite, descansaram com Abeto, cuja casa na árvore tinha vista para uma clareira cercada de coníferas. Ele dissera que essas coníferas lembravam seus antepassados das Árvores Vermelhas, deixadas para trás nas costas ocidentais. Quando terminaram a refeição, começou a chover, e eles observaram com alívio das janelas de Abeto a água lavar as cinzas que cobriam as árvores. Sophia estava feliz pelo teto coberto de musgo que absorvia a chuva como uma esponja. O ar assumira uma temperatura fria que não condizia com a estação, e Abeto acendeu o fogão a lenha e ficou sentado em silêncio ao lado deles, ouvindo o vento e a chuva brigarem com as árvores.

Na terceira noite, ficaram com Líquen, que fez sua casa em uma pedreira abandonada. Chegaram tarde, quando o sol estava se pondo, e Sophia começava a cochilar no pescoço de Nosh. Eles atravessaram uma abertura estreita entre dois rochedos e, de repente, uma figura encapuzada apareceu no caminho deles. Sophia teve um sobressalto.

— Nosh, Agridoce — cumprimentou cordialmente uma voz masculina, e Sophia relaxou. O homem ergueu a mão para acariciar o focinho do alce.

— Boa noite, Líquen. Esta é Sophia. Obrigado por vir nos encontrar — disse Agridoce.

— Não há de quê — Líquen respondeu. — O caminho às vezes é difícil na escuridão. — Ele os liderou em silêncio até o outro lado da pedreira, e eles alcançaram uma abertura na terra, um túnel escuro. Em seguida acendeu uma tocha, que iluminou um corredor de pedra vazio. — Nosh pode descansar aqui — ele disse, dando tapinhas amigáveis no pescoço do alce. Então ajudou Sophia a descer do lombo de Nosh, e ela vislumbrou um rosto tranquilo, emoldurado por cabelos pretos e longos sob o capuz.

Sophia e Agridoce seguiram Líquen pelo curto corredor, onde subia uma escada de pedra. No topo, uma casa também de pedra com janelas amplas dava vista para a pedreira. Sophia caminhou em direção ao vidro, impressionada.

— Está cheia de água! — exclamou. Quase não se via o lago negro à luz tênue do luar.

Líquen havia tirado o capuz e se juntara a ela na janela.

— Sim; a pedreira se enche com a chuva. Agora está com um tom estranho, graças à chuva de cinzas que tivemos. — Ele se virou para o cômodo atrás deles. — Por favor, fiquem à vontade.

Cadeiras díspares cercavam um tapete de lã. Sophia afundou em uma cadeira estofada com almofadas que parecia um ninho. Suas pernas doíam da viagem sobre o alce; ela queria deitar e dormir por uma semana. Nos fundos do cômodo, onde não havia janelas, uma mesa comprida de trabalho estava coberta de ingredientes. Líquen retomou as tarefas, cortando legumes e os colocando em uma panela de ferro.

— Ainda não teve sorte, então? — perguntou a Agridoce.

Sophia estava começando a se acostumar com o estilo Eerie de conversar, em que a maior parte do que acontecia era em silêncio.

— Ainda não — Agridoce respondeu, sentando-se no chão e se jogando para trás em uma almofada pesada.

— Nosh parece mais animado.

— Nosh é um otimista — ironizou Agridoce —, por razões que não consigo nem imaginar.

Líquen deu um ligeiro sorriso. Ele terminou o que estava fazendo e carregou a panela até o fogão a lenha, cobrindo-a de leve antes de se juntar a eles no tapete de lã.

— E você, Sophia? — Líquen perguntou, com seus olhos brilhantes. — Você também está no meio de uma busca. — Seu rosto era desgastado pela idade, mas sua expressão era jovial, até mesmo travessa, e ele se movia com a agilidade de um homem muito mais novo. Sophia notou que suas mãos eram calejadas pelo trabalho pesado, e ela se perguntou quanto da casa havia sido talhada à mão.

— Sim, eu também estou procurando; já há algum tempo.

— E sua busca leva você a Oakring.

— Nós seguimos as ordens de Nosh — falou Agridoce, cansado, fechando os olhos. — Por que ele quer ir para Oakring agora está além da minha compreensão.

Líquen sorriu.

— Acho que Nosh sabe o que é melhor, como sempre. — Líquen se levantou para verificar o conteúdo da panela, que começava a encher o ambiente com o aroma de legumes cozidos. Quando voltou, perguntou à Sophia: — Agridoce contou como Oakring se tornou o que é?

Sophia balançou a cabeça.

— Não sei nada sobre Oakring, a não ser a localização, que vi no meu mapa.

— Ah! — Líquen disse, satisfeito. — Então posso contar a história.

De olhos ainda fechados, Agridoce comentou:

— Sophia gosta de histórias.

Embora Sophia entendesse como Agridoce conseguia saber coisas a respeito dela tão facilmente, considerava aquilo inquietante. Naquela manhã, conforme atravessavam a floresta, Agridoce apontara uma pedra manchada de água e musgo.

— Parece um mapa, não parece? — ele perguntara, dando voz ao pensamento dela.

— Eu gosto mesmo de histórias — concordou Sophia.

— Eu também. — Líquen sorriu. — E esta é uma das boas. É sobre duas pessoas que se apaixonaram muitas décadas atrás. A mulher, Orli, tinha a Marca da Vinha, e o homem, Baer, tinha a Marca do Ferro. As famílias ficaram horrorizadas pelo amor que havia entre eles, e por isso os proibiram de ficar juntos. Então eles planejaram fugir, mas no primeiro dia de viagem foram parados na estrada por uma velha que afirmava ser uma adivinha. Ela os alertou de que, se continuassem naquele caminho, estariam arruinados. Orli e Baer perguntaram o que poderiam fazer, pois não queriam voltar para suas famílias e se separarem para sempre. "O problema", a mulher disse, "é que um de vocês tem raízes e o outro não tem, e, se não reconhecerem a diferença, vocês nunca ficarão em paz. Aqueles que têm a Marca da Vinha têm raízes: seu grande poder é extrair coisas da terra, mas sua grande fraqueza é a dificuldade que têm para se desarraigar. Já os que têm a Marca do Ferro não têm raízes: seu grande poder é que o ferro que possuem nos ossos os guia como uma bússola, mas sua grande fraqueza é a dificuldade que têm em permanecer em um só lugar. Se vocês viajarem juntos agora, Orli sempre desejará ficar, não importa quanto o lugar possa ser perigoso ou inóspito, e Baer sempre desejará partir, não importa quanto o lugar possa ser ideal." "Então o que devemos fazer?", Orli perguntou. "Vocês devem se separar e alcançar o seu destino por caminhos diferentes." Orli e Baer olharam um para o outro, consternados, mas se reconheceram na descrição da idosa e concordaram, balançando a cabeça. "Fique com este sino", a adivinha disse para Orli, "e aceite esta semente", ela disse para Baer. "Quando o sino tocar na sua mão, Orli, você terá chegado ao fim. E, quando a semente brotar, Baer, você terá chegado ao fim." Então cada um seguiu seu próprio caminho. Embora Baer sentisse uma imensa falta de Orli, ficou contente em vagar e quase esqueceu da semente que trazia no bolso. Conforme viajava para onde quer que seus ossos de ferro o levassem, ele contava sua história para todos que encontrava. "Eu e Orli encontraremos um lugar novo", ele dizia às pessoas, "onde aqueles que são marginalizados em outros lugares serão bem-vindos." E assim ele descrevia seu destino de forma tão sincera e calorosa que pessoas de todos os tipos começaram a segui-lo. Orli sofria enormemente, pois não desejava viajar. Porém, o sino que ganhara da adivinha a incitava a seguir em frente, pois sempre que o tocava, parecia ouvir um som distante, não em sua mão, mas do outro lado da colina ou além daquela porção de árvores. Ela caminhava em busca do som, esperando, a cada passo, que o sino fosse ecoar em sua mão. E, quando encontrava pessoas pelo caminho, ela lhes contava de sua busca e descrevia com anseio o lugar aonde finalmente chegariam para encontrar segurança, tranquilidade e perenidade. Muitos dos que a ouviam ficavam comovidos e escolhiam ir com ela, de forma que, ao décimo sétimo mês de sua jornada, ela já viajava acompanhada de quase trinta pessoas. Era verão, e Orli viajara muito para o norte, quase até o mar Eerie.

Ela chegara à borda de uma floresta onde um enorme carvalho lançava os galhos para o alto, e, abaixo dele, um grupo de estranhos trabalhava, removendo pequenas árvores, construindo fundações e recolhendo pedras para edificar muros. Orli tocou o sino e, desta vez, o som ecoou em sua mão: uma voz aguda e pura anunciando que sua jornada havia chegado ao fim. Em seguida, sob o carvalho, uma pessoa do grupo deu um passo à frente. Era Baer. O grandioso carvalho era a árvore que brotara da semente que ele carregava, e o sino anunciava que ambos haviam finalmente chegado ao lar. E foi assim que Oakring foi fundada — Líquen concluiu e se levantou. — O lugar sempre foi um porto seguro para os forasteiros, pessoas que se sentem deslocadas em viver em qualquer outro lugar ou que guardam grandes diferenças entre si, como a Marca do Ferro e a da Vinha. Talvez você não saiba, mas o homem que intermediou a paz após a rebelião de Nova Akan era de Oakring.

— Era? — Sophia exclamou. — Não, eu não sabia.

— Um lugar para pacificadores, é o que dizem. — Líquen serviu o ensopado em tigelas de madeira e as trouxe para o tapete.

— Obrigada — disse Sophia. O ensopado cheirava a milho e abóbora.

Agridoce sentou-se mais ereto e pegou sua tigela com avidez.

— Obrigado, Líquen.

— Existem até alguns elodeanos que vivem lá — Líquen prosseguiu, observando seus convidados comerem antes de pegar a própria colher. — A maior parte de nós evita esses lugares cheios de gente, por causa do excesso de barulho, mas mesmo entre os elodeanos há párias.

Agridoce ergueu as sobrancelhas.

— Mesmo entre os elodeanos? Eu diria que todos nós somos párias. E alguns entre nós... — Olhou para Líquen de forma significativa.

Líquen assentiu.

Sophia seguiu a troca de olhares.

— O quê? Alguns entre vocês, o quê?

— Alguns desses desgarrados são inadequados demais, mesmo para Oakring.

— O que isso significa? — Sophia insistiu.

Líquen e Agridoce comeram em silêncio por um momento, ambos olhando para suas tigelas. Por fim, Agridoce ergueu a cabeça.

— Ninguém gosta de falar disso, mas havia três irmãs elodeanas, alguns anos atrás, que se refugiaram em Oakring. Nós as havíamos banido do nosso meio. — Ele sacudiu a cabeça. — Conte a história você, Líquen. Eu nem era vivo nessa época.

Líquen assumiu um ar sombrio.

— Receio que há pouco que eu possa contar. As pessoas em Oakring podem lhe contar mais sobre isso. Nós as expulsamos porque elas queriam usar seus dons para fins destrutivos. Entenda, expulsar um elodeano não significa tirá-lo de um lugar, já que todos nós vivemos espalhados.

— Então como eles são expulsos?

— Eles não podem mais se considerar elodeanos.

Sophia colocou a colher no prato.

— Que horrível!

Um lampejo de desgosto cruzou o rosto de Líquen.

— Sim. Não tomamos essa decisão de forma leviana. As irmãs se refugiaram em Oakring. Porém, não muito tempo depois, e não inteiramente para nossa surpresa, o povo de Oakring também as baniu. Na realidade, as três irmãs são as únicas pessoas que já foram banidas de Oakring até hoje.

— Elas devem ter feito algo terrível — Sophia disse.

Líquen não respondeu. Engoliu outro bocado de guisado e comeu até raspar o fundo da tigela.

— Elas fugiram para o mar Eerie — ele disse por fim, interrompendo o silêncio. — E até onde eu sei, o lar delas ainda fica lá.

A casa de pedra tinha vários ambientes, e Líquen levou Sophia para um pequeno quarto com uma janela quadrada que tinha vista para a pedreira. Tudo era preto além do vidro. Líquen a abriu, dizendo que a noite estava quente. Um perfume de terra e pinheiros soprou para dentro da janela aberta. Ele lhe deu um travesseiro extra e um cobertor de algodão e lhe desejou boa-noite. Cansada, Sophia tirou as botas e se preparou para dormir. Ao lavar o rosto em uma bacia sobre a cômoda, livrou-se dos muitos quilômetros que haviam percorrido naquele dia. *Então amanhã chegaremos a Oakring*, ela pensou. *E veremos o bosque onde as Lachrimas desaparecem.* Sentiu um tremor de nervosismo, perguntando-se o que o novo dia traria. Ao agitar o cobertor, aspirou um cheiro leve de fumaça de madeira e subiu na cama. Repousou a cabeça no travesseiro, e as palavras do mapa de Ausentínia lhe voltaram de repente: *Você viajará para a Floresta das Tréguas, onde toca o sino silencioso e a semente dormente cresce. Daí em diante, o mapa que você segue deverá ser o seu.*

26
O bosque dos Lamentosos

12 de agosto de 1892: 8h12

E há espécies que eu não vi em outros lugares, mesmo sem mencionar as Árvores Vermelhas. Cresce lá, em cima de uma trepadeira rastejante, uma flor branco-acinzentada de quatro pétalas. As folhas, em forma de coração, terminam com um bico curvado. À noite, as flores se abrem, revelando quatro pétalas roxas dentro das quatro brancas. O cheiro é forte, como madressilva concentrada, e isso atrai o que eu chamo de "abelha noturna", outra criatura que nunca vi, em nenhum outro lugar. Preta com pontos brancos pelas costas, a abelha noturna se parece, em outros aspectos, com uma abelha comum. Ainda não sabemos se ela também fabrica mel e, em caso afirmativo, de que tipo.

— Sophia Tims, *Reflexões sobre uma jornada ao mar Eerie*

O DIA AMANHECEU NUBLADO, mas as nuvens eram cinza-escuras, e não amarelas. Líquen esperava que a chuva fosse para leste e que alcançasse os viajantes no meio da tarde. Agridoce respondeu que, com sorte, chegariam a Oakring antes disso.

— O vale Turtleback — Sophia o lembrou com urgência.

Ele confirmou, balançando a cabeça.

— Não se preocupe. Vamos passar por ele.

Líquen lhes deu maçãs, nozes e sanduíches de pão escuro com geleia de amora. Depois de acompanhá-los de volta pelo caminho sombreado ao lado da pedreira, ele ficou na beira do rochedo onde os recebera na noite anterior e acenou em despedida antes que retomassem a jornada.

Nosh viajava depressa; o prenúncio de chuva pesada ou de um leito seco o impelia a seguir em frente, e Sophia sentiu um nervosismo crescente no estômago. Sentiu também que Agridoce se continha para não lhe interromper os pensamentos, e ela lhe era grata por isso; sua mente era um turbilhão.

Para se acalmar, praticou algumas técnicas de leitura de mapas que Agridoce começara a lhe ensinar. Em vez de adormecer por completo, ela tentou se deixar levar por um estado de consciência que ele chamava de "discernimento": um estado em que os sentidos ativos adormeciam, de certa forma, para que o sentido de percepção pudesse ficar totalmente desperto. Sophia não entendia muito bem como aquilo funcionava e, embora não tivesse sorte em encontrar o caminho para tal estado, praticava mesmo assim. Agridoce dizia que ela precisava "parar de ver e começar a tomar consciência", uma sugestão que, infelizmente, não tornava as coisas mais fáceis.

O ar estava úmido de sereno, e Sophia sentiu as nuvens se acumularem no céu. Cada passo de Nosh servia para aumentar o suspense. Sophia respirou fundo.

— Use o olho dos sonhos, não os olhos físicos — Agridoce murmurou.

— Estou *tentando* — respondeu Sophia.

— É muito difícil fazer isso quando você está tão tensa.

Sophia lhe lançou um olhar sobre o ombro.

— Desculpe — ele disse, aparentando uma genuína compreensão. — Estamos quase lá. Por favor, não tenha expectativas altas demais — disse com sinceridade.

— Eu sei.

Sophia desistiu de usar o olho dos sonhos e, em vez disso, prestou bastante atenção em tudo à volta deles. A trilha era seca e quebradiça, pedregosa nos aclives. Algumas flores silvestres cresciam escassamente entre os bordos. Nosh percorreu caminhos íngremes durante toda a manhã, e a floresta foi ficando cada vez mais esparsa. Naquele momento, ele estava saindo da trilha, rumo a um aclive suave.

De repente, em meio às árvores, um grande vale apareceu. As colinas abaixo eram verde-escuras. O monte achatado que dava ao vale o nome que ele tinha se elevava ao norte: uma colina em formato de tartaruga, com braços, pernas e cabeça levemente visíveis. Na base do vale, o solo era pedregoso. Um rio cinzento serpenteava através dele, plano e sem vida sob as pesadas nuvens.

— Ali está o bosque — disse Agridoce, apontando, mas Sophia já sentira sua presença. Um conjunto fechado de árvores escuras interrompia o riacho de uma altura surpreendente, com troncos vermelho-escuros. Pareciam fora de lugar, como se tivessem sido jogadas ali, inteiras e intactas em sua incongruência, por um estranho que não conhecia o vale. *As Árvores Vermelhas do Comedor de Árvore*, Sophia pensou.

Olhou para o bosque e sentiu uma tempestade de sentimentos que ela sabia que não eram seus. Pertenciam ao Clima, ao antigo. E a intenção por trás deles parecia tão familiar que ela se perguntou como nunca observara sua origem antes, pois aquela certamente era a fonte da pressão, da reafirmação, da sugestão e da orientação que ela conhecera durante toda a sua vida. Sophia reconheceu a influência em centenas de decisões que ela julgara ser suas: uma suspeita em relação a outra pessoa; uma vigorosa indisposição de fazer a escolha que, por todos os outros sinais, parecia óbvia; um desejo de procurar mais a fundo no lugar deserto. Lembrou-se vividamente de ouvir aquela voz que não era apenas uma voz que lhe falara dois meses atrás, quando procurava pelo navio niilistiano conhecido como *Verdade*: ela se formara como uma sensação de ansiedade, instigando-a a ir em frente. Era o antigo que falara com ela o tempo todo.

Naquele momento, ela entendeu o que Agridoce queria dizer com "tomar consciência": significava saber alguma coisa sem se questionar como; aceitar a intuição que se tinha do que é certo; ignorar a lentidão da visão, do julgamento e da decisão. Sophia tinha consciência daquilo que se estendia diante dela com tanta clareza como se o antigo houvesse falado ao seu ouvido: aquele bosque era secreto. Querido demais, frágil demais, perigoso demais. Não era para se chegar perto.

Era por isso que o antigo caíra em silêncio. Tudo, por quilômetros e quilômetros e quilômetros, havia se tornado imóvel e silencioso para proteger aquele lugar. O medo não era *sobre* o bosque; era *pelo* bosque. Aquele lugar precisava ser protegido a todo custo.

— Agridoce — Sophia sussurrou, parada ao lado dele, sem se lembrar de ter desmontado.

— O que foi?

— O Clima está protegendo este lugar.

Agridoce olhou para o bosque ao longe, e um repentino relâmpago estremeceu pelo vale. Após alguns segundos, o trovão ecoou, baixo e abafado.

— Sim — disse ele. — Você está certa. A sensação agora é mais forte. As coisas mudaram. O que será que aconteceu?

— É muito palpável aqui — disse Sophia, ainda sussurrando.

Agridoce olhou para ela.

— É sim. Talvez porque o antigo tenha canalizado toda sua atenção para cá, a presença dele é muito forte aqui. Você nunca sentiu isso antes?

Sophia balançou a cabeça e continuou olhando as fagulhas de relâmpago fissurarem o céu escuro. *Sigam em frente, sigam em frente*, pareciam dizer. *Ainda não chegou o momento.* O bosque permanecia escuro e impenetrável, intocado pela tempestade iminente. Àquela distância, parecia uma coisinha pequena e frágil: minúscula na imensidão do vale.

A chuva os pegou antes que atingissem o leito do vale. Começou a cair em forma de granizo. As gotas tamborilaram nas folhas do alto e começaram a cair vigorosamente, um rugido em cascata. Quase imediatamente, o vale foi ocultado da visão, mas Sophia ainda o via muito claro na mente: o bosque secreto das Árvores Vermelhas; o grandioso vale que atraía as Lachrimas lamentosas para seu centro; o lugar tão vital, valorizado com tanto amor, que o fardo de o proteger despertara o medo no coração do antigo.

— Podemos ir agora — Sophia disse em voz alta sobre o ruído da chuva que caía.

— De verdade? — Agridoce perguntou, surpreso.

— O Clima não quer que nos aproximemos. Talvez mais tarde, mas não agora. — Ela se virou para o elodeano, sentindo-se eufórica, de tão nítida que era sua noção do que fazer. Então percebeu que a chuva havia se tornado mais acentuada e pesada como chumbo. Olhou para cima com os olhos semicerrados e sentiu o granizo atingindo sua pele.

Quando se virou novamente para Agridoce, ele estava imóvel, olhando para sua mão estendida.

De início, ela não entendeu o que estava vendo. A palma de Agridoce estava cheia de pedrinhas pretas. O rosto dele estava riscado de preto, como se fosse tinta.

— O que é isso? — Sophia perguntou, horrorizada.

Eles olharam para as árvores em volta e viram as folhas verdes manchadas de preto. A trilha diante deles já estava inundada; a chuva de granizo formara um caminho preto que levava à escuridão.

— Carvão. Está chovendo carvão sobre nós.

27
Oakring

12 de agosto de 1892: 14h22

Todas as tradições de contação de histórias são diferentes, eu descobri, mas há semelhanças notáveis entre elas. Todas as histórias elodeanas (Eerie) têm lições de moral no fim, mas essas lições costumam ser enigmáticas e abertas à interpretação. Histórias do Império Fechado residem no fantástico e recorrem a esses elementos para explicar fatos que pareciam inexplicáveis na vida comum. Histórias do mar Eerie chegam de duas formas: leves ou sombrias. Leves, com personagens cômicos que parecem cair nas boas graças do mundo apesar de muitos percalços; ou sombrias, com personagens trágicos que sempre estão imersos em profundo sofrimento, não importa o que façam.

— Sophia Tims, Nascidas da Ruptura: histórias que os viajantes contam

A CAMA DE THEO havia sido removida da cozinha e colocada em um quarto assim que ele conseguiu se levantar e caminhar sozinho. Ele passava a maior parte do dia repousando, olhando para o teto e tentando ignorar o latejar no ombro esquerdo. Agora, porém, estava sentado ao lado da janela, observando o granizo preto salpicar as flores e as plantas do jardim até ficarem amassadas e destruídas.

Já passava da hora catorze quando viu Fumaça subindo pelo aclive suave do campo. Ela estava envolta em uma capa fina de borracha que a fazia parecer uma sombra disforme flutuando colina acima. Ele saiu do quarto e se juntou a Casanova, que esperava na porta da frente.

Fumaça tirou a capa de borracha e a pendurou em um gancho.

— Ninguém sabe o que é — ela disse no mesmo instante, as sementes pretas rolando das roupas como minúsculas bolinhas de gude.

— Alguma ideia de até onde ela vai? — Casanova perguntou.

Ela fez que sim.

— Quase não tem ninguém andando por aí, como você pode imaginar, mas dois viajantes vieram esta tarde e disseram que viram a chuva de granizo começar no vale Turtleback. Cerca de cinco quilômetros a sudoeste daqui. — Ela prosseguiu até a lareira fria e começou a acender o fogo. — Se algum dia isso passar, podemos ir até o círculo. Os viajantes estarão lá, tenho certeza, e poderemos ouvir o resto. Nenhum sinal de Entwhistle, embora sua chegada fosse esperada para esta noite. Se a tempestade não o parou pelo caminho.

— O que é o círculo? — Theo questionou.

— Temos um círculo de alpondras perto do grande carvalho; não muito diferente de um pequeno anfiteatro. Sempre que os viajantes chegam, eles nos contam as notícias lá ao pôr do sol. Vocês ficariam surpresos com como é difícil se manter conectado com o mundo em um lugar como este. Não é como em Boston — ela disse, sorrindo, enquanto acendia o fogo. Em seguida se ajoelhou na frente da lareira até as chamas pegarem. — Não conheço a menina — Fumaça continuou —, mas Agridoce viaja para cá com frequência. Ele é o único Temperador remanescente por essas bandas, desde que os outros desapareceram.

Theo sentiu as palavras de Fumaça adquirirem um foco acentuado.

— Um Temperador? — perguntou.

Os dois olharam para ele, percebendo sua mudança de tom.

— Sim.

— Eu preciso falar com ele — disse Theo. O coração bateu forte de repente e ele perdeu o equilíbrio.

— Calma — Casanova disse, estendendo a mão para segurar seu braço. — Sente-se aqui perto do fogo. — Ele levou Theo até uma cadeira e o olhou com atenção.

— Eu tenho informações sobre os outros Temperadores — disse Theo, sentindo-se zonzo, a respiração vindo com dificuldade, como se tivesse acabado de correr.

— Ele vai querer ouvir isso — disse Fumaça, agora também pairando sobre Theo. — Você pode contar a ele quando nos reunirmos no círculo.

Enquanto Theo assentia e fazia um esforço para acalmar a respiração, os dois trocaram um olhar.

— Talvez pudéssemos pedir para esse Agridoce vir até aqui — Casanova sugeriu.

— É uma boa ideia — concordou Fumaça. — Assim que esse granizo parar, vou procurá-lo. Por enquanto, Theo, você deve apenas descansar. Não se preocupe, ele não vai a lugar nenhum nesta tempestade.

— Tudo bem — disse Theo. — Obrigado. — Ele se sentou perto do fogo, sentindo o coração bater mais devagar. Casanova ajudou Fumaça a preparar a refeição, e a conversa se desviou para as pessoas em Oakring que Theo não conhecia. Ele escutava o tamborilar constante no telhado e fitava o fogo, esperando que fosse acalmá-lo, mas ultimamente o fogo não parecia lhe trazer paz. Ainda estava com a história de Casanova ecoando nos ouvidos e se lembrava com muita clareza das memórias do mapa da régua de madeira: uma menina amarrada a uma cadeira; um fogo forte muito perto das saias chamuscadas.

16h06

NA HORA DEZESSEIS, o granizo finalmente parou, transformando-se em uma garoa fina de água transparente. Fumaça estava pronta.

— Voltarei com Agridoce daqui a pouco — falou.

— Obrigado — Theo respondeu, sem se mexer na cadeira. Agora mirava a porta, onde a luz minguante tingia as últimas nuvens da tempestade de um roxo vívido. De alguma forma, as descobertas que havia feito em Boston pareciam ter acontecido há anos. Pensar em Winnie e Nettie o fez sorrir, mas as lembranças deles pareciam distantes e confusas. Até Broadgirdle, o homem que ele conhecia como Wilkie Graves, parecia ter sumido de suas recordações de alguma forma. A fúria que Theo sentira ao perceber que Graves permaneceria livre agora era um murmúrio de descontentamento. Ainda assim, as memórias do mapa de madeira continuavam claras e vívidas: talvez fosse a natureza do mapa que as tornava assim.

Ouviu a voz de Fumaça subindo novamente a colina em direção à casa e percebeu que havia se passado uma boa meia hora. Casanova se colocou em pé.

— Você quer se levantar?

— Quero. — Theo ergueu-se sozinho e ficou ao lado da cadeira, pronto para sentar, se precisasse.

Fumaça chegou com os viajantes: não um, mas dois. Conversando com ela vinha um jovem alto, da idade de Theo, com um rosto calmo e um olhar firme; tinha o aspecto de um homem muito mais sábio para sua idade. Do outro lado de Fumaça estava uma moça de cabelos trançados e rosto bronzeado; vestia uma capa de corsária bordada com sininhos prateados. Ela sorria para algo que Fumaça havia falado, e seus olhos se iluminaram com o riso.

— Sophia? — Theo sussurrou, sem fôlego.

Todos pararam. Sophia olhou para ele, paralisada pelo choque por um momento. No instante seguinte, já havia cruzado o cômodo e lançava os braços ao redor dele. Theo a abraçou apertado, certo de que, se ela recuasse, ele cairia para trás, pois mal conseguia ficar em pé. Com o rosto familiar tão próximo do seu, tudo de seu passado em Boston, que parecera tão remoto, repentinamente voltou numa enxurrada para encontrá-lo, cheio de vida. Com uma tênue surpresa, ele percebeu que havia lágrimas escorrendo nas faces.

— Ai — Theo disse finalmente.

Sophia recuou, o rosto igualmente molhado pelas lágrimas.

— Ah, Theo! O que aconteceu com você? Você está com uma aparência terrível.

Ele soltou uma risada trêmula. Então se sentou novamente na cadeira, mas continuou segurando firme a mão de Sophia.

— Muita coisa. Muita. Você não faz nem ideia.

Levou algum tempo para Sophia e Theo contarem os acontecimentos dos últimos dois meses. Tinham muito a dizer um para o outro e ainda mais para explicar para seus amigos. Às vezes intensos e incoerentes, às vezes sóbrios e lentos, eles relataram tudo o que havia ocorrido desde o fatídico dia de junho, quando não conseguiram se encontrar no porto de Boston. Theo começou explicando por que não havia conseguido chegar, sobre ter encontrado o corpo do primeiro-ministro Bligh, a prisão de Shadrack e de Miles, o envolvimento de Gordon Broadgirdle e dos Homens de Areia, o fato de que ele conhecia Broadgirdle como Wilkie Graves, e a longa rota que levara até sua captura, mesmo quando Miles e Shadrack enfim foram soltos. Depois contou a Sophia sobre seu tempo no exército, sobre o major Merret e Casanova, e como ele e Cas haviam chegado a Oakring e encontrado segurança na companhia de Fumaça.

Sophia descreveu sua viagem com os niilistianos e seu encontro com Errol Forsyth e Virgáurea. Respondeu a muitas perguntas sobre a peste, a Era das Trevas e Ausentínia. Então lhes mostrou os mapas ausentinianos e a bolsinha cheia de gemas de granada. Explicou o significado de encontrar Richard Wren e de descobrir o diário de sua mãe. E relatou como todos eles, incluindo Calixta e Burr, haviam se reencontrado em Novo Ocidente.

Theo, Casanova e Fumaça ouviram com um silêncio fascinado quando ela descreveu a captura de Burr, as revelações de Virgáurea a bordo do trem, a névoa escarlate na estação de Salt Lick e a chegada de Agridoce e Nosh. Finalmente, contou o que tinham visto naquele mesmo dia no vale Turtleback: um bosque de árvores que guardava um segredo, um lugar que, ela esperava, pudesse abrigar a resposta para o desaparecimento de seus pais.

Theo achava difícil de acreditar que as circunstâncias os haviam levado a ambos para aquele lugar, à segurança da casa de Fumaça, em uma cidadezinha à beira do mar Eerie — um local de que nenhum deles ouvira falar antes.

— Não é coincidência — disse Agridoce. — Estou certo de que foi o antigo que guiou todos nós para cá. É sempre assim com as circunstâncias que parecem coincidências. Sarah conhece Shadrack, o tio de Sophia; ela conhece Casanova; ela me conhece. O antigo guiou cada um de vocês a pessoas que encontrariam o caminho para cá.

— Mas o que ele tem a ganhar? — Theo se perguntou.

Agridoce sorriu.

— Somos todos peças de um complexo quebra-cabeça. Quem sabe? Talvez possamos ser úteis para o antigo, a despeito do quanto possamos ser pequenos.

Theo olhou para ele com apreço, de alguma forma surpreso com a facilidade que era gostar daquele Temperador, apesar da sinceridade premente.

— E eu tenho uma peça do quebra-cabeça para você — Theo disse. — A razão de Fumaça ter pedido para você vir até aqui.

— Sim. Ela disse que você tinha algo a me dizer.

— Tem a ver com os outros Temperadores. — Agridoce ficou tenso. — Quando tentei descobrir de que forma Broadgirdle era responsável pelo assassinato de Bligh, eu encontrei uma régua de madeira. Estava entre os pertences de Bligh. Ele disse em uma carta que o objeto havia chegado com os próprios Temperadores, e quando analisei a régua descobri que era um mapa de memória. As memórias mostravam uma menina e um velho, mas elas pertenciam a uma terceira pessoa.

— Minha mãe — Agridoce disse ansiosamente. — Devem ser as memórias dela. As duas pessoas que você viu são minha irmã e meu avô. O que havia no mapa?

Theo hesitou, e Agridoce se inclinou na sua direção.

— Meu avô e minha irmã ainda estão vivos?

— Estão. Nessas memórias eles ainda estão vivos. Os três estavam presos. Capturados em uma sala fechada. Parecia subterrânea. Uma das memórias mostrava sua irmã sendo ameaçada com fogo. Conforme o fogo se aproximava, brotavam flores nas mãos dela. Na última memória, eu vi os Homens de Areia montando caixas. Acho que para mantê-los hibernando.

Agridoce olhou para as mãos, o rosto vincado de preocupação.

— Isso explica tudo. — Olhou para cima.

— O que significa? — Sophia perguntou baixinho.

— Minha mãe e meu avô adormecidos... — Engoliu em seco. — A hibernação pode oferecer renovação e repouso, mas quando continua por tempo demais pode levar à morte.

Sophia ofegou.

— Nenhuma planta pode viver para sempre debaixo da terra. Esse Broadgirdle os está mantendo como reféns. Eu sabia que só algo terrível levaria minha irmã a tomar medidas tão desesperadas.

28
A entrega de Pip

13 de agosto de 1892: 7h23

Histórias das Terras Baldias, talvez previsivelmente, são difíceis de caracterizar. Algumas são agourentas; algumas, bem-humoradas; outras parecem simplesmente recontar o passado e não oferecer conclusão ou argumento. Uma, que não incluí aqui, conta sobre uma velha que troca um centavo por uma torta, depois uma torta por um presunto, depois um presunto por uma sela, depois uma sela por um carrinho, depois um carrinho por um cavalo, e um cavalo por uma casa. Exceto para descrever as incríveis habilidades de troca da velha, não consigo entender qual é o propósito dessa história!

— Sophia Tims, *Nascidas da Ruptura: histórias que os viajantes contam*

PERCEBENDO COMO THEO PARECIA cansado, Fumaça tentou mandá-lo para o quarto, mas ele não queria sair de perto de Sophia. Mesmo depois de todos irem para a cama, Sophia e Theo continuaram sentados confortavelmente em uma pilha de cobertores diante da lareira cada vez mais fria na cozinha, recusando-se a se separarem. Tinham muito o que conversar.

Finalmente, depois das vinte horas, Theo adormeceu com a cabeça no ombro de Sophia. Ela se desvencilhou dele com cuidado, abaixando-o sobre o amontoado de cobertores. Ao lado dele, ela tentou dormir, mas sua mente cansada girava em círculos, tentando compreender o que havia acontecido em Boston na sua ausência: o assassinato de Bligh, a prisão de Shadrack e, especialmente, o longo confronto de Theo com Gordon Broadgirdle. Algo a respeito de Broadgirdle inquietava Theo profundamente. Ela vira isso nos olhos dele. Ele disse apenas que conhecia o homem como Wilkie Graves, um patife das Terras Baldias que não tinha o direito de ser primeiro-ministro em Boston. Mas ela sentia que havia mais, e a preocupava o fato de ver que Theo estava guardando segredos novamente. *Ele vai me contar a verdade quando estivermos sozinhos,* pensou.

Sophia repousou a mão de forma protetora e carinhosa no ombro saudável de Theo. Sentiu o peito dele subindo e descendo a cada respiração. Confortava-a saber que Theo estava ali, dormindo, são e salvo. Já passava da hora um quando ela finalmente caiu num sono tão pesado que pareceu que apenas um segundo havia se passado antes que Fumaça estivesse empilhando lenha para acender o fogo. Sophia se entocou mais fundo nos cobertores e apertou bem os olhos para bloquear a luz. Algum tempo depois, ouviu Fumaça, Casanova e Agridoce conversando perto da porta. Uma quarta voz se juntou a eles. Essa ela não reconhecia. Então, muito inequivocamente, a voz desconhecida disse "Shadrack Elli".

Os olhos de Sophia se escancararam. Theo não estava em parte alguma. Ela se sentou e prendeu o cabelo rapidamente em uma trança. Andando na ponta dos pés até a porta, viu Fumaça, Casanova e Agridoce sentados ao redor das cinzas de uma fogueira com um estranho. Ele tinha um sorriso com dentes faltantes, um nariz bulboso e uma barba branca, quadrada. A cabeça era totalmente calva, e ele se abanava com um chapéu de lona.

— Bom dia! — ele disse alegremente para Sophia. — Você deve ser Sophia Tims! Ouvi falar muito de você. Não destes inúteis que são imprestáveis como fofoqueiros, mas de Miles Countryman, meu amigo e parceiro em Boston.

Sorrindo para essa peculiar saudação, Sophia estendeu a mão.

— Muito prazer em conhecê-lo.

O estranho piscou.

— Bem, você não me conhece ainda. — Ele se levantou e fez uma pequena reverência. — Pip Entwhistle, a seu dispor. Negociante, comerciante, fornecedor de produtos finos e curiosidades.

— Você também conhece meu tio, Shadrack Elli? Ouvi o nome dele agora mesmo.

— Sim, eu conheço! — declarou Pip. — O melhor cartógrafo da nossa era e um homem de gosto distinto, devo acrescentar. Nós dois compartilhamos um interesse por moedas de um centavo.

— Moedas de um centavo? — Sophia questionou, surpresa. — Ele nunca mencionou isso.

— Ah, sim, de fato. Moedas de um centavo. — Pip sorriu. — Gostaria de ver uma?

Perplexa, Sophia lançou um olhar para Fumaça e viu ali uma expressão divertida do que estava por vir. Fez um pequeno aceno de cabeça para Sophia.

— Por que não? — Sophia respondeu.

Com um floreio, Pip tirou uma moeda de um bolso interno do casaco. Ele a ergueu, mas não lhe entregou.

— Sabia que as primeiras moedas de cobre foram feitas em 1793, antes da Ruptura? — Sophia sacudiu a cabeça. — Não foram um grande sucesso. Na execução, não na concepção. Todos gostaram da ideia. Depois da Ruptura, Novo Ocidente começou a fabricar o que chamamos de "moeda relógio". — Ele ergueu uma roda familiar de cobre, grande como uma castanha. — E ainda assim esta moeda especial, na qual seu tio e eu temos muito interesse, é um pouco diferente do que a maioria. Por que você acha que é?

Ele entregou a moeda a Sophia, que a examinou curiosamente, ainda se perguntando por que estavam discutindo moedas de um centavo, entre todas as coisas. A moeda tinha, em um lado, um relógio de Novo Ocidente de vinte horas e, do outro, um minúsculo mapa dos estados.

— Há algo aqui no norte de Massachusetts — ela disse, percebendo uma textura diferente.

— Isso mesmo! Bem no ponto! — Pip exclamou, triunfante. — Se consultasse um joalheiro, você descobriria que se trata de um quartzo rosa. Minerado no Alto Massachusetts. E, pensamos, muito adequadamente, gravado em uma porção do mapa que representa a região. — Deu um sorriso radiante.

— Por que o quartzo rosa? — Sophia perguntou quando pareceu que Pip não explicaria o óbvio.

Pip piscou.

— Porque pedras preciosas são as coisas mais pegajosas no mundo.

Sophia ficou totalmente desconcertada.

— Mais pegajosa?

— Elas grudam na memória, quero dizer. Pedras preciosas parecem absorver memórias ao mais leve toque. É simplesmente notável.

— Ah! — Sophia exclamou, com súbita compreensão. Em seguida virou a moeda para olhar novamente a região do Alto Massachusetts. — É um mapa de memória?

Pip riu prazerosamente.

— Sim! Eu e Shadrack mandamos fazer trezentas moedas no total. Eu as coloquei em circulação, e todos que as tocam deixam algumas memórias no quartzo rosa. As moedas de um centavo circulam de mão em mão. De vez em quando, algumas delas acabam chegando até mim, e eu as passo para Shadrack. Cada uma é um baú de informações. Elas nos forneceram dados inestimáveis sobre o que está acontecendo aqui e nos Territórios, e tudo sem precisar *ir* lá.

— Como você lê esses mapas?

— Polegar no quartzo, indicador no mapa e a outra mão nas bordas. Se não fosse assim, todo mundo poderia ler o mapa por acidente, entendeu?

Sophia seguiu as instruções e segurou a moeda com as duas mãos. Memórias breves, mas vívidas, passaram por sua mente: Pip rindo e fazendo um aceno de despedida na entrada de uma taverna; uma cozinha desarrumada com louça quebrada; uma feira rural onde vacas usavam fitas azuis e havia tortas sobre uma grande toalha xadrez; uma loja de relógios, cujo proprietário se curvava sobre seu trabalho, examinando engrenagens diminutas ao som melodioso dos relógios; e Pip novamente, segurando uma engenhoca que parecia um telescópio.

— Que maravilhoso — disse Sophia, sorrindo, quando devolveu a moeda.

— Inteiramente concebido por seu tio Shadrack — Pip afirmou, pegando a moeda na palma da mão. — A engenhosidade dele é chocante, na minha humilde opinião. Uma engenhosidade chocante.

— Estávamos falando do seu tio, Sophia — Fumaça interveio —, porque Pip me trouxe um novo mapa.

Sophia levantou as sobrancelhas. Agora ela via um mapa desenrolado no colo de Fumaça e, em frente a ela, Casanova e Agridoce o estudavam.

— Um mapa de quê?

— Shadrack tem nos mandado mapas do movimento das tropas. É parte do esforço dele de evitar derramamento de sangue nesta guerra. — Fumaça sorriu. — Você devia ficar muito orgulhosa dele; seu tio fez muita coisa em muito pouco tempo.

Sophia se sentou ao lado de Agridoce, e Fumaça lhe passou o mapa.

— Ele envia esses mapas para você? — ela repetiu.

— É assim que funciona — disse Pip, levantando-se com ares de importância. — Eu levo meus produtos para Boston, como faço desde tempos imemoriais, e ultimamente sempre faço questão de parar na casa de Shadrack Elli, caso ele tenha mapas interessantes para vender, pelos quais eu pago com moedas de cobre. — Ele deu uma enorme piscada.

— Ah, entendi! — Sophia exclamou.

— Eu costumo encontrar pelo menos alguns mapas interessantes, você não deve estar surpresa em saber. Então eu viajo de volta pelo trajeto que costumo fazer, aqui na fronteira de Novo Ocidente com os Territórios, paro para ver uma meia dúzia de conhecidos e, já que sou exímio na arte do comércio e da barganha, geralmente consigo persuadi-los a adquirir um desses mapas peculiares. Em troca, eles me dão alguns rabiscos que eu guardo e carrego comigo de volta para

Boston na viagem seguinte. Funciona muito bem — disse ele, satisfeito consigo mesmo.

— Toda semana Shadrack nos envia novidades — disse Fumaça, um pouco mais direta —, e nós o mantemos informado sobre as coisas aqui. Este mapa mostra os movimentos das tropas desde o início da guerra e, até onde ele sabe, para onde elas estão seguindo.

Sophia considerou o mapa. Era o primeiro mapa novo de seu tio que ela via em meses, e o traço familiar lhe causou um aperto no peito. Era evidente que ele havia se apressado, mas, como de costume, não comprometera a precisão. Uma linha com setas, com anotações de datas, mostrava o progresso das tropas desde julho. Ela encontrou Oakring, bem ao sul do mar Eerie, e a sudoeste dele havia uma nuvem sombreada onde se lia *20 de agosto, ou próximo disso.* Todas as linhas com flechas apontavam para ela. Sophia franziu a testa.

— E todos vão se encontrar lá?

— Estávamos discutindo isso quando você chegou — respondeu Fumaça. — Parece que Broadgirdle planeja um confronto em larga escala. Ele vai reunir quase todas as forças de Novo Ocidente nesse lugar no fim do mês. O general Griggs vai liderar os exércitos, o que significa que Fen Carver vai levar as tropas dos Territórios para o mesmo lugar.

— Não é longe daqui — murmurou Sophia. — Fica mesmo nos Territórios?

— Aí é que está o problema — disse Agridoce, com a voz carregada. — Esse lugar não fica nos Territórios: é o vale Turtleback.

Sophia olhou para ele, horrorizada.

— Não!

— Receio que sim.

— Mas o bosque... Não podemos deixá-los fazer mal ao bosque. Temos que detê-los!

— Eu sei — ele concordou. — Temo que com um exército tão grande, a influência do antigo será inútil. O bosque seria destruído. E digo mais. Pip, você tem uma pena ou um lápis nessa sua mochila gigantesca?

Entwhistle, que ouvira o diálogo com alguma perplexidade, colocou a mão no casaco e tirou uma caneta azul com ponta de prata.

— Aqui está. Fabricada em Charleston. Impecável. Nunca vaza.

Agridoce pegou a caneta sem tecer nenhum comentário e começou a marcar o mapa com pequenos x, datando cada um.

— Aqui — disse ele, erguendo-o. — Exatamente como eu pensei.

— O que é? — perguntou Sophia.

Ele lhe entregou o mapa.

— Cada x é onde Datura esteve. Não fazia sentido para mim antes, porque eu não conhecia o movimento das tropas, mas olhe. Em cada um dos casos, a névoa escarlate precede as forças de Novo Ocidente. Eles mandam Datura primeiro, depois chegam com fogo e destroem o pouco que sobrevive.

Sophia prendeu a respiração, e Pip soltou um assobio baixo. Casanova sacudiu a cabeça, sinistro.

— Lamento dizer que isso não me surpreende.

— Deve ser por isso que essa guerra avançou tão depressa — disse Fumaça.

— Sem dúvida — Agridoce concordou, com a expressão mais alterada. — Eles a estão usando como uma arma, limpando o caminho para as tropas de Novo Ocidente.

Sophia olhou para o mapa, horrorizada com tudo o que ele continha.

— Qual é o *propósito* de destruir esses lugares tão completamente? Não apenas a neblina escarlate, mas armas e... fogo? Por quê?

— Destrói as lavouras e o moral — Casanova respondeu.

— Não acredito que Broadgirdle faria isso — ela declarou.

— Ele é capaz de qualquer coisa — disse uma voz da porta. Theo estava ali, despenteado, mas sua aparência estava melhor do que na noite anterior.

— Theodore Constantine Thackary! — Pip exclamou, levantando-se mais uma vez. — Que bom ver você de novo, embora eu preferiria vê-lo com menos ataduras.

— Como vai, Pip? — Theo o cumprimentou, colocando o braço cuidadosamente ao redor do homem mais velho.

— Estou perfeitamente bem. Você, por outro lado, estava em melhores condições da última vez em que o vi — Pip disse com desaprovação.

— Quando eu e Miles viajamos para o oeste no inverno, nós ficamos com Pip — Theo explicou a Sophia. — Muita coisa tem acontecido desde então — ele disse para Entwhistle.

— Sim, sim, eu sei — ele respondeu gravemente, acariciando a barba. — Sente-se, sente-se. Esse tal de Broadgirdle fez miséria em Novo Ocidente, mas eu sei que ele foi diabólico com você de maneiras mais peculiares.

— O que ele fez agora? — Theo perguntou.

Sophia entregou o mapa a Theo.

— Ele planeja reunir o exército de Novo Ocidente no vale Turtleback. Onde fica o bosque. E Agridoce diz que as tropas estão seguindo na esteira da névoa.

Theo estudou o mapa em silêncio.

— Bem, não precisávamos de nenhuma prova de que Graves é um monstro.

— Graves? — Pip questionou, com as sobrancelhas arqueadas.

— Eu o conheço das Terras Baldias — Theo explicou. — Nem de Novo Ocidente ele é. Quando eu o conheci, ele atendia por Wilkie Graves.

Os olhos de Pip se iluminaram com compreensão.

— Oh, ho, *ho*! — disse ele, batendo no joelho. — Wilkie Graves. Wilkie Graves! — ele disse novamente.

— Você o conhece?

— Pip conhece todo mundo — disse Fumaça, pensativa, olhando para ele.

— Sim, eu conheço; sim, eu conheço — Pip declarou. — E não me surpreende nem um pouco, diga-se de passagem, descobrir que ele está na raiz desta guerra desastrosa. Ele tem um passado muito violento. Você o conheceu como comerciante de escravos?

Sophia prendeu a respiração.

— Comerciante de escravos?

— Sim — Theo afirmou, em tom defensivo.

— Bem, eu o conheci antes disso ainda e o passado anterior dele é ainda mais colorido, vamos colocar assim. E agora podemos encontrá-lo na liderança do governo e de um exército. — Ele sacudiu a cabeça e se levantou. — Amigos, eu sei que vocês têm muita coisa para discutir e para fazer aqui, mas tenho trabalho me esperando, e esta notícia é tão útil que vou acelerar o ritmo da minha viagem. — Lançou um olhar significativo para Theo. — Posso demorar mais tempo do que o normal — Pip advertiu Fumaça. — Então vou mandar notícias para você de alguma forma. Espero que antes do dia 20 de agosto, o dia D.

O grupo se levantou para se despedir de Entwhistle, que trocou apertos de mão com todos, colocou o chapéu de lona e ergueu a mochila de couro que estava a seu lado. Em seguida acenou ao descer a colina em direção a Oakring, as botas chapinhando na lama.

Sophia o observou caminhar, mas no momento em que ele saiu do alcance de visão, ela retornou sua atenção ao mapa.

— O que vamos fazer? — ela perguntou, olhando para Agridoce, Casanova, Fumaça e Theo. — Temos que impedir que eles marchem para dentro do vale Turtleback. — Sentiu-se grata por nenhum deles tentar argumentar que aquilo era impossível ou desnecessário. O rosto deles lhe dizia o quão seriamente eles haviam considerado a questão do que fazer.

— Uma distração em outro lugar? — sugeriu Theo.

— Que tipo de distração? — perguntou Casanova. — Teria que ser algo dramático.

— Um tornado seria uma distração. Um tornado tão grande quanto o vale.

— O antigo nem me dá ouvidos ultimamente — disse Agridoce, balançando a cabeça. — Persuadi-lo a criar o tornado está fora de cogitação.

— Talvez eles pudessem ser levados para a direção errada de alguma forma... — Sophia sugeriu, timidamente.

Enquanto ela falava, Nosh veio caminhando até eles e descansou a cabeça levemente no ombro de Agridoce. Exalou ruidosamente.

— É uma boa ideia, Nosh, mas é impossível — disse Agridoce.

— O quê? — perguntou Sophia.

— Ele disse que podemos mostrar a eles o vale do ponto de vista do antigo, e então eles não vão querer fazer mal. — Ele esfregou o queixo do alce. — Nosh é um grande idealista.

Sophia franziu a testa.

— Espere um momento. Não é uma má ideia... — Enquanto considerava a sugestão de Nosh, ela pensou em voz alta: — Se você colocar dessa forma, então, sim; parece provável, mas se eles vissem, se realmente *vissem* o Clima pelo que ele é... — Ela deixou as palavras suspensas no ar, refletindo. — "O antigo se lembra de mais do que todo mundo", é o que o meu mapa de Ausentínia diz. Fiquei me perguntando. Quando cheguei na fronteira de Ausentínia, vi o passado do Clima, as memórias dele de como as coisas tinham sido. Eu fiquei... — Ela balançou a cabeça. — Elas eram esmagadoras. E se pudéssemos tornar isso visível para os outros? Sim — ela disse ansiosamente, a ideia começando a tomar forma em sua mente. — Com um mapa de memória. Um mapa que mostre as memórias do Clima. Isso não teria o poder de fazer as pessoas mudarem de ideia? Mostrar alguma coisa que elas não possam ignorar?

— Poderia funcionar — Fumaça disse, devagar. — Do pouco que vi dos mapas de memória elodeanos, eles têm mesmo um poder incrível. Mergulhar nas memórias do Clima... Se o déssemos para a pessoa certa, o general Griggs ou o general June, ele poderia impressioná-los a ponto de fazer ao menos um deles hesitar.

— Mas como alguém faria um mapa como esse? — questionou Casanova.

Fumaça não gostou de ter que dar a resposta.

— Eu só conheço uma pessoa que fez um mapa desses, um mapa de memória de um antigo. — Ela olhou significativamente para Agridoce, e Agridoce a olhou de volta.

— É muito perigoso, Sarah.

— Se tivéssemos tempo para flertar com o perigo, a solução seria essa — ela respondeu.

— Nós dois não poderíamos ir. Teria que ser eles três, e eles não estão equipados para lidar com ela. — Agridoce pressionou os lábios. — Mas talvez você esteja certa. Talvez o momento seja este.

— De quem vocês estão falando? — perguntou Theo.

Agridoce se dirigiu a Fumaça.

— Diga a eles.

— Borragem — Fumaça disse solenemente. — Ela mora a norte daqui, no mar Eerie, em uma era que ela mesma criou. Só duas pessoas vivem com ela: Sálvia e Freixo. Elas são as três irmãs, expulsas pelos elodeanos e banidas de Oakring.

29
As exiladas

13 de agosto de 1892: 7h57

Também notei tendências interessantes em como as várias tradições imaginam o bem e o mal. Em algumas tradições, a do Império Fechado e a dos Estados Papais, por exemplo, o mal é externo e não se contamina por nada: o que é mal sempre foi e sempre será o mal. O que é bom está em perigo, ameaçado pela potencial corrupção do mal. Em contraste, os elodeanos (Eerie) quase sempre caracterizam o mal como algo que vem de dentro e que pode coexistir com o bem. Ou seja, uma pessoa não é inteiramente boa ou má: ela pode ser ambos. E não é apenas uma questão de mudar ao longo de uma vida — o bem caindo em desgraça, o mal se redimindo — mas, na verdade, de preservar os dois ao mesmo tempo.

— Sophia Tims, *Nascidas da Ruptura: histórias que os viajantes contam*

— O QUE ISSO significa? — Sophia perguntou, incrédula. — Uma era que ela mesma gerou?

Nosh estremeceu e se virou, como se evitasse a pergunta. Agridoce e Fumaça fitavam as cinzas frias da lareira.

— Você contou que Virgáurea disse que um dos elodeanos havia tentado praticar as Ars, não é? — perguntou Agridoce.

— Sim, mas ela não falou o que isso significava — Sophia pressionou.

Fumaça pigarreou antes de falar.

— Bem, vamos ser francos — ela disse. — Nenhum de nós esteve lá, então muito do que sabemos é informação de segunda mão. O que sabemos é isto: Borragem, Freixo e Sálvia eram, são, Temperadoras como Agridoce. São extremamente talentosas, então até para os elodeanos os feitos delas às vezes parecem mágica.

— Eu nunca as conheci — Agridoce comentou —, mas minha mãe conhece muitas histórias sobre elas. Algumas realmente boas. — Sorriu. — Minha mãe disse que uma vez as três irmãs ajudaram a levar duas crianças para fora da floresta mandando uma nuvem de vaga-lumes para elas.

— Nem tudo o que elas fizeram foi tão encantador — continuou Fumaça. — Borragem, em particular, a mais talentosa das três, foi ficando cada vez mais vingativa com a idade. Ela odiava a forma como as pessoas dos Territórios tratavam o antigo e, uma vez, em sua fúria, trouxe um tornado que deixou mais de uma dúzia de colonos mortos. Os elodeanos a expulsaram por isso, e ela veio para cá. Por um tempo, nós a aceitamos. Alguns a chamavam de assassina e não conseguiam encará-la, mas nós nos orgulhamos de acolher os marginalizados aqui, e a maioria tentou apoiar as três irmãs. Até que Borragem revelou seu plano para Oakring. — Fumaça sacudiu a cabeça. — Ela decidiu que não era suficiente falar com o antigo e influenciar as ações dele. Ela queria mais. Ela queria *ser* uma antiga também.

Sophia prendeu a respiração.

— Mas como ela faria isso? — Theo perguntou, cético.

— Essa é a parte que não sabemos, pois a proibimos de ir em frente com os planos. Como Borragem queria tomar para si Oakring e toda a área que o circunda, nós a banimos. Ela seguiu para o norte com as irmãs, rumo ao mar Eerie, e foi lá que tentou criar e habitar uma era própria.

— O que ficamos sabendo — disse Agridoce — é que todas as árvores, pedras e folhagens lá são uma expressão animada pela consciência dela. Até os animais e as criaturas que ela criou, o que é difícil afirmar, pois poucos se aventuraram lá. Freixo e Sálvia gastaram todas as suas forças tentando conter a irmã.

Embora Sophia achasse o retrato pintado por Agridoce e Fumaça um tanto inquietante, podia imaginar coisa pior. Pensou em outras formas pelas quais os exércitos de Novo Ocidente poderiam ser contidos e todas pareciam mais insólitas e perigosas: cercar o bosque para protegê-lo; induzir o exército a marchar para outro lugar; persuadir os comandantes usando a mera força de sua convicção. Contudo, viajar para o mar Eerie ainda parecia a melhor opção.

— Parece estranho, mas não perigoso — disse Casanova, expressando a conclusão a que Sophia também havia chegado. — Eu vou.

— Nós três podemos ir — disse Theo. — O rancor dela é contra os Eerie e os habitantes de Oakring, certo? Então, devemos ficar bem.

— Você não está pronto para viajar, Theo — Casanova se opôs.

— Ele pode não estar — Agridoce apontou —, mas Theo provavelmente é o único meio pelo qual vocês as encontrarão. É muito difícil encontrar as margens do mar Eerie. Não temos mapas, e nenhum de vocês é Eerie.

— O que você quer dizer com "eu sou o único meio"? — perguntou Theo.

Agridoce e Fumaça trocaram um olhar.

— Você tem a Marca do Ferro, não tem? — perguntou Agridoce.

Theo ergueu a mão.

— Tenho.

— Bem, para que você achou que servia?

— Para que eu achei que servia? — Theo repetiu.

Nosh bufou de um jeito que parecia estranhamente uma risada.

— Isso não é gentil, Nosh — Agridoce comentou, tentando controlar o riso. — Muitas pessoas nas Terras Baldias não conhecem seu significado.

— O que ele disse? — Theo perguntou, indignado.

Agridoce hesitou.

— Ele acha engraçado que você não use a marca — respondeu, editando o comentário de Nosh.

— A marca do Theo é uma bússola — disse Fumaça, pressionando as cicatrizes na mão dele. — As pessoas de Oakring com a Marca do Ferro a usam para encontrar os caminhos. É para isso que ela serve.

Theo ficou incrédulo, depois furioso e, por fim, após um tempo, exultante. Embora parecesse um desperdício vergonhoso ter vivido quase dezessete anos sem conhecer o poder da Marca, ele decidiu que a coisa mais importante era não perder mais nem um minuto. A letargia trazida pelo esforço da recuperação desapareceu. Insistindo que o tempo era curto, persuadiu Fumaça a levá-lo para Oakring.

Fielmente à história que Líquen havia lhes contado, havia tanto pessoas com a Marca do Ferro quanto pessoas com a Marca da Vinha no vilarejo. Sarah Fumaça Longfellow, como a curandeira da aldeia, conhecia todas elas. Ela decidiu que deveriam pedir a um homem chamado Everett, um rastreador de renome, para ensinar Theo a usar os poderes da mão. Theo mal podia conter o entusiasmo e a ansiedade. Quando partiu com Fumaça e Casanova, deixando Agridoce e Sophia para trás, parecia ter se esquecido completamente do ombro ferido.

— Nós dois temos nosso próprio trabalho a fazer — Agridoce disse, juntando-se a Sophia na mesa da cozinha da casa de Fumaça. — Você está com o disco de madeira?

Sophia o tirou da mochila e o colocou na mesa.

— Aqui está.

— Você já conseguiu lê-lo acordada?

— Ainda não.

— Tente de novo. Você pode encontrar um novo propósito em fazê-lo. — Ele tocou o disco de madeira. — Outra noite, quando o olhei, vi algo interessante. Esta árvore tem memórias das três irmãs.

Os olhos de Sophia se arregalaram.

— Tem?

— Acho que seria uma vantagem para você vê-las desta forma antes de se aventurar para o norte, no mar Eerie.

Sophia o observou.

— O que você vai fazer quando pegarmos o caminho do norte? Vai ficar aqui com Fumaça?

Agridoce balançou a cabeça.

— Graças ao mapa do seu tio, tenho uma ideia de onde Datura pode estar. Pretendo chegar lá na frente desta vez. — Ele se levantou. — Vou partir mais tarde hoje. Tenho planos para colocar em prática com Nosh. Boa sorte com a leitura — ele disse com um sorriso. — Eu volto para dizer adeus.

Sophia voltou sua atenção para o disco de pinheiro diante dela. Toda vez que tentara ler o mapa acordada, ele se mantivera silencioso. *Talvez agora seja diferente*, disse a si mesma, tentando não lutar contra um sentimento de frustração. *Talvez agora que eu vi o bosque e entendi o que significa "adquirir consciência".*

Apoiou a ponta dos dedos na superfície de madeira. Fechou os olhos e se concentrou na textura do pinheiro. Parecia a mesma de sempre. Então se esforçou para perder a noção do tempo, para o momento se expandir livremente, criando um espaço protetor ao seu redor. O braço lhe pareceu pesado, depois surpreendentemente leve. O pinheiro era liso e ligeiramente quente, mas o calor não se registrava como temperatura; era outra coisa.

Sophia interrompeu suas observações por um instante, dando-se conta de que algo importante havia acontecido. O calor não era calor; a madeira não era madeira. A ponta de seus dedos já não parecia se apoiar em uma superfície sólida. De uma forma que Sophia não compreendia, que urgente e deliberadamente não questionava, a ponta de seus dedos tocava memórias. Ela as sentia roçando sua pele como filamentos de uma tênue linha. Eram as memórias que provocavam o calor.

Elas estavam ali, bem diante dela. Podia vê-las exatamente como veria em um mapa de memória feito por mãos humanas: neve, manhãs de primavera, tempestades de verão, entardeceres de outono, outra nevasca. As pessoas iam e vinham. Uma menina escalava o tronco e subia nos galhos, dando risada. Um velho descansava contra as raízes expostas, cansado e ofegante, recuperando o fôlego. Um menino furtivo cavava e cavava na terra, fazendo um buraco fundo e soltando um saco dentro dele antes de cobri-lo novamente. O vento uivava; a lua crescia e minguava.

Então, três mulheres de meia-idade sentadas no chão lado a lado olhavam para uma pequena cidade, que agora Sophia reconhecia como Oakring. Via apenas as costas delas. Estavam rindo. As cores vivas do pôr do sol estavam espalhadas sobre o horizonte, e o ar cheirava a folhas de trevo. Uma delas pegou um vaga-lume na mão, o que pareceu despertar a memória de Sophia. *As três irmãs*, ela pensou.

— Não deixe isso subir à cabeça, Borragem — uma delas disse para a que segurava o vaga-lume.

— E por que não? — veio a breve resposta. Sua voz era baixa e profunda, dotada de uma musicalidade agradável. — É verdade. Podemos ver os pensamentos tomarem forma. Podemos chamar o vento e a chuva. Os antigos nos amam. Com nossa mão orientadora, eles moldam o futuro. Nós não só parecemos as Parcas. Nós *somos* as Parcas, irmãs. As três Parcas.

30
Quatro peões

10 de agosto de 1892: 9h50

O estudo da terra é semelhante ao estudo da flora e da fauna. Ambos alcançaram progressos significativos antes da Ruptura, mas esse evento mudou a natureza da busca. Agora, os pressupostos preexistentes não se sustentam mais. Isso não se dá apenas por causa da proliferação de outras espécies e de outras porções de terra. Como os exploradores demonstraram, as próprias categorias que uma vez consideramos estáveis agora não o são. O trabalho geológico inovador de James Hutton, imediatamente anterior à Ruptura, foi largamente questionado — ou considerado elementar, para dizer o mínimo — por geólogos em Nochtland, assim como o excelente trabalho de Carl Linnaeus, por mais influente que seja, parece cada vez menos adequado para descrever nosso Novo Mundo.

— Shadrack Elli, *História do Novo Mundo*

SHADRACK NÃO ESPEROU PARA digerir o significado de sua descoberta, nem para discuti-lo com os outros conspiradores. Elegantemente, deixou o armazém o mais rápido possível e pegou o bonde para o centro, onde alugou uma carruagem que o levaria até Lexington. A viagem levou uma boa hora, e já era quase o meio do dia quando chegou ao centro da cidade. Lá, pagou o condutor pelo tempo e o suficiente para o almoço e lhe pediu para esperar até que ele voltasse.

— Se eu não voltar até a hora treze, vá para este lugar — disse ele, escrevendo o nome da sra. Clay ao lado do endereço da East Ending Street. — Diga à governanta aonde você me trouxe e ela fará o resto.

Grato pelo céu aberto e por calçar sapatos robustos, caminhou pelo parque Lexington Green em direção à fazenda que vira listada como uma das propriedades de Broadgirdle. Ao fazer isso, examinou as consequências de sua descoberta no armazém. Broadgirdle arranjara os assuntos de tal forma que não poderia ser responsabilizado por antecipar uma guerra. A culpa recairia sobre Shadrack. Em que mais ele seria implicado? Se Broadgirdle era capaz de planejar tal acontecimento com tamanha antecedência, que outros planos permaneciam ocultos, à espera de revelarem seus resultados? Qual deles envolvia os Eerie desaparecidos?

Shadrack chegou à fazenda às dez e meia e se aproximou com cautela. Não sabia como agiria se fosse confrontado por Homens de Areia armados com ganchos. Uma longa alameda ladeada de carvalhos levava a uma casa típica no topo de uma leve colina. Os campos em ambos os lados pareciam precisar de cuidados, como se não tivessem sido cortados por muitos verões, e estavam cobertos por uma camada de cinzas. No entanto, a cerca ao redor da propriedade estava em boas condições, assim como a trava do portão. Shadrack a abriu e entrou na alameda.

A casa estava silenciosa conforme ele se aproximava. A maioria das janelas estava aberta, e cortinas amarelas pálidas farfalhavam em um dos cômodos. Shadrack respirou fundo. Caminhou até a porta azul e bateu. Quase imediatamente, ouviu ruídos abafados do lado de dentro. Um minuto se passou e depois outro. Shadrack olhou em volta e notou que, enquanto os campos cresciam selvagens, os jardins nas imediações estavam bem cuidados. Um arbusto de mirtilo ao lado da porta começava a dar frutos, e uma macieira retorcida mostrava sinais de diversas colheitas. Ervas cresciam em volta da casa em montes altos: verbena, hortelã e lavanda. Shadrack bateu novamente e se inclinou em direção à janela aberta mais próxima, onde havia uma caixa de serpilho em plena floração.

— Olá? Aqui é Shadrack Elli. Alguém em casa?

O som de movimentos ecoou novamente e desta vez ele ouviu passos. Um trinco foi erguido, e a porta azul rangeu ao abrir lentamente. Shadrack se deparou com um homem idoso de cabelos brancos e ralos e uma barba pontuda. Os olhos dele estavam cheios de tensão. Os vincos da testa pareciam acentuados pelas pontas afiadas de algum fardo incômodo.

— Shadrack Elli, o cartógrafo? — o velho sussurrou.

— Sim. Eu sou Shadrack. O senhor é Gerard Sorensen, doutor em botânica?

Um lampejo de medo surgiu nos olhos do homem, mas ele assentiu.

— Venho em paz. Estive procurando pelo senhor. Posso entrar?

Sorensen hesitou.

— Acho que não deveria — ele disse em voz baixa.

— Quero ajudar, dr. Sorensen. Não pode me dizer o que aconteceu?

— O senhor garante a segurança da minha família? — Sorensen perguntou, com a voz suplicante.

Shadrack engoliu em seco.

— Eles estão em perigo?

— Estou aqui contra a minha vontade, sr. Elli — Sorensen disse, com muito mais firmeza no tom. — Se meus filhos e netos não estivessem sob ameaça, eu não estaria aqui. E, se conversar com o senhor os colocar em perigo de alguma forma, tudo o que fiz terá sido em vão.

— Dr. Sorensen, estou tentando entender esse quebra-cabeça do qual sua situação é parte. Eu sei que Gordon Broadgirdle de alguma forma é culpado, e sei que, a menos que o paremos, a vida de muito mais gente terá sido em vão. Se puder me explicar qual é a sua participação em tudo isso, eu farei tudo o que estiver ao meu alcance para garantir a segurança da sua família.

A dúvida era evidente no semblante de Sorensen. Finalmente, ele abriu a porta com um pequeno suspiro.

— Temos sorte de ser quarta-feira — ele falou. — Entre. Talvez possamos fazer isto sem que ninguém fique sabendo.

Shadrack entrou na cozinha da casa e se viu em um cômodo que o fez lembrar imediatamente do laboratório de Martin Metl, em Nochtland. Havia terra por toda parte. Vasos vazios formavam pilhas altas sobre uma mesa de trabalho, onde um regador e um par de luvas haviam sido postos de lado às pressas. Plantas cobriam quase todas as superfícies e uma área extensa do chão. Entre as que Shadrack reconheciam estavam laranjeiras, papiros, um salgueiro em miniatura e samambaias: mais samambaias do que ele já vira em um único espaço. Não havia lugar nem para sentar.

— Vou lhe contar rapidamente — disse Sorensen — e depois o senhor precisa ir.

— É tudo o que eu peço — Shadrack concordou. — Obrigado.

— Começou no final do inverno deste ano. Fui abordado por um homem chamado Gordon Broadgirdle, que disse que me pagaria generosamente para eu examinar uma amostra de planta que ele havia adquirido do mar Eerie. Tenho interesse nas plantas daquela região, então eu aceitei. Ele me convidou para vir aqui, nesta casa de fazenda. Para minha consternação, descobri... — Sorensen tocou a laranjeira mais próxima com um ar distraído. — Descobri que os espécimes que ele tinha aqui não eram plantas. Eram pessoas.

Shadrack assentiu quando as peças se encaixaram.

— Três pessoas: um velho, uma mulher e uma menina. Três Temperadores dos Eerie.

— Sim! — Sorensen afirmou. — Como você sabe?

— Um deles conseguiu enviar uma mensagem, apesar do cativeiro.

— Compreendo — Sorensen disse, aliviado. — Fico feliz em saber. No entanto, aparentemente, isso não foi suficiente. O que mais interessava a Broadgirdle era a menina, pois das mãos dela brotam flores conhecidas como datura: uma flor tóxica. Quando as flores se soltam das mãos dela, os vapores causam ilusões terríveis. São vapores incrivelmente venenosos.

— A névoa escarlate — Shadrack concluiu, balançando a cabeça. — Agora tudo faz sentido.

— Mas eu não percebi — Sorensen disse baixinho — até ser tarde demais. Exigi que os Eerie fossem libertados e me recusei a participar dos planos de Broadgirdle. Em resposta, ele disse que enviaria os homens dele atrás da minha família. — Sorensen cobriu os olhos. — Dali em diante, eu fiz tudo o que ele pediu. Confirmei o que a flor era capaz de fazer e, com isso, Broadgirdle me deu ordens para colocar os outros dois Eerie em hibernação. Eu sei muito pouco sobre os Eerie, e só li sobre esse tipo de sono em relatos escritos, mas Broadgirdle disse que, se eu não obedecesse às suas ordens, ele acabaria com a vida deles. Então fiz o meu melhor. A garota foi levada, temo pensar para que propósito, e os outros dois permaneceram aqui.

Shadrack despertou do choque.

— Eles ainda estão aqui?

Como resposta, Sorensen se virou e saiu da cozinha, deixando que Shadrack o seguisse. No cômodo adjacente, cortinas escuras haviam sido fechadas para bloquear a luz do sol, e Shadrack teve de esperar na porta, enquanto seus olhos se ajustavam. Assim que o fizeram, ele notou que o ambiente estava vazio, exceto por uma pilha de lenha ao lado de uma lareira aberta e dois caixotes longos que pareciam caixões. Estavam fechados. Sorensen foi até eles e removeu cuidadosamente as tampas, enfiando-as atrás dos caixotes.

— Veja por si mesmo — disse ele.

Shadrack se aproximou e uma sensação de pavor cresceu dentro dele ao fazer isso. Ainda era difícil enxergar no cômodo escuro. Como se ouvisse os pensamentos de Shadrack, Sorensen se levantou e caminhou até a lareira, onde colocou uma vela no suporte de cima da moldura. Riscou um palito de fósforo e acendeu o pavio, depois se ajoelhou ao lado do caixote mais próximo com a vela na mão.

Shadrack espiou para dentro do caixote e viu que Sorensen havia lhe contado a verdade. Estava cheio de terra. Um par de mãos brancas, uma dobrada sobre a outra, irrompiam da terra. Três flores brancas, delicados trompetes em cima de um ramo escuro, entrelaçavam-se nos dedos inertes. E, na extremidade superior do caixote, o rosto pálido de uma mulher — olhos fechados, expressão tranquila —, como se feito de cera, repousava imóvel na terra escura.

PARTE 4

Tempestade

31
Meia mentira

11 de agosto de 1892: 12h22

No cômputo geral, é evidente que outras eras amam mais os seus jardins. Nochtland, a capital das Terras Baldias, seria apropriadamente apelidada de "uma cidade de jardins". Até mesmo os Estados Papais, asfixiados como são pela peste, destinam cuidados mais consistentes aos jardins de fontes de suas cidades. Os que viajam para Novo Ocidente geralmente observam que as áreas rurais são muito bonitas, mas as cidades são sufocadas por construções ruins, ruas de paralelepípedos e pouquíssimas árvores. Boston tem seu jardim público, mas, afora isso, os maiores parques são cemitérios. Como um ilustre visitante comentou: Não seria melhor ter mais jardins para os vivos e menos para os mortos?

— Shadrack Elli, História do Novo Mundo

SHADRACK VOLTOU APRESSADAMENTE PARA o escritório do inspetor Grey. Ele havia persuadido o inspetor e vinte de seus homens a segui-lo até Lexington; compelira Grey a garantir proteção policial para Sorensen e sua família; convencera Sorensen a acordar os dois Temperadores; e ele mesmo assumira o controle destes, deixando-os com um amigo em Concord para que pudessem se recuperar totalmente da longa hibernação. Então retornara a East Ending Street, exausto, e relatara aos conspiradores tudo o que acontecera. Winnie e Nettie ficaram furiosos, mas o perdoaram quando ele explicou o que provavelmente aconteceria na sequência. Por fim, concluídas as tarefas, satisfeito por ter feito todo o possível, aguardou.

Uma parte dele esperava que Broadgirdle batesse à sua porta naquela noite mesmo. Porém, o confronto ocorreu na tarde seguinte, já com a jornada de trabalho avançada. Shadrack havia passado a manhã recolhendo seus papéis e agora estava na janela de seu gabinete, olhando para o jardim público. Ele se lembrou de que, quando criança, caminhava ali com seus pais, nas manhãs de sábado. As rosas pareciam altas como árvores, e o ar se enchia de conversas tranquilas das pessoas com as quais cruzavam no caminho. Naquela época, Boston lhe parecia uma joia reluzente, cheia de brilho e tesouros inesperados.

Broadgirdle não se fez anunciar. Entrou com tudo e bateu a porta atrás de si com uma pancada. Shadrack lançou um último olhar demorado para o jardim e se virou de forma um tanto relutante. Podia ver o homem fazendo um esforço para controlar a raiva, e lhe resultou interessante que o primeiro-ministro o abordasse no meio da fúria em vez de esperar para se controlar.

— Isso vai lhe custar caro — Broadgirdle finalmente disse, com a voz estrangulada.

Shadrack esperou, lembrando-se de que não havia nada a ganhar provocando ainda mais o homem.

— Eu fiz apenas o que parecia necessário — ele respondeu. — Os Temperadores e o dr. Sorensen já sofreram o bastante em suas mãos, ao que me parece.

Broadgirdle sorriu com desdém.

— Você se imagina um homem do mundo, com seus mapas e seus amigos exploradores, mas você pensa tão pequeno como o homem mais provinciano de Boston. Você vê as árvores e não enxerga a floresta.

— E qual é essa floresta que eu não consigo enxergar?

— O *propósito*. O propósito de tudo. — Ele fez um gesto circular indicando a sala e terminou na janela e em toda Boston além dela. — O propósito da nossa era. Do que fazemos nela. Da Ruptura.

Pacientemente, Shadrack apertou as mãos diante do corpo.

— Você vê seus planos como parte de um propósito maior — disse ele.

— É *claro* que eles são um propósito maior — Broadgirdle afirmou, apoiando os punhos na mesa de Shadrack e inclinando-se para a frente. — A questão não é apenas realizar o destino da nossa era e expandir para oeste. É sobre quem vai ganhar e quem vai perder. Quem vai triunfar e quem vai sucumbir. Você quer que este hemisfério seja tomado por *corsários terrestres*? Ou *índios*?

Shadrack ergueu as sobrancelhas.

— Eu não sabia que um ou outro estava interessado em tomar o hemisfério.

— Você é um tolo — Broadgirdle disse, indiferente. — Você sabe muito bem que seu destino está em jogo. Podemos seguir o caminho em que estamos, rumo a uma desintegração cada vez maior, ou o caminho colocado diante de nós na Era da Verdade: unidade. Coesão. Progresso.

— Eu sei que existem várias direções possíveis para a nossa era — Shadrack respondeu num tom comedido. — Mas eu não as vejo como você.

Algo em Broadgirdle pareceu chegar ao ápice e desmoronar. Ele saiu de trás da mesa, e seu tom agora era frio, quase indiferente, como se abandonasse a perspectiva de persuadir alguém tão fraco.

— Esta Era da Ilusão está muito equivocada. A extensão do infortúnio é — balançou a cabeça — trágica. Irremediável. E ainda assim, ainda assim... é a única era que *temos*. Ou salvamos esta era ou não. Está vendo? — Deu um sorriso sinistro. — Não existe outra solução possível. Lamento que você tenha fracassado tão completamente em compreender.

Shadrack ouviu a lógica niilistiana nas palavras de Broadgirdle e se deu conta, se é que algum dia havia duvidado, de que usar a razão com ele seria impossível.

— Bem — disse ele —, então você está certo, não estou vendo a floresta. Ou talvez seja mais exato dizer que vejo uma floresta diferente.

— O custo do seu fracasso será alto — Broadgirdle concluiu, friamente. — Eu o avisei e permaneço fiel à minha palavra. As ameaças que fiz não foram levianas. Sissal Clay e Theodore, se ele sobreviver a esta guerra, é claro, serão deportados. E, quando retornar a Boston, Sophia vai ser presa por fraude. Ouvi dizer que as prisões juvenis não são muito melhores do que as prisões dos adultos: falta de recursos, sem dúvida. E é onde você vai estar, claro — ele terminou, triunfante —, por ter planejado esta guerra debaixo das fuças de Bligh. As provas estão em um armazém perto do cais. — Ele sorriu, e os dentes brancos reluziram.

— Tenho ciência disso — Shadrack respondeu calmamente.

Para o crédito de Broadgirdle, ele não pareceu surpreso.

— Então você é ainda mais tolo do que eu pensava.

Shadrack voltou para a janela.

— Ouvi dizer que na Era da Verdade, Boston não é a capital desta nação.

Broadgirdle levou um momento para responder.

— Correto.

— Posso imaginar um mundo assim. Em que Boston não é o centro, mas um lugar periférico. Como eu amo esta cidade — ele disse em voz baixa. — As ruas tortas, os invernos absurdamente frios e os verões absurdamente quentes. Sua face de tijolos, seu coração de grama verde, mas a cidade mudou. Com o fechamento da fronteira, se tornou um fantasma pálido de si mesmo. Tenho a sensação de que não existe mais. Mesmo morando aqui, já sinto saudades. — Ele se voltou para o outro homem. — Talvez torne um pouco mais fácil partir.

Não será tanto um exílio, mas uma jornada para encontrar uma cidade como a que Boston já foi um dia. — Sorriu tristemente. — Nochtland, talvez, ou as cidades distantes do Pacífico. Eu nunca as vi.

Shadrack colocara todo o seu esforço em planejar aquela jornada, e agora o destino parecia estranhamente secundário. Não tinha se permitido imaginar como seria quando todos eles estivessem reunidos em segurança em algum lugar longe dali: ele, a sra. Clay, Theo e Sophia. Havia muitas coisas ainda para planejar e muitas coisas que ainda podiam dar errado antes do dia seguinte, quando ele fechasse a porta da casa em East Ending Street atrás de si pela última vez.

O olhar de Broadgirdle era carregado de desdém.

— Você coloca a segurança acima dos princípios, não é? Você tem uma mente pequena, Shadrack.

Shadrack ainda sorria.

— Creio que foram meus princípios que me impeliram a escolher esse caminho, Gordon. Se eu estivesse mais preocupado com a minha segurança, teria deixado os Eerie onde estavam, repousando em seus caixotes cheios de terra, mas fico feliz por não ter feito isso. Quando estivermos todos juntos, eu e minha família, em algum lugar longe daqui, não terei nada que pese em minha consciência.

32
Mapas de fumaça

14 de agosto de 1892: 6h22

O capítulo de Sarah Fumaça Longfellow concerne à origem dos mapas de fumaça, que valem a pena conhecer. Eles são amplamente incompreendidos. Muitas pessoas acreditam que "mapas de fumaça" são impressões feitas pela fumaça em papel — isto é, um tipo de desenho ou pintura feitos com fumaça. São interessantes de olhar, sem dúvida, mas não têm propriedades cartográficas intrínsecas. Se podemos dizer alguma coisa, um mapa mais interessante poderia ser desenhado com fumaça em um tecido, que é o meio padrão para mapear as condições climáticas.

— Sophia Tims, *Nascidas da Ruptura: histórias que os viajantes contam*

NOSH E AGRIDOCE PARTIRAM na tarde do dia 13 com o objetivo de encontrar Datura. Sophia achou difícil dizer adeus. Do momento em que a cara gentil de Nosh aparecera tão perto da sua na estação de Salt Lick, o alce e o menino a cercaram de toda proteção e cuidados. Ela havia viajado com dois Eerie, e ambos possuíam uma prudente serenidade que ela considerava reconfortante em circunstâncias difíceis. E agora, com a partida de Agridoce, ela se sentia preocupada e insegura. *Primeiro Virgáurea, agora Agridoce; estou viajando com um Eerie durante um mês e meio,* pensou, parada na porta da frente da casa de Fumaça, observando o alce e o Temperador partirem. *Agora vou ter que me acostumar a viajar sem a companhia deles mais uma vez. Quando será que os verei novamente?*

Theo estava se recuperando bem, e o entusiasmo de aprender a Arte do Ferro, como Everett chamava, o enchia de energia. Apesar disso, Fumaça achava que seria melhor seu paciente descansar mais uma noite, com tranquilidade e segurança.

— Isto é — ela acrescentou com um sorriso —, quando você terminar de nos contar como essa arte funciona — continuou após o jantar, quando todos estavam na cozinha.

— É como ouvir, mas com os ossos — disse ele, estendendo a mão direita, marcada de cicatrizes.

— Mas isso parece impossível! — disse Sophia.

— Realmente não é fácil — Theo admitiu, com ares de alguém um pouco envergonhado pela grandiosidade de seus próprios dons. — No começo, eu não tinha ideia do que ele queria dizer. Então ele disse para eu parar de pensar e só focar em ouvir o que minha mão falava.

Sophia refletiu que aquilo não era tão diferente do que Agridoce havia lhe ensinado: observar e interpretar sem considerar *como*.

— O que você está tentando encontrar agora? Suas botas? — ela brincou. — Tenho certeza de que eu as vi debaixo da sua cama.

Theo riu com humor.

— Eu estava tentando sentir o mar Eerie. Eu sei para que lado fica, pois sei que é no norte, mas estava tentando ver se eu conseguia *sentir* o caminho.

— E conseguiu? — Casanova questionou, observando com interesse.

— Um pouco. É como se eu *quisesse* ir para aquele lado — ele apontou — e não conseguisse explicar por quê.

— Por acaso, sua mão não está te puxando para a cama agora? — Fumaça perguntou. — Porque é para lá que você deveria ir neste exato momento. — Theo aceitou a reprimenda com um sorriso, e em seguida todos se recolheram.

Na manhã do dia 14, Sophia acordou ao som das preparações silenciosas de Fumaça na cozinha. Ela estava embrulhando a comida em pacotes e os colocando de lado em uma pilha organizada.

— Pão, carne-seca e frutas — ela disse, vendo que Sophia estava desperta. — Água vocês encontrarão no caminho. Casanova tem uma mochila e você vai levar uma minha emprestada.

Sophia esfregou o sono dos olhos.

— Obrigada, Fumaça.

— Separei algumas roupas para você vestir que são melhores que esses trajes de andarilha. Desse jeito, todos vão conseguir te ouvir a um quilômetro de distância. — Ela segurava uma calça e botas de camurça, meias de lã compridas, uma camisa de linho e um manto de lã. — De qualquer modo, calças são melhores para viajar. Sou só um pouquinho mais alta que você, então espero que sirvam.

— Parecem maravilhosas, Fumaça, obrigada. — Sophia trocou rapidamente de roupa e as considerou apenas um pouco largas demais, mas de um jeito confortável. As botas serviam perfeitamente. Admirada, ela as olhou de cima a baixo, feliz de descobrir que tudo era tão leve e quentinho.

— Você vai descobrir que o clima de lá é mais frio que o daqui, por causa do gelo.

Sophia dobrou a capa cuidadosamente e a amarrou à mochila emprestada.

— A que distância será que as irmãs estão...?

— Não há como saber. — Fumaça terminou de arrumar outro farnel. — Mas vocês devem dar meia-volta e retornar assim que essa comida chegar à metade, não importa onde estejam. Não vão encontrar nenhum alimento por lá.

— Elas três devem comer carne, de alguma forma.

Fumaça balançou a cabeça.

— Eu não comeria o que elas comem — ela disse sombriamente.

Casanova e Theo se juntaram a elas na cozinha. Casanova carregava uma grande mochila que parecia abarrotada até a boca, mas a colocou sobre a mesa e a abriu para guardar a comida que Fumaça preparara.

— Cobertores de lã e lonas de borracha para o gelo — disse Fumaça, entregando-os a Casanova. — Theo, estes são para você. — Ela estendeu um pacote de linho. — Bandagens limpas e um frasquinho de remédio. Tome um gole ou dois se seu ombro começar a doer de novo. Vai amortecer a dor. E escolha um bom cajado para caminhar: seu equilíbrio vai ficar prejudicado com o braço nessa tipoia. Há comida suficiente para quatro dias. Se vocês não estiverem de volta até o dia 18, vamos atrás de vocês, e não posso prometer que isso vai acabar bem. Portanto, comecem a voltar em dois dias — ela disse —, de onde quer que estejam. Além disso, se não voltarem nesse prazo, poderá ser tarde demais para salvar o bosque — ela acrescentou objetivamente. — Uma última coisa. — Fumaça lhes entregou três velas curtas.

— Ah — Casanova disse, sorrindo e entregando uma para Theo e outra para Sophia. — Carreguem a vela com vocês. Cuidado, não as percam.

— Mas já temos velas suficientes — Theo disse.

— Não estas, feitas pela Fumaça.

— São mapas de fumaça — disse a mulher, com um leve tom de desculpas. — Me perdoem a preocupação, mas eu só quero ter certeza de que vocês vão conseguir encontrar o caminho de volta, caso alguma coisa dê errado. Acendam a vela e a fumaça vai guiá-los até mim.

— Ah! — Sophia exclamou. — Obrigada. Um mapa de fumaça — murmurou. A vela curta parecia bem comum e tinha um cheiro agradável de cera de abelhas. Sophia a guardou dentro da bolsa, a bolsa dentro da mochila, criando espaço para os cobertores de lã.

— Você precisa levar a mochila, Sophia? — Casanova perguntou. — Todo esse papel... É muita coisa para carregar.

Ela assentiu.

— Tem os meus mapas. E o meu caderno. E as granadas que me deram em Ausentínia. Preciso levar essas coisas comigo.

— Sophia nunca vai a lugar nenhum sem essa bolsa — disse Theo, sorrindo. — Essa bolsa é tão viajada quanto ela.

— Muito bem — concedeu Casanova com certo divertimento enquanto Sophia corava. — Então vamos. Fumaça — ele chamou, virando-se para abraçá-la —, obrigado. Estaremos de volta no dia 18 ou antes disso, eu prometo. Vou cuidar bem deles.

— Eu sei que vai, Grant. — Ela abraçou Sophia e Theo. — E lembrem-se... — acrescentou, parada na porta. — O mar Eerie carrega esse nome por um motivo. Não se assustem pelo que possam ver ou ouvir lá. É uma era desabitada e não pode lhes fazer mal. Até chegarem ao reino das três irmãs, pelo menos. — Os três começaram a descer a colina. — Tenham cuidado — ela gritou, já de longe.

9h40

Eles caminharam em direção ao norte, afastando-se de Oakring. Na primeira parte da jornada, não precisaram que a mão de Theo os guiasse, pois Casanova conhecia o caminho rumo ao mar Eerie. Os elodeanos viajavam para lá periodicamente para se divertir nas cavernas de gelo, e suas trilhas eram visíveis, embora cobertas de vegetação.

À medida que prosseguiam, Sophia se sentiu profundamente grata por Theo ter tido a sorte de encontrar Casanova na prisão de Boston. Na casa de Fumaça, ela já tinha visto a delicadeza com que Casanova cuidava de seu amigo. Agora ela via que ele também era um companheiro atencioso na estrada. Ele levara sua promessa a Fumaça muito a sério: segurava os galhos do caminho para Sophia e Theo passarem; alertava-os das pedras soltas no chão; parecia saber o nome de todas as plantas e o significado de todos os sinais à volta deles.

— Pelotas de coruja — anunciou diante de um tufo parecido com fiapos misturados a ossos. — As corujas não conseguem mastigar, então engolem a comida inteira e depois regurgitam uma parte. Vejam — ele disse, abrindo o tufo —, os restos de um ratinho.

— Isso é meio nojento. E complicado — Theo comentou.

— Tente você comer um rato inteiro — disse Casanova.

O caminho pelo qual eles viajavam era predominantemente plano e atravessava uma floresta esparsa. As árvores pareciam descaídas no topo, a folhagem agredida pelas chuvas de carvão. O percurso estava coberto de folhas e galhos dilacerados.

Enquanto caminhavam, Sophia examinava o céu. Não tinha visto Sêneca desde que ele lhe dera a lembrança de Virgáurea, e uma parte de Sophia sempre ficava na expectativa de que o falcão aparecesse. Cada bater de asas atraía seu olhar.

— Aquela é uma ave de rapina diurna — disse Casanova, seguindo o olhar de Sophia para a forma voadora que a fizera parar.

— Muito bonita — comentou ela.

— É conhecida por falcão-peregrino. São bem comuns por essas bandas.

— Casanova — ela disse —, Theo teve sorte de te conhecer na prisão de Boston.

Ele sorriu.

— Theo Sortudo.

Theo parou de repente.

— Por que você me chamou assim?

Casanova bateu na testa com a palma da mão.

— Como eu fui esquecer? Tanta coisa aconteceu que eu esqueci completamente. Quando você estava doente a caminho de Oakring, fomos parados por corsários terrestres. Eles conheciam você. Até me deram carne-seca, dizendo que tinha o ferro de que você precisava. E um deles, de nome Jim Palito, chamou você de "Theo Sortudo".

A expressão tensa de Theo relaxou em um sorriso.

— Jim Palito — ele repetiu. — Ora, ora. — E se voltou para o caminho, ainda sorrindo.

— Quem é esse Jim Palito? — perguntou Casanova.

— Um andarilho que eu conheci. — Theo riu, batendo o cajado contra um tronco. — Ele fez o nome dele como atirador de espadas, na verdade, antes de começar a vida de nômade. Foi um dos poucos que eu conheci que parecia pensar que havia regras na atividade. Ele nunca roubava de mulheres, velhos ou pessoas que tinham crianças.

— Isso meio que encolhe a piscina, não acha? — Sophia comentou.

— Consideravelmente. Eu nunca disse que ele era um bandoleiro bem-sucedido, mas, algumas vezes, funcionava para ele. Ele roubou um rancheiro nas

Terras Baldias do sul uma vez e foi embora com dinheiro suficiente para viver durante dois anos. Claro, ele gastou tudo em seis meses, mas foi bom enquanto durou. Jim Palito. Um ladrão cheio de escrúpulos.

— Como os piratas — Sophia disse.

— Como Casanova — Theo sugeriu.

Sophia olhou para Casanova cautelosamente.

— Isso é verdade?

Casanova sacudiu a cabeça, um sorriso retorcendo o rosto.

— Eu nunca contei ao Theo por que eu fui parar na prisão de Boston. Ele anda palpitando muito ultimamente. — Casanova se abaixou sob um tronco que havia caído na trilha. — Pode ser que eu tenha estado na prisão por furto ou por assassinato. — Ele se virou e lhes lançou um olhar ameaçador.

Theo riu.

— Claro. Muito provável.

— Ou traição — disse Casanova, com menos alegria na voz.

— Traição — Sophia repetiu.

— Claro que foi traição. — Theo franziu o cenho. — Com Broadgirdle como primeiro-ministro... É só tossir perto demais dele e já é traição. Sem dúvida ele estava tentando abarrotar as prisões de Boston para ter soldados suficientes.

Casanova apontou a trilha que seguia acima.

— Tem uma clareira lá na frente. Vamos parar e descansar um pouco. — Theo e Sophia aguardaram, na esperança de que ele dissesse mais alguma coisa, fato que se confirmou. — Eu fui preso por protestar contra o fechamento das fronteiras e a política de Novo Ocidente em relação aos Territórios Indígenas. Eu participava de uma manifestação que acontecia nos degraus do Palácio do Governo, e a polícia interveio e nos levou. No começo, não parecia sério, mas tive dificuldade em conseguir um advogado, e os dias se passaram. Depois, Broadgirdle, que ainda não era primeiro-ministro, mas já estava no parlamento, aprovou uma lei garantindo que algumas formas de protesto contassem como traição. A lei se aplicava até para pessoas que já tinham sido presas por infrações menores. Então lá estava eu, preso por traição. — Ele parou e afastou um galho para Theo e Sophia passarem. — Sem dúvida, se eu não tivesse sido recrutado, já teria ido para a forca — disse com naturalidade.

No meio da tarde, haviam chegado em um território conhecido de Casanova. Ele parou em uma clareira onde uma velha cobertura se erguia, ao lado de uma fogueira apagada.

— Este lugar é um ponto de parada que os viajantes usam na jornada leste-oeste. Estamos no ponto mais ao norte.

Theo levantou a mão direita.

— É hora de usar a Arte do Ferro. Afastem-se.

— Por favor — disse Casanova, com uma reverência divertida. — Só mantenha a outra mão no cajado, sim?

Theo olhou feio para ele. Depois fechou os olhos e ergueu a mão marcada com cicatrizes com a palma para baixo, como se esperasse que algo fosse flutuar para alcançá-la.

Sophia o observou com expectativa. Minutos se passaram. Ela puxou o relógio do bolso da calça e olhou as horas. Ela e Casanova trocaram um olhar.

— Consigo sentir algo me puxando — Theo disse por fim, com os olhos ainda fechados.

— O que está te puxando? — Sophia perguntou.

— Não sei. É só um puxão. Não tão fraco a ponto de passar despercebido, mas bem nítido quando eu presto atenção.

— Para que lado está indo?

Theo abriu os olhos.

— Não posso dizer sem olhar em volta. Como é que eu vou andar com os olhos fechados? — ele perguntou em voz alta.

Os dois olharam para ele sem entender.

— Talvez você possa parar a cada poucos passos — Sophia sugeriu.

Theo franziu a testa. Ele fechou os olhos e estendeu a mão outra vez. Então deu um passo hesitante, abrindo os olhos ao fazer isso. Alguns passos mais o levaram para a beira da clareira, e outro o conduziu até um rochedo, onde ele subiu com alguma dificuldade, apoiando-se no cajado. Após trocarem um olhar, Sophia e Casanova o seguiram.

— Por ali — Theo disse quando os dois o alcançaram. — Onde as árvores são mais amareladas.

— Não estou vendo nada — Sophia admitiu.

— Nem eu — disse Casanova. — Mas, se você está vendo, então deve ser lá. Eu posso nos levar naquela direção.

Ele ajudou Theo a descer do rochedo e o guiou entre as árvores. Theo o deteve uma vez, tocando seu ombro e apontando para a direita. Outra vez, ele puxou Casanova para pará-lo diante de uma trilha de pinheiros que serpenteava colina acima.

— Sem saída. Devemos ficar à esquerda dos pinheiros.

Casanova olhou para ele, impressionado.

— Perito na Arte do Ferro, estou vendo.

Theo sorriu, mas Sophia notou seu cansaço. Percebeu que o ferimento o incomodava. Ele prosseguia com dificuldade desde que haviam deixado a clareira e tentava disfarçar, sem êxito. Tropeçara mais de uma vez, e só por causa dos reflexos rápidos de Casanova que foi impedido de cair. Sophia estava a um passo de dizer que precisava descansar, pensando com isso poupar as forças de Theo, quando algo a fez estremecer: um vento frio cortou o ar úmido como uma corrente de ar em uma casa aquecida.

— Está sentindo isso? — ela perguntou.

Casanova fez que sim.

— O vento que vem das geleiras. Estamos muito perto.

Logo depois da hora treze, eles saíram da floresta e estavam à beira do mar Eerie.

A primeira coisa que viram foi uma geleira. O ar frio soprava das camadas de gelo em ondas, e sua superfície brilhava ao sol da tarde. O mar era uma folha de prata, delimitado de ambos os lados por montanhas. Os três viajantes estavam sobre um chão de cascalho, entre uma rede de riachos: alguns finos como fitas, outros que pareciam muito mais profundos.

— Você encontrou o caminho, Theo — Casanova disse, colocando a mão no ombro saudável do amigo. — Muito bem. O mar Eerie.

— Não parece tão ruim.

— Que bom que você pensa assim — Casanova ironizou. — Particularmente, eu não vim preparado para escalar geleiras.

Theo balançou a cabeça, estendeu a mão direita frouxamente e apontou.

— Lá. Não vamos subir na geleira. Vamos por baixo. Tem uma abertura para as cavernas.

Enquanto ele falava, algo se moveu na direção que ele havia indicado. Os três ficaram em silêncio, observando. O objeto se afastou suavemente como uma folha ao vento. Sophia percebeu que o objeto flutuava em um dos muitos riachos que corriam na direção deles, a maioria dos quais desaparecia dentro da floresta que eles haviam acabado de deixar para trás.

— Está na água — ela disse.

— Esse riacho vem de dentro da caverna — Theo acrescentou.

Casanova lançou um olhar mais acurado para a miragem.

— Ainda assim, está se movendo na direção errada... *saindo* do mar. — Eles continuaram observando o objeto se aproximar: marrom e branco, como as penas de um falcão ou a madeira de uma bétula. — É uma canoa.

— Está vazia — Sophia percebeu quando estava perto o bastante para ver claramente. A canoa navegava à deriva pelo riacho raso, a trinta metros deles, depois a quinze, e finalmente a três. E então, quando os alcançou, ela parou. Sophia respirou fundo e recuou. A água continuava seguindo seu curso, mas a canoa havia estancado, como se algum obstáculo invisível no caminho a detivesse.

— Acho que devemos embarcar — Casanova disse.

33
Sem remos

14 de agosto de 1892: 14h00

A história da primeira expedição para as Geadas Pré-Históricas é bem conhecida. Rumores sobre geleiras sem fim já haviam chegado a Boston via caçadores e comerciantes. Também correram boatos sobre cavernas de gelo tão vastas que navios inteiros poderiam ser aprisionados dentro delas. A expedição de 1808 não encontrou tais cavernas nem tais espetáculos. Em vez disso, os exploradores encontraram queimaduras por gelo, avalanches e pelo menos um caso de cegueira provocado pela brancura ofuscante da neve. Os sobreviventes da expedição rapidamente se tornaram fontes pouco confiáveis sobre sua própria jornada. Eles mencionavam monstros lanosos, sons estranhos e ecos que repetiam suas palavras de forma distorcida. Considerou-se que a neve havia causado algum tipo de loucura além da cegueira.

— Shadrack Elli, *História do Novo Mundo*

— Será que é uma boa ideia? — perguntou Sophia. A canoa esperava pacientemente por eles à beira-mar, como se mantida no lugar por uma mão fantasma.

— Não sei. — Casanova ergueu os olhos para o mar Eerie, como se a resposta a suas dúvidas pudesse residir ali.

— Acho que devemos tentar — disse Theo.

Sophia lançou um olhar intenso para ele. Seu semblante estava exausto, e ambas as mãos se agarravam ao cajado. Theo estava ainda mais debilitado do que ela se dera conta. Pelo olhar de Casanova, ele havia chegado à mesma conclusão.

— Os remos não estão aqui. Isso é um problema — disse Casanova, observando a embarcação. — Essa corrente marítima vai para o sul. Precisamos remar contra ela.

— Olhe! — Sophia exclamou, agachando-se ao lado da canoa. Havia um conjunto de flores azuis no casco. Eram como duas estrelas de cinco pontas justapostas, pétalas azuis alternando-se com folhas verde-escuras estreitas. O buquê estava amarrado com um pedaço de cordão branco.

— Borracha-chimarrona — disse Casanova.

Algo a respeito do cordão reverberava na mente de Sophia. Ela se lembrou do cordão amarrado nos mapas de Ausentínia, e o sentimento de desconforto e inquietação começou a se desvanecer. Alguém havia colocado aquelas flores ali. Alguém havia *enviado* aquela canoa. Como um gesto tão bondoso poderia guardar más intenções?

— Eu nunca vi esse tipo de flores antes — disse ela, fazendo menção de pegá-las. — São lindas. — Sophia as levou ao rosto e percebeu que tinham um leve cheiro de mel.

— Não são muito comuns por aqui, a menos que sejam plantadas em jardins. Fumaça tem algumas; elas têm propriedades medicinais. Borracha-chimarrona é outro nome para borragem — Casanova acrescentou.

A mão de Sophia apertou o buquê.

— Foi ela que enviou a canoa. Borragem.

— Parece que sim.

Theo estava imóvel; tão cansado que não tinha forças sequer para comentar sobre as flores. Sophia se perguntava até que ponto a Arte do Ferro o havia exaurido.

Então olhou para as flores em sua mão e para a canoa, que os aguardava.

— Acho que devemos entrar. Talvez o fato de ela nos enviar essa canoa signifique alguma coisa que por ora não entendemos. Talvez não seja tão amável quanto parece, mas acho que é uma maneira de viajarmos para o norte, em direção ao reino delas. E é isso o que queremos, não é?

Casanova assentiu.

— Sim. Seu raciocínio está certo. — Olhou ao redor. — Bem, preciso fazer os remos. Me deem algum tempo.

— E já que esta bondosa canoa é tão solícita, em vez de fazer remos, vou esperar vocês dentro dela — Theo disse.

Casanova colocou a mochila no chão e avaliou as árvores mais próximas.

— Quando fiz as malas, resolvi deixar o machado de lado — ele disse ironicamente.

— Posso ajudar? — Sophia perguntou, tirando a mochila dos ombros.

— Ei! — Theo exclamou.

Sophia e Casanova viraram-se ao mesmo tempo e observaram a canoa navegar para o norte, de onde ela tinha vindo, agora com Theo a bordo.

— Ela está se movendo sozinha! Eu não estou fazendo nada.

Casanova pegou a mochila, e Sophia colocou a sua de volta nos ombros. Ele correu atrás da canoa. A embarcação já havia se afastado alguns metros.

— Segure na proa. — Casanova caminhou ao lado da canoa, esperando para ter certeza de que Sophia havia subido antes de fazer o mesmo. — Vou tentar ser o nosso leme.

Sophia colocou a mochila na frente de Theo e se posicionou meio sem jeito, a canoa pendendo levemente para um lado quando ela se acomodou no assento dianteiro. Então se virou e viu Casanova subir atrás dela.

— Me dê o seu cajado, Theo — ele disse.

Mas antes que pudesse usá-lo, a embarcação começou a ganhar velocidade e se mover para a frente em um ritmo constante.

— Como a canoa está se impulsionando sozinha? — Theo perguntou.

Casanova espiou o fundo raso sob o casco da canoa.

— Não é a canoa. É a maré. A maré está nos puxando para o alto-mar.

— O quê? — Sophia se levantou levemente do assento para poder ver melhor e constatou que ele estava certo. A maré havia mudado de direção e os levava à caverna. — Como isso é possível? — sussurrou.

— Bem — Theo disse confortavelmente, não mais parecendo incomodado com o problema. — Fumaça disse que o mar Eerie era misterioso. Se esta canoa quer nos levar para o norte, estou dentro.

Sophia não se conteve e riu. Em seguida olhou para ele, parecendo satisfeita.

— Você está bem?

— Sim, mas feliz de estar sentado.

— Tente comer um pouco — Casanova disse, entregando-lhe um pacote de comida preparado por Fumaça. — Ainda precisamos ver quanto tempo vai durar essa ajuda inesperada. É melhor aproveitar enquanto podemos.

Sophia se virou para a frente quando a canoa começou a se aproximar da abertura da caverna. Sentiu uma vibração apreensiva. O ramalhete de borragens ainda estava em sua mão, e ela o apertou mais firme para se tranquilizar. *Espero que essas águas estejam agindo a nosso favor,* disse para si.

A entrada da caverna era escura, e, assim que passou debaixo de uma rocha saliente, a canoa deu uma guinada brusca: direto para os paredões de gelo. As águas os conduziram a uma escuridão repentina e opressiva. Sophia percebia que ainda estavam em movimento por causa do ressoar baixo da água que ondulava abaixo deles. Então, conforme prosseguiam, riscos cintilantes de luz surgiram no alto, de ambos os lados da caverna.

— O que é isso? — ela sussurrou na escuridão.

— Não sei — veio a resposta baixa de Casanova. — Talvez sejam veios de mica.

Sophia achou que seus olhos estavam se ajustando, pois as paredes rochosas começaram a ficar ligeiramente visíveis, mas então ela percebeu que uma fonte maior de luz os aguardava adiante. O túnel fez uma curva à esquerda, e de repente a rocha foi substituída por gelo. Iluminado por uma luz solar quase impossível de se ver ali, o gelo brilhava, azul-claro. As paredes e o teto que os envolviam tinham formas côncavas e pontas afiadas, como se tivessem sido escavados por uma colher gigante. Ali o curso d'água era largo e profundo, e o leito já não era mais visível. A canoa seguia serenamente, as águas misteriosas manobrando a embarcação pela caverna de gelo com incrível facilidade.

— Isso é magnífico — Sophia disse a Theo e Casanova. Como ela, os dois observavam, maravilhados. Era difícil de acreditar que, na verdade, aquela geleira gigantesca era oca.

O teto se erguia cada vez mais alto conforme eles navegavam, e o espaço se abriu em uma vasta caverna, que fez Sophia se lembrar de uma aventura anterior: navegar no labirinto da era perdida, nos subterrâneos de Nochtland. O gelo azul, as ondas de ar frio e os sons ecoantes lembravam a pirâmide monumental da Era Glacine, que a recebera quando ela enfim emergiu das passagens subterrâneas.

Na canoa, rodeada por aquele gelo sobrenatural, Sophia quase não sentia o frio. Ela havia perdido a conexão com o tempo. Claro que os elodeanos gostariam de estar ali, sentir na pele a majestade de um lugar como aquele. A sensação de quietude que ele causava era tão grande que por um momento ela desejou sair da canoa e caminhar pela grande caverna, envolvida pelo silêncio glacial.

Mas será que aquela caverna estava mesmo silenciosa? Sophia percebeu que ouvia um som, que não era apenas o fluxo da água ao redor da embarcação. Havia algo mais misturado a esse som: um tipo de sussurro. Ela inclinou a cabeça tentando ouvir além do gorgolejar das águas. Sim, agora que ela prestava atenção, o som era mais claro: um sussurro, como se em algum lugar, na grande caverna de gelo, pessoas conversassem em murmúrios abafados.

— Estão ouvindo isso? — Sophia perguntou, voltando-se para olhar seus amigos. Theo havia adormecido, abraçado à mochila de Sophia, a cabeça apoiada em um cobertor.

— Sim, estou ouvindo — disse Casanova. — Os sussurros?

Sophia confirmou com a cabeça.

— O que é?

— Não sei. Parecem vozes humanas, mas não consigo entender o que estão falando. — Ele enfiou a mão na mochila e tirou um pacote embrulhado em um guardanapo. — Não ligue. E lembre-se do que Fumaça disse: você também deve comer; não comeu nada desde o meio-dia.

Sophia pegou o pacote que Casanova lhe oferecera e abriu o guardanapo no colo. Enquanto comia, tentou discernir se a caverna tinha entradas que podiam levar a outras.

— Ali — disse Casanova, apontando para a direita. — Outra abertura.

— Estou vendo.

Quanto mais observava, mais Sophia percebia que havia inúmeras passagens que se desviavam da grande caverna. Era uma rede de vias navegáveis e túneis de gelo, e eles haviam sido guiados por aquelas águas misteriosas para além de todos eles. *Talvez existam pessoas nessas outras passagens,* pensou. Era impossível saber ao certo como o som se propagava por aquele lugar tão incomum. O pensamento era inquietante. Os elodeanos viajavam na mais completa solidão. Quem mais perambularia pelos túneis de gelo do mar Eerie?

Ao terminar a refeição, Sophia sacudiu o guardanapo, dobrou-o e o colocou de volta na mochila. Voltou toda a sua atenção para a rota da canoa. *Eu devia mapear tudo isso*, ela se deu conta e enfiou a mão na bolsa para pegar o caderno. Rapidamente reconstruiu a rota que haviam percorrido até aquele momento, fazendo seu melhor para capturar os contornos do caminho sinuoso sob a geleira. Então começou a anotar onde os túneis se ramificavam, marcando-os com semicírculos.

Quase haviam chegado à extremidade da caverna quando a canoa começou a virar para a esquerda, em direção a uma das aberturas em arco na parede de gelo. Sophia marcou rapidamente a localização no mapa e ergueu os olhos, ansiosa para ver para onde estavam seguindo.

A canoa entrou em uma passagem estreita. Parecia menor do que as outras que havia observado — tão estreita que só permitia a passagem da canoa. O teto se encolhia cada vez mais. Aflita, Sophia percebeu que Casanova não conseguiria ficar em pé, se tentasse. Talvez a mão invisível que os guiava não fosse tão bondosa, afinal.

Pouco a pouco, o teto ficava mais baixo, e sua aflição floresceu em uma onda de pânico.

— E se essa abertura ficar ainda mais estreita? Casanova, nós vamos congelar! Não vamos ter como sair!

O rosto dele era sombrio.

— Não sei. — Teve de se inclinar para conseguir olhar para cima. — Eu devia ter feito aquele remo. — Sondando o teto com o cajado de Theo, argumentou: — Se for preciso, posso segurar a canoa no lugar usando isto. Não vamos ser arrastados para debaixo d'água.

A observação não fez Sophia se sentir muito melhor. Ela se virou para a frente mais uma vez, tentando ver se o teto se elevaria novamente, mas, se podia afirmar alguma coisa, parecia que ele estava descendo ainda mais. Abaixou a cabeça.

— *Casanova!*

— O que está acontecendo? — Theo resmungou.

— Fique abaixado. — Casanova havia deslizado de seu lugar e segurava o cajado em riste, pronto para usá-lo e impedir que a canoa avançasse ainda mais.

— Espere! — Sophia gritou. — Espere! Não pare a canoa. Estou vendo um tipo diferente de luz mais adiante. Não é azul, mas amarela.

Ela se agachou. O teto baixo continuou por mais três, seis, quinze metros, e em seguida a canoa virou em uma esquina.

Sem alterar a velocidade, ela prosseguiu através do arco baixo rumo ao ar livre, deixando os túneis de gelo para trás.

— Graças às Parcas — Casanova murmurou, levantando-se para sentar de novo em seu banco.

Sophia respirou fundo, aliviada.

A canoa agora adentrava uma paisagem de pedra que parecia sem limites. O ar parecia mais claro e limpo do que ela vira em dias — o céu era de um azul sem nuvens. Atrás deles, a geleira encravada entre as montanhas era como uma rolha em um funil: uma barreira do mundo no norte de Nova York. Diante deles, afloramentos de granito de formas surpreendentes — montes inclinados, cones altos e corcovas protuberantes que pareciam rostos — criavam um aspecto de escultura em pedra. A canoa pareceu se mover com energia renovada ao longo do riacho estreito que rasgava a rocha.

O sol estava baixo no horizonte, e Sophia estimava que tivessem talvez uma hora de luz restante, mais ou menos. Verificou o relógio de bolso; tinham ficado dentro da geleira por mais de duas horas.

— Isso ainda fica no mar Eerie? — perguntou Theo.

— Eu sei tanto quanto você — respondeu Casanova. — O que sua mão diz?

Sophia olhou para trás e encontrou Theo com a mão estendida, concentrando-se mais uma vez.

A paisagem passava ao lado deles. Passados alguns minutos, ele disse:

— Estamos indo no caminho certo, mas não tenho ideia se ainda estamos no mar Eerie.

— Tem alguém nos observando — Casanova falou abruptamente.

Sophia girou no lugar.

— Onde?

Ele apontou para oeste, na direção de alguns picos rochosos distantes. Certamente, havia uma figura ali, com o sol atrás dela.

— Está lá desde que saímos da geleira, sempre um pouco adiante de nós, como se soubesse aonde estamos indo.

— Não é nenhuma surpresa — Theo disse, bocejando. — Até a canoa sabe aonde estamos indo. Pelo jeito, os únicos que não sabem somos nós.

Sophia ficou olhando para a silhueta e descobriu que o que Casanova dizia era verdade. Ela permanecia sempre à mesma distância, sempre a oeste, um pouco à frente deles. Ela balançou a cabeça e se voltou para o caderno, para continuar o mapa que estava fazendo.

— Talvez seja uma das irmãs — disse ela, esboçando a rota através da pedra.

— Pode ser — respondeu Casanova. — Parece ágil para mim. Mais do que eu esperava para uma mulher de oitenta anos.

— É essa idade que elas têm?

— Em torno disso. Segundo o que Agridoce falou, sobre quanto tempo fazia que a mãe e o avô dele as conheciam.

O sol começou a afundar no horizonte. Ao redor deles, por toda parte, a pedra era banhada por uma luz alaranjada. Aqui e ali, picos projetavam-se para um céu cada vez mais escuro, vermelho-sangue, com sombras em tons de roxo.

— Vejam! — Sophia exclamou, apontando para a frente. Um bando de vaga-lumes surgira acima do riacho e, conforme a canoa se aproximava, eles vinham dançando na direção dos viajantes, com suas luzinhas acendendo e apagando.

Casanova os observou com cautela.

— As três irmãs devem ter enviado os vaga-lumes.

Para Sophia, eles não pareciam ameaçadores, e ela sorriu ao ver os insetos convidando-os a seguir em frente.

— Um séquito de vaga-lumes — ela disse. — Acho muito acolhedor.

Conforme o sol se afundava e o céu criava um domo em degradê azul, a canoa começou a parar. Os afloramentos rochosos desapareceram, deixando apenas um platô de pedra que se estendia de leste a oeste. Abruptamente, o riacho se alargou. Enquanto prosseguiam, Sophia percebeu que o curso havia se aberto em um lago: um amplo corpo d'água, inteiramente cercado por rochas. E agora, com os vaga-lumes cintilando em direção ao centro do lago, ela viu a ilha que se erguia ali. Íngreme e densamente arborizada, ela se projetava da água imóvel como um chifre escarpado. No pico da colina havia uma grande construção de pedra que parecia esculpida na própria ilha. Luzes brilhavam no interior das janelas — luzes âmbar que bruxuleavam como chamas de velas ou como vaga-lumes.

34
A ilha

Agosto de 1892: Dia #, Hora #

Para os elodeanos (Eerie), vaga-lumes têm um significado particular. Eles também são chamados "relâmpagos voadores" e são admirados pelos padrões formados por suas luzes piscantes. Os elodeanos afirmam que esses padrões não são arbitrários, mas intencionais, e que o piscar é uma maneira de se comunicar. Não vi os relâmpagos voadores conversarem dessa maneira, mas acredito que seja possível.

— Sophia Tims, Reflexões sobre uma jornada ao mar Eerie

A CANOA NAVEGOU LENTAMENTE sobre o lago até alcançar a costa rochosa da ilha. Casanova saltou e puxou a embarcação, arrastando a casca de bétula sobre as pedras, e em seguida ajudou Theo a descer. Sophia colocou a mochila nos ombros.

Os vaga-lumes haviam avançado e esperavam na base de uma trilha íngreme que subia sinuosa. Os olhos de Sophia se arregalaram com surpresa.

— Olhem — ela sussurrou.

Theo e Casanova se viraram. Os vaga-lumes piscaram e pararam. Suas luzes não eram mais um aglomerado sem sentido; eram *letras*.

— Subir — Sophia leu em voz alta.

— Vamos esperar que os vaga-lumes sejam honestos tanto quanto são letrados — disse Casanova. — Você consegue subir esta trilha, Theo?

Theo plantou o cajado firme no chão.

— Sem dúvida.

Eles seguiram as luzes piscantes dos vaga-lumes. Freixos cresciam densamente em cada lado da trilha, colina acima. Sálvia e borragem enchiam o ar com um aroma ao mesmo tempo terroso e adocicado.

Após conduzi-los ao redor da ilha duas vezes, para um lugar mais e mais alto, os vaga-lumes deram uma guinada e Sophia percebeu que haviam chegado a um arco de pedra, que se abria em um pátio quadrado. Apoiado no cajado, Theo parou para recuperar o fôlego.

O castelo de granito assomava-se sombriamente acima deles. Era mais uma fortaleza do que um castelo, com paredes altas e sólidas e janelas gradeadas. Tochas acesas flanqueavam a enorme porta de madeira, que estava aberta.

E, na porta, alguém esperava por eles.

Uma longa risada que terminou em uma gargalhada ecoou pelo pátio.

— Eu estava certa! Eu estava certa!

Os três viajantes esperaram parados no lugar, enquanto a estranha figura se aproximava.

— Eu disse para Freixo e Sálvia que vocês nunca chegariam se tivessem que vir sozinhos. E eu estava certa. Vocês estariam flutuando nas águas geladas da geleira neste momento, ou perdidos nos túneis. — A voz era rouca, mas surpreendentemente forte e ágil, assim como a postura e o andar. A mulher estava parada diante deles no bruxulear das tochas. Seu sorriso parecia genuíno, mas os olhos tinham um brilho intenso e malicioso.

Casanova falou primeiro.

— A canoa facilitou muito nossa jornada até aqui. Você que a enviou?

— É claro que eu a enviei — respondeu ela, de repente séria. — De que outra forma vocês teriam chegado?

— Obrigado — Theo respondeu. — Você está certa. Nós nunca teríamos chegado de outra forma.

A velha sorriu novamente, os olhos reluzindo.

— Bem, entrem, entrem! Eu sei por que vieram, e temos que começar. Vocês já perderam tempo demais. — Ela se virou para as portas abertas e fez um aceno para que a seguissem. — Sou Borragem, caso ainda não tenham resolvido o quebra-cabeça.

Olhando um para o outro, os viajantes seguiram Borragem em direção à porta escura. Encontraram-se então em uma pequena antessala, de frente para uma escada espiral feita de pedra.

— Mais degraus — anunciou Borragem. — Cinquenta e três — acrescentou alegremente. — E depois você vai poder descansar, Theo Sortudo. E você poderá me perguntar sobre o antigo, Sophia. E você poderá obter um ótimo cataplasma de Sálvia para o incômodo que está escondendo, Grant.

Sophia e Theo viraram-se para encarar Casanova.

— Não é nada — ele disse. Quando ninguém respondeu, acrescentou: — Passei de raspão em uma planta venenosa.

— Ah! — Borragem exclamou, já subindo. — Mas vai ficar pior se você não colocar o cataplasma. E a cicatriz vai se somar à sua coleção já impressionante. — A voz dela foi ficando abafada enquanto ela subia. — Ele segurou uma planta para ela não tocar em nenhum de vocês, é claro.

— Cas — Theo repreendeu.

— Vamos — disse Sophia. — Quanto mais cedo Sálvia o atender, melhor.

No topo da escada estreita, eles chegaram a um ambiente feito inteiramente de pedra, com pilares e teto abobadado. Fogo crepitava na grande lareira, e paredes sem janelas de ambos os lados exibiam tapeçarias. Ambas eram mapas: mapas tecidos que mostravam todos os detalhes do mar Eerie e da região ao sul dele. Em frente ao fogo havia uma longa mesa de madeira, onde outras duas idosas estavam sentadas, os aguardando.

— Boa noite — uma delas cumprimentou ao se levantar. Tinha cabelos brancos curtos em tufos irregulares e despontados e um grande sorriso inesperadamente caloroso. — Sou Sálvia. Por favor, perdoem a recepção peculiar de Borragem. Ela insistiu em ir encontrá-los sozinha.

— Porque eles vieram *me* ver — Borragem salientou.

— Sim, Borragem, mas *todas* nós estamos felizes em vê-los. E eles não teriam chegado sem a canoa de Freixo, como você tão corretamente apontou.

A terceira mulher, Freixo, assentiu com um sorriso tímido.

— Fico feliz que Bétula tenha trazido vocês até aqui em segurança — ela disse, com sua voz quase inaudível.

Agora que estavam juntas à luz da lareira, Sophia notava a semelhança entre as três irmãs. Todas tinham feições um tanto alongadas, com nariz pontudo e boca larga, e se portavam como mulheres com metade de sua idade. Em contraste aos tufos de cabelo curto de Sálvia, Freixo usava seu cabelo comprido em uma trança que chegava quase à cintura, e o cabelo de Borragem era um emaranhado desarrumado de grampos e flores azuis. As irmãs vestiam túnicas longas e simples amarradas na cintura, e Sophia suspeitou, tendo avistado um tear em um canto, de que elas teciam as próprias roupas — e talvez as tapeçarias.

— Sentem-se, por favor — convidou Sálvia. Theo afundou de imediato em uma das cadeiras de madeira. Sálvia pegou uma cestinha cheia do que parecia musgo e se virou para Casanova. — Posso cuidar do seu braço, Grant?

— Obrigado — disse Casanova. Ele colocou a mochila no chão e se aproximou da mesa, arregaçando a manga da camisa e revelando o antebraço vermelho, coberto de bolhas. Sophia estremeceu.

— Acho que você vai precisar tirar a camisa para podermos lavar — disse Sálvia. — O veneno vai encharcar o tecido.

Após hesitar um momento, Casanova tirou a camisa de algodão. Sophia percebeu que ele não tinha vergonha de ficar sem camisa, mas estava um pouco relutante em expor as cicatrizes. Elas cobriam a maior parte do peito e das costas. Ela se conteve de soltar uma exclamação de espanto e se virou.

Borragem encontrou seu olhar horrorizado com um sorriso.

— Sim — ela disse. — Grant usa na pele o custo da guerra. Gostaria que todos os homens fossem obrigados a expor esse custo.

— Borragem — Freixo disse em tom de repreensão.

— O quê? — Borragem franziu a testa. — Se todos ficassem tão marcados pela idiotice da guerra, talvez fossem mais prudentes.

— Eu concordo com você — Casanova respondeu baixinho, sustentando o braço enquanto Sálvia espalhava o cataplasma verde no antebraço.

— Eu sei que você concorda — disse Borragem. — É por isso que não vou morder a língua. Minhas irmãs parecem pensar que há lugar para delicadezas quando o assunto é guerra. — Ela fez um ruído irônico. — Um completo absurdo. Não há nada de delicado na guerra. — Ela se virou para Sophia. — Você está aqui para impedir uma guerra, e eu vou ajudá-la. E, embora eu saiba que vocês provavelmente estão com fome, e Freixo tenha prometido um banquete, devemos começar. O tempo urge.

— O que temos que fazer vai demorar tanto assim? — Sophia perguntou, apreensiva.

Borragem deu outra de suas risadas penetrantes.

— Creio que vocês estejam com a impressão de que deixaram Oakring hoje de manhã.

Sophia sentiu uma apunhalada repentina de medo. *Perdi a noção do tempo ainda mais do que percebi?* Mas Theo e Casanova pareciam tão perplexos quanto ela.

— Sim, nós partimos esta manhã.

Borragem riu, e novamente sua risada deixou Sophia insegura.

— Hoje é dia 19 de agosto. Vocês partiram de Oakring há cinco dias.

Sophia ofegou.

— Não! Como isso é possível?

— Você está enganada — Casanova disse ao mesmo tempo.

— Nenhum engano. Vocês levaram cinco dias para chegar até nós. — Borragem parecia muito satisfeita, como se observasse os mecanismos de um truque de mágica convincente.

— É a geleira — Freixo lhes disse em sua voz baixa. — Vocês estão certos de que a distância é equivalente a um dia de viagem, mas a geleira muda as coisas.

O tempo é indisciplinado lá. Instável e imprevisível. Vimos alguns viajantes passarem anos nos túneis, sem nem se darem conta.

Com uma repentina onda de pânico, Sophia percebeu que o dia do confronto, o dia em que os exércitos desceriam para o vale Turtleback, estava apenas a algumas horas de distância. O tempo com o qual ela contara para fazer o mapa de memória do Clima já havia passado.

— Mas então devemos partir imediatamente! — ela exclamou.

— Por que você acha que eu disse que o tempo era curto? — Borragem perguntou, exasperada.

Sophia balançou a cabeça com desespero.

— Eu não sabia. Eu não estava entendendo.

— Borragem está alarmando você desnecessariamente — Sálvia comentou, lançando um olhar afiado para a irmã. — Há tempo *suficiente*. Prontinho — disse ela, olhando para o braço de Casanova, que acabara de ser enrolado em ataduras limpas. — Você deve deixar isso assim por dois dias, e o ferimento vai melhorar pouco a pouco. Agora — ela disse, devolvendo os materiais no cestinho — Theo vai descansar perto do fogo; eu e Freixo vamos terminar de preparar a refeição; e Sophia fará o mapa com Borragem. Então vamos comer juntos, pois, embora pareça que se passou apenas um dia, o corpo de vocês em breve começará a perceber que está exausto e faminto.

Sophia se sentiu mais calma quando Sálvia terminou de falar. Notou também que Casanova e Theo estavam prontos para seguir o conselho de Sálvia.

— Obrigado — disse Casanova. — Vocês estão preparadas para tudo mesmo.

Sálvia sorriu.

— A consequência e o benefício de saber demais.

— Certo. Pois bem. Então venha — Borragem disse para Sophia, sem cerimônia, apontando para uma porta escondida no fundo do cômodo. — Vamos para a sala de trabalho.

O escritório de Borragem ficava em uma torre. As paredes eram curvas, ladeadas de prateleiras feitas de freixo, as quais estavam abarrotadas de livros. Janelas estreitas se abriam para o céu estrelado.

Ali reinava a desordem. Uma mesa redonda no centro da sala formava uma ilha, lotada de todos os tipos de ferramentas e instrumentos. Sophia reconheceu pinças e martelos, foles e furadores, tesouras e pincéis. A confusão lhe lembrava os espaços de trabalho de Shadrack: uma desordem nascida da atividade e do entusiasmo, não da negligência.

— Eu já fiz a minha parte do mapa — Borragem anunciou, contornando as pilhas de livros, uma gaiola vazia, e o que parecia ser um vespeiro.

— Como você sabia? — Sophia se aventurou a perguntar, enquanto Borragem vasculhava o variado conteúdo de sua sala de trabalho.

— Sabia o quê?

— Que estávamos vindo. Que precisávamos de um mapa.

Incrédula, Borragem parou e olhou para ela, como se estivesse surpresa ao ouvir uma pergunta tão insignificante.

— Da mesma forma que sabemos de todas as coisas. Através do antigo. O que vocês chamam de "Novo Ocidente".

— Mas meus amigos Virgáurea e Agridoce também conversam com o antigo, mas não sabem de tudo em todos os lugares.

— Nós também não sabemos de tudo em todos os lugares. — Borragem franziu as sobrancelhas.

— Mas...

Borragem colocou as mãos nos quadris e bufou com impaciência.

— Quando você fala com Theo de Ferro, você sabe de tudo que *ele* sabe?

— Theo de Ferro? — Sophia perguntou, confusa.

Borragem dispensou a pergunta com um aceno.

— É uma brincadeira nossa. Não se distraia... Theodore. Você sabe tudo o que ele sabe?

— É claro que não.

— Mas você pode fazer perguntas sobre coisas que ele sabe, e você não? Por exemplo, como Casanova ganhou as cicatrizes, ou o que Theo fez com o major Merret, ou como ele conheceu Wilkie Graves?

Sophia piscou rapidamente.

— Sim — ela disse. — Eu posso fazer perguntas. E na maioria das vezes ele vai me dizer. Bem, nem sempre.

— Exatamente! — Borragem exclamou. — Nós perguntamos ao antigo, e na maioria das vezes ele nos conta. Bem, nem sempre. — Ela se virou como se isso encerrasse o assunto e revigorasse sua busca. — Bem, onde está? — ela murmurou, afastando para os lados os objetos de cima da mesa. — Ah! — Ergueu, triunfante, um longo cilindro. — Aqui está. — E o entregou a Sophia. — Veja se consegue decifrar — disse ela, com travessura na voz.

Sophia pegou o cilindro nas mãos. Era um tubo de metal coberto de couro. Uma extremidade tinha uma tampa removível feita de vidro. Do outro, era por onde ela devia olhar.

— É uma luneta?

Borragem esfregou as mãos uma na outra e sorriu.

— Tente mais uma vez.

Sophia tirou a tampa. Havia algo dentro: um rolo de papel. Ela o puxou com cuidado. Um mapa muito rústico rotulado "Idade da Pedra" mostrava uma rota fluvial a partir de um montículo, identificado como "A Geleira". A rota corria diretamente para o norte, até atingir um corpo d'água em forma de pera: "Fosso" e, dentro dele, uma pequena ilha: "Lar".

Confusa, Sophia enrolou o papel mais uma vez, devolveu-o ao cilindro e recolocou a tampa. Olhou pelo outro lado. Por um momento, não conseguiu focar a visão. Em seguida, o cilindro se moveu em sua mão, e a luz percorreu o tubo, criando uma repentina constelação de formas. A rota que Sophia havia acabado de pegar para a ilha apareceu diante dela: as pedras disformes, o rio estreito entre as rochas, a lagoa tranquila, a ilha alta e imponente. Quando o cilindro girou levemente, a luz piscou e o ângulo de sua passagem mudou. Sophia prendeu a respiração.

— Não sei o que é isso, mas é lindo. — Ela pôs o instrumento na mesa. — É um leitor de mapas? Parece mostrar o que o mapa descreve.

Borragem ficou inesperadamente desconcertada pelo elogio. Pegou de volta sua criação e a olhou com carinho.

— Obrigada. Eu a chamo de "espelhoscópio". Dentro há espelhos que se combinam com a luz e com o mapa para mostrar o conteúdo.

As imagens ainda estavam gravadas na mente de Sophia.

— Posso colocar *qualquer* mapa dentro dele?

— É claro. Essa é a ideia.

Ela remexeu na bolsa até encontrar seu desgastado mapa de bolso, referente ao norte de Nova York. Enrolou-o cuidadosamente, enfiou-o no cilindro vazio que Borragem lhe entregara e recolocou a tampa de vidro.

Folhas caídas, um caminho pelas florestas, uma ponte sobre um rio veloz, um conjunto de casas acomodadas em um vale ao anoitecer, uma passagem de montanha na neve: quando ela virou o cilindro, apareceu uma imagem após a outra. Não se tratava de memórias, pois aquele não era um mapa de memória. Não carregava nem sons, nem cheiros, nem sentimentos; mas, a despeito disso tudo, transmitia uma sensação cristalina de como os caminhos reproduzidos no mapa pareceriam a um viajante.

— Que lindo! — Sophia exclamou, sorrindo com prazer ao baixar a luneta. Em seguida, silenciou por um instante. — Mas como podemos usar isso para criar um mapa de memória do Clima?

— Não sei — Borragem disse, sem titubear. — Isso é com você.

Sophia olhou para ela horrorizada.

— O que você quer dizer?

— Apenas isso. Eu sei que minha luneta é o receptáculo para o mapa, mas o mapa em si tem que ser feito por você.

— "Daí em diante, o mapa que você segue deverá ser o seu" — Sophia murmurou, sentindo um vazio no estômago.

Pela primeira vez, Borragem pareceu confusa.

— Eu pensei que você teria o mapa que vai aí dentro.

— Eu não tenho! Não faço ideia nem de que cara ele tem.

A velha ficou em silêncio por um momento, e Sophia se perguntou se ela teria um acesso de fúria, mas, em vez disso, Borragem começou a rir de repente.

— Ora, ora — ela disse com um largo sorriso. — Então você vai ter que encontrar a resposta até amanhã, não é?

35
A viagem de Bétula

19 de agosto de 1892: 18h01

Na maioria das vezes, os personagens das histórias elodeanas (Eerie) recebem nomes de animais ou plantas que supostamente refletem suas qualidades, mas, em outras, as associações com determinada planta ou animal são surpreendentes. Por exemplo, uma história que me foi contada sobre uma personagem chamada Rosa a retratava como uma guerreira astuta e incansável; não, talvez, o que imaginaríamos de alguém com esse nome. Porém os elodeanos me explicaram que a roseira selvagem é tenaz e resistente, com sua armadura protetora de pequenos espinhos.

— Sophia Tims, *Reflexões sobre uma jornada ao mar Eerie*

A REFEIÇÃO QUE SÁLVIA e Freixo haviam preparado aguardava na mesa. Sophia se lembrou do aviso de Fumaça quando olhou para a comida e se perguntou de onde tinha vindo: mingau de milho com cogumelos, pão e manteiga, maçãs cozidas com mel. Ainda assim, ela estava com muita fome, como Sálvia previra. Casanova já se servira de um prato cheio; ele parecia ter aceitado a hospitalidade das três irmãs completamente. Sophia aproveitou a deixa com gratidão e se juntou a eles.

— Sophia não sabe o que deve entrar no espelhoscópio — Borragem anunciou, servindo-se de pão.

— O que isso significa? — perguntou Theo, com a boca cheia.

Sophia segurou o espelhoscópio e explicou seu propósito.

— Acho que estou destinada a criar um mapa do Clima, mas não tenho ideia ainda de como fazer isso. — Ela balançou a cabeça, desanimada. — Shadrack nunca chegou a essa parte nas nossas aulas. Até hoje só aprendi a ler os mapas de memórias, não a fazê-los.

— Bem, você vai ter que aprender sozinha — Borragem retrucou no mesmo instante.

Sálvia lançou um olhar para a irmã.

— Sim, Borragem, ela sabe disso.

— Talvez devamos ajudá-la — Freixo sugeriu calmamente. — Afinal, nós três somos as que mais conversam com os antigos. Conhecemos os pensamentos dele muito bem.

— Nós *já* ajudamos — disse Borragem. — Sophia nunca saberia como fazer o espelhoscópio, saberia?

— É verdade. Eu nem reconheceria isso como um leitor de mapas se você não tivesse me falado.

— Conhecer os pensamentos dele não é o mesmo que mapear as memórias dele — Sálvia refletiu. — Tenho certeza de que Sophia vai descobrir como fazer isso. — Ela estendeu a cestinha de pão em direção a Theo, cujo prato já estava vazio.

— Mas não há tempo! — O estômago de Sophia estava embrulhado, e ela tinha dificuldade para comer, embora a comida fosse deliciosa.

— Eis o que nós vamos fazer — disse Sálvia, empurrando a cadeira para trás. — Sophia? — Ela caminhou até a tapeçaria pendurada do lado esquerdo da lareira. — Este mapa mostra onde nós estamos: aqui. — Ela pegou o atiçador e apontou para um círculo cinza no lago azul em formato de lágrima. Estreitas passagens azuis radiavam do lago para todas as direções. — Estes são riachos que circulam pela Idade da Pedra — continuou Sálvia, tocando algumas das fitas azuis. — E aqui está a geleira, a sudeste. Bétula vai carregar vocês por este caminho, sudoeste, para evitá-la totalmente. — Ela riscou com o atiçador ao longo de uma rota fluvial que cortava a cinzenta Idade da Pedra e penetrava nas terras verdejantes ao sul. — Este riacho é bem veloz, vejam. Por todo o caminho até aqui, passando pelo norte de Nova York, e entrando… — Ela apontou para um formato verde que parecia vagamente familiar a Sophia.

— O vale Turtleback! — ela exclamou.

— Exatamente.

— Bétula pode nos levar por todo o trajeto até lá? — Sophia se perguntou.

— O que ela quer dizer é: a nossa feitiçaria se estende até Novo Ocidente? — Borragem comentou da mesa.

— Eu… — começou Sophia. — Bem, eu não quis dizer “feitiçaria”, mas não sei onde seu reino começa e onde ele termina.

— É um pouco grandioso chamar de nosso "reino" — Sálvia comentou com um sorriso. — Não sei o que você ouviu em Oakring, mas suspeito de que eles se lembram das coisas de um jeito um pouco diferente do que nós.

— Eles disseram que vocês foram banidas de lá — Theo interveio sem rodeios — por tentarem refazer Novo Ocidente.

— E que vocês vieram para cá a fim de criar sua própria era — Sophia acrescentou.

As três irmãs trocaram olhares, e Sophia viu em seus olhos muitos anos de desentendimentos.

— De certa forma, isso é verdade — Sálvia respondeu.

Borragem franziu a testa e olhou fixo para a mesa com um ar envergonhado.

— Foram precisos muitos anos para a Idade da Pedra se tornar o que vocês estão vendo agora — Sálvia acrescentou suavemente.

— Foi um desastre — Borragem emendou abruptamente. — Ou, melhor dizendo, muitos desastres.

Sophia aguardou, esperando mais explicações.

— É mais correto dizer que nos exilamos aqui — disse Freixo, cobrindo ternamente a mão estendida de Borragem com a sua. — Quanto menos pessoas vierem para cá, melhor. Além de vocês três, ninguém chegou à Idade da Pedra em mais de dois anos.

— Nós vimos alguém — comentou Casanova —, no que vocês chamam de Idade da Pedra, nos seguindo enquanto a canoa nos levava para o norte.

Borragem riu.

— Um dos filhos-árvores de Freixo fugiu — ela disse, apertando a mão da irmã. — Sálvia tentou manter isso em segredo, mas a verdade sempre aparece. — Sorriu.

— O que você quer dizer? — perguntou Sophia.

— Não queríamos que vocês se assustassem na viagem até aqui — Sálvia explicou. — Digamos que vocês estão vendo apenas um lado do nosso mundo. Não ele todo.

— Meus filhos-árvores não são assustadores — Freixo sussurrou.

— Não para você, minha querida — Borragem comentou, empurrando o prato de lado. — Mas a verdade é esta: a maioria das pessoas *realmente* considera desconcertante um monte de raízes que se mexem, ainda mais amarradas com cordões daquele jeito. E a voz delas é um pouco estranha, admita. Parece aqueles assoalhos que rangem. — Ela suspirou. — Mas eu admito que alguns dos meus experimentos tiveram resultados ainda piores.

— Mas então as pessoas dos Territórios Indígenas entenderam errado — Sophia disse, surpresa. — Até mesmo os Eerie.

— É claro que eles entenderam errado. — Borragem franziu o cenho. — Eles são ignorantes. O que eles sabem sobre o funcionamento da nossa era não daria para encher esse copo — ela disse amargamente, erguendo o copo d'água. Houve um longo silêncio em que Sálvia e Freixo olharam para a irmã, em expectativa.

Por fim, quando Borragem parecia não querer dizer mais nada, Sálvia falou:

— O que Borragem não está dizendo — ela colocou suavemente — é que nós também éramos ignorantes no início. Nós compartilhávamos as ideias dos nossos companheiros elodeanos, mas essas ideias se mostraram erradas.

— Que ideias? — Sophia perguntou, curiosa.

— A maneira mais fácil de pensar é imaginar um quarto — afirmou Sálvia, fazendo um gesto para o espaço que os cercava. — Se fosse para uma pessoa imaginar, na sua cidade de Boston, o relacionamento entre as pessoas e a era em que vocês vivem, ela pensaria na imagem de alguém dentro de uma sala. O que os Eerie sabem é que essa "sala" tem sensações. Os Eerie imaginam uma sala viva, desperta, que pode ouvir a gente rir e gritar dentro dela.

Sophia assentiu.

— Sim, isso se encaixa no que Virgáurea me contou.

— E é por isso que queríamos fazer uma era — Freixo acrescentou, baixinho. — Afinal, esse ocupante não pode trocar de sala e até mesmo criar uma sala maior e mais bonita?

— A ideia equivocada foi essa — Sálvia continuou. — Pois, como nós aprendemos, a imagem da era como uma sala não é precisa. É mais correto imaginar essa era como *outra pessoa* na sala. — Ela parou e olhou para eles em busca de confirmação.

Sophia, Theo e Casanova olharam para ela em silêncio, estupefatos.

— Não entendi — disse Theo francamente.

Borragem soltou uma risada baixa e amarga.

— Imagine como é irritante estar em uma sala com alguém que te ignora completamente. Você fala com a pessoa e ela não parece te ouvir. Você tenta persuadi-la a não acender uma fogueira no chão e ela acende mesmo assim, e então, quando você apaga o fogo, a pessoa olha ao redor chocada, tentando descobrir o que aconteceu com o fogo. Ou — ela disse, cada vez mais animada — começam a golpear com um machado em todas as direções, atingindo a mobília e as paredes, e, por fim, te acertam no ombro. Isso é *mais* do que irritante! — ela se enfureceu.

— Você quer dizer — Casanova falou lentamente — que as ações que tomamos trazem consequências para o Clima, que perturbam o Clima.

— E que o que você vê acontecendo na era ao seu redor são respostas — Sálvia concluiu.

— A chuva de cinzas — disse Sophia, quando tudo começou a fazer sentido.
— O carvão.

Borragem levantou-se violentamente.

— Entre outras coisas. Essa guerra está gerando uma situação caótica em todas as eras onde ela toca — vociferou, pisando duro até o mapa na tapeçaria.
— Crateras, tempestades, tornados e muitas outras coisas, tenho certeza, ainda estão por vir. — Bateu no mapa com uma vassoura. — Existe uma rachadura na terra, *bem aqui*, com quase dois quilômetros, e ninguém parece se perguntar de onde ela veio!

— Então a guerra está causando tudo isso? — Theo perguntou, perplexo.

Borragem girou de frente para ele.

— Não é possível atirar com uma pistola em um quarto fechado sem que isso tenha consequências. Continue disparando essa pistola e você vai atingir alguém. E deixar essa pessoa muito, *muito* zangada.

As três irmãs caminharam com eles por todo o caminho até a praia, onde a canoa aguardava, debaixo de um céu estrelado.

— Durmam o máximo que puderem — Sálvia aconselhou. — Podem confiar em Bétula para carregá-los em segurança.

— Espero que você encontre a solução, Sophia — disse Borragem, com a voz inesperadamente séria. — Deixamos a era de vocês para trás quase por completo, mas uma parte de mim ainda sofre pela destruição que eu vi nela, no passado e no futuro.

— Certamente você encontrará — Freixo falou. — Isto é para você — ela acrescentou, entregando a Sophia um rolo de papel. — Para o mapa que você está fazendo sobre o caminho através da geleira e da Idade da Pedra. Vai preservar suas memórias mais claramente.

Sophia percebeu que era um rolo de casca de bétula.

— Ah, obrigada!

Ela havia guardado o espelhoscópio na bolsa, bem próximo de sua mão, e ao se despedir das irmãs excluídas, temidas e desonradas, que os haviam acolhido de forma tão inesperada, sua mente ainda remoía o problema do mapa de memória, desde que ela e Borragem haviam deixado a sala de trabalho na torre.

Pretendia ponderar a questão com mais cuidado enquanto viajassem.

Casanova deu um impulso na canoa, embarcou rapidamente e assumiu seu lugar na popa. Theo já havia se aconchegado ao fundo. Sophia se acomodou de forma que sua cabeça ficasse na proa e os pés ficassem paralelos aos de Theo. De frente para o norte, ela viu a silhueta de Casanova e, atrás dela, o formato maior do castelo da ilha. Apenas uma luz brilhava lá naquele momento, um amarelo muito claro, mas muito nítido. Quando começaram a se mover, ela olhou para o céu cristalino no alto, quase aceso com a luz das estrelas. Não havia lua. As constelações pareciam imóveis, apesar da velocidade da embarcação.

O murmúrio da água se alterou quando Bétula deixou o lago e entrou no riacho que seguia para sudoeste. Era um murmúrio baixo e tranquilo, e Sophia imaginou que as três irmãs deviam estar falando baixinho assim naquele momento, sentadas ao redor do fogo, conversando sobre os viajantes que haviam visitado seu reino.

Sem querer, Sophia adormeceu. Seus sonhos foram estranhos e vívidos. Ela ouviu um riso estridente que soava como o chilrear de pássaros. Uma floresta entrou em seu campo de visão e, entre os troncos, crianças corriam, perseguindo umas às outras. O riso delas era entusiasmado e cheio de alegria. Uma das crianças correu em direção a ela e a abraçou. Só então ela viu que não se tratava de um menino, mas de alguém que se movia como se fosse um. Cada parte do seu corpo era um emaranhado de raízes, e ele estava vestido com uma película fina de linhas que parecia uma teia de aranha. Seus olhos eram pequenos como castanhas marrons, e sua boca risonha não tinha dentes, apenas uma folha verde como língua. Ele encostou a cabeça ao lado dela e gritou:

— Escondido, escondido!

O sonho mudou, e agora Sophia olhava um platô pedregoso, onde um gigante de pedra virou a cabeça para trás e ergueu bem os braços. Ele parecia prestes a invocar o céu, mas, em vez disso, se curvou e bateu a cabeça no chão, como se pretendesse se quebrar em pedaços. A terra tremeu; o gigante levantou a cabeça novamente e a baixou repetidas vezes, até a grande testa se rachar e fragmentos caírem para a frente em cascata, como cacos de um vaso quebrado. Então Sophia ouviu a voz que o chamava inutilmente, agora lamentando em agonia:

— Não, Rore, não! Como você pôde? Como você pôde? — As palavras se derreteram em pranto, e Sophia sentiu uma pontada aguda de dor pelo gigante de pedra e pela mulher, cujo lamento continuava sem parar.

No último sonho, houve uma tempestade. Sophia sentiu o chão debaixo dela vibrar com um estrondo. O céu estava pesado de chuva, e nuvens pareciam pressioná-la do alto. Estavam ali, logo ao lado dela: grandes nuvens furiosas, relâmpagos estremecendo como ondas de violência. Sophia sentia-se afundar cada vez mais. As nuvens estavam prestes a fixá-la no chão, comê-la viva e destruí-la. Sua boca estava tomada de água. Ela não conseguia respirar. Todo o ar havia desaparecido, e o relâmpago agora iluminava a água, uma apunhalada cruel de luz que tinha o propósito de acabar com ela completamente.

Sophia acordou com um sobressalto, sentando-se tão de repente que a canoa balançou. A primeira coisa que viu foi o rosto coberto de cicatrizes de Casanova. Ela percebeu que podia vê-lo porque o céu estava iluminado, uma aurora cinzenta pairando sobre eles. Nuvens escuras no alto lembraram-na do sonho, e, por um momento, ela imaginou que tudo começaria de novo: as nuvens se fechariam e depois a sufocariam. Sua respiração era difícil e entrecortada; seu coração batia forte. Ela balançou a cabeça veementemente.

— Pesadelos — Casanova disse em tom suave. — Eu também os tenho. — Acenou com a cabeça para o caminho que se abria diante deles. — Não se preocupe. Agora você os deixou para trás, e as coisas estão indo bem aqui, no mundo desperto. Fizemos um bom progresso.

Adentraram profundamente a floresta, flutuando rapidamente por um curso d'água que gorgolejava sobre pedras cheias de limo, ao lado de pinheiros e bordos. O ar estava úmido e pesado com a ameaça de chuva. As aves gritavam com urgência, como costumam fazer antes de uma tempestade, e só então ocorreu a Sophia que era a primeira vez que ela ouvia o canto dos pássaros desde que entrara na geleira.

Olhou para baixo e viu que ainda segurava o rolo de casca de bétula que Freixo lhe dera, e lentamente seus pensamentos se reordenaram. Os olhos se elevaram para as árvores ao redor deles. *Sonhos*, pensou, *sonhos que são memórias. Assim como o disco de madeira e o pedaço de chifre. Eu estava lembrando o que esta bétula já viu.*

Theo acordou em seguida. Olhou ao redor, sonolento, e ajustou a tipoia, estremecendo ligeiramente.

— O que foi? — ele perguntou, em resposta ao olhar fixo de Sophia.

— Eu estava pensando nos mapas de memória — ela disse devagar. — O que os faz. Não quem, mas o que, para ser mais exata. Principalmente quando são memórias não humanas. Será que é uma pessoa que faz esses mapas ou eles são feitos pelas próprias memórias? E será que essas memórias se juntam à substância do mapa?

Theo franziu o rosto.

— O quê?

Os olhos de Sophia se arregalaram.

— Pegajosos — ela disse com uma explosão de consciência. — Casanova, ele disse que os mapas eram pegajosos.

Casanova assentiu e piscou, batendo no nariz numa imitação de Pip Entwhistle.

— Ele disse, ele disse, sim.

— Do que vocês dois estão falando? — perguntou Theo.

— Pedras preciosas são pegajosas — ela disse com entusiasmo. — Elas juntam memórias mais facilmente do que tudo. — Ocorreu-lhe então que a cartografia, a grande cartografia do tipo que ela admirava, era baseada tanto em admiração quanto em habilidade. O que havia inspirado Shadrack a criar mapas de memória a partir de moedas? Seriam os longos anos que ele havia passado elaborando mapas que revelavam o passado oculto ou uma inspiração repentina extraída do momento em que um vendedor lhe havia entregado um punhado de troco? Seria um mendigo na esquina com as mãos estendidas, pedindo moedas? Ou a sensação do metal tilintando no bolso de Shadrack, soando como uma melodia que contava uma história sobre por onde cada moeda havia passado? Sophia pensou que talvez a grande cartografia começasse quando se percebiam esses momentos e realmente eles eram ouvidos.

— Talvez eu não tenha que fazer o mapa da memória! Talvez ele já tenha sido feito! — Ela mergulhou a mão na mochila e pegou a bolsa. Vasculhou o conteúdo até encontrar o espelhoscópio e uma bolsinha de couro amarrada com um cordão azul. — Granadas! — ela exclamou, triunfante. — As memórias estão nas granadas!

— Mas você as conseguiu em Ausentínia — Theo disse, confuso.

— É verdade, mas de alguma forma... *De alguma forma,* eu tenho certeza de que quando as olharmos pelo espelhoscópio, vamos descobrir que elas não são de Ausentínia. Elas são daqui. E conservam memórias do antigo que vive e respira ao nosso redor.

Quando abriu o espelhoscópio, Sophia pensou em seus últimos dias em Ausentínia. Ela se lembrou de quando Alba lhe entregara a bolsinha de granadas, que lhe pareceram muito menos importantes do que o mapa que as acompanhava. Sophia havia pensado nelas como um tipo de dinheiro: belas peças de pedra vermelha cujo valor residia em como elas poderiam ser trocadas e o que poderiam obter em troca. Agora ela percebia que estava errada. As granadas não eram para ser trocadas; eram pedras preciosas que tinham um aspecto completamente diferente. Mesmo assim, a forma equivocada com que Sophia as avaliara lhe permitia conectar as moedas às granadas e entender. Cuidadosamente, ela derramou as granadas no compartimento do espelhoscópio e fechou a tampa. Parou por um momento, olhando para o instrumento de forma apreensiva.

— Bem, o que você está esperando? — Theo insistiu. — Experimente.

— E se não funcionar?

Ele sorriu.

— Então você vai descobrir o que funciona. Tente.

Sophia respirou fundo e ajustou o espelhoscópio ao olho, mirando o lado de vidro na direção da luz. Sua visão foi inundada de vermelho. Por um instante, viu uma linda constelação vermelha e branca, que em seguida desapareceu. As memórias do antigo encheram sua mente. Ela esperava algo como seu encontro com Ausentínia — uma imersão em uma paisagem irreconhecível, mas não aconteceu nada disso. As memórias contidas nas granadas eram recentes e reconhecíveis, para não dizer familiares. Eram um tipo de memória recorrente, engenhosa e com uma incrível variedade, porém repetitiva em seus horrores. Havia pessoas em todas elas. E o que essas pessoas sentiam, o antigo também sentia. Sophia não percebera até então que o antigo não só enxergava e ouvia, mas *sentia.* Uma breve pontada de dor ecoou no antigo como um grito afiado em uma caverna: enchendo cada câmara escura, vibrando na escuridão profunda. Era assim que ele podia saber tanto em tantos lugares — cada vibração de alegria e tristeza se amplificava mil vezes. A questão não era como o antigo podia saber e ver tanto; a questão era como o antigo podia desejar ignorar qualquer porção daquilo: a dor latente de um médico curando inúmeras feridas; a angústia de uma mãe enterrando seu filho; a terrível incerteza de esperar pelo retorno de um combatente de guerra; a amargura da fome que se segue a um incêndio devastador; o sentimento de impotência ao ouvir os gritos de uma batalha; o vazio diante de uma cidade assolada; o desejo febril de acabar com a vida, de sumir do mundo, quando todas as pessoas importantes já se foram.

Havia tudo em demasia: sofrimento demais, agonia demais, desespero demais.

Trêmula, Sophia soltou o espelhoscópio no colo. Ela não sabia dizer quanto tempo havia se passado; cada momento parecia desenrolar uma vida inteira de dor.

— Não funcionou? — Theo perguntou, observando a expressão da amiga. — O que aconteceu?

Sophia não conseguia falar. Fechou os olhos com força, tentando esquecer o que tinha acabado de ver. Era impossível. O vermelho inundava sua visão; os gritos enchiam seus ouvidos; ela sentiu o peito se dilacerar com algo que parecia ao mesmo tempo cruel e atual e doloroso e velho. A respiração se tornou difícil, como se algo dentro dela bloqueasse o caminho. Quando abriu os olhos, Theo e Casanova a encaravam, preocupados e perplexos.

— O antigo se lembra da guerra — ela disse, com a voz vacilante. — Das guerras do passado e do futuro. Elas são intermináveis.

36
Sete testemunhas

17 de agosto de 1892: 10h11

Em circunstâncias particulares, indivíduos de outras eras podem receber uma permissão temporária, uma rápida passagem que os permita entrar em Novo Ocidente. A parte requerente deve se inscrever diretamente com o ministro das Relações com Eras Estrangeiras, que concederá essas permissões caso a caso. Justificações a essas permissões serão feitas ao término de cada sessão parlamentar, pelo próprio ministro. Note-se que essa permissão temporária não será concedida para fins comerciais, somente para circunstâncias extraordinárias de caráter diplomático, tais como a visita de um dignitário estrangeiro, com a finalidade de estabelecer um tratado.

— *Decreto parlamentar, 14 de junho de 1891*

Shadrack bateu à porta do gabinete de Broadgirdle, localizado ao lado da sala de guerra.

— Sim, Cassandra — veio a resposta. — Está destrancada. Como sempre — ele acrescentou, um tanto ríspido. Shadrack abriu a porta e ficou esperando que a figura atrás da mesa erguesse os olhos da pilha organizada de papéis que tinha diante de si. — O que foi? — perguntou o primeiro-ministro, sem levantar a cabeça.

— Há algumas pessoas esperando para vê-lo — Shadrack disse.

Broadgirdle levantou a cabeça ao som da voz de Shadrack, com o rosto tomado de surpresa.

— O que você está fazendo aqui? — Deu um meio-sorriso. — Pensei que a essa altura estivesse na estrada para Nochtland — emendou, a voz revelando um toque de malícia.

— Descobri que fazia mais sentido ficar.

— Excelente — disse Broadgirdle, esfregando as mãos uma na outra e ampliando o sorriso. — Eu adoro uma boa briga.

— É o que eu ouço por aí — respondeu Shadrack, saindo do escritório e indo deliberadamente em direção à sala de guerra.

— O que você quer dizer com isso? — Broadgirdle perguntou atrás dele.

— Se me seguir, verá.

Shadrack caminhou pelo corredor e, após um momento, Broadgirdle o seguiu para dentro da sala de guerra. Ali, o inspetor Grey segurava um pedaço de papel, fazendo um gesto para os dois policiais que estavam ao lado dele. Sem dizer uma palavra, eles avançaram e se posicionaram um de cada lado de Broadgirdle.

— O que é isso? — Broadgirdle perguntou com um sorriso de desdém.

— Primeiro-ministro Gordon Broadgirdle — disse o inspetor Grey, lendo o papel em suas mãos —, fui enviado pelos juízes do parlamento para conduzir o senhor do seu gabinete para uma audiência parlamentar, que, neste caso, será realizada na câmara do parlamento, no Palácio do Governo. Em razão da natureza de suas responsabilidades como primeiro-ministro, não pode haver prisão comum e julgamento neste momento. Os juízes do parlamento pedem que o senhor responda imediatamente às acusações.

Broadgirdle franziu a testa, a leveza da expressão dando lugar à hostilidade.

— Quais acusações?

— Permita-me continuar — disse Gray, sem olhar para cima. — O senhor será conduzido pelos meus oficiais para as câmaras de audiência, onde um representante legal designado pelo parlamento o informará das acusações. Os juízes me instaram a acrescentar que essa audiência deve ser conduzida com a mais absoluta discrição e rapidez, para que os assuntos de Estado não sejam prejudicados. — Ele ergueu os olhos do papel. — Por favor, me acompanhe.

Por um momento, Broadgirdle encarou Grey impassivelmente, e Shadrack achou que o homem explodiria de raiva — ou pior, mas então a expressão dura se transformou, como se consciente de uma nova perspectiva, e o sorriso arrogante tão característico reapareceu em seu rosto.

— Claro, inspetor — Broadgirdle falou, a voz profunda carregada de alegria. — Certamente, vamos resolver isso tudo com rapidez e discrição, para que eu possa voltar para a tarefa de governar esta nação.

Imperturbável, o inspetor Grey assentiu com a cabeça para seus policiais, que acompanharam Broadgirdle para fora da sala de guerra. Shadrack os seguiu, cumprimentando tranquilamente os assessores que espiavam pelo corredor.

— Por favor, voltem para o trabalho — ele lhes disse. — O primeiro-ministro está ajudando a polícia com alguns assuntos de Estado.

O trajeto sinuoso pelo prédio os levou finalmente ao grande salão onde o parlamento se reunia. Os noventa integrantes, previamente convocados, estavam sentados em suas cadeiras. Nove juízes, selecionados pelo parlamento dos tribunais do distrito de Novo Ocidente, acomodavam-se em um banco elevado, em frente a eles. Em uma mesa à esquerda do palanque estava um homem de meia-idade vestido com um terno preto e uma beca de advogado. À direita do palanque havia outra mesa; esta, com um homem mais velho de trajes semelhantes, acompanhado por sete pessoas.

As sete pessoas formavam um estranho conjunto. Até para Shadrack, que conhecia todos por nome, eram um sortimento peculiar. Pip Entwhistle, com sua barba branca e quadrada e o nariz bulboso; Gerard Sorensen, com seu ar de desorganizada surpresa, cujos olhos não se afastavam da mesa; a Eerie Solandra, que olhava para Broadgirdle com indisfarçado desprezo, as mãos verdes entrelaçadas à frente do corpo; seu pai, Lício, cuja tez verde pareceu escurecer diante da visão do primeiro-ministro; Susan Eby, uma mulher miúda de cabelos pretos trançados em dois coques perfeitos atrás das orelhas; Victor Manse, um homem alto com expressão cansada, que segurava um chapéu gasto com mãos trêmulas; e Hannah Selvidge, uma idosa de vestido floral com mangas bufantes, que observava Broadgirdle com um olhar duro por trás dos óculos. Todos eles pareciam incompatíveis com o Palácio do Governo.

Na verdade, a única pessoa que parecia inteiramente à vontade na sala silenciosa e austera era Cassandra Pierce, sentada em um local afastado na área normalmente destinada ao público. Ela e Shadrack formavam a plateia de duas pessoas à estranha audiência que começou assim que Broadgirdle foi levado adiante.

— Primeiro-ministro — uma das juízas disse, colocando-se em pé. Seu rosto redondo e impassível considerou Broadgirdle indiferentemente. — O sr. Appleby foi nomeado seu advogado. Ele irá informá-lo sobre as acusações e discutir as réplicas. A partir deste momento não haverá recessos, e ninguém deixará esta sala até que a audiência esteja concluída. Podem conferenciar.

A juíza se sentou. Os membros do Parlamento e o procurador do Estado, que também estavam em pé, se sentaram. No burburinho considerável provocado pelo movimento de todos, Broadgirdle e Appleby começaram uma conversa furtiva. De seu lugar ao lado de Cassandra, Shadrack não conseguia ouvir nada, mas via o teor da conversa refletido no rosto de Broadgirdle enquanto

Appleby o informava das acusações e sugeria um curso de ação. De modo geral, Broadgirdle se manteve silencioso e imóvel. Sem dúvida, a presença daquelas testemunhas o levara a adivinhar a natureza das acusações. Broadgirdle ouviu com as sobrancelhas arqueadas, pouco impressionado, por vários minutos. Ele parecia responder às perguntas de Appleby com um aceno desdenhoso da mão. Appleby se lançou em um apelo sincero, inclinando-se na direção do primeiro-ministro e fazendo gestos para os juízes. Depois de quase um minuto de silêncio, Broadgirdle assentiu.

Appleby se levantou, parecendo aliviado.

— Estamos prontos para prosseguir, Meritíssima.

— Obrigada — disse a juíza, pegando a folha superior da pilha de papéis diante dela e lendo em voz alta: — Primeiro-ministro Gordon Broadgirdle, estamos aqui para investigar a potencial criminalidade de várias ações tomadas pelo senhor, tanto antes como durante seu mandato como primeiro-ministro de Novo Ocidente. Se esses inquéritos sugerirem que as atividades criminosas ocorreram, o senhor será imediatamente removido do cargo. Então o senhor será formalmente preso e acusado, e um julgamento acontecerá pelos canais apropriados. Permita-me reiterar — ela disse, colocando o papel na mesa —, este não é um julgamento para determinar sua culpa ou sua inocência. É apenas uma audiência para estabelecer a probabilidade dos atos criminosos, e, baseadas no desfecho desta sessão, acusações referentes a esses atos criminosos poderão ou não ser direcionadas contra o senhor. Entendido, advogado?

— Entendido — Appleby respondeu.

A juíza assentiu e voltou ao seu papel.

— Estamos aqui para esclarecer os seguintes pontos: o senhor permaneceu ou não em Novo Ocidente ilegalmente após o fechamento das fronteiras? O senhor apresentou ou não credenciais falsas enquanto buscava um cargo político? O senhor se envolveu ou não em tráfico ilegal de pessoas, ato este proibido como parte das negociações do tratado com Nova Akan em 1810? O senhor deteve ou não forçosamente quatro pessoas no inverno e na primavera de 1892, mantendo-as em cativeiro em sua propriedade em Lexington, Massachusetts? — A juíza virou-se de Broadgirdle para a mesa que abrigava o estranho conjunto de pessoas. — O promotor do Estado está pronto para chamar as testemunhas?

O homem de idade se levantou.

— Estou, Meritíssima.

— Obrigada, sr. Fenton. Pode prosseguir.

O sr. Fenton era o tipo de homem fácil de ignorar. Nada nele era marcante. A voz era calma e despretensiosa; as roupas sob a toga eram simples e despretensiosas; as feições do rosto, carnudas e macias sob o cabelo e a barba grisalhos e bem-arrumados, eram comuns e despretensiosas. Apenas os olhos o entregavam. Ao andar para o púlpito, lançou um rápido olhar para Shadrack, e uma corrente repentina pareceu passar entre eles.

— Eu gostaria de chamar Phillip Entwhistle, também conhecido como Pip, para depor.

Pip se levantou.

— Não há um púlpito para testemunhas aqui, sr. Entwhistle, então pode ficar onde está.

Pip assentiu.

— Poderia, por favor, identificar o homem sentado ao lado do meu colega, o sr. Appleby?

— Com prazer. É Gordon Broadgirdle, atual primeiro-ministro de Novo Ocidente.

— E o senhor o conhece pessoalmente?

— Eu o conheço, mas não como Gordon Broadgirdle.

Houve um murmúrio de surpresa na galeria de integrantes do parlamento.

— Eu o conheci anos atrás como Wilkie Graves. E antes disso eu o conhecia pelo apelido de "Terrier".

O murmúrio do parlamento se tornou mais consternado.

— Silêncio, por favor — a juíza pediu.

— Obrigado, sr. Entwhistle. Poderia nos dizer como o senhor conheceu este homem?

— Claro, sr. Fenton, embora eu deva admitir que isso me leva de volta a um tempo que eu gostaria de esquecer. Eu era um rapaz quando conheci Terrier, e, francamente, não um rapaz muito bom. Eu era jovem, idiota e excessivamente dado ao jogo. Apostava em qualquer coisa: se choveria durante a tarde, em corridas de cavalos e cachorros, que eram tão viciantes como vinho para mim. Vinho bem ruim que sempre me deixava pior. Não digo isso para me desculpar do que fiz, mas para explicar como foi que viajei para um lugar esquecido no meio das Terras Baldias, ao ouvir um rumor de um jogo de azar que muitos dos meus antigos companheiros haviam recomendado vivamente. Cheguei e constatei que aquilo era muito parecido com o que eles haviam descrito. Um homem chamado Herrick coordenava rinhas de cães. — Pip parou um instante, e os integrantes do parlamento pareceram parar com ele, à espera do desenrolar da história. — Eu fiquei nas rinhas por mais tempo do que deveria. A cidade vizinha tinha seu próprio apelo, e era bem fácil passar um dia em uma rinha, a noite em uma taverna, e a madrugada debaixo das estrelas. — Ele balançou a cabeça. — Pensando agora, eu me pergunto como meu estômago pôde aguentar. — Suspirou. — Essas rinhas atraíam grandes multidões. Minha nossa, como eram tenebrosas. Eram espetáculos horríveis, um esporte muito sangrento. Não consigo imaginar como fui capaz de assistir. Os cães se dilaceravam. Na época, tenho vergonha de admitir, eu achava tudo muito emocionante. As pessoas traziam seus cães, e a gente sempre esperava que eles fossem nos surpreender de alguma forma e ganhar o dia, mas os cães de Herrick eram feras e sempre venciam. Existia algo que nos atraía, querer ver aqueles monstros de Herrick finalmente serem derrotados, mas de alguma forma sempre sabendo que isso não iria acontecer. Até que chegou o homem do lenço. — Pip olhou para Broadgirdle, e um lampejo de algo inesperado, compaixão, talvez, iluminou os olhos dele. — Eu nunca soube o nome desse homem. Ele usava um lenço vermelho no pescoço e um par de botas muito gastas. Dava para ver de cara que ele estava passando por uma maré de azar e tinha vindo ao ringue para apostar com Herrick, pois estava desesperado. Ele propôs algo maluco, e, para a surpresa de todos, Herrick concordou. O homem do lenço propôs colocar não um cão no ringue, mas o próprio filho. — Houve um momento de silêncio, e então um estrondo de consternação dos parlamentares. — Eu sei — Pip disse, com ar de desamparo. — Era algo abominável. Nós não fizemos nada para impedir aquela ideia maluca, o que mostra bem como éramos. Em vez disso, esperamos ansiosamente por outra aposta. — Ele sacudiu a cabeça, horrorizado consigo mesmo. — O menino não devia ter mais do que oito ou nove anos. A primeira luta foi das grandes. Atraiu uma bela multidão; pessoas tinham vindo de longe para ver o menino que brigava com cães. Ele usava roupas comuns. A única proteção eram as luvas de boxe e um capacete de couro. — A voz de Pip falhou. — Ele estava apavorado.

— Fale mais alto, por favor, sr. Entwhistle.

— Ele estava tremendo quando entrou no ringue — Pip disse, apenas um pouco mais alto. — Mas como os brutos cruéis que éramos, não fizemos nada. Simplesmente torcemos. Fico feliz em dizer que torcemos *por* ele, mas isso não reconforta muito, não é? — Ele parou e respirou fundo. — Bem, não quero contar a vocês os detalhes da briga. Só vou dizer que, quando o cachorro mordeu a perna do menino pela primeira vez, o garoto correu para o canto e implorou ao pai para tirá-lo de lá. Ele chorava muito e se debatia para fugir dali, mas seu pai o empurrou de volta ao ringue. Eu me lembro claramente do que ele disse para o menino: “Entre lá, Terrier. Entre lá. Você não é melhor que um *cachorro*?” Acho que ele disse aquilo como algum tipo de incentivo, mas soou como um insulto. Essa dúvida me persegue. Naquela hora, eu torci loucamente com os outros espectadores, mas depois a dúvida começou a me atingir de forma diferente. Pode-se até dizer que aquelas palavras cruéis ditas a Terrier foram responsáveis por encerrar minha vida de jogatina, porque, sempre que eu estava nas pistas de corrida ou na mesa de dados, ouvia a pergunta ecoar nos meus ouvidos: "Você não é melhor que um *cachorro*?" Não, francamente, não — Pip disse, balançando a cabeça. — Eu não era. — E respirou fundo outra vez. — Terrier venceu a primeira luta, e acho que o pai dele ganhou algum dinheiro. Fiquei e assisti a mais algumas lutas, e depois, como eu disse, algo em mim pareceu mudar. Eu queria poder dizer que era uma repulsa justa ou outro impulso nobre, mas não era. Era algo mais parecido com tédio. Se eu estivesse no meu juízo perfeito, teria voltado para aquelas brigas e tirado Terrier de dentro do ringue e encontrado algum lugar seguro para ele. Em vez disso, deixei aquele pedaço imundo de deserto e fui para outro lugar. E as palavras do pai de Terrier, como eu disse, aos poucos me tiraram dos meus excessos. Não voltei a vê-lo por mais de uma década. É impressionante que eu o tenha reconhecido depois disso, já que ele havia mudado em muitos aspectos. Agora ele era um homem, não era mais um garoto. E não estava mais no ringue, é claro. E o ar de terror que ele tinha no ringue tinha sido substituído por uma espécie de arrogância. Como eu o reconheci? Bem! — Pip, exclamou, batendo do lado do nariz. — Os senhores não vão acreditar, mas ele ficou exatamente a cara do pai. De fato, ele era uma versão mais jovem e mais altiva do homem do lenço no pescoço, mas era a sua imagem, cuspida e escarrada. Não tinha como negar. Dei com ele em uma estalagem nas Terras Baldias setentrionais. Naqueles dias, eu já era um mercador, embora, na maioria das vezes, eu só vendesse quinquilharias. Terrier estava sentado sozinho em um canto, e eu cheguei perto dele. Talvez eu esperasse lhe dar algo parecido com desculpas por ter ficado sem fazer nada, vendo-o ser jogado no ringue. Ou talvez eu apenas quisesse vender quinquilharias. Como saber? Não posso fingir que mesmo nessa época, depois de ter parado com a jogatina, eu sempre era guiado pelos melhores instintos. Eu me aproximei dele e disse: "Você me parece familiar. Será que estou diante do grande lutador conhecido como Terrier?" Falei isso com um ar de admiração, entendam bem. Por um momento, algo como suspeita cruzou o rosto dele, e então ele deu um sorriso largo. "Certamente, embora faça muitos anos que ninguém me chama assim." Digo uma coisa aos senhores: ele estava completamente mudado. Tinha um vozeirão firme e confiante, um homem acostumado a ter as coisas feitas do seu jeito. Jantamos e bebemos juntos, e eu pude conhecê-lo melhor. Terrier me disse que seu nome era Wilkie Graves. O pai, ele disse, tinha falecido alguns anos antes; eu não perguntei como. Ao longo de toda a conversa, o que ele fazia para ganhar a vida não veio à tona. Suponho que eu temia perguntar, pensando que ele ainda podia estar envolvido no mundo da luta e do jogo, e nessa época esse mundo já não me fascinava mais. Em vez disso, conversamos sobre minhas mercadorias. Mostrei-lhe os livros, os panfletos e as outras miudezas que eu tinha comigo. Ele expressou grande interesse e me contou sobre outras bugigangas com que ele havia se deparado. Eu me lembro de que nesse dia ele comprou uma página de jornal de mim e eu fiquei feliz de ter vendido algo. Então fomos dormir e foi só na manhã seguinte, quando o vi do lado de fora da estalagem atrelando a carroça, que descobri qual era sua nova profissão. — Pip olhou para Broadgirdle, cuja expressão durante todo o depoimento havia sido uma máscara de indiferença desdenhosa. — Ele estava segurando um caixote de comida, alguns jarros d'água, pães e um punhado de maçãs. Enquanto conversávamos, ele abriu a parte fechada da carroça e colocou o caixote dentro, no assoalho. Havia três mulheres e dois homens acorrentados lá. Graves viu minha expressão e me deu uma olhada curiosa. Eu me debati em busca de palavras. "Transportando criminosos?", perguntei, esperançoso. "Criminosos?", ele sorriu ironicamente. "Não sou nenhum xerife, Pip." Sem dúvida ele viu a consternação estampada no meu rosto. Graves me considerou por um momento, depois deu uma gargalhada. "Você não se importou de ver um menino ser despedaçado por cães, e agora ver alguns escravos acorrentados te dá arrepios?" Ele balançou a cabeça. "Você tem uma noção estranha de certo e errado, Entwhistle."

Os parlamentares irromperam em comentários de horror e descrença, e Pip balançou a cabeça, tristemente.

— O que eu podia dizer? Ele estava certo. Inteiramente certo. Fiquei sem palavras, e Graves, com um aceno alegre, trancou a carroça, subiu na boleia e seguiu viagem para fora da cidade.

O sr. Fenton agradeceu a Pip pelo depoimento. No intervalo entre as testemunhas, o murmúrio entre os parlamentares se intensificou. Shadrack captou uma frase ou outra e sorriu.

— ... simplesmente ultrajante.

— A ousadia...

— ... nada mais vil.

Ele olhou para Cassandra, que assentiu de leve com a cabeça.

— Depoimento muito eficaz — ela disse.

Os juízes tiveram de pedir ordem na sala antes de o sr. Fenton chamar a próxima testemunha.

— A srta. Susan Eby, Meritíssimos — ele disse, com um gesto para a mulher esguia de cabelos trançados, que se levantou silenciosamente ao ouvir seu nome.

Ela estava nervosa. As mãos apertavam um lenço amarelo que ela mexia nos dedos, como se tentasse torcer cada gota de umidade do tecido desbotado.

— Por favor, leve o tempo que precisar, srta. Eby — disse o sr. Fenton, para tranquilizá-la. — Estou ciente das dificuldades que a senhorita enfrenta para estar aqui hoje. Eu e os juízes estamos gratos pelo seu depoimento.

Lentamente, a mulher ergueu os olhos para o rosto de Fenton. Manteve o olhar fixo nele durante todo o testemunho, parecendo temer o que poderia ver se seus olhos se desviassem.

— Poderia fazer a gentileza de identificar o homem sentado ao lado do sr. Appleby?

— O nome dele é Wilkie Graves — disse a srta. Eby, baixinho.

— Obrigado. Poderia, por favor, nos contar como a senhorita o conheceu?

Por alguns longos segundos, ela olhou nos olhos de Fenton, em agonia. Ele lhe deu um sorriso ligeiro, e Susan Eby respirou fundo.

— Eu o conheci quinze anos atrás, quando eu tinha onze anos. Minha mãe e meu pai faleceram, e eu e minha irmã fomos deixadas com um vizinho que cuidava de uma casa para crianças. Só que não havia ninguém para pagar a nossa estadia, e ainda não tínhamos idade suficiente para ganhar nosso próprio sustento. Três meses e quatro dias depois de termos ido para essa casa, Graves nos tirou de lá. Na época eu não sabia que ele tinha nos comprado. Eu e Carol pensamos que estávamos sendo adotadas. — Susan falava rapidamente e então fez uma pausa para respirar fundo mais uma vez. — Ficamos sabendo que estávamos erradas quando Carol foi vendida para um fazendeiro que morava perto de Mud Flats, e eu, para uma fábrica que ficava a seis horas dali. Perdi o contato com minha irmã durante sete anos, mas depois desse tempo eu fugi e a reencontrei, graças às Parcas.

— A senhorita tem certeza de que foi vendida juntamente com sua irmã? — o sr. Fenton perguntou, gentilmente.

— Tenho — disse Susan, com um tom mais firme do que havia usado até aquele momento. — Eu vi o dinheiro trocar de mãos nas duas vezes.

— E nunca mais encontrou Graves?

— Não. Depois que eu e Carol nos reencontramos, nos mudamos para Nova Akan, onde não há escravidão, e vivemos lá sozinhas desde então. Nunca mais vi Graves, graças às Parcas, até o dia de hoje.

— Muito obrigado, srta. Eby.

Shadrack observou Broadgirdle: o semblante imutável, os olhos fixos no balcão. Ele parecia totalmente desinteressado das testemunhas e de seus depoimentos. Os parlamentares, em contrapartida, ficavam cada vez mais agitados a cada novo testemunho. Já não tentavam mais ocultar sua repulsa e desaprovação, e as rápidas conversas que seguiram o relato da srta. Eby eram inequívocas no tom.

— Será que a atitude do primeiro-ministro é de confiança ou submissão? — Shadrack murmurou a Cassandra.

Ela sorriu.

— É claro que é de confiança. Embora só ele saiba o motivo.

— Na sequência, gostaria de chamar Victor Manse — declarou o sr. Fenton quando os juízes finalmente conseguiram restabelecer a ordem entre os expectadores.

Victor Manse levantou-se pesadamente e colocou o chapéu com cautela sobre a mesa. Em resposta às perguntas do sr. Fenton, ele disse em uma voz lenta e deliberada que conhecia o homem sentado ao lado do sr. Appleby como Wilkie Graves.

— Embora sempre o tenhamos chamado de "Pé na Cova", nós que o conhecíamos — ele disse com um sorriso sarcástico —, pois Graves tinha fama de mandar mais cedo para a cova todos os que ele vendia. Fui comprado e vendido por ele três vezes — Manse continuou, em um tom sombrio —, porque eu sempre causava problemas para os que me compravam. Acredito que causei problemas até para Graves — acrescentou com satisfação —, já que graças a mim ele teve mais do que um cliente insatisfeito. — Manse deu ao sr. Fenton os nomes e locais onde ele havia sido negociado e concluiu dizendo que seu último senhor morrera, concedendo a liberdade a ele e a outros escravos.

— Obrigado, sr. Manse. Deixe-me chamar a sra. Hannah Selvidge.

A idosa de óculos e mangas bufantes nem esperou pela primeira pergunta do promotor.

— Ele é Wilkie Graves, não tenho dúvida — ela disse, apontando acusatoriamente para um indiferente Broadgirdle. — "Pé na Cova", exatamente como Vic disse... Todos nós o chamávamos assim. Ele tinha uma reputação, com certeza. Até brincávamos sobre por quantos dias já tínhamos sobrevivido com ele, já que todo o tempo com Graves, entre a compra e a venda, era perigoso. Ele não tinha o menor cuidado com a mercadoria. Estranho, não é? — ela desdenhou. — Imagino que seria difícil vender um escravo morto, mas Pé na Cova parecia não se importar com isso, pois mal nos dava migalhas para comer, para onde quer que nos levasse. Passei dezoito dias com Graves, e lhes digo que, ao final deles, eu praticamente pedi para ser leiloada. Minha situação não poderia ser pior do que ficar com Graves, pensei. Tinha um rapazinho que trabalhava com ele naquela época, um menino, e suponho que não fosse por vontade própria. Parcas nas alturas, como ele era magrelo. Eu o incentivei a fugir, afinal ele não estava acorrentado, estava? Mas ele olhava para mim apavorado, como se eu o tivesse mandado pular do penhasco. Graves era assim: fazia todos terem medo dele. E, quanto mais tempo uma pessoa passava lá, mais medo tinha.

Hannah Selvidge concluiu seu testemunho mencionando veementemente muitos fatos sobre quando e onde Wilkie Graves circulara como comerciante de escravos. Em seguida o sr. Fenton voltou sua atenção para Sorensen e para os dois Eerie.

Ele começou com Solandra, que se levantou e ficou ereta com um ar imponente, observando o primeiro-ministro com um olhar frio. Ficou claro que muitos no parlamento nunca tinham visto a pele esverdeada, característica dos Eerie. Antes de continuar, ela esperou pacientemente que os comentários sussurrados parassem.

— Meu nome é Solandra, e sou uma elodeana que vive ao sul do mar Eerie. Em Novo Ocidente, creio que vocês nos chamam "Eerie". Eu não tinha conhecimento de Gordon Broadgirdle antes do último ano, quando viemos a Boston, respondendo a uma carta que nos foi enviada por Shadrack Elli, o cartógrafo. — Ela acenou para Shadrack com a cabeça, e ele lhe mostrou um sorriso breve e pesaroso. Ele tinha plena consciência de como seu pedido de ajuda havia envolvido os Eerie involuntariamente naquela desventura, digna de pesadelo.

Com os braços verdes cruzados à frente do peito, Solandra se virou deliberadamente para os juízes do parlamento.

— Nunca tivemos a oportunidade de falar com Shadrack, pois fomos capturados por sete homens. Eu não os conhecia na época, mas desde então eu os ouvi se referirem como "Homens de Areia". Eles compartilham diversas qualidades, entre elas rostos com cicatrizes, uma escolha curiosa de armamentos e uma lealdade inquestionável a Gordon Broadgirdle, que logo se fez conhecer como o responsável por nossa captura. O propósito de nos capturar era muito claro. Broadgirdle tinha ouvido rumores sobre os dons dos elodeanos e desejou usá-los para seus próprios objetivos, no curso da guerra contra o oeste.

— Pode nos lembrar quando este planejamento de guerra aconteceu? — o sr. Fenton perguntou em seguida.

— No fim do outono de 1891.

Um murmúrio vindo dos assentos dos parlamentares refletiu sua surpresa coletiva.

— Muito antes de Broadgirdle ser primeiro-ministro — esclareceu o sr. Fenton, caso os juízes estivessem com alguma dúvida. — E o que é esse dom de que você fala?

Solandra descruzou os braços e estendeu as mãos com as palmas para cima. Respirou fundo e deu um longo suspiro, e, de repente, flores brancas surgiram em suas mãos.

Os parlamentares explodiram em exclamações urgentes. Seus comentários refletiam admiração, espanto e não pouca cautela.

— Por favor — pediu o sr. Fenton. — Deixemos a testemunha continuar sua explicação.

Solandra sorriu.

— Há pouco para explicar. Todos os elodeanos têm dons similares. Acredito que nas Terras Baldias eles dizem que pessoas como nós têm a "Marca da Vinha". Em nós, a Marca tem uma força especial. Os elodeanos possuem vários dons, embora eles sejam familiares. E minha filha... — ela disse e parou. Pela primeira vez, pareceu abalada e engoliu em seco antes de continuar a falar. — Minha filha — ela continuou, com visível esforço — tem um dom muito perigoso. As flores que ela faz crescer são venenosas, e é esse veneno que Gordon Broadgirdle tem usado para lutar esta guerra.

11h01

Do lado de fora das portas fechadas da câmara do parlamento, o inspetor Grey ouviu, com apreensão, o barulho de pés agitados.

— Inspetor Grey — o policial ofegou, correndo até ele.

— O que foi, Ives?

— Vinte homens. Nos degraus do Palácio do Governo.

— O que eles querem?

— É melhor vir pessoalmente, inspetor.

O inspetor Grey manteve o passo constante ao acompanhar Ives de volta pelo corredor até a entrada do Palácio do Governo. Vinte homens aguardavam ali, exatamente como o policial havia alertado. Todos eles tinham cicatrizes, linhas longas e irregulares que corriam da bochecha até a orelha. Carregavam armas: pistolas e ganchos longos e curvados, amarrados em cordas.

— Como eles souberam que deveriam vir? — Grey perguntou a Ives em voz baixa.

— Não sabemos, senhor. Alguém no Palácio do Governo que nos viu escoltando o primeiro-ministro deve ter transmitido a notícia.

Grey assentiu timidamente, de repente furioso consigo mesmo por não ter tomado medidas mais eficientes.

O homem mais próximo do inspetor Grey deu um passo à frente e pousou a mão frouxamente sobre o gancho pendurado na cintura.

— Estamos aqui pelo primeiro-ministro — disse categoricamente.

— Qual é seu interesse nele? — Grey perguntou com frieza.

— Nosso interesse não é da sua conta — disse o homem. — Estamos aqui para levá-lo, e não vamos embora sem ele. Não estou pedindo permissão.

37
A gaiola de ferro

20 de agosto de 1892: 5h32

A história dos elodeanos (Eerie) que explica os tornados descreve uma criatura conhecida como Ording, uma ave, um tipo de pega gigante. Ela recolhe quinquilharias sem valor para ninguém a não ser para ela mesma e as acumula como tesouros. O Ording reúne os pedaços preciosos do mundo por meio de um tornado, soprando o vento para coletar as grandes e pequenas maravilhas.

— Sophia Tims, Nascidas da Ruptura: histórias que os viajantes contam

Os passageiros de Bétula seguiam mudos ao serem carregados para o sul pelos riachos que os levavam através das florestas de Novo Ocidente. Todos haviam olhado pelo espelhoscópio por apenas alguns segundos, mas a visão os abalara e não deixara seus pensamentos.

No alto, o céu escurecia. Abaixo deles, a água ondulante se tornara inaudível — parecia subir, descer e espirrar sem fazer mais do que um murmúrio. Os pássaros estavam silenciosos. Então um som alto e agudo começou a ecoar. No início, Sophia não conseguiu identificá-lo, mas depois ela soube: era o começo de um vendaval.

Os galhos das árvores murmuravam inquietos no vento crescente. Sophia sentiu o estômago embrulhar. Sentiu medo do que tinha visto, medo do que a tempestade que estava se formando podia significar, medo de que chegassem tarde demais. E se alcançassem o bosque só para descobrir que os horrores que ela vira no espelhoscópio estavam acontecendo de verdade?

O medo fazia sua mente girar em círculos de pânico, disparando de um pensamento a outro, até todos correrem juntos: memórias da casca de bétula; visões das granadas; imagens e sons da floresta ao redor; cenas do que já poderia estar acontecendo no bosque. Sophia não conseguia abrir os olhos. Conforme o vento ficava mais intenso, ela achou que estava ouvindo vozes. Quem gritava ao longe? Eram humanos? Onde estavam?

Bétula despencou por uma cachoeira curta e o borrifo de água gélida fez todos inspirarem bruscamente com o susto. Os olhos de Sophia se abriram de repente. Um clarão de relâmpago retalhou as nuvens escuras. O trovão ecoou, absorvendo o vento ruidoso em seu estrondo. A chuva começou a cair pesadamente, o movimento da canoa fazendo os pingos arderem na pele.

— Aqui! — Casanova gritou, segurando uma lona emborrachada que Fumaça embalara para a viagem. — Abaixem-se no assoalho da canoa e se cubram.

Uma trovoada ribombou ao redor deles mais uma vez. Sophia e Theo se abaixaram no fundo da canoa, puxaram a lona e ficaram espiando inutilmente a chuva cair forte. Não conseguiam ver para onde estavam indo; ainda assim, Bétula prosseguia no mesmo ritmo, percorrendo as águas turbulentas, circundando rochedos que apareciam de repente em meio à tempestade cinzenta e tremeluzente. O vendaval parecia mais distante, mas agora parecia haver outra coisa, um som desarmônico que mais parecia um assobio em vez de um uivo.

— Ouviu isso? — ela disse em voz alta no ouvido de Theo.

Ele fez que sim.

— São os homens de Fen Carver. É o chamado.

Sophia balançou a cabeça debaixo da lona, sinalizando que não entendia.

— Eles assobiam antes de atacar — Theo explicou.

Sophia ouviu de novo, e dessa vez notou a diferença entre o uivo da ventania e o chamado penetrante das tropas: um som que subia e descia assombrosamente, como o assobio de um fogo em vias de se extinguir.

A chuva caiu torrencialmente, mas eles continuaram. Finalmente, as copas das árvores se espaçaram, e, à medida que a tempestade amainava, o vale Turtleback apareceu no campo de visão. Sophia e Theo afastaram a lona. Era difícil ver o que havia abaixo deles no fundo do vale. O bosque parecia intacto, as árvores altas ondulando com a força dos ventos. Além do bosque, duas grandes manchas nas colinas de ambos os lados do rio: a leste, as tropas de Fen Carver, uma porção marrom sinuosa pontuada por manchas azuis, verdes e amarelas; e a oeste, as tropas de Novo Ocidente, um retângulo vermelho e branco. Em um relampejo, Sophia viu o rio que corria entre eles, uma longa e inquieta serpente de cinzas.

Como à beira do vale dias atrás, quando estava com Agridoce, Sophia sentiu o medo do antigo, concentrado ao redor do bosque. As intenções do Clima haviam endurecido. Havia desespero no vento uivante e no estrondo do trovão, mas o desespero era controlado. Agora também havia determinação no gemido implacável do vendaval que aguardava no topo das colinas ocidentais, pronto para devastar o solo abaixo dele a qualquer momento. Sophia olhou para cima, apreensiva, e, quando o topo da colina estalou com luz, ela se deu conta de que não era um ciclone comum. Tão alto a ponto de se misturar às nuvens do alto, o ciclone carregou o relâmpago dentro de si. Era exatamente como Borragem dissera: "Continue disparando essa pistola e você vai atingir alguém. E deixar essa pessoa muito, muito zangada".

Com horror, Sophia viu o que ia acontecer. Quando as tropas avançaram e entraram em batalha, o tornado desceria para proteger o bosque, e os homens seriam erradicados, destruídos e mortos. Ela se levantou um pouco na canoa, que oscilou perigosamente. *Como eles não percebem?*, ela se perguntou. *Como eles não percebem o que vai acontecer?*

O assobio das tropas de Fen Carver e o uivo do tornado foram interrompidos por um longo estrondo de trovão, e, quando ele silenciou novamente, os assobios haviam cessado.

— Estamos muito atrasados? — Sophia gritou.

— Eles estão negociando — gritou Casanova. — Olhe!

A meio caminho entre os dois exércitos, na margem ocidental do rio, havia um pequeno grupo de homens a cavalo.

— Negociando o quê? A rendição?

— Os termos da batalha — Casanova respondeu, gesticulando para leste e oeste. — As tropas de Fen Carver estão em uma posição defensiva. Eles fugiriam de bom grado se pudessem. É o general Griggs quem vai atacar. Carver provavelmente vai garantir a segurança de quaisquer soldados que sobreviverem. Ainda temos tempo — ele decidiu —, mas não muito.

Como se em resposta, Bétula pegou velocidade, descendo pelas curtas cachoeiras com maior entrega. A água espirrou na canoa. Sophia fitava tão intensamente o conjunto escuro entre os dois exércitos que seus olhos doíam e suas mãos ficaram doloridas de apertar as laterais da embarcação.

Por fim, Bétula alcançou a base do vale. Conforme subiam o rio sinuoso, Sophia perdeu os negociadores de vista, apenas para avistá-los novamente na próxima curva.

O bosque estava diante deles agora, à margem direita, muito mais largo do que Sophia havia imaginado. Os troncos vermelhos se erguiam à frente, e os longos galhos jogavam de um lado para o outro como braços frenéticos. Sophia pensou no Comedor de Árvore e, por um momento, pareceu que conseguia ver o enorme monstro, parado à beira do bosque, antecipando a destruição que causaria. As grandes mandíbulas e galhadas eram obras dos homens, e os olhos dourados eram obras do fogo. Nas nuvens densas da tempestade, a figura vacilou, e então desapareceu.

Bétula prosseguiu. O bosque estava atrás deles, e o campo de batalha surgiu adiante. Um grupo de rochas formava uma ponte natural sobre o rio, e a água passava debaixo do arco torto violentamente. Apanhada na boca do funil, a água se elevava rapidamente e inundava as margens. Theo agarrou a mão de Sophia.

No entanto, antes que chegassem à ponte, as águas governadas pelas três irmãs lançaram Bétula para a margem oriental. Theo e Sophia desabaram na lama. Casanova arrastou a canoa sobre a margem pedregosa.

Sophia correu para a frente com o espelhoscópio; em seguida diminuiu o ritmo dos passos, confusa. Vários metros à frente, os exércitos esperavam nas encostas. As linhas de frente de ambos os lados permaneciam em aparente imobilidade, os rostos obscurecidos pela chuva, mas não havia negociadores. Os cavalos e os homens que ela vira do topo da colina não estavam mais ali. Em seu lugar, havia outra coisa: uma grande estrutura quadrada, alta e larga como um homem.

Caminhando em sua direção, Sophia apertou os olhos. O que era aquilo? *Uma casa? Uma carroça?* Ela se aproximou.

— Sophia! Pare — gritou Casanova, correndo atrás dela e segurando-lhe o braço.

— O que é isso? — ela perguntou, olhando para a caixa estranha.

— Não sei. — Ele franziu a testa. — Eu vou na frente.

Theo se juntou a eles.

— Eu sei o que é — ele disse, sem se surpreender. — É inofensivo.

Depois de um momento, Casanova continuou avançando, com Theo e Sophia o seguindo de perto. Quando quase havia alcançado o objeto imóvel, Sophia percebeu o que era: uma gaiola de ferro com longas barras para transporte, à semelhança de uma liteira, estava apoiada no chão, perto das margens do rio.

Havia alguém lá dentro. Conforme se aproximavam, Sophia notou que se tratava de uma garota, que não tinha mais que dez ou onze anos. Os cabelos longos e pretos caíam soltos e desgrenhados, e ela estava chorando. Os soluços eram inaudíveis na tempestade, mas sacudiam o corpo todo da garota, que agarrava as barras de ferro e se inclinava lentamente para a frente, como se estivesse exausta, afundando-se nas próprias saias.

A bainha estava chamuscada.

Em um instante, Casanova estava na gaiola, mexendo na fechadura. Theo observava os esforços inúteis.

— É a Temperadora — ele disse no ouvido de Sophia. — A que eu vi no mapa de memória.

E então, de uma só vez, ela entendeu. Era Datura, a irmã que Agridoce procurara tão desesperadamente por tanto tempo. *É apenas uma criança*, Sophia pensou, chocada, mal conseguindo acreditar que aquela pequena criatura miserável diante dela era a causa de tamanha catástrofe.

— Datura — ela gritou sobre o rugido da tempestade, estendendo a mão para tocar os dedinhos que se agarravam às barras de ferro.

O choro da menina parou abruptamente, e ela ergueu os olhos. Seu rosto, verde no contorno, onde a pele encontrava os cabelos escuros, estava pálido e tenso. Ela parecia faminta, as bochechas encovadas e os dedos verdes ossudos. Os lábios tinham cascas sobre rachaduras que começavam a cicatrizar e riscos vermelhos onde novas se formavam. Com os olhos enlouquecidos de desespero, ela olhou de Sophia para Theo e para Casanova, e depois olhou de novo.

Sophia se inclinou para se aproximar e se fazer ouvir sem precisar gritar. Então cobriu os dedos da menina nos seus.

— Datura — Sophia chamou delicadamente. — Sou amiga do seu irmão. Agridoce está te procurando, vasculhando por todos os lugares. Ele vai ficar muito feliz de saber que eu te encontrei.

Lágrimas encheram os olhos de Datura novamente, e ela retirou os dedos.

— Ele não vai ficar feliz. Eu fiz coisas terríveis. — A voz trêmula não era a voz de uma criança; parecia a voz de uma mulher que vivera o suficiente para lamentar décadas de vida, que vivera o suficiente para se tornar amarga e desgastada. Ela baixou a cabeça novamente, cobrindo o rosto e recomeçando o pranto. — Coisas terríveis — ela gritou.

Sophia colocou a mão entre as barras e pegou as mãos muito verdes de Datura nas suas, afastando-as do rosto. Eram pequenas e estavam terrivelmente frias.

— Você não teve escolha.

— Tive sim — disse a menina, olhando para cima, com uma expressão angustiada. — Eu *tenho*. E toda vez, eu escolho meu dom. Toda vez eu escolho minha mãe e meu avô acima de todas as outras pessoas. É *imperdoável* — ela sussurrou. — *Mas eu os amo demais*. — As palavras soaram quase inaudíveis.

Sophia sentiu lágrimas nos olhos ao apertar as mãos da garota. De repente, um chamado abafado de corneta ressoou, vindo das tropas de Novo Ocidente.

Datura se assustou. Ela se levantou às pressas e ficou no centro da gaiola, com os braços rígidos.

— Isso significa que preciso começar — ela disse, com a voz trêmula. — Vocês devem correr o máximo que puderem. Os vapores vão se espalhar em segundos.

Sophia olhou para Theo, que parecia cansado e encharcado, e Casanova, assustado e incerto. Ele havia desistido da fechadura. Sophia o via calculando o peso da liteira, perguntando-se se conseguiria levantar a parte da frente, se Theo e Sophia a levantassem pelas barras de trás. Ela considerara rapidamente a mesma coisa, mas, com o ferimento de Theo, isso estava fora de cogitação. Lançando um olhar significativo para Casanova, fez um sinal negativo com a cabeça.

— Vão — ela disse. — Vou ficar com Datura.

— *Todos* vocês devem ir — Datura insistiu. A corneta soou novamente, e ela deu um salto. — Por favor, por favor, eu imploro.

Theo e Casanova não haviam se mexido, mas Sophia notava, a cada som ao redor deles, como as circunstâncias se desdobrariam. O rugido da tempestade pareceu recuar, e ela sentiu o tempo ficar lento à sua volta. As tropas de Novo Ocidente ao longe eram um borrão de vermelho e branco. Atrás deles, o tornado esperava, enfurecido e faminto. Casanova protegia os olhos da chuva, e a água escorria sobre as bandagens que Sálvia fizera. Os dois braços tremiam. Sophia percebeu que ele havia se esforçado em demasia novamente — ele tinha mesmo tentado levantar a liteira sozinho? Não, devia ter sido antes, manobrando a canoa. Ela notou que as botas de Theo haviam afundado na lama, e ele franzia o rosto fortemente, apertando os olhos para Sophia de um jeito exasperado e agonizante. Ele não a deixaria com Datura. Ele não a deixaria ali, como a havia deixado na chuva torrencial nos limites de Nochtland, no ano anterior, pois, se coubesse a ele evitar, nunca mais a deixaria.

Foi quando ela soube: Theo havia mudado. Ele não ficava mais contente em salvar apenas a própria pele; ele não se considerava mais sortudo quando escapulia sem ser notado. Agora ele estava ligado a pessoas e lugares, e ele queria estar. Ele estava ligado a *ela*, a Sophia. Era visível em cada linha de seu olhar furioso e amoroso. Sophia se perguntou como ela não havia notado aquilo antes. *Estou fazendo a têmpera*, ela percebeu. *Estou criando espaço para conseguir enxergar tudo. Foi isso que Agridoce descreveu para mim, o que parecia tão difícil de imaginar quando ele falou.*

Então uma cadeia de eventos se desenrolou diante dela. A criança aterrorizada na gaiola abriria as mãos, e flores vermelhas brotariam de suas palmas — o dom de Datura floresceria mais uma vez. O perfume das flores seria carregado pelos ventos poderosos, e a tensão dos exércitos inimigos em espera colapsariam no caos, na confusão e na carnificina da névoa escarlate. O tornado desceria pela encosta, e as tropas de ambos os lados seriam dizimadas. Quando a tempestade passasse, haveria pouco mais do que os destroços de uma gaiola de ferro.

Sophia não conseguia enxergar nenhuma forma de impedir que essas coisas acontecessem que não começasse e não terminasse com persuasão. Precisava persuadir Datura a esperar. Precisava persuadir os comandantes a esperar. Precisava convencer os exércitos a esperar.

Mas, embora o dom de Sophia fosse ter todo o tempo no mundo, seu tempo se esgotara.

Houve um estrondo à sua volta, e Sophia sentiu o chão tremer sob seus pés, como se provocado pelo impacto dos cascos de um cavalo. O espaço que ela havia criado ao redor de si desmoronou, e o tempo correu como de costume. Ela olhou desesperadamente para ambos os lados do vale. O tornado havia descido? As tropas haviam começado a investida?

— *Da-tu-ra!* — veio um grito distante, e Sophia se virou. Viu apenas um borrão escuro, correndo na direção deles ao longo da margem do rio, mas ela conhecia aquela voz. Mesmo que nunca a tivesse ouvido gritar, ela a reconheceu. A mancha negra se tornou um alce, avançando na direção deles com as galhadas baixas, movendo-se em uma velocidade incrível. — *Datura!* — o grito veio mais uma vez.

— É Agridoce! — Sophia exclamou ao passar as mãos novamente entre as barras para pegar as mãos de Datura. — Viu só? Ele veio te procurar.

Pensativa, Datura ficou olhando fixo, com os olhos arregalados, à medida que Nosh avançava, em disparada. A corneta soou novamente, mas ela a ignorou.

Pelo canto do olho, Sophia viu um movimento inquieto no fronte das tropas de Novo Ocidente. Imaginou como isso devia parecer ao general Griggs, que agora dera ordens para Datura libertar uma névoa diferente: primeiro, três figuras em uma canoa haviam aparecido, e agora outra que conhecia a menina pelo nome. Era óbvio que ele só aguardava porque achava que o nevoeiro fosse começar a qualquer momento. Por quanto tempo ele esperaria? Ela desejou que Nosh corresse mais rápido.

Ele diminuiu a distância, agora de quinze metros, então seis, e, finalmente, Agridoce desceu do lombo de Nosh e correu para onde eles estavam, ensopado, o rosto brilhante por causa do esforço. Ele se atirou contra as barras, puxou Datura em sua direção e eles se abraçaram apertado.

— Irmãzinha — murmurou Agridoce, acariciando sua cabeça.

Com esforço, ela recuou, o rosto tenso pelo sofrimento.

— Você precisa ir — disse ela, tentando empurrá-lo.

Agridoce estava impassível.

— Não vou a lugar nenhum.

— Mas a mamãe e o vovô — Datura disse, dissolvendo-se em lágrimas. — Se eu não...

— Eles vão entender — Agridoce a tranquilizou.

— Eles vão morrer! Eles estão hibernando e nunca vão acordar a menos que eu faça tudo o que esses homens pedem!

Enquanto Agridoce e Datura conversavam, Sophia sentiu um tremor de alerta percorrer seu corpo. Talvez, no passado, ela houvesse colocado aquilo de lado como apenas ansiedade sem fundamento. Ou, se por acaso, ela desse ouvidos, descreveria como algum misterioso instinto mais apurado. Mas agora ela sabia que não era nem ansiedade nem instinto; o alerta vinha do antigo. Sophia ergueu a cabeça de repente.

Não eram as tropas de Novo Ocidente avançando em direção a eles, como ela temera. Era a água do rio lamacento, subindo e descendo em correntes alvoroçadas. Uma parte de terra coberta de grama desapareceu debaixo de uma onda; a margem do rio estava sendo devorada diante dos olhos deles. Sophia olhou, horrorizada, para as fissuras cada vez mais largas no solo macio sob seus pés.

— Temos que agir! — ela berrou, ao agarrar uma das barras da liteira. Os outros olharam para ela, assustados. — A margem do rio!

Agridoce foi o primeiro a entender. Ele pegou a barra ao lado de Sophia e se esforçou para erguê-la.

Casanova agiu na sequência, empurrando Theo de lado e tentando levantar ambas as barras, na parte de trás da liteira. Sophia sentia o esforço dele através da madeira em suas mãos, mas a gaiola de ferro não se moveu.

— É pesada demais — Datura gritou. — Eles usam oito homens, vocês não vão conseguir levantar!

Angustiada, Sophia olhou para Agridoce. Não conseguia ver no rosto dele a mesma impossibilidade desesperada e infrutífera que se estendia diante deles: a velocidade do rio, o solo enlameado, o chão desmoronando e a pesada gaiola de ferro. Não demoraria muito para o chão debaixo de seus pés ceder, e a prisão de Datura desabar na água. Datura, presa ali dentro, se afogando.

A mente de Sophia percorria depressa uma torrente de possibilidades, mas só conseguia ver uma forma de prosseguir, mesmo assim, pouco satisfatória.

— *Vá!* — ela gritou para Casanova, empurrando-o para longe da gaiola de Datura. — Busque Fen Carver! Diga que Griggs concordou em negociar uma trégua!

Casanova não protestou que aquilo era mentira, nem perguntou como a mentira seria transformada em verdade. Sem dizer uma palavra, correu em direção às pedras que serviam de ponte para a margem oeste do rio.

Sophia virou-se para Theo e Agridoce.

— Mantenham-na viva — disse ela. Então correu colina acima, em direção aos soldados que permaneciam imóveis como fileiras de dentes negros, preparando-se para devorar o vale inteiro.

38
Um Terrier

17 de agosto de 1892: 10h56

Além das medidas supracitadas, que proíbem a venda e o tráfico de seres humanos, Novo Ocidente de agora em diante concorda que qualquer pessoa nesta era, conhecida por praticar esse tipo de venda e tráfico após a assinatura deste tratado, mesmo que a referida venda ou tráfico ocorra além das fronteiras da nação, será julgada por seus crimes. As penalidades neste caso serão idênticas àquelas descritas para a venda ou o tráfico dentro das fronteiras de Novo Ocidente.

— *Tratado de New Orleans, 1810*

Sorensen e os elodeanos haviam dado seu depoimento, e o sr. Fenton resumira as narrativas oferecidas pelas sete testemunhas, explicando aos juízes quais eram as evidências postas diante deles.

Gordon Broadgirdle, ele declarou, era Wilkie Graves, um conhecido e notório traficante de escravos. Graves chegara a Novo Ocidente e buscara carreira política, abrindo mão de sua antiga identidade e recrutando uma gangue de homens armados para dissuadir a intervenção de quem quer que se colocasse em seu caminho. Embora ainda não houvesse provas para confirmar as acusações, Broadgirdle provavelmente havia começado seus planos para assassinar o primeiro-ministro Bligh com meses de antecedência, tudo com a intenção de iniciar a guerra que ele efetivamente inaugurara no verão de 1892. O que estava provado, sem sombra de dúvida, Fenton argumentou, era a ligação do acusado com o tratamento que este impusera a Gerard Sorensen e aos Eerie, usados com requintes de crueldade para viabilizar seus objetivos.

Os juízes ouviram o resumo solenemente.

— Pode se sentar, sr. Fenton — afirmou a líder dos juízes com a face impassível. Todas as testemunhas do sr. Fenton se aprumaram, com a atenção agora voltada para a defesa.

— Sr. Appleby? — disse a juíza. — Por favor, apresente suas provas.

— Certamente, Meritíssima — disse o sr. Appleby, levantando-se. — Eu aconselhei o primeiro-ministro a dizer a verdade e espero que levem isso em consideração ao determinarem os próximos passos. Primeiro-ministro — disse ele, acenando com a cabeça para Broadgirdle.

Broadgirdle se levantou e, com o ar confiante que sempre o cercava como um manto ornamentado, caminhou até o púlpito, em vez de permanecer na mesa. Shadrack o considerou com relutante admiração. Não havia nada na expressão do homem sugerindo que ele fosse alvo de múltiplas acusações devastadoras — que estava realmente prestes a perder não apenas seu status, mas sua liberdade. Pelo contrário, ele parecia o mesmo político seguro de si que sempre havia sido, preparado para oferecer um discurso imponente que ele já sabia que sua plateia apreciaria.

— Meritíssima, parlamentares — ele começou, olhando para cada um deles com um leve sorriso. — Vou atender ao sábio conselho do sr. Appleby e lhes dizer a verdade sobre o meu passado e explicar as consideráveis lacunas deixadas pelo depoimento dessas, hum, testemunhas incomuns. — E lhes lançou um olhar irônico. — O que estas sete testemunhas não sabem caberia em uma sala muito maior do que esta, Meritíssima. Na verdade — balançou a cabeça, dando uma risada baixa —, o que elas não sabem caberia em uma era inteira. Para começar, honoráveis juízes, membros deste parlamento, vocês estão certos: eu não sou nativo de Novo Ocidente. Também não sou das Terras Baldias. De fato, não sou desta era em nenhum aspecto. — Houve murmúrios de considerável surpresa.

Shadrack franziu a testa. Ele esperava uma resposta bem arquitetada da parte de Broadgirdle, mas não esperava nada daquilo. Reparou pelo canto do olho que Cassandra olhava intensamente para Broadgirdle com algo parecido com preocupação.

— Eu — Broadgirdle disse, esperando que o suspense atingisse o clímax — sou da Era da Verdade.

O burburinho no parlamento se tornou mais incrédulo.

— Meu pai era um criminoso — Broadgirdle afirmou, interrompendo a agitação. Houve um silêncio imediato. — Ele veio de outra parte desta Era da Ilusão, a Austrália. Como o testemunho de Pip Entwhistle insinuou, ele era um homem desesperado, propenso a medidas dramáticas e excessivas. Uma dessas medidas excessivas foi fugir de sua terra natal quando foi ameaçado por uma sentença de prisão perpétua por um crime que ele havia cometido. Ele fugiu para este hemisfério, onde chegou à costa Oeste das Terras Baldias e conheceu a minha mãe. Minha mãe morreu ao me dar à luz. — Ele cobriu os olhos brevemente com a mão, e Shadrack reconheceu a falsidade no gesto, mas ele duvidava de que algum dos juízes fosse notar. — Com uma criança sem mãe e um passado criminoso, ele seguiu caminho para leste, em direção à porção meridional das Terras Baldias. Vocês podem imaginar que tipo de vida eu levava — Broadgirdle continuou, com a voz baixa e embargada — com um homem desse como pai. Foi uma vida difícil, que se tornou ainda mais difícil por uma descoberta que eu fiz quando tinha quinze anos. Devido às circunstâncias, é claro, meu pai tinha trazido muito pouco com ele da Austrália. Tinha uma pequena carteira, entretanto, que continha todos os seus documentos de identificação, e eu tive a oportunidade de examinar o conteúdo deles quando meu pai ficou doente. Descobri na carteira uma folha de jornal surpreendente, que me descrevia *pelo nome.* Eu vivia na Austrália, um homem adulto, importante, um homem poderoso e influente. O fato de meu pai manter com ele essa folha de jornal falou comigo claramente: ir para as Terras Baldias não tinha sido apenas um ato de desespero, mas um ato de egoísmo. Ele tinha me roubado do futuro que eu deveria ter tido. Deixei meu pai nesse mesmo dia e não tive notícias dele desde então. Vou deixar de lado os anos intermediários, quando tentei, sem sucesso, recuperar o destino que meu pai havia me roubado. E então o curso da minha vida mudou novamente, pelas mãos de Pip Entwhistle. — Ele olhou para Pip com o que parecia um sorriso genuinamente caloroso. — Sim, é verdade. Você não sabia, mas aquela folha de jornal que você me vendeu me deu uma nova perspectiva de vida, pois nela havia meu nome como um grande líder político, em uma guerra grandiosa que uniria o continente ocidental.

— Mas... — protestou Pip, totalmente fora de hora. — Mas esse jornal não mencionava nenhum Wilkie Graves.

— Wilkie Graves não é meu verdadeiro nome — Broadgirdle disse com um sorriso seguro e reluzente. — Eu reconheci imediatamente o significado do jornal que eu tinha nas mãos. Agora havia *duas* folhas de jornal, ambas descrevendo meu ilustre futuro. Ficou claro que eu estava destinado a seguir esse caminho, independentemente de qual era eu habitasse. Naquele mesmo ano, eu me juntei à seita niilistiana. De todas as pessoas equivocadas em nosso mundo, eu entendia que eles, e apenas eles, tentavam restaurar a Era da Verdade que todos nós tínhamos perdido. Com a orientação deles, eu comecei a enxergar cada vez mais a verdadeira natureza do mundo que me cercava. Eu percebi que existem certas pessoas, certos caminhos, que vão transcender até mesmo as rupturas do tipo que ocorreram há noventa e três anos. E eu era uma dessas pessoas. Eu tentei

— disse ele, deixando a explicação e seu passado para trás, a voz se elevando num crescendo — trazer esta equivocada Era da Ilusão mais próxima do seu verdadeiro caminho, mais próxima da Era da Verdade que irrevogavelmente está perdida para nós. Nós *devemos* — ele disse, batendo o pé no chão do púlpito — corrigir os erros desta era iludida. Nós *devemos* fazer tudo o que for possível para nos alinhar aos eventos que aconteceram na Era da Verdade. Aquela era está além da salvação, eu sei. — Ele olhou para os juízes do parlamento com censura. — Mas ficar sentado sem fazer nada enquanto a Verdade nos escapa é algo imperdoável. Cada um dos meus atos — ele continuou, com ares de importância — foi um esforço para nos manter no caminho certo. Um esforço para recuperar o mundo que perdemos, para salvar o pouco que ainda resta para ser salvo.

11h04

O INSPETOR GREY OLHOU em volta e entendeu no mesmo instante que estava em desvantagem numérica. Tinha apenas oito agentes consigo, e metade parecia apavorada. Grey se virou novamente para o rosto com cicatrizes que estava diante dele e se perguntou se seria melhor mentir sobre o paradeiro de Broadgirdle. Por questões de princípios, Grey nunca mentia, mas, nesse caso, argumentou consigo, tal curso de ação poderia ser a única forma de impedir que seus agentes fossem mortos.

— O primeiro-ministro não está no Palácio do Governo — Grey disse com firmeza.

O homem diante dele tirou o gancho com cuidado do cinto e o empunhou com um ar casual. Os outros à sua volta acompanharam a deixa.

— Você pode nos dizer onde ele está, então.

— Não sei onde ele está. O primeiro-ministro fugiu do Palácio do Governo quando o levávamos para a câmara.

O homem com o gancho franziu a testa, e de repente o gancho girou no ar feito um laço.

— Você está mentindo — ele disse.

Os policiais empunharam as armas. Os dezenove homens diante deles começaram a girar os ganchos no ar. Com as mãos ao lado do corpo, Grey vasculhou a mente desesperadamente por uma forma de evitar o confronto. Não conseguiu pensar em nada. Enquanto os homens passavam o gancho em movimento sobre a cabeça dele, preparados para lançá-lo, um assobio repentino, perfurante e claro, ressoou da colunata atrás dele. Um coro de gritos estridentes e exuberantes fizeram eco ao primeiro, e Grey observou com espanto uma rocha do tamanho de um punho passar voando por ele e atingir, precisamente, a orelha de um agressor.

Ele caiu para trás, atordoado, e uma saraivada de pedras menores seguiu a primeira e acertou os vinte homens como uma chuva de granizo. Impressionado, Grey virou a cabeça para a galeria do Palácio do Governo.

O inspetor era de constituição robusta, mas quase desmaiou quando viu a própria filha sorrindo da galeria. Ela fez um aceno alegre antes de lançar outro míssil. Grey a encarou, perplexo. Ao lado dela, uns trinta pivetes de rua, todos entusiasmados, lançavam pedras nos homens parados nos degraus. As pedras eram pequenas, mas muitas acertaram o alvo, tornando impossível aos homens arremessarem seus ganchos.

O pai que havia dentro de Grey pensou em correr para a colunata e arrastar Nettie para casa, mas o inspetor raciocinou que ele e seus homens estavam conseguindo a exata ajuda de que precisavam. Hesitou sobre como deveria agir, observando vários agressores fugirem da escada e outros dois se abaixarem, cobrindo a cabeça com as mãos. Não haveria outra chance, Grey percebeu, e a decisão do inspetor prevaleceu sobre a do pai.

— Algemem todos eles! — ele gritou para seus homens. — Quero todos na delegacia em uma hora.

39
Granadas vermelhas

20 de agosto, 7h41

Em contraste, a história de Oakring sobre as origens dos tornados descreve um homem que perdeu tudo — casa, família, sustento — em uma tempestade. Outras pessoas que sofreram com perdas semelhantes ficaram sentadas, enlutadas, com o coração partido, sem esperanças, até endurecerem e se transformarem em pedra. Entretanto, esse homem cresceu com sua raiva até que seus enormes soluços desesperados se transformaram em tornados e suas lágrimas se tornaram tempestades. É impressionante imaginar o tornado dessa forma — perda que ganhou vida e que toma do mundo o que nunca pode ser recuperado.

— Sophia Tims, *Nascidas da Ruptura: histórias que os viajantes contam*

SOPHIA HAVIA CORRIDO APENAS alguns metros quando ouviu um resmungo atrás dela. Ela se virou e Nosh estava ali, impedindo seu caminho.

— Obrigada, Nosh — ela agradeceu quando o alce se abaixou para ela montar. Ele grunhiu em resposta ao se levantar, claramente ofendido que ela tivesse tentado correr sem ele. — Você está certo — Sophia concedeu, acariciando-lhe o pescoço. — Não foi a melhor parte do meu plano. Suas pernas são muito mais fortes do que as minhas.

Nosh galopou colina acima pela grama enlameada, em direção à linha central das forças de Novo Ocidente. Conforme se aproximavam das tropas, Sophia viu um conjunto de três cavaleiros que esperavam na linha de frente. Ela engoliu o nervosismo, e Nosh diminuiu o passo e parou a três metros de distância. Os cavaleiros não se aproximaram. Em vez disso, permaneceram imóveis.

Dois usavam máscaras com óculos. O terceiro, que carregava a máscara na curva do braço, era o general Griggs. Embora seu uniforme afundasse pelo peso da chuva, ele mantinha a postura ereta na sela, os olhos considerando Sophia desapaixonadamente, com uma expressão dura sem ser fria. Ao que parecia, pela postura ereta e o porte severo, Griggs era um homem mais guiado por princípios e obrigações do que por sede de sangue, crueldade ou ambição. Era evidente, pela respiração lenta e pelos nós dos dedos esbranquiçados nas mãos, que ele estava cansado.

— A menina Eerie tem motivo para estar engaiolada — disse Griggs.

— E ela está prestes a se afogar — Sophia disse. — Estou aqui para falar em nome de Fen Carver e das tropas dos Territórios Indígenas — ela declarou, em uma voz clara.

Griggs não respondeu. Ele se inclinou em direção ao soldado da direita e lhe perguntou algo. O homem removeu a máscara e revelou um rosto redondo com uma barba ruiva. Então tirou uma luneta do bolso do casaco, limpou-a com um lenço e a levou ao olho. Depois de um momento, devolveu a luneta ao bolso e falou alguma coisa para seu comandante.

Griggs se ajeitou na sela.

— Então desça e recue dez metros.

O soldado barbudo concordou e acenou para os soldados atrás dele. Sete deles seguiram, avançando pelo declive com um passo comedido. Sophia sentiu uma onda de alívio, como uma lufada de ar. Datura ficaria segura por um pouco mais de tempo. *Agora vamos ao próximo passo*, disse para si.

— Então explique — Griggs disse para Sophia. — Eu já havia entrado em um acordo com Carver. Vocês violaram esses termos quando mexeram com a menina. Carver também quer que eu ignore o meu lado do acordo? — Riachos d'água pingavam sobre as sobrancelhas brancas do militar como se sobre um toldo. Seu bigode era uma vassoura encharcada.

— Sim — disse Sophia. — Ele estava esperando que chegássemos com isso. — Ela ergueu o espelhoscópio. — E chegamos tarde demais para as negociações iniciais.

Griggs pegou o espelhoscópio e o bigode branco estremeceu com um sorriso irônico.

— O que é isso? Alguma arma mágica indígena?

— Não — Sophia respondeu. — Não é mágica. É uma luneta. Carver tem certeza de que, se olharem para as tropas dele com esta luneta, vocês vão querer mudar os termos da batalha. — Ela estava aliviada por sua voz não transmitir um tom de súplica. Em vez disso, ela soava surpreendentemente confiante. Na verdade, Sophia percebeu, ela se sentia inteiramente confiante.

O general Griggs a analisou, silenciosamente. Em seguida, fez o cavalo avançar e estendeu a mão — não com curiosidade, mas com um ar paciente de um homem que concluiria seus assuntos, independentemente dos obstáculos colocados em seu caminho. Assim que pegou o espelhoscópio, fez o cavalo recuar alguns passos. Então examinou o instrumento brevemente, virando-o na mão.

Por um momento, Sophia pensou que ele se recusaria a olhar no visor, mas então ele o levou ao olho direito. Girou levemente. Sophia prendeu a respiração. A chuva caía sobre o chapéu em um tamborilar constante. Atrás dele, os soldados permaneciam imóveis e anônimos, sem face sobre o capuz escuro. O tornado uivava; a tempestade desabava sobre eles como ondas. Sophia teve a momentânea impressão de que ela e Griggs flutuavam em um minúsculo navio, com tamanho suficiente apenas para eles dois, enquanto um oceano rugia ao redor.

A expressão de Griggs não se alterou, e ele permaneceu perfeitamente imóvel — um braço ao redor da máscara com óculos, o outro erguido com o espelhoscópio, montado sobre o cavalo, debaixo de chuva. No entanto, o efeito do espelhoscópio era evidente — no cavalo. Sentindo uma mudança invisível no cavaleiro, o animal havia erguido a cabeça com repentino terror, os olhos arregalados, cada músculo se enrijecendo subitamente. Houve uma longa pausa na qual Sophia imaginou o cavalo empinando, lançando Griggs e o espelhoscópio na lama.

Em seguida, Nosh deu alguns passos à frente e cutucou o pescoço do cavalo. O animal se assustou, estremeceu e se virou para considerar o alce. Nosh sustentou o olhar por longos segundos, até Griggs finalmente tirar o espelhoscópio do olho. Sophia observou o inexpressivo rosto de Griggs, em busca de algum sinal do que ele faria em seguida.

— Como isso funciona? — Griggs finalmente perguntou.

Sophia olhou para ele sem saber ao certo como responder.

— É um aparelho Eerie.

— Mas como *funciona*? — Griggs insistiu, levantando o chapéu de forma que os olhos azuis fitassem diretamente os de Sophia. Quando ela não respondeu, ele colocou a máscara sobre a sela e agarrou reverentemente o espelhoscópio, como se fosse um objeto sagrado. — Eu vi o meu pai aqui — disse ele. — E o meu irmão. Eu vi coisas que achei que ninguém mais no mundo tivesse visto além de mim. Como isso é possível? — Ele não havia levantado a voz, mas as palavras saíram rápidas, e, quando ele terminou a pergunta, levantou o espelhoscópio diante de si.

— Não sei — admitiu Sophia. — Não entendo como funciona, mas se você viu coisas de que se lembra, certamente deve perceber que as memórias no espelhoscópio são verdadeiras.

— Alguém mais viu o que eu vi — disse Griggs, olhando além de Sophia, à meia distância. Suas palavras eram lentas e consideradas, como se tentasse identificar a natureza de sua pergunta. — Não apenas viu, mas também *sentiu*. Pois eu me lembro de não sentir nada quando percebi que os cavalos se afogaram, e o olho que se lembra desse fato — ele fez um gesto para o espelhoscópio — sofreu com isso. Quando eu não senti. Isso foi muitos anos antes de eu sentir essa emoção. — Ele parou abruptamente e ajustou o espelhoscópio ao olho mais uma vez.

Dessa vez ele realmente estudou o mapa de granadas de Novo Ocidente. Sophia o observou, espantada, conforme os minutos se passavam. Ela achou difícil de acreditar que ele pudesse suportar tamanho horror por tanto tempo. Quando o general baixou o espelhoscópio pela segunda vez, ela viu que, de fato, isso havia custado um preço. A mão dele tremia levemente. Ele se virou e olhou de volta para a encosta onde suas tropas estavam reunidas.

— Como se eu precisasse lembrar — ele disse, com a voz instável, e seus ombros se curvaram. — Quem de nós não está cansado da guerra? — ele perguntou, parecendo falar consigo mesmo em vez de com Sophia ou com as tropas, ao alcance de sua voz. — Quem de nós não quer ir para casa? Para um lar intocado por tudo o que vimos? Um lar que não existe mais, de quando nossos olhos eram jovens? É impossível voltar para aquele lugar, para aquela infância, quando o mundo não era um cenário sanguinolento. Um cenário tingido de vermelho. E para alguns nem mesmo a infância serve como escapatória, pois eles só conseguem se lembrar da dor. Há crianças que caem como nós, que veem o que vemos e que lutam. — Ele apertou o espelhoscópio na mão.

Em suspense, Sophia observou o rosto grave de Griggs. Ela vira muitas coisas no espelhoscópio, no breve vislumbre das memórias de Novo Ocidente, e não podia ter certeza se ele tinha visto algo semelhante. No entanto, entendia aquelas palavras. O som que permanecera com ela com o fato de olhar no espelhoscópio era o lamento de uma criança — agudo, apavorado e inabalável —, um som que agora ecoava em seus ouvidos. Não era como nada que ela já tivesse ouvido; ainda assim, a fazia lembrar de outro lamento: o longo fluxo e refluxo da maré de sofrimento da Lachrima, o grito que ecoara em sua mente desde o momento em que seus pais haviam se transformado.

Griggs se endireitou na sela e respirou fundo, interrompendo o silêncio.

— É convincente o que você me mostrou — disse ele —, mas não pode mudar o meu propósito aqui. Eu não tenho escolha. Eu respondo ao primeiro-ministro de Novo Ocidente. Carver sabe que esta decisão não é pessoalmente minha.

— Mas você disse...

— Eu sei o que eu disse, mas olhe em volta. — Ele fez um gesto amplo que abarcou todo o vale. — Não fui eu que causei isso. Eu não desejei nem fiz isso, mas também não posso parar.

— Você *pode* parar! — Sophia insistiu.

— Criança, você logo vai aprender a maior lição que se aprende aqui, neste campo de batalha: a da humildade. Nós gostamos de pensar que uma única pessoa pode mudar o mundo, mas há momentos em que uma pessoa conta muito pouco. Há momentos em que não conta verdadeiramente nada. — Griggs estendeu o espelhoscópio para ela, com uma expressão dura no rosto.

Não deu certo, Sophia pensou, horrorizada. *Ele vai atacar, apesar do que viu.* Enquanto Sophia lutava para encontrar as palavras, pegando o espelhoscópio na mão, os homens que Griggs havia mandado descer a colina voltaram.

Os soldados tomaram de volta seus lugares com o oficial de barba ruiva, parado diante de Griggs.

— Ela está em posição — disse ele. — Carver retornou para este lado do rio.

Griggs balançou a cabeça levemente, levantou as rédeas do cavalo e disse para Sophia:

— Diga a Carver que honrarei os termos originais. Vocês dois têm dez minutos para atravessar o rio. Diga que não posso desobedecer às ordens que recebi.

— Mas e o tornado? — Sophia perguntou. — Olhe para ele! — Ela fez um gesto para o topo da colina, onde a parede de vento permanecia no lugar. — Vai descer a qualquer momento. O tornado vai destruir este vale e todos que estiverem aqui.

— Vai chegar um momento em que ele vai passar — Griggs disse. — As condições climáticas não são obstáculo para mim.

Sophia não sabia o que fazer. Estava muito certa de que o espelhoscópio faria o general mudar de ideia, e, embora claramente o tivesse abalado, não havia alterado o curso dos acontecimentos. Só servira para atrasá-lo.

Espere, algo disse na mente de Sophia. Não era a própria voz interior, mas a outra, aquele instinto familiar que ela começava a reconhecer como o antigo, como o Clima: Novo Ocidente. *Espere*, ele disse novamente.

— Espere! — Sophia gritou.

Griggs fez uma pausa, e ela o encarou desesperadamente, esperando que o antigo se explicasse para ela saber o que fazer em seguida.

E então ela os viu. Lutando contra a chuva, mergulhando, oscilando e vacilando, um bando de pombos voava através da tempestade.

Acima destes, voavam pássaros maiores — falcões e corvos — cujas asas mais largas serviam como um dossel, protegendo-os da pesada chuva.

— Olhe! — ela exclamou. — Pombos de ferro!

Griggs e seus oficiais olharam para cima. A massa de pássaros desceu e se aproximou em uma confusão de grasnidos que parecia explodir em torno deles. Os falcões voavam em círculos vertiginosos, girando e dando rasantes antes de se impulsionarem para o alto novamente, enquanto os corvos pousavam no solo, em círculos. Os pombos de ferro bateram asas até pararem nas galhadas de Nosh — mais de uma dúzia deles, piando e sacudindo as penas.

— Marcel! — Sophia exclamou, reconhecendo o pombo que havia voado da casa de Maxine em New Orleans com sua mensagem para Shadrack.

Com dedos trêmulos e desajeitados, Sophia abriu o compartimento na perna de Marcel. Leu as palavras no minúsculo pedaço de papel, protegendo-o com a mão. Depois leu a próxima mensagem, e a próxima. Todos os pombos carregavam papéis com as mesmas palavras.

Então, com a mão trêmula, ela estendeu a mão para o general Griggs com todos os papéis. Ele leu alguns em silêncio, o bigode encharcado estremecendo uma vez. Exalou rapidamente e enfiou os papéis dentro do casaco para protegê-los da chuva.

— Carver ainda está lá embaixo? — ele perguntou a seu oficial.

O homem de barba ruiva consultou a luneta.

— Está.

— Detenha as tropas aqui. Voltarei em um minuto. Venha comigo — ele disse a Sophia.

Griggs conduziu seu cavalo pelo declive, seguido por Nosh e Sophia. Chegaram rapidamente até a gaiola de Datura, onde Agridoce se agarrava resolutamente às barras. Theo e Casanova permaneceram ao lado dele, o rosto em expectativa. Perto deles, um Fen Carver desprovido de chapéu vestia um casaco de camurça encharcado, com um velho rifle pendurado ao ombro. Um lenço cobria a metade inferior de seu rosto. Ele ergueu a mão para puxá-lo para baixo quando Griggs e Sophia se aproximaram. Tinha uma expressão fechada, mas, debaixo das sobrancelhas franzidas, os olhos sustentavam algo leve e frágil, como esperança.

— Bem? — ele perguntou, depois de Griggs desmontar.

Griggs tirou o chapéu, enfiou a mão no bolso do casaco e entregou o pedaço de papel a Fen Carver.

— O primeiro-ministro Gordon Broadgirdle foi deposto do cargo — anunciou. — Por votação de emergência, o parlamento acabou com as investidas contra os Territórios Indígenas e Nova Akan. — Fez uma pausa. — As ordens do ministro das Relações com Eras Estrangeiras são para retornar a Boston.

Houve uma pausa, e então os gritos explosivos de Theo foram ecoados pelos de Casanova. Carver, que havia lido as mensagens com um semblante grave, devolveu-as a Griggs com uma ligeira reverência. Então tirou o lenço branco do pescoço e o amarrou no cano do rifle. Levantando a arma acima da cabeça, ele o balançou. Uma lenta explosão de gritos, abafados pela tempestade, ressoou por todo o vale.

Griggs caminhou até a gaiola de Datura. Pegou a chave do bolso e destrancou a porta.

— Seria um insulto lhe oferecer minha mão — ele disse — depois do que você viu e de tudo o que eu fiz. Eu não a culparia se não a aceitar.

Ela ficou imóvel, atordoada e incrédula.

— Posso ir?

— Sim, você está livre. — Griggs recuou. — Eu tinha ordens — acrescentou —, mas não havia dignidade alguma em lutar no rastro do que você fazia. — Ele lhe deu um breve aceno de cabeça e virou-se para voltar colina acima, onde as tropas de Novo Ocidente aguardavam.

Ainda assim, Datura não se mexeu até Agridoce vir e tirá-la da gaiola. Ela desceu com pernas trêmulas, e seu irmão a abraçou.

— Acabou, irmãzinha — ele disse, em um abraço apertado. — Acabou.

40
As Árvores Vermelhas

20 de agosto de 1892: 7h02

O que ainda precisamos compreender é como alguns lugares podem, de maneira tão efetiva, fazer o tempo passar de formas diferentes. O que é um lugar que transforma a textura do tempo dentro dele? Eu gostaria de ler um estudo que se ativesse ao problema de como o tempo passa em diferentes lugares, semelhante ao que foi conduzido por Boston no ano passado. (Para os que não leram o trabalho, descobriu-se que os bostonianos, em sua maioria, sentiram que o tempo passou mais devagar entre as dez horas e as dez horas e dezessete minutos.) Será que isso foi motivado por alguma propriedade dessa era ou por algum estilo de vida que criou uma experiência sincrônica? Ainda não sabemos.

— *Sophia Tims, Reflexões sobre uma jornada ao mar Eerie*

A CHUVA PAROU ABRUPTAMENTE, e o vale se calou de repente. O único som vinha do rio, que prosseguia com as águas agitadas e mandava seu caudaloso curso para o sul. Fen Carver permanecia nas margens inundadas, observando as correntes com um ar pensativo. Suas tropas o esperavam, os grupos de guerreiros de todos os cantos dos Territórios entrando em foco conforme as nuvens recuavam.

Sophia olhou para a crista da colina. O tornado havia passado — recuado ou se desintegrado. Agora não restava nada além de uma linha chamuscada onde o relâmpago contido se manteve estático. As tropas de Novo Ocidente já batiam em retirada, marchando em ritmo constante em direção ao caminho que levava para fora do vale. Theo e Casanova os observaram partir, e Theo se apoiou pesadamente no braço do amigo, de repente exausto.

Conforme o ar se aquecia, uma névoa cinzenta começou a se formar. Cobriu o vale como um manto, envolvendo a gaiola de Datura e escondendo o solo enlameado.

Sophia podia sentir a mudança ao seu redor: um exalar profundo, o alívio de uma tensão. O antigo sabia que o perigo havia passado. O vale Turtleback estava calmo e quieto.

Casanova, Sophia e Theo estavam a uma curta distância, testemunhando o reencontro de Agridoce e Datura. Datura se apoiava no ombro do irmão, e, com o braço ao redor dela, Agridoce, com a voz firme, contava sobre como eles deixariam o vale e passariam algum tempo com Fumaça. Eles enviariam uma carta para Boston, mandando notícias para sua mãe e seu avô.

Sophia os observava com um misto de alegria e relutância. Por um lado, ela quase podia sentir o alívio evidente no rosto dos irmãos. Por outro, a reunião a fazia lembrar dolorosamente das inevitáveis possibilidades a que tinham finalmente chegado. Quando terminasse, ela teria que se aventurar no bosque onde Minna e Bronson poderiam estar ou não. Todos os sinais haviam levado a isso; não havia mais para onde ir. *Se eu não os encontrar lá*, ela pensou, *não vou encontrá-los em lugar nenhum.*

Ela desviou o olhar de Agridoce e Datura, considerou o espelhoscópio que tinha nas mãos e o guardou cuidadosamente na mochila.

— O espelhoscópio o retardou — Sophia disse a Theo e Casanova —, mas sem as mensagens de Boston, não teria sido suficiente.

— Sim — Casanova disse —, mas, se Griggs tem algo de parecido comigo, os vislumbres do que a guerra pode fazer permanecerão por muito tempo, talvez para sempre, e mudar o modo dele de agir e pensar no futuro. — Fez um gesto para o alto da colina, onde as tropas de Novo Ocidente tinham começado a se retirar. — O que você vê agora é apenas o primeiro passo, mas as imagens são duradouras e vão ter um efeito também duradouro.

Theo pegou a mão de Sophia e a apertou. Então deu um sorriso discreto.

— Borragem vai ficar muito impressionada quando contarmos. Shadrack também.

Sophia retribuiu o sorriso.

— Talvez. Na verdade foi Shadrack quem parou esta guerra. — Ela pegou as folhas de papel amassado de dentro do bolso e lhes mostrou o selo azul: o selo oficial do ministro das Relações com Eras Estrangeiras. — Ele enviou uma dúzia de pombos. Para ter certeza de que a notícia chegaria.

— Agora vamos — Agridoce anunciou, caminhando até eles, os braços ainda ao redor dos ombros da irmã. Nosh avançava atrás deles, os pombos ainda empoleirados em seus chifres. — Estamos preparados para nos aventurar no bosque. E você deve ir primeiro, Sophia.

Sem perceber, ela virara as costas para o bosque de Árvores Vermelhas. Com uma respiração profunda, virou de frente.

— Muito bem — disse, com uma voz determinada. — Se vocês estão prontos, eu também estou.

Eles desceram a encosta na direção do bosque. Conforme se aproximavam, Sophia escolheu observar o que havia ao redor, em vez de criar expectativas sobre o que viria em seguida.

As árvores eram diferentes de todas as que ela já vira. Lembravam-na das árvores vermelhas descritas por Virgáurea na história. A casca era da cor de tijolos, e pareciam altas como as colinas circundantes. Parada à entrada do bosque, Sophia olhou para cima e descobriu que o topo das árvores estava além do que a vista alcançava, tornando-se um borrão na direção do sol. Uma trilha estreita de terra cortava entre os montes ondulantes de trevos, e a base das árvores estava quase oculta pelas samambaias. O verde-vivo dos trevos, o vermelho-escuro dos troncos das árvores, o azul vívido do céu matinal: o bosque parecia inteiramente composto de partes brilhantes, formando um todo reluzente.

Theo lhe deu um pequeno empurrão, e Sophia pegou a trilha. Caminhou por ela devagar, fascinada pela quietude do bosque. O silêncio parecia intencional e consciente, como se o bosque os observasse com a respiração presa. Seguindo o caminho sinuoso, ela contornou uma árvore com um tronco tão largo que dez pares de braços não seriam capazes de circundá-lo.

— Vocês já viram árvores tão grandes? — ela sussurrou por cima do ombro.

Theo balançou a cabeça.

— Nunca — Agridoce respondeu.

Casanova e Datura estavam extasiados, contemplando os enormes troncos. Nosh caminhava alegremente na retaguarda, baixando a cabeça para roçar nas samambaias.

A trilha fez uma curva e se abriu em uma clareira. As agulhas caídas das Árvores Vermelhas formavam um tapete no centro, e do outro lado havia duas grandes árvores que haviam crescido uma na direção da outra, encontrando-se a vários metros acima do chão, os troncos se fundindo em apenas um, que continuava até o alto, rumo ao céu. O espaço entre elas era um abrigo natural, fresco, sombreado, quase uma sala feita pelas próprias árvores. Sophia caminhou prazerosamente em direção ao espaço, entrou no abrigo e sorriu; algo ali lhe transmitia aconchego e segurança. Ela se sentiu em casa.

Mas então congelou. Dentro do abrigo, entre as duas árvores, havia um relógio pendurado em uma corrente. Os troncos haviam crescido através e ao redor dos objetos, engolindo partes inteiras da corrente; mas, ainda assim, Sophia tinha uma visão clara da face do relógio para reconhecê-lo imediatamente. Ela o vira antes, em um mapa de memória feito de contas. Através dos olhos de um xerife desleal, ela vira dois prisioneiros condenados o envolverem ao redor dos pulsos para se darem as mãos. Era o relógio que Richard Wren dera a Minna e Bronson Tims.

Lágrimas ficaram presas na garganta. Ela se esticou para tirar o relógio com ambas as mãos, mas estava alto demais, e as palmas caíram contra os troncos vermelho-tijolo e pararam ao lado do corpo.

O bosque desvaneceu e memórias lhe inundaram a mente. Ela nunca tinha visto memórias tão vívidas, e, mesmo perplexa diante de tamanha clareza, alguma parte dela parou e entendeu o que havia sob o manto de seus pensamentos fazia algum tempo. O disco de madeira, o chifre, o rolo de casca de bétula, as granadas: esses elementos sugeriam a possibilidade de que *todos* esses remanescentes podiam ser mapas de memória. E agora ela tinha a comprovação de que estava certa.

Enxergou as memórias em lampejos desordenados — feixes de luz sem sentido, rostos, escuridão, gemidos, quedas, silêncio penetrante — antes de perceber que o próprio toque desesperado era o que criava essa turbulência. Pulou febrilmente de uma memória à outra, olhando-as de relance, procurando alguma coisa, sem saber exatamente o quê. Respirou fundo e parou de mexer as mãos. As memórias ficaram mais lentas. Agora podia vê-las com maior clareza: os longos anos passados como Lachrimas, e os anteriores, passados como pessoas vivas, pensantes e amorosas. Ainda não havia uma sensação de ordem, de tempo linear, mas Sophia residia nas memórias agora com um propósito, sem restrições, vislumbrando momentos coerentes.

Uma jovem Minna se lembrava de ter feito um castelo de palitinhos quando criança, pacientemente montando e desmontando repetidas vezes, até receber a recompensa fantástica e espinhosa de um edifício. Um Bronson mais velho se lembrava de encontrar Shadrack, um jovem de cabelos bagunçados e cheios de tinta nas mãos. Minna, agora crescida, havia feito uma torta de pêssegos no verão, e estava sentada na varanda com os pés na balaustrada, deixando o aroma de torta flutuar no forno e sair pela porta aberta. Bronson criança, sentado na escola, olhando pela janela, sonhando acordado com explorações. Minna se lembrava de apertar forte a mão de Shadrack enquanto um médico suturava um ferimento doloroso em seu joelho. Bronson se lembrava de ver Minna arremessando bolas de neve no jardim público; ela riu, os cabelos desordenados e as bochechas rosadas de frio, e ele sentiu uma pontada de alguma coisa ao mesmo tempo terrível e reconfortante — ele a amou à primeira vista. Minna se lembrava de adormecer no ombro de Bronson; tinham combinado de ficar acordados para ver o sol nascer, mas ela sentira uma tamanha exaustão que não conseguiu manter os olhos abertos. Bronson se lembrou de abraçar uma sorridente Sophia, que tinha dentinhos da frente novos, e, quando se aproximou mais para um beijinho de borboleta na filha, sentiu uma alegria tão grande que o deixou sem fôlego. Minna se lembrou de embalar Sophia nos braços quando ela adormeceu.

Ali, entre as árvores vermelhas e com as mãos nos troncos, Sophia se sentiu subjugada, não pela visão do próprio rosto, mas pela felicidade retumbante que enchia Minna e Bronson quando eles a viam. Isso retardou seu progresso, e de repente as memórias aceleraram e assumiram uma ordem clara.

Ela relembrou com uma vivacidade abrupta e chocante os eventos que Minna descrevera em seu diário: conversas com o capitão Gibbons, longas noites passadas no convés, o balanço tranquilo do navio, a tempestade explosiva que passara tão depressa que pareceu inchar e explodir como uma bolha. Viu o rosto familiar de Wren e sentiu o coração bater com alívio ao segurar Bronson a bordo do *Poleiro*. Wren movia-se pelas memórias como um cabo iluminado e robusto, ancorando-os em um lugar seguro. Ele desapareceu quando Sevilha surgiu, destruída e desolada, ainda tomada pela peste. A bondade do estalajadeiro, o terror de descobrir a peste em Murtea, o desespero lento e crescente da prisão, tudo enfim levado para o momento anterior à ponte. Ela via esse momento agora não do ponto de vista do xerife de Murtea, que assistia a tudo com tanta relutância, mas dos olhos tanto de Minna quanto de Bronson. Ambos pareciam calmos para o outro, mas ardiam de terror. Era tão palpável como a corrente do relógio que unia o pulso um do outro. Surpreendia-a sentir a forma daquele terror, pois a questão não era o que eles encontrariam quando cruzassem a ponte; ela residia em um ponto distante do outro lado do oceano — um rosto sorridente que não poderia se perder, que precisava ser lembrado a todo custo.

O rosto dela, de Sophia.

Minna e Bronson cruzaram a ponte, e a luz penetrante da era em transformação se moveu através deles. O mundo ficou borrado — borrado pelo sofrimento. O que teria parecido para uma mente intocada como colinas e trilhas ao redor deles parecia uma tela plana. Era visível, mas não significava nada. Mesmo quando mudou, dando espaço a vilarejos e depois cidades, conforme voavam através das eras, parecia não ter nenhum significado. A única coisa inteligível era o desespero, que preenchia cada canto da mente deles com sua linguagem terrível e inescapável. As palavras ditas pelas pessoas que os cercavam, as expressões de horror, as paisagens de gelo, as colinas, os desertos todos ali, era impossível entendê-los, pois a dor pesava sobre a mente de Bronson e Minna como uma viseira. Até o nascer e o pôr do sol pareciam incompreensíveis, um ciclo previsível que permanecia sem sentido em sua repetição. Por tudo isso eles se moviam com o coração pesado em direção a um único ponto de clareza: um lugar. O lugar tinha significado — significado ainda desconhecido, mas um significado, apesar de tudo; o lugar invisível que lhes prometia um fim para o sofrimento, reluzindo no horizonte como uma estrela nascente. E assim eles a seguiram.

Os caminhos desertos foram ficando cada vez mais quentes e mais frios com o passar dos dias. A chuva caía em rajadas repentinas e depois passava. Bandos de comerciantes passavam por eles galopando e gritando, como se fugissem de uma praga. Os desertos davam lugar a montanhas, e estranhos animais se tornavam seus companheiros. Silenciosos e altos, cobertos de pelos branco-acinzentados, eles radiavam uma intenção gentil e teimosa que conseguia atravessar a dor. De início, as criaturas caminhavam ao lado deles. Carregaram Minna e Bronson nos braços. Os dois foram conduzidos de um bando de criaturas a outro, e as criaturas falavam umas com as outras em silêncio, batendo os pés no chão. Sua bondade lentamente se fez evidente, mesmo para a mente amortecida de Minna e Bronson: calor e abrigo, peles para servir de roupas e sapatos, um murmúrio baixo e penetrante à noite que os embalava em um sono inquieto.

Anos se passaram assim, com as montanhas achatando-se em planícies montanhosas, e planícies dando lugar a longas extensões de gelo. As criaturas os deixaram, relutantes, quando o gelo cessou.

Por um tempo ainda, Minna e Bronson sentiram o tremor pesado no chão que vinha dos passos das criaturas, e, embora o significado dessas mensagens fosse obscurecido, a garantia de sua presença contínua ao longe levava os viajantes cansados um pouco mais além. Então os passos se desvaneceram, e o mundo se tornou um túnel verde. O lugar que eles buscavam era próximo. Tinha um som. Esse som era uma voz — um chamado constante e silencioso que falava o nome deles.

— Sophia — alguém disse.

Ela resistiu. Não queria se afastar daquelas memórias. Queria vê-las todas — cada uma delas — e depois revê-las novamente.

— Você *vai* ver todas elas — outra pessoa disse. — Haverá tempo.

Sophia sentiu um momento de confusão. Ela não tinha falado. Tinha? Percebeu que seus olhos estavam bem fechados. Após hesitar, ela os abriu. Havia caído contra a parede do abrigo; as mãos repousando nos troncos retorcidos das árvores.

Em pé diante dela estavam Minna e Bronson Tims.

Sophia não conseguia encontrar sua voz.

— São mesmo vocês? — ela finalmente sussurrou.

Minna sorriu, os olhos brilhando enquanto olhava para o rosto de Sophia. Ela estendeu a mão impulsivamente e depois se deteve. Devagar, recuou o braço. Ao fazer isso, Sophia percebeu que os troncos vermelho-tijolo atrás dela continuavam visíveis. Minna e Bronson estavam desaparecendo.

— Sim, somos nós — Minna disse baixinho.

— Esperamos o máximo que pudemos — disse Bronson, e sua voz falhou. — E foi o suficiente.

Sophia não conseguia parar de olhar para eles. Não era nenhum truque da imaginação, pois ela não poderia ter imaginado como o rosto deles estava envelhecido pela idade e pelo longo cansaço. Os cabelos de Minna estavam riscados de cinza. A barba de Bronson estava grisalha ao redor da boca, e uma longa cicatriz percorria seu pescoço. Eles usavam roupas estranhas — couro macio moldado e vincado em torno do corpo. Parecia estranho: um pedaço de outro mundo. Ela sentiu um súbito e inexplicável sentimento de traição. *Eles mudaram*, pensou Sophia. *Eles mudaram sem mim.*

— Como? — ela perguntou em voz alta. — Como vocês estão aqui?

— Viajamos para cá — Bronson respondeu. — Desde os Estados Papais. Pelas Estradas Médias, atravessando as Rússias, cruzando a ponte terrestre até as Geadas Pré-Históricas. E finalmente chegamos em Novo Ocidente. Viemos até aqui.

— Você viu uma parte disso — Minna acrescentou. — Foi uma época sombria, e as nossas memórias não são mais claras do que o que você mesma viu.

— Mas por que aqui? — Sophia insistiu, incapaz de expressar totalmente sua verdadeira pergunta.

— Fomos chamados para cá — disse Bronson.

— Nosso coração nos chamou para Boston — Minna admitiu. — Eu acredito que durante anos cada movimento nosso nos levou naquela direção. Em direção a Boston, em direção a você, mas então começou o chamado.

— Ele nos prometeu tudo. Um fim para a vida, se é que se pode chamar assim, na qual estávamos tentando sobreviver.

— Mas quem chamou vocês? — Sophia perguntou, mas então percebeu: — O antigo.

— Sim — Minna afirmou. — Viemos aqui, para este bosque, porque fomos chamados. — Ela apontou para as duas árvores acima e em torno deles. — Este bosque, este lugar onde você está agora, é o começo de um novo mundo. — Sorriu suavemente. — Nós o estamos fazendo. Não apenas nós dois, mas todos os que foram esquecidos.

Esquecidos.

— O antigo está curando as Lachrimas? — Sophia sussurrou.

— É mais do que isso — sua mãe lhe disse. — Sim, está curando as Lachrimas, mas, ao fazê-lo, está criando uma resposta para o tipo de sofrimento que as Lachrimas são forçadas a carregar. Uma resposta à guerra que quase destruiu este vale.

— Este bosque — Bronson disse, com os olhos brilhando — é uma resposta para a Ruptura.

— Para a Ruptura? — Sophia perguntou, sem entender.

— O grande conflito que eclodiu quando os Climas se depararam com sua próxima extinção. Uma extinção que eles podiam entender, mas que nós ainda não. A causa é obscura. Os "antigos", como você os chama, não conseguiram concordar na forma de impedir a própria aniquilação. A Ruptura foi o resultado desse desacordo: em vez de uma solução, muitas soluções. Da Ruptura surgiu um mundo com os antigos em diferentes épocas, em diferentes eras. No entanto, nossa esperança é de que esse desentendimento tenha chegado ao fim. Esperamos que este lugar impeça que algo semelhante aconteça novamente.

— Como? — Sophia se perguntou.

— Trazendo à tona o que está escondido. Fazendo o passado sempre visível no presente. Com a abundância de memórias que nós, os esquecidos, carregamos, um lugar *feito* de memórias pode vir a existir. Por enquanto é apenas este bosque, mas as eras vão ser lentamente refeitas para que sejam inteiramente formadas por memórias.

— O que você quer dizer com "formadas por memórias"?

— Apenas isso — Bronson disse. — Cada folha de grama, cada pedra, cada gota d'água vai conter as memórias de tudo o que elas fizeram parte.

Era como Sophia havia imaginado, considerando o disco de madeira, o chifre, a casca de bétula. Ali, no bosque, o antigo havia representado as memórias de um jeito que todos poderiam ver. Não requeria conhecimento especializado, nem habilidades específicas, nem dispositivos elaborados. O antigo desejava que as memórias fossem alcançadas em um único toque, sem que fosse necessário pensar.

— Todos vão saber do que o passado é feito — ela murmurou, enfim compreendendo.

Sua mãe assentiu com a cabeça.

— E, embora existam muitas pessoas equivocadas neste mundo, nós acreditamos, assim como o antigo, que conhecer o passado tão completamente é muito esclarecedor.

— Mas para um lugar como esse começar — Bronson continuou —, o bosque precisou emergir da própria memória. E é isso que as Lachrimas são. O que nós somos.

— Então essas duas árvores... — Sophia começou.

— Nós dois estamos em todo o bosque, mas principalmente aqui. Quando viemos para o vale, desejamos criar um espaço que você pudesse encontrar um dia, e esse lugar é aqui.

— Nós sabíamos que você viria — Minna sussurrou.

— Mas eu consigo ver vocês, o rosto de vocês. Vocês não podem partir agora, do jeito que estão? — Sophia ouviu o desespero na própria voz.

Pela primeira vez, Minna e Bronson afastaram os olhos do rosto de Sophia e se entreolharam.

— Não, nós não podemos. Mal estamos aqui — o pai disse, com um sorriso triste. — Tudo o que somos foi usado para criar este lugar, mas está certo — ele acrescentou suavemente. — É assim que deve ser.

A visão de Sophia ficou turva, e ela sentiu as lágrimas começarem a cair.

— Mas eu acabei de encontrar vocês — ela sussurrou.

— É mais do que esperávamos — disse Minna, com um semblante sereno. — E é melhor nos vermos brevemente do que não nos vermos, não é?

Sophia não conseguia falar, então simplesmente assentiu.

Quando ergueu os olhos, viu que ambos estavam ajoelhados diante dela, suas silhuetas insubstanciais tão perto quanto possível, sem que a tocassem.

— Você não quer nos contar sobre a jovem que você se tornou, querida? — Minna perguntou. — Você tem as nossas memórias aqui — ela fez um gesto para as árvores —, mas nós temos apenas você. Diga-nos. — Tentou sorrir. — Conte-nos tudo.

No início, Sophia não conseguia contar aos pais sobre seu passado; parecia impossível quando havia tanta coisa mais para pensar na presença deles. E ela não conseguia imaginar por onde começar. Porém, lentamente, com as perguntas delicadas de sua mãe, ela contou o que havia acontecido além do bosque, sobre a descoberta de Datura e os dois exércitos, o reino das três irmãs e a longa jornada que a levara ao mar Eerie. Descreveu a maravilha de Ausentínia e o terror de tomar consciência das memórias daquele lugar; relatou a viagem sobre o Atlântico com os niilistianos e a viagem anterior a Nochtland; contou sobre Blanca e a angústia que sentira ao ouvir o choro dela. E então todas as pessoas que ela conhecera nas viagens, toda tristeza e decepção que sentira com Shadrack, e todas as mudanças que a haviam trazido para o presente começaram a se encaixar.

O que parecia impossível se tornou fácil. Ela descreveu quem era, contou coisas importantes e triviais: memórias de crescer com Shadrack, os primeiros dias de escola, a descoberta dos livros e dos lugares favoritos, a ansiedade que sentira com a perda da noção do tempo, e os cadernos que ela desenhara para marcar os dias. Minna e Bronson faziam perguntas e exclamavam. Quando sua mãe contou as próprias histórias de como perdia a noção do tempo, e quando seu pai falou que ele também desenhava em cadernos, Sophia ficou maravilhada ao constatar como as coisas que antes a faziam se sentir tão estranha e solitária agora a faziam se sentir segura e parte de uma família. Para sua surpresa, houve momentos em que os três se viram dando risada, e então ela percebeu breves vislumbres do que a vida com eles poderia ter sido.

Ficou espantada quando a luz em volta começou a se dissipar. A noite se aproximava e ela havia passado o dia inteiro entre as duas Árvores Vermelhas, na companhia dos pais.

— Eu não quero ir — ela disse, olhando para a clareira na escuridão crescente.

— Você pode ficar, é claro — Minna disse.

— *Vocês* vão ficar?

— Vamos ficar o tempo que pudermos — respondeu Bronson, suavemente.

Sophia olhou para eles. Já era difícil ver suas feições. Ela não sabia ao certo se era a falta de luz ou o corpo deles que pouco a pouco desaparecia no bosque. De repente, ela percebeu que estava exausta e lutou para manter os olhos abertos.

— É lindo este lugar que vocês trouxeram para o mundo — Sophia lhes disse. — Vai mudar tudo. É a coisa mais impressionante que eu já vi.

— Mas não é a coisa mais linda e impressionante que seu pai e eu trouxemos para o mundo — Minna sussurrou, aproximando-se dela.

Sophia fechou os olhos sem querer. Ouviu uma melodia cantarolada muito familiar, embora não conseguisse se lembrar de como viera a conhecê-la. A canção a fazia lembrar de algo, de um tempo e de um sentimento que ela perdera de vista durante anos. Uma sensação inabalável de bem-estar, segurança e acolhimento a preencheu, e finalmente sentiu que tudo estava como deveria.

41
Reencontro

21 de agosto de 1892: 5h20

Agora os marcadores aparecem daqui até New Orleans e Charleston: bosque Vermelho, eles dizem, anotando os quilômetros que a pessoa precisa andar pelos caminhos de Novo Ocidente até alcançar o vale. Mesmo que o bosque permaneça um destino distante para muitos, está quase literalmente encurtando distâncias. Outros viajantes me relataram — e eu vi com meus próprios olhos — que o número de Árvores Vermelhas cresceu, percorrendo caminhos que saem do vale Turtleback como seus guias. Leitor, aqui você encontrará o mapa que leva ao bosque Vermelho, conforme sua existência no verão de 1892.

— Sophia Tims, Reflexões sobre uma jornada ao mar Eerie

QUANDO SOPHIA ACORDOU, MINNA e Bronson haviam desaparecido. No início, o fato caiu sobre ela como um golpe, e ela desejou voltar a dormir e esquecer como era irrevogável a partida deles, mas então percebeu, para sua surpresa, que a sensação de conforto e segurança com a qual havia adormecido ainda estava presente. Sim, Minna e Bronson haviam desaparecido, mas deixaram-na com a quietude inabalável que havia no coração do bosque.

Ela saiu cautelosamente do abrigo das Árvores Vermelhas e encontrou Theo dormindo do lado de fora, aconchegado às samambaias. Sorriu. Em vez de acordá-lo, sentou-se ao lado dele e esperou, banhando-se na luz matinal que começava a penetrar a copa das árvores. A leste, o sol se elevava sobre as colinas e os alcançou na clareira, acendendo lentamente os troncos vermelhos com uma luz alaranjada. O bosque estava acordando. Sophia sentia sua vigilância, seu propósito constante. Ela o ouvia com todos os seus sentidos, impressionada e profundamente feliz por ter tido a sorte de encontrar o caminho para um lugar como aquele.

Theo acordou, se sentou e bocejou. Tirou o braço da tipoia e o esticou com cuidado.

— Você está bem? — ele perguntou, ansioso, procurando algum indício no rosto da amiga.

Ela sorriu.

— Estou.

— Eles foram embora?

Sophia assentiu, olhando para as duas árvores.

— Sim. Mas não totalmente. As memórias deles estão aqui. E vão continuar, sempre. Vou poder passar mais tempo com eles assim, pelo menos. — Ela se virou para Theo novamente. — Obrigada por me esperar.

Theo pegou debaixo dele um pacote de comida que Fumaça havia feito e o abriu, revelando um pedaço de pão amassado, uma maçã esmagada e nozes esmigalhadas.

— Guardei esta delícia de refeição para você — ele anunciou.

Sophia riu.

— Obrigada. — Ela a pegou, grata por qualquer coisa para colocar no estômago faminto. Enquanto comia avidamente, perguntou: — Onde estão os outros?

— Acamparam junto do rio ontem à noite. — Theo sorriu para ela pelo canto da boca. — Temos companhia.

— Companhia?

— Quando você estiver pronta, vamos nos juntar a eles.

Ela o fulminou com o olhar.

— Posso andar e comer!

Theo colocou o braço de volta na tipoia, se levantou e pegou o cajado. Sophia o seguiu pelo caminho, comendo apressadamente. As samambaias exuberantes estavam imóveis, e os trevos pareciam encharcados de orvalho. Sophia olhou para a vegetação e para os troncos fibrosos das árvores com novos olhos, imaginando como tudo aquilo continuava as memórias de pessoas como seus pais. Eles tinham, de fato, criado um espaço perfeito.

Quando as árvores se partiram e o vale entrou no campo de visão, Sophia viu um navio impressionante na margem do rio: um navio construído com raízes de uma árvore viva, com velas amplas, feitas de folhas, amarradas firmemente. Estava fora de lugar ali, longe de Nochtland: uma boldevela. Na base de seus degraus, Nosh comia grama alegremente. Os pombos bicavam o chão por perto, mantendo uma distância segura do pássaro maior que agora se empoleirava em suas galhadas. Sophia apertou os olhos. *Não é um pombo*, pensou.

É um falcão! Sêneca!

Virgáurea, Errol, Agridoce e Datura estavam sentados próximos dali, conversando tranquilamente.

Sophia correu na direção deles.

— Virgáurea! Errol!

Eles se levantaram e correram para abraçá-la tão apertado que Sophia se esforçou para conseguir respirar. Ela se afastou, sem conseguir conter uma breve risada de felicidade.

— Estou tão feliz em ver vocês bem! — Então percebeu que o ombro de Errol estava envolto em ataduras.

— Estamos bem agora — Virgáurea a tranquilizou, pegando sua mão. — Apesar de alguns momentos difíceis. Agridoce nos contou sobre as muitas dificuldades que você superou.

— Você os encontrou, Sophia? — Errol perguntou com intensidade.

— Sim. Pude até conversar com eles antes de partirem.

— Estávamos conversando sobre este bosque e como ele foi feito — Virgáurea comentou, olhando para as árvores com curiosidade. — Embora eu saiba que a perda deles não pode ser reparada, ter sido parte da construção de um lugar assim...

Sophia assentiu.

— Eu sei.

Datura, Agridoce e Theo haviam se juntado a eles. Theo bocejou.

— De onde vêm todas as memórias do bosque? Das árvores, das samambaias? Ainda não entendi muito bem o que o bosque *é*.

— Ele é um mapa de memória vivo — Sophia explicou.

— Mas existem muitos mapas de memória.

— Sim, mas esse tipo de mapa é difícil, se não impossível, para a maioria das pessoas lerem — acrescentou Virgáurea. — O mapa no bosque é aberto. Qualquer um pode experimentar essas memórias.

— É como a diferença entre falar com alguém e ler a respeito desse alguém — Sophia continuou. — Para ler a pessoa tem que saber como ler, mas quando podemos realmente *falar* com eles... eles estão lá, bem na sua frente, óbvios e vivos. O bosque é assim, mas com memórias.

— Ele vai mudar tudo — Virgáurea disse gravemente. — Imagine o poder do mapa de granadas que você trouxe para cá, mas em todo lugar, em tudo. Quando o passado é tão visível, tão presente, ele guia as nossas ações, nos torna conscientes e desperta nossa consideração.

Um som a bordo da boldevela chamou a atenção de Sophia.

— Como essa boldevela veio parar aqui? E o que aconteceu com Burr e Calixta?

Errol deu um sorriso irônico.

— Ah, você vai encontrá-los muito bem. Na verdade, aconselho você a falar com os outros antes que os piratas acordem, ou você não terá uma palavra sequer deles.

— Os outros?

Como se em resposta, uma figura surgiu na amurada do navio-árvore.

— Olá! — o velho gritou, acenando alegremente uma bengala.

— *Martin?* — exclamou Sophia, dando um passo à frente.

— E Veressa — disse Theo. — Ah, e Miles.

— E Wren — Errol acrescentou.

Admirada, Sophia balançou a cabeça, correndo para encontrar Martin na base da escada.

— Minha querida Sophia — disse ele, abraçando-a calorosamente. — Como é bom encontrá-la; mais velha e mais sábia, eu percebo, mas sã e salva.

Ela sorriu para os olhos brilhantes familiares e as bochechas enrugadas, sentindo uma onda de carinho.

— Martin, não acredito que você está aqui.

Martin Metl riu alegremente.

— Nem eu! Aqui com você! Ao pé da maior maravilha botânica do mundo! — Ergueu a bengala de maneira triunfante. — Temos muita conversa para colocar em dia.

E foi exatamente isso o que fizeram. Todos os companheiros de viagem de Sophia — com exceção de Casanova, que partira no dia anterior para informar Fumaça do retorno seguro de todos do mar Eerie — estavam reunidos ali. Ela estava impressionada de ver seus amados amigos juntos, agrupados em um mesmo local: Miles e Theo, Calixta e Burr, Martin e Veressa, Virgáurea e Errol, Agridoce e Datura, e Richard Wren, que parecia mais consigo mesmo agora que as tatuagens recebidas nas Índias haviam desbotado.

Sophia achava profundamente tocante ver tantas pessoas de eras diversas, muitas das quais nunca haviam se conhecido, juntas na companhia umas das outras, como se fossem velhas conhecidas. A única pessoa que faltava, ela refletiu, era Shadrack. Enquanto olhava para os amigos reunidos, ela guardou a visão na memória, para poder retratar em seu caderno e descrever para Shadrack quando voltasse para casa. Eles encheram o convés da boldevela: Miles no mastro, gesticulando loucamente enquanto discutia com Theo, que parecia eufórico com a discussão; Calixta em suas saias de linho, comendo mirtilos, com os pés apoiados em uma cadeira; Burr cochilando debaixo do chapéu; Martin com as pernas da calça enroladas para cima, em uma conversa entusiasmada com Virgáurea, que examinava a perna de madeira e a perna de prata com verdadeiro interesse; Veressa, com os braços cobertos de espinhos, relaxando debruçada no convés e descrevendo a Errol a rota que haviam pegado de Nochtland até ali; e Richard Wren, que fazia uma dobradura de papel para entreter Datura. Ela e Agridoce observavam o capitão australiano dobrar e desdobrar, cortar e prender, até um alce em miniatura aparecer em sua palma. Datura riu, encantada, e Wren sorriu de satisfação. Sophia percebeu que apesar de suas origens distintas, de suas vestimentas variadas e seu senso de humor frequentemente incompatível, todos tinham muito em comum. Eles agiam por princípios, eram corajosos e ajudavam companheiros viajantes. *Com esses amigos me dando cobertura, não é de admirar que não tenhamos falhado,* ela pensou.

Quando Burr finalmente acordou de sua soneca, Virgáurea e Errol começaram a contar o que havia acontecido com eles na estação de Salt Lick. Foram interrompidos por Calixta, que insistia que eles estavam contando a história de um jeito errado.

— Eu vi um troll gigante saindo do nevoeiro — ela afirmou. — E estava segurando a espada de Errol.

Errol revirou os olhos.

— Um troll — ele zombou.

— Naturalmente, eu atirei nele — ela continuou.

— E que bom que sua mira é péssima, senão todos nós estaríamos no meu funeral em Salt Lick.

— Eu mirei para te incapacitar — Calixta disse em defesa própria. — Não que a *sua* pontaria seja melhor. — Ela levantou a perna ferida. Como se tratava de Calixta, ela havia conseguido encontrar novas saias de linho que combinassem com as ataduras.

Sophia já tinha chegado à conclusão de que o cavaleiro que ela tinha visto era Errol e que o dragão era Calixta, mas, muito deliberadamente, deixou de mencionar a ilusão para a capitã pirata. Ela se inclinou para a frente.

— E depois?

— Depois — Errol disse sombriamente —, nós todos lutamos para sobreviver.

— E quando a neblina finalmente foi embora, todos os agentes das Eras Encéfalas tinham desaparecido — Wren interveio.

— Desaparecido? — Theo perguntou. — Ou morrido?

Burr foi contundente.

— Estavam bem mortos. E ninguém — ele continuou, com a voz um pouco mal-humorada — mencionou o fato de que eu consegui sair ileso com minhas mãos ainda amarradas. O que eu acredito que é digno de menção.

— Muito bem, meu querido irmão — Calixta ironizou. — Nós tomamos nota. Deve existir algum prêmio concedido à alma valente que sai ilesa do nevoeiro da forma mais improvável, e você sem dúvida seria o feliz destinatário a receber esse prêmio.

— Na verdade, acho que seria eu — disse Wren, enquanto todos riam. — Se o nevoeiro não tivesse surgido, eu estaria a bordo de um navio para a Austrália neste exato momento, a caminho de cumprir uma sentença de prisão perpétua.

— Viu só? — Calixta disse, afagando Datura no joelho e sorrindo para ela. — Seu nevoeiro nos prestou um grande favor.

Datura pareceu escandalizada.

— Mas também arruinou e acabou com muitas vidas!

— E era exatamente o que Broadgirdle pretendia — Miles grunhiu, fechando a cara para nenhum deles em especial. — Ele sabia, no momento em que encontrou você, que iria arruinar e acabar com *muitas* vidas, todas em nome de seu sonho de expansão para o oeste. Era exatamente o que ele queria. Você nunca teve chance contra ele, minha pequena.

Datura considerou aquilo em silêncio.

— Pense que ele também se aproveitou da mamãe e do vovô — Agridoce a lembrou gentilmente.

— Sem falar de mim — disse Virgáurea.

— E de mim — Theo acrescentou em voz baixa.

— Mas *nós* o derrotamos no final! — Miles exclamou, batendo o punho no mastro.

— Mas você já sabia tudo isso sobre Datura quando saiu de Boston? — Sophia perguntou.

Miles balançou a cabeça.

— Nem um pouco. Bem, nós sabíamos sobre a existência do nevoeiro, e sabíamos, é claro, que Broadgirdle estava pressionando a expansão para o oeste, mas isso é tudo. Eu não fazia ideia do que era esse nevoeiro. Shadrack escreveu a Martin e Veressa pedindo-lhes que viessem às pressas para o norte para investigar, e eu fui para o oeste encontrá-los. Tínhamos acabado de nos ver nos Territórios Indígenas quando Shadrack nos enviou uma mensagem por um pombo de ferro para dizer que vocês estavam aqui, em Novo Ocidente, e a caminho de Salt Lick.

— Mas chegamos a Salt Lick tarde demais — disse Veressa, falando pela primeira vez. — Encontramos não apenas a destruição causada pelo nevoeiro, mas também a segunda onda de destruição deflagrada pelas tropas de Novo Ocidente. Eles haviam posto fogo em boa parte da cidade.

— E onde vocês estavam a essa altura? — Sophia virou-se para Virgáurea, Errol, Calixta e Burr.

— Nós estávamos cuidando das nossas feridas — disse Burr, com ar sombrio. — Ou melhor, eu estava cuidando das feridas de Calixta, e Virgáurea estava cuidando de Errol. Você pode imaginar quem saiu melhor nessa história. Não ouvi uma só queixa dos lábios de Errol, enquanto Calixta... — Ele fez um floreio com o braço, como se as queixas da irmã fossem muitas para enumerar.

— Não sei do que você está falando — Calixta interveio, indignada. — Sou muito tolerante à dor e nem estremeci enquanto você me dava os pontos.

— Ah, naturalmente. Você não estremeceu, mas se queixou sobre como os pontos estavam tortos e como iam deixar uma cicatriz toda errada em vez de deixar uma de que você pudesse se vangloriar. E mais aquela, de como seu vestido novo de corsária estava manchado de sangue, e outras mais.

— Cada uma dessas coisas é verdade! — Calixta exclamou, para o riso geral. Até mesmo Datura não se conteve.

— Nós estávamos acampados nos arredores de Salt Lick — Errol continuou. — Tínhamos visto a parede de agridoces, e Virgáurea nos assegurou de que aquilo significava que você estava segura, Sophia. Depois recebemos a confirmação de Sêneca, que voou na frente. — Sophia pensou no raminho de virgáurea, pressionado nas páginas de seu caderno. — Seria impossível te alcançar por causa dos nossos ferimentos. Vários dias se passaram, e conseguimos evitar as tropas só porque Sêneca nos alertou de que elas estavam vindo.

— E então *nós* chegamos! — Miles disse, lançando os braços para o alto.

Calixta pegou carona na conversa.

— Miles, Veressa e Martin chegaram na boldevela na hora certa, pois eu estava ficando sem roupas limpas.

— Shadrack vai saber que estamos todos em segurança?

— Os pombos de ferro — Miles respondeu sem titubear. — Ele vai saber. — Então sorriu para Sophia e a puxou para um forte abraço. — Claro, ele vai ficar muito mais feliz quando te ver pessoalmente, pequena exploradora.

Sophia se libertou de Miles com dificuldade, dando risada.

— Eu também vou ficar mais feliz ainda quando o vir — ela concordou.

42
Os termos

23 de agosto de 1892

Todas as outras políticas promulgadas durante o mandato do primeiro-ministro Gordon Broadgirdle serão submetidas a avaliação por um comitê. Os juízes do parlamento reconhecem as contribuições de Cassandra Pierce em colocar o primeiro-ministro diante da justiça e, por meio deste documento, nomeiam-na presidente oficial do comitê de revisão. O conhecimento da srta. Pierce dos assuntos de governo do primeiro-ministro, aliado à sua própria compreensão do processo executivo, serão de inestimável valor para as operações do comitê.

— Resoluções dos juízes do parlamento de Novo Ocidente, 18 de agosto de 1892

FICARAM ALI POR MAIS um dia inteiro, e Sophia passou grande parte dele no bosque, com as memórias de Minna e Bronson. Por mais que ela desejasse ficar — com seus amigos e as lembranças de seus pais —, também ansiava por retornar a Boston, para junto de Shadrack.

E assim, no dia 23 de agosto, a boldevela, um tanto lotada por seus ocupantes, viajou em direção a Oakring. Sophia apoiava-se na amurada, observando as colinas se alternarem conforme passavam. Mesmo quando o vale estava há muito perdido de vista, a sensação de quietude do bosque permaneceu com ela, que começou a se perguntar se esse sentimento faria sempre parte dela agora, uma parte que permanecia guardada no bosque Vermelho.

Agridoce e Datura iam montados em Nosh, pegando os caminhos estreitos que cortavam mais diretamente dentro da floresta, e ficaram a três quilômetros de Oakring com um amigo Eerie. A boldevela chegou na cidade à tarde e ancorou nos arredores.

Enquanto Virgáurea, com Errol a tiracolo, foi procurar um amigo elodeano na aldeia, os piratas e Wren partiram às pressas para a taverna. Veressa e Martin permaneceram na boldevela, e Sophia, Theo e Miles seguiram pelos campos até a casa de Fumaça. Ela os aguardava na porta. Então, saiu para recebê-los, exibindo um largo sorriso e jogando os braços ao redor de Theo e Sophia ao mesmo tempo.

— Estou muito feliz por ver vocês de volta em segurança — disse.

— Nos sentimos péssimos por não conseguirmos voltar antes — Sophia respondeu. — Espero que você não tenha enviado pessoas para nos procurar.

— Por acaso eu não mandei — disse a mulher, com certo divertimento —, porque no dia 18 recebi uma visita de vaga-lumes com um surpreendente poder de comunicação. Eles escreveram a palavra "seguros", e eu imaginei de onde estavam vindo.

O gesto atencioso das três irmãs fez Sophia sorrir.

— Ah! Foi bem inteligente.

— Como está seu braço? — Fumaça perguntou a Theo.

— Muito bem. — Ele sorriu. — Resistiu. Eu dormi mais da metade da viagem.

Fumaça riu.

— Isso é ótimo. Fico feliz que tenha descansado. Miles — ela disse, estendendo a mão, que foi engolida pela palma gigantesca do amigo. — É um prazer te ver de novo.

Miles a puxou para um abraço de urso.

— Obrigado por salvar nosso Theo — ele disse com a voz rouca. — Casanova me contou como ele estava mal. Você o trouxe de volta.

— Eu só dei o empurrão final — afirmou Fumaça, afastando-se um pouco do forte abraço. — Casanova foi quem tirou Theo da batalha e o trouxe por todo o caminho até aqui. — Ela olhou por cima do ombro para Casanova, que estava apoiado na entrada da casa.

— Sim, bem. — Miles franziu a testa. — Já tentei agradecer a ele, mas ele disse que o mérito era inteiramente seu. Parece que nenhum dos dois quer receber os créditos.

Com um sorriso, Casanova se adiantou para trazer os convidados para dentro de casa.

— É sábio receber os créditos por salvar um patife desses? — ele perguntou, passando o braço ao redor dos ombros de Theo.

— Eu com certeza não vou dar nenhum crédito a você — Theo respondeu, olhando para o homem. — Do meu ponto de vista, fui eu que te tirei da companhia do Merret. Você só estava procurando uma boa desculpa.

— Falando nisso — Casanova continuou, baixando o braço e olhando para Fumaça. — Devemos contar para eles agora?

Sophia havia se empoleirado em um banco perto da lareira fria, e Theo sentou-se ao lado dela. Miles ficou rondando, inquieto demais para se sentar.

— Nos contar o quê?

— É oficial — Fumaça disse, sorrindo. — Temos um novo primeiro-ministro.

— Quem? — Miles perguntou, ansioso.

— Houve uma eleição de emergência dentro do parlamento — Fumaça explicou. — Tantas pessoas desertaram o Partido Ocidental de Broadgirdle que o Partido dos Novos Estados ganhou a maioria. Os Novos Estados nomearam Gamaliel Shore o primeiro-ministro interino até que as eleições sejam feitas, mas parece que Shore vai continuar no cargo.

— Finalmente! — Miles gritou, levantando as mãos drasticamente para o alto. — Um homem com juízo no Palácio do Governo.

— Sim — concordou Fumaça. — O primeiro ato foi estender o decreto de emergência do parlamento e encerrar a guerra oficialmente. O segundo foi anistiar todos os desertores.

Theo engasgou. Sophia jogou os braços ao redor dele e o abraçou apertado.

— Ai — ele sussurrou.

— Desculpe. — Ela sorriu. — Mas eu estou tão, tão, *tão* aliviada!

— Eu também. Obviamente.

— E isso não é tudo — Casanova prosseguiu. — A guerra foi encerrada em termos que vão permitir aos Territórios Indígenas e a Nova Akan permanecerem parte de Novo Ocidente. O terceiro ato foi anular o fechamento das fronteiras.

Um silêncio atônito se espalhou.

— Eu amo esse homem — declarou Miles.

— Todos nós podemos voltar para Boston! — Sophia exclamou.

— E vamos poder sair de lá depois. E voltar. E sair de novo. — Miles deu um suspiro feliz. — A Era da Exploração finalmente vai renascer.

Na segunda noite em Oakring, Sophia e Theo reuniram seus companheiros de viagem no anfiteatro circular, à beira do carvalho gigante. A boa notícia do parlamento, de que Novo Ocidente era mais uma vez um local de paz com as fronteiras abertas, foi recebida com prazer. Veressa e Martin estavam ansiosos para visitar Shadrack em uma cidade que nunca tinham visto, e os piratas planejavam entrar em contato com o *Cisne* por meio do navio do correio, no porto de Boston. Apesar de tudo, com as fronteiras abertas vinham mais escolhas, e nem todas as estradas levavam a Boston.

Casanova já havia transmitido a notícia a Theo, e em seguida anunciou a decisão ao grupo.

— Tomei a decisão de ficar aqui com Fumaça — ele disse com um sorriso na direção dela e fez um gesto para o enorme carvalho acima deles, depois para a cidade próxima, com suas casas que reluziam em luzes amarelas. — Oakring pode não ter curandeira melhor, mas, se eu treinar com ela por um tempo, posso me tornar útil em outro lugar.

Murmúrios de aprovação se espalharam.

— Talvez você possa dar uma olhada na minha perna qualquer hora — Calixta disse. — O médico que cuidou dela antes era bem incompetente, e eu tenho certeza de que ficaria melhor nas suas mãos capazes. — Ela lhe lançou um sorriso radiante.

Casanova corou.

— Mal-agradecida *e* desavergonhada — Burr repreendeu, balançando a cabeça, horrorizado. — Se não fosse por mim, você estaria mancando por aí com uma perna de pau. Sem querer ofender, Martin — ele acrescentou para o botânico de cabelos brancos.

— Ofensa nenhuma, meu rapaz. Pernas de pau entre os piratas são um assunto muito diferente.

Fumaça sorriu de volta para Casanova, claramente feliz com o plano, mas Sophia olhou com preocupação para Theo, que estava sentado ao seu lado em um dos bancos feitos de troncos. Ela sabia como seu amigo tinha passado a confiar em Cas e se acostumado com sua presença.

— Vamos ter que visitar Oakring com mais frequência — Sophia disse para Casanova e Fumaça.

— É claro que vamos! — exclamou Miles. — A cada temporada, pelo menos.

— Agridoce, Datura — disse Virgáurea. — Vocês vão viajar a Boston para se juntarem à sua mãe e seu avô?

Agridoce balançou a cabeça.

— Já mandamos notícias pelos pombos. Vamos esperar por eles aqui, perto de Oakring.

— Já vi o suficiente de Boston — Datura disse baixinho. — Por mais limitada que minha visão tenha sido.

Sophia olhou para Datura de forma compreensiva. Em uma conversa particular, Agridoce havia garantido a Sophia que com o tempo Datura ficaria curada. Ela teria a companhia de três Temperadores, e um dia, ele disse com confiança, ela se tornaria uma Temperadora também. Sophia não tinha certeza; ela vira o mapa de granadas e imaginava que os olhos de Datura provavelmente tinham visto coisa pior.

— Quando nossa mãe e nosso avô se juntarem a nós — Agridoce disse aos outros viajantes —, vamos nos recolher por um tempo. O que mais queremos agora é passar um tempo juntos.

— É claro — disse Virgáurea. — Lamento que eu e Errol não vamos estar por perto, mas vocês podem se comunicar conosco através do antigo.

Errol colocou a mão sobre a mão verde de Virgáurea.

— Minha fada aqui teve a bondade de aceitar viajar comigo em minha busca insana. — Ele sorriu para ela.

— Você vai seguir o mapa de Ausentínia para encontrar o seu irmão! — Sophia exclamou.

— Sim, vamos — Errol disse. — Eu me convenci disso quando li o mapa dois dias atrás e descobri que boa parte dele já tinha acontecido. Então a caçada começou. — Sêneca guinchou alegremente em resposta.

Sophia se inclinou para a frente.

— Qual é a próxima parte?

Errol franziu a testa.

— Acho que nosso próximo quebra-cabeça para resolver é este: "Quatro ilhas formam c-a-s-a".

— Ah! — Burr exclamou, brincalhão. — É claro! Tão óbvio!

— Formam com letras ou como por mágica?

Errol balançou a cabeça.

— Não tenho ideia.

— Que ilhas começam com essas letras? — Wren perguntou, debruçando-se avidamente no enigma.

— Ou talvez os *formatos* das ilhas sejam "casa"? — sugeriu Veressa.

Enquanto os viajantes debatiam os possíveis significados do mapa, Sophia considerou o que significaria se separar de Errol e Virgáurea. Era doloroso pensar em continuar a viagem sem eles, mas ela entendia bem demais o impulso de procurar pela família perdida.

Wren também se separaria. Era muito provável que a liga concluísse que o agente Richard Wren havia encontrado seu fim em Salt Lick, e Wren desejava fazer tudo o que pudesse para sustentar a ilusão. Virgáurea havia lhe prometido segurança com um elodeano recluso que o manteria escondido até os australianos se esquecerem dele.

A perspectiva de se despedir de amigos tão queridos não era fácil. Quando chegou a hora, no dia seguinte, Sophia achou muito difícil dizer adeus a Virgáurea. Apesar disso, a Eerie prometeu que, com a nova política de fronteiras, as coisas seriam diferentes. Viajar seria mais fácil e mais frequente como fora no passado.

— Espero que nossa busca pelo irmão de Errol termine rapidamente e que nós a vejamos em Boston muito em breve — ela disse para confortá-la.

Sophia estava nos degraus da boldevela. Theo, Miles, os piratas e os Metl já estavam a bordo. Antes que ela desse o último adeus, proclamou em voz alta:

— Podemos marcar uma data e um lugar para nos encontrar, que tal?

— Eu tenho uma ideia! — Miles exclamou do convés. — Uma vez por ano, todos os anos, em Oakring. Na casa de Fumaça.

— Vou mandar acrescentar alguns quartos — ela disse, sorrindo para ele.

— A data vai ser 25 de agosto, como hoje — Casanova sugeriu, olhando em volta para todos eles. — Para celebrar a descoberta da paz e da amizade.

— Paz, sim — Burr salientou, inclinando-se sobre a borda do convés —, mas talvez não paz de espírito, se Calixta for convidada.

Calixta o segurou de leve nos pulsos.

— Excelente ideia. Estaremos aqui.

— Nós também — Virgáurea afirmou, pegando a mão de Errol, que fez uma pequena reverência, concordando. Sêneca bateu as asas expressando sua aprovação.

— Eu também — Wren concordou.

— Nos também viremos, é claro — declarou Agridoce. Parado ao lado dele, Nosh bufou com indignação. — Com Nosh, é claro.

Agora Sophia ansiava pelo ano seguinte, sabendo que veria seus amigos novamente quando chegasse ao fim, o que fez a imagem deles, acenando e se distanciando à medida que a boldevela se afastava, mais fácil de suportar.

EPÍLOGO

Novos mapas

18 de janeiro de 1893: 14h11

Algumas histórias coletadas aqui vêm de viajantes que conheci em Boston, e algumas, de viajantes que conheci em outros lugares ao longo das minhas viagens. O que elas têm em comum é como lançam luz em sua era de origem, descrevendo uma forma de pensar, um costume ou uma explicação de como algo surgiu. Essas histórias demonstram diferenças ao longo das eras, é verdade; mas também que, em todas elas, contar histórias é vital para compreender, interpretar e apreciar o mundo ao nosso redor.

— Sophia Tims, Viajantes da Ruptura: histórias reunidas

— SIM, SIM, SIM! — Shadrack exclamou, olhando por cima do ombro de Sophia. — É isso! Você conseguiu!

Sophia deu um sorriso radiante.

— Funcionou.

— É claro que funcionou — seu tio disse carinhosamente. — Você anda praticando há dois meses.

Sentado na poltrona da sala dos mapas, no porão, Miles ergueu a xícara de chá para brindar a conquista.

— Muito bem, Sophia — ele a cumprimentou, não tirando os olhos do livro que estava lendo.

— Você podia ao menos fingir que está impressionado — disse Shadrack, ironicamente.

— Troco os mapas de memória por mapas de exploração a qualquer momento. Você sabe o que eu penso sobre esse assunto. — Ele molhou o dedo e virou a página.

— Bem, *eu* estou impressionado — Theo afirmou com um sorriso, levantando-se de seu lugar em frente a Miles. — Posso ler agora?

Sophia parecia chocada.

— Eu acabei de começar. Não está nem perto de ficar pronto.

— Mas é uma base excelente, Sophia — Shadrack elogiou com orgulho. — Suas lembranças são cristalinas.

— As de Theo... — Sophia considerou. — Não são.

— Eu estava ferido. Dormi metade do tempo — Theo protestou.

— Vai ajudar quando Casanova vier nos visitar e pudermos acrescentar o que ele se lembra — ela disse diplomaticamente.

Seu mapa de memória da viagem à Idade da Pedra, o reino das três irmãs, estava indo bem. Ela havia, como o tio a lembrara, passado meses aperfeiçoando as técnicas ensinadas por Shadrack no outono. Após abandonar de bom grado seu posto no ministério e retomar o trabalho na universidade, Shadrack tinha muito mais tempo para trabalhar nos mapas e ensinar cartografia. E Sophia, claro, aproveitava a oportunidade. Todos os dias, quando voltava da escola, ela lia os manuscritos que Shadrack deixava e praticava os exercícios que ele propunha. Todas as noites, antes de dormir, ela treinava a leitura de mapas que havia aprendido com Virgáurea e Agridoce, estudando os remanescentes do mundo que a cercava: folhas e pedras, cascas de árvore e terra.

Sophia se adaptou a essa rotina, mas havia uma diferença. Parecia que todos os dias a leitura de mapas trazia uma nova descoberta. Finalmente, em janeiro, Sophia começou a criar seu próprio mapa.

Estava contente com o processo. Era um ato de lembrança, pois se valia de todas as visões, sons e emoções que havia vivenciado; ou seja, fazer o mapa se tornara uma forma de revivê-los. Ao mesmo tempo, era um ato de criação; ela se sentia infundida de cada visão, som e emoção, com significado e plenitude. E ela adorava.

— Bem, Shadrack — Miles disse, terminando seu chá e baixando o livro com um ar impaciente. — Eu vim aqui porque você disse que tinha achado um mapa, não porque eu queria ver a Sophia praticar cartografia.

— Pois bem, sim, meu amigo sem educação — Shadrack disse, andando ao redor da mesa antes de abrir uma lata e tirar dali um pacote de papel desgastado. — Eu comprei no mercado de quinquilharias.

— Arrá! — Miles exclamou, arregalando os olhos e pegando o papel dobrado ansiosamente. — E o que ele mostra?

— Uma cidade, uma cidade numa ilha, no extremo oeste das Terras Baldias.

— Lá de onde os Eerie são?

— Um pouco mais ao sul.

Miles abriu o mapa sobre a mesa, e os quatro se reuniram em torno dele, examinando o conteúdo. Havia sido desenhado por alguém de mãos talentosas, mas não treinadas. As ruas eram estreitas e apertadas, e uma rede de pontos recaía sobre a cidade como uma constelação de estrelas. Sophia apontou para elas.

— O que é isso?

— A legenda está rasgada, como você pode ver — Shadrack disse. — Pode ser qualquer coisa. Já que estão enumerados, meu palpite é que sejam lugares.

— Ou podem ser passos — Sophia sugeriu.

— Eis o que chamou minha atenção. — Ele indicou a notação no canto, ao lado da rosa dos ventos.

Theo leu em voz alta:

— 1842. Acreditava-se perdido em 1799.

— Então o mapa foi desenhado em 1842? — Sophia especulou.

— E se acreditava que o mapa estava perdido ou que a *cidade* estava perdida? — Shadrack se perguntou.

— Eu reconheço esse formato! — Miles exclamou, passando o dedo pelo contorno da ilha. — Eu já fui lá, mas acredita-se que essa ilha é desabitada.

— Exatamente — Shadrack disse de modo triunfante.

— E pode não ser? — Sophia perguntou.

Antes que Shadrack pudesse responder, Miles bateu o punho na mesa.

— Incrível! — ele exclamou. — Vou planejar uma expedição imediatamente.

— Eu pensei que você poderia querer — Shadrack disse em tom calmo. — Mas eu recomendaria esperar até o verão, ou pelo menos até o fim da primavera. Cruzar o continente neste tempo pode ser, no mínimo, desagradável.

— Bobagem, homem — exclamou Miles. — A neve não é nenhum obstáculo.

— E quanto ao ano escolar? Sophia não vai querer perder as aulas dela, Winnie vai querer, mas *não* deveria, e o pai de Nettie certamente não vai cogitar deixá-la sair antes do verão.

Sophia segurou o braço do tio.

— Quer dizer que vamos todos juntos?

— É claro. — Shadrack sorriu.

— Sim, sim, sim! — Ela praticamente dançou.

Theo riu.

— Este vai ser um longo inverno de espera.

— Ela não pode levar os livros com ela? — questionou Miles, com um ar de impaciência.

Shadrack suspirou.

— Você não tem nenhuma concepção da vida acadêmica, Miles. Isso me deprime. Não consigo entender como você chegou tão longe sendo meu amigo.

— Eu simplesmente ignoro tudo a seu respeito que seja irritante.

Sophia e Theo se entreolharam com sorrisos significativos, antecipando uma das épicas e prolixas disputas dos dois velhos amigos. Discretamente, eles deixaram a mesa e subiram as escadas. A sra. Clay estava escrevendo cartas na biblioteca e acenou brevemente com a pena para eles enquanto passavam. Eles subiram mais um lance de escadas e acabaram no quarto de Sophia, onde a janela tinha vista para os telhados da East Ending Street.

— Chocolate secreto? — Sophia perguntou.

— Claro.

Sophia abriu seu guarda-roupa e tirou uma caixa enviada a ela por Mazapán, o amigo de Nochtland, e entregue pelos piratas. Tirou duas colheres de chocolate e ofereceu uma a Theo.

Empoleirando-se diante da janela em um acordo sem palavras, eles olharam para a cidade de Boston e comeram as colheradas de chocolate. Uma cumplicidade silenciosa os cercou. A neve que havia esperado o dia todo nas nuvens mais altas começou a cair, enchendo o ar com uma poeira branca e um horizonte de possibilidades.

Agradecimentos

Agradeço aos bibliotecários, livreiros e leitores que acompanharam Sophia e Theo em suas aventuras. Vocês me deixaram relutante em terminar esta jornada! Um obrigada especial ao extraordinário livreiro Kenny Brechner, pelo entusiasmo e erudição incansáveis.

À Viking e ao Penguin Young Readers Group, que levaram esta viagem surpreendente até um término feliz. Agradeço a Ken Wright, Jim Hoover, Eileen Savage, Dave A. Stevenson, Stephanie Hans, Janet Pascal, Abigail Powers, Krista Ahlberg, Eileen Kreit, Julia McCarthy, Jessica Shoffel, Tara Shanahan, Amanda Mustafic, Zarren Kuzma e à equipe de vendas (especialmente Jackie Engel e Donovan Biff), por garantir que essas histórias percorressem o caminho desde rascunhos esboçados na minha cabeça até se tornarem belos livros nas mãos dos leitores.

Sharyn November, se não fosse pelo seu gosto apaixonadamente excêntrico (e excelente), esta trilogia nunca estaria no papel. Da primeira conversa que tivemos, em que coisas favoritas em comum surgiam aos montes, eu me senti uma pessoa de sorte em ter uma leitora com pensamentos tão parecidos com os meus.

Dorian Karchmar, sou grata pela sensibilidade impecável que você traz para a escrita e a sabedoria que traz para tudo o que concerne a esse processo.

E, como sempre, eu não poderia terminar este livro sem os comentários criteriosos dos primeiros leitores. Para os meus pais, meu irmão e Pablo: obrigada por mergulharem em todas as fases desta história e por torcerem por mim durante toda a caminhada. Mamá e papá, notei que vocês sempre mantêm meus livros à vista na mesa de centro. Obrigada por tratarem todos os meus rabiscos, mesmo os mais antigos, de quando eu tinha dez anos, como se merecessem um lugar de honra.

Alton, saber que você vai ler um manuscrito no instante em que eu lhe entrego me convence, o tempo todo e todos os dias, de que estou fazendo algo que vale a pena. Essas histórias sempre parecem, de alguma forma, melhores na sua imaginação. Obrigada.

Este livro é dedicado a Rowan, que um dia pode vir a lê-lo. Enquanto isso, você preenche o mundo com palavras muito mais adoráveis, incríveis, engraçadas e profundas. Obrigada pela constante inspiração.

Impresso no Brasil pela Divisão Gráfica da
DISTRIBUIDORA RECORD DE SERVIÇOS DE IMPRENSA S.A.